MO HAYDER

Fille d'universitaires anglais, Mo Hayder est née à Londres. À 16 ans, en 1978, elle quitte brutalement sa famille et exerce divers petits emplois avant de partir, à l'âge de 25 ans, au Japon où elle réside pendant deux ans. Attirée par le cinéma d'animation, elle s'installe à Los Angeles pour y entreprendre des études de cinéma. De retour en Grande-Bretagne, Mo Hayder décide alors de se consacrer à l'écriture. Elle fréquente les milieux policiers, rencontre des médecins légistes, et met deux ans à écrire *Birdman* à partir de notes prises sur le terrain. Avec ce premier roman, elle fait une entrée très remarquée dans le monde du thriller et crée le personnage de Jack Caffery que l'on retrouvera dans *L'Homme du soir* (2002), *Rituel* (2008) et *Skin* (2009). En 2005, elle est lauréate du Prix SNCF du polar européen et obtient l'année suivante le prix des Lectrices de *ELLE* avec *Tokyo*, puis publie *Pig Island* (2007). *Proies* a paru en 2010, suivi de *Les lames*, en 2011. Tous ses livres sont publiés aux Presses de la Cité.

Retrouvez toute l'actualité de l'auteur sur :
www.mohayder.net

PROIES

DU MÊME AUTEUR
CHEZ POCKET

BIRDMAN
L'HOMME DU SOIR
TOKYO (GRAND PRIX DES LECTRICES DE *ELLE*)
PIG ISLAND
RITUEL
SKIN
PROIES

MO HAYDER

PROIES

*Traduit de l'anglais
par Jacques-Hubert Martinez*

PRESSES DE LA CITÉ

Titre original :
GONE

Le papier de cet ouvrage est composé de fibres naturelles, renouvelables, recyclables et fabriquées à partir de bois provenant de forêts plantées et cultivées durablement pour la fabrication du papier.

Le Code de la propriété intellectuelle n'autorisant, aux termes de l'article L. 122-5, 2e et 3e a, d'une part, que les « copies ou reproductions strictement réservées à l'usage privé du copiste et non destinées à une utilisation collective » et, d'autre part, que les analyses et les courtes citations dans un but d'exemple et d'illustration, « toute représentation ou reproduction intégrale ou partielle faite sans le consentement de l'auteur ou de ses ayants droit ou ayants cause est illicite » (art. L. 122-4).
Cette représentation ou reproduction, par quelque procédé que ce soit, constituerait donc une contrefaçon, sanctionnée par les articles L. 335-2 et suivants du Code de la propriété intellectuelle.

© 2010, Mo Hayder
© 2010, Presses de la Cité, un département de
pour la traduction française
ISBN 978-2-266-21157-4

place
des
éditeurs

1

Le commissaire adjoint Jack Caffery, de la brigade criminelle de Bristol, examina pendant dix minutes la scène de crime située dans le centre de Frome. Il dépassa les barrages, les gyrophares, le ruban jaune, les curieux qui, rassemblés en petits groupes avec leurs sacs de courses du samedi après-midi, tentaient d'apercevoir les techniciens de la police scientifique maniant le pinceau et la poudre à empreintes, et se tint un long moment là où tout était arrivé, parmi les taches d'huile et les chariots abandonnés dans le parking souterrain, s'efforçant de s'imprégner du lieu et d'estimer la gravité de l'affaire. Puis, saisi par le froid malgré son manteau, il monta au bureau exigu du directeur, où les policiers locaux et les techniciens regardaient sur un moniteur couleur des images enregistrées par les caméras de surveillance.

Gobelet de café à la main, ils formaient un demi-cercle, certains encore en combinaison de Tyvek au capuchon rabattu. Tous levèrent les yeux quand Caffery entra, mais il secoua la tête pour signifier qu'il n'avait pas de nouvelles et ils se tournèrent de nouveau vers l'écran, le visage grave.

Les images avaient le grain typique d'un système de surveillance en circuit fermé et la caméra était braquée sur la rampe d'accès du parking. L'incrustation de l'heure passa du noir au blanc. L'écran montrait des voitures sur des emplacements peints au-delà desquels un jour hivernal se déversait par la rampe d'entrée. Derrière l'un des véhicules – une Toyota Yaris –, une femme, dos tourné à la caméra, déchargeait des provisions d'un chariot. Jack Caffery avait servi dix-huit ans dans l'unité la plus dure de la police, la Crim, dans l'un des centres-villes les plus pourris du pays. Il n'en ressentit pas moins un pincement d'appréhension, sachant ce qui allait se passer.

Les rapports des flics locaux lui avaient déjà appris pas mal de choses : la femme s'appelait Rose Bradley. Mariée à un pasteur de l'Église anglicane, proche de la cinquantaine, même si sur l'écran elle paraissait plus âgée. Elle portait une veste sombre épaisse – de la chenille, peut-être –, une jupe en tweed à mi-mollet et des chaussures basses. Les cheveux courts, propres et bien peignés. Elle aurait sans doute eu la prudence de se munir d'un parapluie ou de nouer un foulard sur ses cheveux s'il avait plu mais c'était une journée claire et froide, et elle avait la tête nue. Rose avait passé l'après-midi dans les boutiques de vêtements du centre de Bath avant de faire les courses de la semaine dans un supermarché Somerfield. Avant de commencer à charger les sacs, elle avait posé ses clés et son ticket de parking sur le siège avant de la Yaris.

La lumière du jour tremblota derrière elle et, levant la tête, elle vit un homme descendre la rampe en courant. Grand et large d'épaules, il était vêtu d'un jean et d'un anorak. Le visage dissimulé par un masque en caoutchouc. De Père Noël. Pour Caffery, c'était ce que la scène avait de plus effrayant, ce masque en caoutchouc qui tremblait tandis que l'homme courait vers Rose, ce grand sourire qui ne disparut pas quand il s'approcha d'elle.

— Il a dit trois mots.

L'inspecteur local, un grand type austère en uniforme qui avait également dû passer un bon moment dehors dans le froid à en juger par ses narines rougies, indiqua le moniteur d'un mouvement du menton.

— Juste là, quand il est arrivé sur elle. Il a dit : « Allonge-toi, salope. » Elle n'a pas reconnu sa voix et elle ne sait pas s'il avait un accent parce qu'il gueulait.

L'homme saisit Rose par le bras, l'écarta brutalement de la voiture. Un collier se cassa, des perles s'éparpillèrent, captèrent la lumière. Rose heurta de la hanche le coffre de la voiture voisine et bascula par-dessus, comme une poupée en caoutchouc. Elle se cogna le coude contre le toit du véhicule, rebondit et tomba sur les genoux. Pendant ce temps, l'homme au masque s'était glissé derrière le volant de la Yaris. Rose réussit à se relever, s'approcha de la portière et tira sur la poignée au moment où son agresseur mettait le contact. La voiture fit une embardée quand il desserra le frein à main, puis elle recula. Rose suivit le mouvement en titubant. L'homme freina et passa en marche avant. Rose lâcha prise, s'effondra et roula sur elle-même jusqu'à s'immobiliser. Elle leva la tête juste à temps pour voir la Yaris foncer vers la sortie.

— Et ensuite ? demanda Caffery.

— Pas grand-chose. On retrouve le type sur une autre caméra.

L'inspecteur braqua la télécommande sur le magnétoscope, sauta d'un enregistrement à l'autre.

— Ici, quand il quitte le parking. Il a utilisé le ticket de la victime. Mais l'image n'est pas très bonne.

L'écran montrait la Yaris de derrière. Les feux stop s'allumèrent lorsqu'elle ralentit à la barrière. La vitre côté chauffeur s'abaissa, une main mit le ticket dans la fente. Après un temps mort, la barrière s'ouvrit. Les stops s'éteignirent et la voiture redémarra.

— Pas d'empreintes sur la borne, annonça l'inspecteur. Il portait des gants. Vous les voyez.

— Arrêtez là, dit Caffery.

L'image se figea. Caffery se pencha vers l'écran, tourna la tête de côté pour examiner la vitre arrière au-dessus de la plaque d'immatriculation éclairée. Lorsque l'affaire avait été transmise à la Crim, le commissaire divisionnaire qui en assurait la direction – un type impitoyable qui aurait crucifié une vieille femme sur le mur de son bureau si elle avait détenu des informations pouvant faire grimper son taux d'élucidation – avait déclaré à Caffery que la première chose à faire, c'était de vérifier l'exactitude de la déposition. Caffery étudia les ombres et les parties brillantes de la lunette arrière, distingua quelque chose sur la banquette. Une forme pâle et floue.

— C'est elle ?

— Oui.

— Vous êtes sûr ?

L'inspecteur se tourna vers lui et le fixa longuement, comme s'il se sentait mis à l'épreuve.

— Oui, répéta-t-il lentement. Pourquoi ?

Caffery ne répondit pas. Il n'allait pas clamer sur les toits que le patron de la brigade criminelle avait vu défiler une kyrielle de connards qui, quand on leur avait volé leur voiture, avaient inventé un enfant sur la banquette arrière pour que la police recherche le véhicule avec plus d'ardeur. Ce genre de chose arrivait. Malheureusement, ce n'était pas le cas de Rose Bradley, semblait-il.

— Montrez-la-moi. Avant.

L'inspecteur revint à l'enregistrement précédent, quatre-vingt-dix secondes avant l'agression. Le parking était désert. Lorsque l'incrustation horaire afficha 4 : 31, les portes menant au supermarché s'ouvrirent et Rose Bradley apparut, poussant son chariot. Elle était accompagnée d'une fillette en imperméable marron, le teint pâle, une frange de cheveux blonds. La petite portait des chaussures à bride couleur pastel, un collant rose, et marchait les mains dans les poches. Rose déverrouilla la Yaris, l'enfant ouvrit une portière et monta à l'arrière. Rose referma la portière derrière elle, posa les clés et le ticket de parking sur le siège avant et se dirigea vers le coffre.

— OK. Vous pouvez arrêter.

L'inspecteur éteignit le moniteur et se redressa.

— Il y a enlèvement, là, commenta-t-il. Du coup, l'affaire est à qui ? Vous ? Moi ?

— À personne, répondit Caffery en tirant un trousseau de clés de sa poche. Parce qu'elle n'ira pas jusque-là.

L'inspecteur haussa les sourcils.

— Qu'est-ce qui vous fait dire ça ?

— Les statistiques. Le gars a fait une erreur, il ne savait pas que la gamine était dans la voiture. Il la fera descendre à la première occasion. Il l'a probablement déjà déposée et on va recevoir le coup de fil.

— Ça fait presque trois heures, objecta l'inspecteur.

Le commissaire adjoint soutint son regard. L'homme avait raison : ces trois heures écoulées ne rentraient pas dans les statistiques, et Caffery n'aimait pas ça. Mais il faisait ce boulot depuis assez longtemps pour savoir qu'il y avait de temps en temps des cas qui ne cadraient pas avec les stats. Oui, trois heures, c'était mauvais signe. Mais il y avait probablement une raison. Le type préférait peut-être prendre du champ, trouver un endroit où il serait sûr qu'on ne le verrait pas laisser l'enfant.

— Elle reviendra, vous pouvez me croire.
— Vraiment ?
— Vraiment.

Caffery boutonna son manteau en quittant le bureau. Il était censé finir son service une demi-heure plus tard. Il avait plusieurs possibilités pour occuper sa soirée : un quiz organisé par l'Association de la police au Staple Hill Bar, une tombola pour un gigot d'agneau au Coach and Horses, près du QG, ou la solitude de son domicile. Perspectives lugubres. Mais pas autant que ce qu'il devait faire maintenant. Ce qu'il devait faire maintenant, c'était aller voir la famille Bradley. Et découvrir si, mis à part un simple accroc aux statistiques, il y avait une autre raison pour que leur plus jeune fille, Martha, ne soit pas encore rentrée.

2

Il était 18 h 30 quand il arriva au petit village d'Oakhill. Le lotissement où habitaient les Bradley, créé une vingtaine d'années plus tôt, était traversé par une large voie sans issue, et les vastes jardins bordés de lauriers et d'ifs descendaient en pente douce le flanc d'une colline. La maison ne ressemblait pas à l'idée qu'il se faisait d'un presbytère. Il avait imaginé un bâtiment isolé avec une glycine, un jardin et les mots *Le Presbytère* gravés dans la pierre des piliers de la grille. Il découvrit à la place une maison mitoyenne au bout d'une allée goudronnée, de fausses cheminées et des fenêtres en PVC. Il se gara dans la rue, coupa le moteur. C'était la partie du boulot qui le paralysait : parler aux familles. Un instant, il envisagea de ne pas frapper à la porte. De faire demi-tour et filer.

L'OLF – l'officier de liaison avec les familles – affecté aux Bradley vint lui ouvrir. C'était une femme d'environ trente-cinq ans, avec des cheveux bruns coupés au carré, et que sa haute taille semblait embarrasser : elle portait des chaussures plates et se tenait voûtée comme si le plafond était trop bas pour elle.

— Je leur ai dit à quel service vous appartenez, le prévint-elle en reculant pour le laisser pénétrer dans le couloir. Pas pour leur faire peur mais pour qu'ils sachent qu'on prend l'affaire au sérieux. Je les ai aussi avertis que vous n'avez rien de nouveau à leur annoncer, que vous êtes là simplement pour leur poser quelques questions.

— Comment réagissent-ils ?
— D'après vous ?
— D'accord, question idiote, reconnut-il avec un haussement d'épaules.

Elle referma la porte et jaugea longuement Caffery.

— J'ai entendu parler de vous. Je sais des choses, déclara-t-elle.

Il faisait chaud à l'intérieur. Il déboutonna son manteau, sans demander à l'OLF si ce qu'elle savait de lui était positif ou négatif. Il avait l'habitude qu'un certain type de femme se méfie de lui. Dieu sait pourquoi, il traînait une mauvaise réputation derrière lui lorsqu'il avait débarqué dans le West Country après avoir quitté son poste à Londres. C'était en partie ce qui le maintenait dans la solitude. Ce qui le cantonnait aux soirées quiz ou tombola.

— Où sont-ils ?
— Dans la cuisine.

Du pied, elle repoussa un long boudin anti-courant d'air contre le bas de la porte. Il faisait froid dehors. Un froid glacial.

— Mais venez d'abord par ici, ajouta-t-elle. Je vais vous montrer les photos.

Elle le conduisit dans une pièce aux rideaux à demi fermés, au mobilier de bonne qualité mais vieillot : un piano droit contre un mur, un téléviseur encastré dans un secrétaire en marqueterie, deux canapés élimés tendus de ce qui pouvait passer pour des couvertures navajos cousues ensemble. Tout – les tapis, les murs, les meubles – semblait avoir subi les assauts d'une troupe de gosses et d'animaux durant des années. Deux chiens, un épagneul et un colley noir et blanc, étaient couchés sur l'un des canapés. Ils levèrent tous deux la tête et l'observèrent. Encore un examen à subir. Encore des cerveaux qui se demandaient ce qu'il allait bien faire.

Il s'arrêta près d'une table basse sur laquelle étaient étalées une vingtaine de photos. Provenant d'un album : dans sa hâte, la famille avait aussi détaché les coins adhésifs les fixant aux pages. Sous sa frange presque blanche, Martha portait des lunettes, du genre qui expose un gosse aux moqueries de ses camarades. Dans le milieu des enquêteurs, la sagesse populaire disait que pour retrouver un enfant disparu il était essentiel de bien choisir la photo à communiquer au public. Elle devait être fidèle pour qu'on puisse l'identifier mais devait aussi le rendre attirant. Du doigt, il déplaça les clichés : photos d'école, photos de vacances, photos de fêtes d'anniversaire. L'une d'elles retint son attention : Martha en tee-shirt rose pamplemousse, le visage encadré par deux tresses. Derrière elle, le ciel était bleu et les collines lointaines couvertes d'arbres avec leur feuillage d'été. La photo semblait avoir été prise dans le jardin de la maison. Il la montra à l'OLF.

— C'est celle que vous avez choisie ?
Elle acquiesça.
— Je l'ai envoyée par e-mail au service de presse. C'est la bonne ?
— C'est celle que j'aurais choisie.

— Vous voulez voir la famille maintenant ?

Il soupira. Il détestait ce qu'il devait faire et avait l'impression de se tenir devant l'entrée de la cage aux lions. Avec les familles, il ne trouvait jamais le bon équilibre entre la compassion et une attitude professionnelle.

— Allons-y, qu'on en finisse.

Il entra dans la cuisine où les trois membres de la famille Bradley levèrent immédiatement vers lui des visages pleins d'espoir.

— Rien de nouveau, s'empressa-t-il d'annoncer en écartant les bras. Je n'ai rien de nouveau.

Ils poussèrent un soupir collectif, baissèrent la tête. Caffery les identifia l'un après l'autre d'après les informations que le poste de police de Frome lui avait fournies. Là-bas, devant l'évier, c'était le révérend Jonathan Bradley, dans les quarante-cinq ans, grand, avec une chevelure blond foncé qui ondulait et s'épaississait à partir d'un front haut, un nez droit dans un visage qui devait exprimer la même assurance au-dessus d'un col de pasteur que du sweat-shirt bordeaux qu'il portait ce jour-là avec un jean. Le mot *Iona* était brodé sous une harpe sur le devant du sweat.

Philippa, la fille aînée, était assise à la table. Elle était l'image même de l'adolescente rebelle, avec un anneau dans le nez et des cheveux aile de corbeau. En d'autres circonstances, elle aurait été avachie sur le canapé au fond de la pièce, une jambe par-dessus l'accoudoir, un doigt dans la bouche, regardant fixement le téléviseur. Là, elle se tenait assise, les mains entre les genoux, les épaules affaissées, une expression terrifiée sur le visage.

Puis il y avait Rose, assise elle aussi à la table. Quand elle avait quitté la maison ce matin-là, elle ressemblait probablement à une femme qui se rend à une réunion du conseil paroissial, avec collier de perles et cheveux laqués. Mais un être humain peut changer de manière irrévocable en quelques heures, Caffery le savait par expérience, et, dans sa robe en polyester et son cardigan informe, Rose Bradley semblait mûre pour l'asile. Ses fins cheveux blonds étaient plaqués sur son crâne ; elle avait les paupières gonflées et rouges, et un pansement barrait un côté de son visage. Elle était sous sédatifs, il le remarqua à l'affaissement anormal de sa bouche. Dommage. Il aurait préféré qu'elle soit parfaitement lucide.

— Nous sommes heureux que vous soyez venu, assura Jonathan Bradley, qui s'avança et toucha le bras de Caffery. Asseyez-vous, je vous sers une tasse de thé. Il est prêt.

La cuisine était aussi défraîchie que le reste de la maison, mais il y faisait chaud. Sur l'appui de fenêtre surplombant l'évier s'alignaient des cartes d'anniversaire. Près de la porte, une petite étagère supportait des cadeaux. Sur une grille de four, un gâteau attendait un glaçage. Au centre de la table, trois téléphones portables, comme si chaque membre de la famille y avait posé le sien en s'attendant à ce qu'il sonne d'un instant à l'autre pour apporter des nouvelles. Caffery choisit une chaise en face de Rose, s'assit et lui adressa un bref sourire. Elle releva les coins de sa bouche en réponse. À force de pleurer, elle avait les joues semées de veinules éclatées et les yeux vagues, bordés de rouge, qu'ont parfois les victimes de blessures à la tête. Il nota mentalement qu'il devrait vérifier avec l'OLF la provenance des tranquillisants. Pour s'assurer qu'ils avaient été prescrits par un médecin et que Rose ne pillait pas simplement l'armoire à pharmacie.

— C'est son anniversaire demain, murmura-t-elle. Vous allez nous la ramener pour son anniversaire ?

— Madame Bradley, je tiens à vous expliquer pourquoi je suis ici et je veux le faire sans vous alarmer. Je suis convaincu que, dès que votre voleur s'est aperçu de son erreur – quand il a découvert Martha à l'arrière de la voiture –, il s'est demandé comment la relâcher. N'oubliez pas qu'il a peur, lui aussi. Ce qu'il voulait, c'était la voiture, pas un enlèvement en plus d'une inculpation de vol avec violence. Cela se passe toujours ainsi dans ce genre d'affaires. J'ai de la documentation là-dessus au bureau, je l'ai relue avant de venir et je peux vous en faire des photocopies, si vous voulez. D'un autre côté...

— Oui ?

— Mon service a le devoir de traiter cette affaire comme un kidnapping. Cela ne signifie pas que nous soyons inquiets.

Il sentait le regard de l'officier de liaison sur lui, il savait que les OLF évitaient soigneusement certains termes avec les familles de victimes de crimes violents. C'est pourquoi il avait prononcé le mot « kidnapping » sans appuyer, avec l'intonation que la génération de ses parents aurait réservée au mot « cancer ».

— Toutes nos équipes sont en alerte. Des caméras de détection automatique des plaques d'immatriculation surveillent tous les grands axes. Si le voleur emprunte l'un d'eux pour sortir de Bristol, il sera repéré. Nous avons mobilisé des moyens supplémentaires pour interroger d'éventuels témoins et rédigé un communiqué de presse pour garantir une couverture locale et probablement nationale de l'affaire. Si vous allumez votre téléviseur, vous verrez sans doute qu'on en parle déjà. J'ai demandé à un de nos techniciens de venir, il faudra qu'il ait accès à vos téléphones.

— Au cas où quelqu'un appellerait ? demanda Rose avec un regard désespéré. C'est ce que vous voulez dire ? Finalement, vous croyez qu'elle a bien été enlevée ?

— Madame Bradley, ce n'est pas ce que j'ai voulu dire. C'est une mesure de routine. Rien d'autre. N'imaginez pas que nous ayons déjà une théorie parce que franchement, ce n'est pas le cas. Je ne crois pas une seconde que l'enquête restera dans les archives de la brigade criminelle, parce que je suis convaincu que Martha sera de retour demain pour son anniversaire. Mais je dois quand même vous poser des questions.

Il prit dans une poche intérieure un petit dictaphone MP3 qu'il posa à côté des portables. Le voyant rouge de l'appareil clignotait.

— Vous êtes enregistrés, les informa-t-il. Vous n'y voyez pas d'inconvénient ?

— Non, répondit Rose. Pas...

Sa voix mourut et elle adressa à Caffery un sourire d'excuse, comme si elle avait oublié non seulement qui il était mais aussi pourquoi ils étaient tous rassemblés autour de la table.

— Non. Pas du tout.

Jonathan Bradley posa une tasse de thé devant Caffery et s'assit à côté de sa femme.

— Nous nous sommes demandé pourquoi nous n'avions pas de nouvelles.

— Il est encore tôt.

— Mais nous avons une explication, dit Rose. Martha était agenouillée sur la banquette arrière quand c'est arrivé.

Jonathan approuva de la tête.

— On ne compte plus les fois où on lui a dit de ne pas le faire, mais elle n'obéit pas. Dès qu'elle monte dans la voiture, elle se penche en avant pour tripoter la radio. Peut-être que le voleur a démarré si brusquement qu'elle a été projetée en arrière et qu'elle s'est cogné la tête en tombant. Il ne sait peut-être même pas qu'elle est là, si elle a perdu connaissance, et il continue à rouler. Ou alors, il a déjà abandonné la voiture et Martha est restée à l'arrière, inconsciente.

— J'avais fait le plein en allant à Bath. Alors, le voleur a pu rouler longtemps...

Philippa explosa soudain :

— Je peux pas écouter ça !

Elle repoussa sa chaise, dont les pieds grincèrent sur le carrelage, et alla fouiller dans les poches d'un blouson en jean sur le canapé.

— Papa, maman, dit-elle en montrant à ses parents un paquet de Benson & Hedges, je sais que c'est pas le moment, mais je fume. J'ai commencé il y a des mois. Désolée.

Rose et Jonathan la regardèrent se diriger vers la porte de derrière. Aucun d'eux ne réagit quand elle l'ouvrit et alluma un briquet d'un geste maladroit. Son haleine blanchit dans l'air froid de la nuit ; derrière elle, des nuages se fragmentaient devant les étoiles. Des lumières lointaines scintillaient dans la vallée. Il fait trop froid pour novembre, pensa Caffery. Beaucoup trop froid. Il sentait l'immensité glacée de la campagne, le poids du millier de chemins où le voleur avait pu abandonner Martha. La Yaris était équipée d'un réservoir relativement grand, ce qui lui donnait beaucoup d'autonomie, peut-être huit cents kilomètres, mais il ne pensait pas que le voleur avait roulé dans une seule direction. L'homme était du coin, il avait montré une connaissance précise de l'emplacement des caméras de surveillance. Il était probablement trop inquiet pour s'aventurer hors de son terrain. Il se trouvait sans doute encore dans les environs, dans un secteur qu'il connaissait. Il cherchait un endroit tranquille où relâcher l'enfant. Caffery était sûr que cela s'était passé ainsi, mais le temps écoulé continuait à le tarauder. Trois heures et demie. Presque quatre, maintenant. Il remua son thé, fixa sa cuillère des yeux pour ne pas laisser son regard s'égarer sur l'horloge murale devant la famille.

— Monsieur Bradley, vous êtes pasteur, m'a-t-on dit.

— Oui. Avant, j'étais directeur d'école mais j'ai été ordonné il y a trois ans.

— Vous semblez former une famille heureuse.

— En effet.

— Vous vivez selon vos moyens, si je peux me permettre cette question ?

Jonathan eut un pâle sourire.

— Absolument. Nous n'avons pas de dettes. Je ne suis ni un joueur ni un drogué. Et nous n'avons pas d'ennemis connus. C'est la question que vous allez me poser ?

— Papa, sois pas grossier comme ça, merde, marmonna Philippa.

Jonathan ne releva pas l'intervention.

— Si c'est la direction que prend votre enquête, monsieur Caffery, je peux vous assurer que vous faites fausse route. Il n'y a aucune raison pour que quelqu'un ait voulu nous prendre notre enfant. Aucune. Nous ne sommes pas ce genre de famille.

— Je comprends votre énervement. Je voulais seulement avoir une idée plus claire de la situation.

— Elle est claire, la situation. Ma fille a été enlevée et nous attendons que vous fassiez quelque chose...

Bradley s'interrompit soudain et se rassit, le visage cramoisi.

— Excusez-moi, murmura-t-il en passant une main dans ses cheveux, l'air brisé. Je suis navré, vraiment. Je ne voulais pas vous agresser. Mais vous n'imaginez pas ce que nous ressentons.

Quelques années plus tôt, une remarque de ce genre aurait mis Caffery hors de lui, mais l'expérience lui permit de garder son calme. Jonathan Bradley ne pouvait pas savoir, comment aurait-il su ? Caffery posa ses mains sur la table. Bien à plat. Pour montrer qu'il était imperturbable. Qu'il se maîtrisait parfaitement.

— Écoutez, on n'est jamais sûr de rien à cent pour cent et je ne peux pas prédire l'avenir, mais je suis prêt à prendre un risque en déclarant que j'ai la certitude que cette histoire finira bien.

— Seigneur Dieu, dit Rose, une larme roulant sur sa joue. Vous le pensez vraiment ?

— Je le pense vraiment. En fait...

Il eut un sourire rassurant et lâcha une des pires stupidités qu'il ait prononcées de sa vie :

— En fait, je suis impatient de voir la photo de Martha soufflant les bougies de son gâteau d'anniversaire. J'espère que vous me l'enverrez pour que je l'expose sur le mur de mon bureau.

3

La cimenterie des Mendips n'était plus exploitée depuis seize ans, et les propriétaires avaient installé une grille pour empêcher les jeunes d'y pénétrer et d'organiser des rodéos autour de la carrière inondée. Flea Marley laissa sa voiture à une centaine de mètres de l'entrée, au bord du chemin, dans les broussailles. Elle cassa quelques branches d'un arbre proche et les disposa sur le côté de la voiture pour qu'on ne puisse pas la voir de la route. Personne ne venait jamais dans le coin, mais autant être prudent.

Il avait fait froid toute la journée. Au-dessus de l'Atlantique, des nuages gris tapissaient le ciel. Le vent soufflait et Flea portait un anorak et un bonnet. Le sachet de craie et celui contenant les chevilles, les genouillères et les coudières étaient dans son sac à dos. Ses chaussures d'escalade Boreal pouvaient passer, si l'on n'y jetait qu'un coup d'œil, pour des chaussures de marche. Si elle rencontrait quelqu'un, elle n'était qu'une randonneuse égarée.

Elle se glissa par une brèche de la clôture et descendit la piste. Il faisait de plus en plus mauvais. Le temps qu'elle atteigne le bord de l'eau, un grain avait gagné la côte. Sous la couverture blanche, des nuages plus petits et plus sombres filaient en escadrilles, rapides comme des vols d'oiseaux. Par un temps pareil, personne ne devait être dehors. La tête baissée, elle accéléra néanmoins l'allure.

La paroi rocheuse était invisible de la carrière. Flea s'arrêta, jeta un dernier coup d'œil par-dessus son épaule pour vérifier qu'elle était bien seule et s'accroupit derrière le rocher. Elle trouva l'endroit qu'elle cherchait, posa son sac à dos, y prit les quelques objets dont elle avait besoin. Tout était question de rapidité et de détermination. Ne pense pas, agis.

Elle enfonça la première cheville dans la roche calcaire. Son père, mort depuis longtemps, avait été un aventurier absolu. Un adepte de la plongée, de la spéléo, de l'escalade. Il lui avait légué son esprit d'aventure mais la varappe n'était jamais devenue pour elle une seconde nature. Elle n'était pas comme ces alpinistes capables de faire des tractions avec deux doigts. La paroi calcaire était en principe facile à escalader, avec ses fissures verticales et horizontales, mais elle trouva que c'était une vraie vacherie – toujours les mains aux mauvais endroits – et les crevasses étaient à présent comblées par la craie qu'elle avait utilisée. Elle s'interrompait régulièrement pour en extraire des poignées de boue blanchâtre. Ne pas laisser de traces. Jamais.

Flea était menue mais solide. Quand on ne sait jamais ce qui vous attend au coin de la rue, il vaut mieux se maintenir en forme, et elle s'entraînait chaque jour. Au moins deux heures. Jogging, haltères. Elle était au top. Malgré sa technique médiocre, l'ascension lui prit moins de dix minutes et elle n'était même pas essoufflée en parvenant au sommet.

À cette hauteur, le vent hurlait autour d'elle et plaquait l'anorak contre son corps, projetant ses cheveux dans ses yeux. Elle glissa les doigts dans une fente, tourna la tête pour plonger le regard dans la vallée battue par la pluie. D'en bas, le rocher était caché, à l'exception de cette petite partie que des automobilistes auraient pu voir en passant si c'était vraiment son jour de malchance. Mais la route était quasi déserte : seulement une ou deux voitures, qui roulaient avec les codes allumés et les essuie-glaces réglés à la vitesse maximale. Flea se collait cependant contre la paroi pour être presque invisible.

Elle cala ses pieds, se tourna légèrement vers la gauche, agrippa des ajoncs à deux mains et les écarta. Elle hésita un instant, se força à approcher la tête de la cavité. Prit une inspiration et retint l'air dans ses poumons.

Elle expira en toussant, lâcha les ajoncs, détourna la tête et pressa une main contre son nez.

Le cadavre était encore là. Elle le sentait. La puanteur âcre, écœurante, lui avait appris ce qu'elle voulait savoir. Envahissante mais moins qu'avant, ce qui signifiait que le corps suivait le processus normal de décomposition. En été, l'odeur avait été insupportable. Certains jours, elle flottait même jusqu'en bas, dans le sentier, où un passant aurait pu la détecter. C'était mieux maintenant. Beaucoup mieux. Cela voulait dire que le corps de la femme se désintégrait.

L'ouverture dans laquelle Flea avait glissé le nez menait à une crevasse qui s'enfonçait dans la roche en sinuant. Plus bas, à près de huit mètres sous elle, la crevasse aboutissait à une grotte dont l'unique entrée se trouvait sous l'eau. Il était quasi impossible d'y accéder sans un équipement de plongée professionnel et une connaissance détaillée des contours de la carrière. Flea l'avait fait, elle avait plongé et avait pénétré dans la grotte à deux reprises depuis qu'elle y avait déposé le corps, six mois plus tôt, simplement pour vérifier que personne ne l'avait découvert. Il se trouvait dans un trou, recouvert de pierres. Personne ne pouvait soupçonner sa présence. Le seul indice était l'odeur aisément identifiable qui remontait par le système d'aération naturel de la grotte, par des fissures invisibles, pour s'échapper là-haut sur la paroi rocheuse.

Un bruit se fit entendre de l'autre côté de la carrière : la grille s'ouvrait. Flea écarta bras et jambes et se laissa glisser rapidement, s'écorchant les genoux, maculant de terre orange le devant de son anorak. Elle toucha le sol les jambes fléchies, tendit l'oreille. Avec le vent et la pluie, c'était difficile à dire, mais elle pensait avoir entendu une voiture.

Elle rampa jusqu'au bord du rocher. Avança la tête. La retira aussitôt.

Une voiture. Phares allumés. Roulant lentement sous la pluie après avoir franchi la grille. Mais il y avait pire. Elle plaqua la tête contre la roche mouillée et risqua de nouveau un œil. Oui, c'était une voiture de flics.

Et maintenant, grosse maligne ?

Prestement, elle ôta les genouillères, les gants. Elle ne put atteindre les chevilles les plus hautes mais elle arracha les autres et les dissimula avec son équipement sous les ajoncs poussant à ses pieds. Elle s'accroupit et avança en crabe, protégée par les broussailles, jusqu'à un autre rocher derrière lequel elle se redressa et regarda de nouveau.

La voiture des flics s'était arrêtée là où était empilé le matériel d'extraction abandonné. Ses phares étaient éclaboussés de boue. Le chauffeur était peut-être venu satisfaire un besoin naturel. Ou passer un coup de téléphone. Ou manger un sandwich. Il coupa le contact et baissa sa vitre, passa la tête dehors, les yeux plissés à cause de la pluie, puis se pencha vers le siège du passager, cherchant quelque chose.

Un sandwich ? Pourvu que ce soit un sandwich, bon Dieu. Un portable ?

Non. C'était une torche électrique. Merde.

Il ouvrit la portière. La pluie et les nuages avaient tellement assombri le ciel que la lampe était assez puissante pour prendre les gouttes dans son faisceau. Le cône de lumière monta de la voiture quand l'homme se leva et enfila un imperméable, puis il retomba et balaya les arbres bordant la piste. Le policier claqua la portière, s'approcha de l'eau et braqua la torche sur la surface qui bouillonnait sous la pluie battante. De l'autre côté de la grille, l'une des branches que Flea avait utilisées pour camoufler sa voiture avait été enlevée. Le flic savait qu'il y avait quelqu'un dans la carrière.

Il se tourna brusquement comme s'il avait entendu un bruit et pointa la lampe vers l'endroit où se tenait Flea. Elle recula derrière le rocher. Le vent faisait larmoyer ses yeux, son cœur martelait sa poitrine. Le flic fit quelques pas, ses semelles crissèrent sur le gravier. Un, deux, trois, quatre pas. Puis d'autres, plus décidés. Cinq, six, sept. Dans la direction de Flea.

Elle prit sa respiration, ôta sa capuche, s'avança vers le faisceau de la lampe. L'homme s'arrêta à deux mètres d'elle, la torche tendue devant lui.

— Bonjour, dit-il.
— Bonjour.
— Vous savez que c'est privé, ici ? Ça appartient à la cimenterie.
— Je sais.
— Vous travaillez dans les carrières ?

Elle lui adressa un demi-sourire.

— Ça ne fait pas longtemps que vous êtes dans la police, hein ?
— Propriété privée, vous savez ce que ça veut dire ?
— Ça veut dire que je ne devrais pas être ici. Pas sans autorisation.

Il haussa les sourcils.

— C'est bien, vous avez compris.

Braquant la torche sur la piste, il demanda :

— C'est votre voiture, là-bas ?
— Oui.
— Vous n'auriez pas essayé de la planquer ? Avec des branches ?

Elle rit.

— Bien sûr que non. Pourquoi j'aurais fait ça ?
— Vous n'avez pas mis des branches dessus ?

Plaçant une main en visière pour protéger ses yeux de la pluie, Flea regarda la voiture.

— C'est le vent qui a dû les pousser autour. Mais c'est vrai, on dirait qu'on a essayé de la cacher.

Le flic ramena le faisceau de la lampe sur elle, examina son anorak. S'il remarqua les chaussures d'escalade, il n'en montra rien et fit deux pas de plus vers elle.

Quand elle plongea la main à l'intérieur de l'anorak, il réagit aussitôt, fourra la torche sous son bras, posa la main droite sur sa radio, la gauche sur sa bombe de gaz lacrymogène.

— Tout va bien, assura Flea.

Elle laissa sa main retomber, baissa la fermeture Éclair de son vêtement pour que le flic puisse voir la poche intérieure.

— Elle est là, mon autorisation. Je vous la montre ?

— Votre autorisation ? dit-il sans quitter la poche des yeux. Quel genre d'autorisation ?

— Attendez.

Elle fit un pas en avant.

— Regardez vous-même, si ça peut vous rassurer.

L'homme s'humecta les lèvres. Sa main droite abandonna la radio et se tendit vers la poche de Flea.

— Y a rien de coupant, là-dedans ? Je risque pas de me blesser ?

— Rien.

— Vous avez intérêt à me dire la vérité.

— Je vous dis la vérité.

Il glissa lentement la main dans la poche, saisit quelque chose, plissa le front. Il retira l'objet de la poche et l'examina.

Une carte de police. Dans un portefeuille en cuir.

— Vous êtes flic ?

Il lut le nom inscrit sur la carte.

— Sergent Marley ? J'ai entendu parler de vous.

— Je dirige la BRS, la brigade de recherche subaquatique.

Il lui rendit sa carte.

— Qu'est-ce que vous faites ici ?

— Je compte organiser une séance d'entraînement dans la carrière la semaine prochaine. J'étais venue en reconnaissance.

Flea leva les yeux vers les nuages et poursuivit :

— Avec un temps pareil, autant se geler les fesses sous l'eau.

Le policier éteignit sa lampe.

— La BRS.

— C'est ça.

— Paraît que ça chauffe pour votre brigade en ce moment.

Elle ne répondit pas.

— Visites du grand patron, à ce que j'ai entendu, continua le flic. Et enquête de l'inspection générale, non ?

Flea prit une expression détachée. Referma le portefeuille et le rangea dans sa poche.

— Pas le temps de s'attarder sur les erreurs passées. On a un boulot à faire. Comme vous.

L'homme approuva d'un signe de tête, parut sur le point de faire un commentaire mais dut changer d'avis. Il porta un doigt à sa casquette, se retourna et marcha sans se hâter vers sa voiture. Il démarra, fit demi-tour en trois manœuvres et franchit la grille dans l'autre sens, ralentit en passant devant la voiture de Flea, l'examina un moment puis appuya sur l'accélérateur et disparut.

Flea se tenait immobile sous la pluie.

« Paraît que ça chauffe pour votre brigade en ce moment »...

Avec un frisson, elle remonta la fermeture de son anorak et parcourut des yeux la carrière déserte. La pluie coulait sur ses joues comme des larmes. Personne ne lui avait dit ça en face. Pas encore. Quand elle étudia l'effet que ces mots avaient produit sur elle, elle fut étonnée. Ça lui faisait mal que son groupe soit en danger. Le bloc solide logé dans sa poitrine se lézarda. Il y était depuis qu'elle avait caché le cadavre dans la grotte. Flea respira lentement jusqu'à ce qu'elle ait recouvré son calme.

4

À 20 h 30 ce soir-là, il n'y avait toujours pas de nouvelles de Martha, mais l'enquête avait progressé. La Crim avait une piste. Une femme de Frome ayant vu un reportage sur l'affaire au journal télévisé avait estimé qu'elle avait quelque chose à déclarer à la police. Elle avait fait sa déposition aux flics locaux, qui l'avaient transmise à la Criminelle.

Caffery se rendit à Frome en empruntant les routes secondaires, sur lesquelles il pourrait rouler vite sans se faire arrêter. La pluie avait cessé mais le vent continuait à souffler en tempête. Chaque fois qu'il donnait l'impression de faiblir, il rejaillissait de nulle part et balayait la route, égouttant les arbres sur la voiture. La maison du témoin était chauffée, pourtant Caffery n'arrivait pas à s'y sentir bien. Il refusa le thé que la femme lui proposa, lui parla pendant dix minutes avant d'aller chercher au distributeur d'une station-service un cappuccino qu'il but devant la maison, le manteau boutonné jusqu'en haut pour se protéger du vent. Il cherchait à se faire une impression de la rue et du quartier.

À midi, une heure avant l'agression dont Rose Bradley avait été victime, un homme s'était garé là dans une voiture bleu foncé. La femme l'avait observé de sa fenêtre parce qu'il avait l'air nerveux. Comme il avait relevé son col, elle n'avait pu voir son visage mais elle était sûre qu'il était blanc, avec des cheveux bruns. Il portait un anorak et tenait dans la main gauche quelque chose dont elle pensait rétrospectivement qu'il pouvait s'agir d'un masque en caoutchouc. Elle l'avait vu sortir de la voiture mais un coup de téléphone avait détourné son attention et, quand elle était revenue à la fenêtre, il n'y avait plus personne dans la rue. La voiture était restée, cependant. Toute la journée. Ce n'est qu'après le journal télévisé qu'elle avait de nouveau regardé par la fenêtre et constaté sa disparition. L'homme était probablement venu la rechercher en fin de journée.

Elle était presque certaine que c'était une Vauxhall – elle ne connaissait pas grand-chose aux voitures mais elle était sûre d'avoir vu un écusson avec un griffon. Quand Caffery l'avait emmenée dehors et lui avait montré une Vauxhall garée sous un réverbère quelques mètres plus loin, elle avait examiné l'insigne et hoché la tête. Oui, la même. En bleu foncé. Pas très propre. Et l'immatriculation se terminait peut-être par WW, mais elle ne pouvait pas en jurer. À part ces détails, elle ne se rappelait rien d'autre, malgré toute sa bonne volonté.

Posté à l'endroit où la voiture bleue avait été garée, Caffery tenta de déterminer si quelqu'un d'autre avait pu la voir. Tout au bout de la rue obscure et battue par le vent, une supérette projetait sa lumière dans la nuit : enseigne en plastique au-dessus de la vitrine, promotions scotchées sur la vitre, poubelle avec une affiche du journal local claquant au vent sous le treillis métallique. Caffery traversa la chaussée, finit son café et jeta le gobelet dans la poubelle avant d'entrer dans le magasin.

— Salut, dit-il en montrant sa carte à la caissière d'origine pakistanaise. Le gérant est là ?

— C'est moi, répondit-elle, plissant les yeux pour lire la carte. C'est comment, votre nom ?

— Caffery. Jack, si vous préférez qu'on s'appelle par nos prénoms.

— Et vous êtes quoi ? Inspecteur ?

— On peut dire ça.

Du menton, il indiqua la caméra installée au-dessus de la caisse.

— Elle est chargée ?

La femme leva les yeux.

— Vous allez me rendre ma carte ?

— Quoi ?

— Pour le vol.

— Je ne suis pas au courant. J'appartiens à une brigade centrale, je ne reçois pas ce genre d'information. Quel vol ?

Il y avait une file de clients qui attendaient. La gérante fit signe à un jeune homme occupé à réapprovisionner les rayons de la remplacer, puis elle retira la clé de sa caisse, passa autour de son cou l'élastique rose auquel le trousseau était attaché et, d'un geste, invita Caffery à la suivre. Ils passèrent devant le comptoir des billets de loterie, devant deux guichets postaux dont le rideau était baissé, et pénétrèrent dans la remise située au fond du magasin. Ils se retrouvèrent parmi les cartons de paquets de chips et les ballots de magazines invendus prêts à être renvoyés.

— Quelqu'un est entré la semaine dernière et a sorti un couteau. Ils étaient deux, des jeunes avec des sweats à capuche. Moi, je n'étais pas là. Ils ont pris une quarantaine de livres dans la caisse.

— Des ados, vous dites. Pas des adultes ?

— Non. Je crois savoir qui c'était. Il ne reste qu'à convaincre vos collègues de me croire. Ils sont encore en train de regarder l'enregistrement.

Dans un coin, un moniteur en noir et blanc montrait la nuque de l'employé encaissant un billet de loterie, le rayon des confiseries au-delà et, plus loin encore, la rue, les détritus poussés par le vent dans la nuit. Caffery scruta l'écran. Dans le coin inférieur gauche, après les affichettes, les magazines et les voitures en stationnement, il apercevait la place libre où le témoin avait vu la Vauxhall bleue.

— Il y a eu un vol de voiture avec violence, ce matin.

— Je sais, dit la gérante en secouant la tête. Dans le centre. La petite, c'est terrible. Terrible. Tout le monde en parle. C'est pour ça que vous êtes ici ?

— Quelqu'un à qui on aimerait parler se serait garé là, répondit Caffery en tapotant l'écran. La voiture y est restée toute la journée. Vous pourriez me montrer l'enregistrement ?

Avec une autre clé accrochée à l'élastique rose, la femme ouvrit un élément encastré dans le mur, révélant un magnétoscope. Elle appuya sur un bouton, fronça les sourcils, appuya sur un autre bouton. Un message apparut sur l'écran : *Insérer la carte média.* Jurant à mi-voix, elle pressa un troisième bouton. L'écran s'éclaircit pendant une seconde ou deux puis le même message réapparut. La gérante demeura immobile et silencieuse, le dos tourné à Caffery. Lorsqu'elle finit par se retourner, son expression avait changé.

— Qu'est-ce qu'il y a ? demanda-t-il.
— Il ne marche pas.
— Comment ça ?
— Il n'est pas allumé.
— Pourquoi ?
— Je ne sais pas. Non, se corrigea-t-elle. C'est faux. Je sais pourquoi. Quand les policiers ont pris la carte…
— Oui ?
— Ils ont dit qu'ils en mettraient une autre et qu'ils remettraient l'appareil en route. Je n'ai pas vérifié. Il n'y a rien sur cette carte. Je suis la seule à avoir la clé, personne n'a touché à l'appareil depuis lundi, quand la police est venue pour avoir les images du vol.

Caffery s'avança jusqu'au seuil de la remise et son regard traversa la supérette, effleura les clients avec leurs journaux et leurs bouteilles de mauvais vin pour se porter sur la rue. Sur les voitures garées dans les flaques de lumière des réverbères.

La gérante le rejoignit.

— Je peux vous dire une chose. Si votre gars s'est garé ici pour aller en ville, il venait de Buckland.
— Buckland ? Je suis nouveau dans le coin. C'est dans quelle direction, Buckland ?
— La direction de Radstock. Midsomer Norton ? Vous connaissez ?
— Ça ne me dit rien.
— C'est de là qu'il devait venir. Radstock, Midsomer Norton, dit-elle en jouant avec l'élastique accroché à son cou.

Il flottait autour d'elle un parfum floral, léger et bon marché. De ceux qu'on achète dans une pharmacie de quartier.

Le père de Caffery avait été un raciste ordinaire, à la manière détachée et banale des conversations de pub de son époque. Nonchalante et irréfléchie. Il disait par exemple à son fils que les « Pakis » étaient des types corrects, qui travaillaient dur, mais qui sentaient le curry. Comme ça. Le curry et l'oignon. Caffery prit conscience qu'une partie de lui s'attendait encore à ce que ce soit vrai et s'étonnait que ce ne le soit pas. Ce qui montre à quelle profondeur l'influence parentale peut se nicher, pensa-t-il. Et combien un esprit d'enfant est une matière brute et vulnérable.

— Je peux vous demander quelque chose ? reprit la gérante.

— Allez-y.

— La petite, Martha, qu'est-ce qu'il va en faire, d'après vous ? Quelles choses horribles il va lui faire, ce type ?

Caffery prit une longue inspiration.

— Il ne lui fera rien. Il la déposera quelque part, dans un endroit sûr où on pourra la retrouver. Et il ira se cacher dans les collines.

5

La nuit s'était installée avec une sorte de permanence vengeresse. Caffery avait décidé qu'il n'avait plus besoin de retourner chez les Bradley. Il n'avait rien à leur dire et de toute façon, selon l'OLF, ils étaient envahis par des gens venus témoigner leur sympathie : voisins, amis, paroissiens qui leur apportaient des fleurs, des gâteaux et des bouteilles de vin pour les réconforter. Après s'être assuré qu'on avait transmis le signalement de la Vauxhall au système d'identification automatique des plaques d'immatriculation, l'IAPI, Caffery, qui avait une montagne de paperasse en retard, retourna au bureau de la brigade niché derrière un poste de police de Kingswood, à l'extrémité nord-est de l'immense pieuvre que constituait la banlieue de Bristol.

Il arrêta sa voiture devant la grille électronique, descendit dans la lumière vive des lampes de sécurité, releva la manche de sa chemise pour lire le code écrit au stylo à l'intérieur de son poignet. Il y avait eu un vol dans ce parking trois semaines plus tôt : un des véhicules de la brigade avait disparu sous le nez des policiers. Malaise général et changement de code d'accès pour tout le monde. Caffery avait encore du mal à se souvenir de la nouvelle combinaison. Il en avait tapé la moitié quand il s'aperçut que quelqu'un l'observait.

La main sur le clavier du digicode, il se retourna et découvrit le sergent Flea Marley à côté d'une voiture dont elle tenait la portière ouverte. Elle la claqua, se dirigea vers lui. La lumière commandée par une minuterie s'éteignit. Caffery rabattit sa manche de chemise, se sentant absurdement piégé.

Il avait près de quarante ans et, longtemps, il avait cru savoir ce qu'il cherchait chez les femmes. La plupart lui avaient brisé le cœur, si bien qu'il avait appris à se montrer pragmatique avec elles. Mais celle qui s'approchait de lui l'avait amené à se demander si cette attitude n'était pas la cause de la boule de solitude nichée en lui. Six mois plus tôt, il avait été tenté d'y remédier, puis tout ce qu'il avait cru savoir sur Flea avait volé en éclats quand il l'avait vue commettre un acte signifiant qu'elle n'était pas la personne qu'il avait imaginée. Cette découverte, faite par hasard, l'avait laissé totalement désemparé. Désemparé et miné par une déception comme il n'en avait plus éprouvé depuis l'enfance, cette époque où les « Pakis » sentaient le curry et où tout l'affectait profondément. Comme de faire partie de l'équipe de foot perdante. Ou de ne pas recevoir à Noël le vélo qu'il espérait. Depuis, il avait croisé Flea à une ou deux reprises et il savait parfaitement qu'il aurait dû lui parler de ce qu'il avait vu, mais les mots ne lui venaient pas encore. Parce qu'il ne comprenait pas pourquoi elle avait fait cette chose.

Flea s'arrêta à deux mètres de lui. Elle était vêtue d'un pantalon cargo noir, d'un sweat et d'un imperméable. Sa chevelure blonde, d'habitude maintenue par un élastique, lui tombait sur les épaules. Beaucoup trop jolie pour un chef de brigade.

— Jack, dit-elle.

Il tendit le bras, ferma la portière de la Mondeo, ferma son visage. Il avait du mal à s'empêcher de la regarder trop attentivement.

— Salut, lui répondit-il quand elle s'approcha encore. Ça faisait une paye.

6

Flea était encore troublée après sa mésaventure à la carrière quand la nouvelle du vol de voiture – et de l'enlèvement de la petite fille – s'était répandue dans tout le service, jusqu'à sa lointaine brigade, et lui avait donné de sérieux maux de tête. Il n'y avait qu'une personne à qui elle pouvait en parler, c'était le commissaire adjoint Jack Caffery. À la fin de son service, elle s'était rendue directement au bureau de la Crim à Kingswood.

Il se tenait devant la grille, près de sa voiture, entouré de flaques d'eau dans lesquelles se reflétait la lumière jaune des fenêtres du bureau derrière lui. Il portait un épais manteau et, immobile, regardait Flea approcher. Il était brun, de taille moyenne, mince. C'était un bon policier, brillant, même, auraient dit certains, mais des rumeurs circulaient à son sujet. Parce qu'il y avait en lui quelque chose d'un peu tordu. Sauvage et solitaire. On le voyait à son regard.

Il n'avait pas l'air ravi de la voir. Elle hésita, lui adressa un sourire mal assuré.

Il s'enquit :

— Comment ça va ?

— Bien, répondit Flea.

Elle hocha la tête, désarçonnée par son expression. Quelques mois plus tôt, il la regardait parfois d'une manière très différente, comme un homme est censé regarder une femme. C'était arrivé deux ou trois fois. À présent, il la regardait comme si elle l'avait déçu.

— Et vous ?

— Oh, toujours la même merde. J'ai entendu dire que votre brigade a des problèmes.

Les nouvelles allaient vite. La BRS avait accumulé les bourdes ces derniers temps : au cours d'une opération de recherche d'un suicidé à Bridgewater, l'équipe était passée à côté du corps dans la rivière. De plus, elle avait laissé au fond du port de Bristol du matériel de plongée d'une valeur de mille livres. S'ajoutaient à cela d'autres ratés et petites erreurs qui faisaient que la brigade de recherche subaquatique était sur les rotules, que les objectifs n'étaient pas atteints, les primes suspendues, avec une seule personne à blâmer, son chef, le sergent Marley. C'était la deuxième fois de la journée que quelqu'un avait la bonne idée d'évoquer ces difficultés devant Flea.

— Je commence à être fatiguée d'entendre ça, dit-elle. On a eu des problèmes mais on s'est ressaisis. J'ai confiance.

Caffery acquiesça sans conviction, inspecta la route comme s'il y cherchait une bonne raison pour qu'ils restent plantés là.

— Alors ? Qu'est-ce qui vous tracasse, sergent Marley ?

Un instant, elle faillit ne rien lui dire, à cause du ton las, désabusé, avec lequel il lui parlait. C'était comme s'il déversait sur elle toute la déception du monde.

— OK, soupira-t-elle. J'ai entendu les infos, pour le vol de voiture avec violence.
— Et ?
— J'ai pensé que je devais vous prévenir. Ce n'est pas la première fois.
— La première fois que quoi ?
— Le type qui vient de piquer la Yaris. Il a déjà fait ça. Et ce n'est pas seulement un voleur de voiture.
— Qu'est-ce que vous racontez ?
— Il portait un masque de Père Noël, d'accord ? Il a volé une voiture, il y avait une gosse dedans. C'est la troisième fois.
— Holà ! Attendez un peu…
— Écoutez, je ne devrais pas vous en parler, ça m'a valu des ennuis la première fois. J'ai fourré mon nez dans cette affaire et j'ai pris une baffe : mon supérieur m'a ordonné de laisser tomber. Il n'y avait pas de victime, je perdais mon temps. Alors, je ne vous ai rien dit, d'accord ?
— J'ai compris.
— Il y a deux ans, vous étiez encore en poste à Londres, un couple se baladait près des quais. Un type leur saute dessus, leur prend les clés et se tire avec la voiture. Même scénario cette année au printemps. Vous vous rappelez le chien mort que j'ai retrouvé dans la carrière à la grotte de l'Elfe ? Le chien de cette femme ? Le meurtre ?
— Je m'en souviens.
— Mais vous savez pourquoi mon équipe faisait des recherches dans la carrière ?
— Non, je ne… Si. C'était une histoire de vol de voiture avec violence. Vous pensiez que le gars avait balancé la bagnole dans la carrière.

— On avait reçu un appel d'une cabine téléphonique de l'autoroute. Un témoin signalant qu'il avait vu la voiture pénétrer dans la carrière. Une Lexus volée dans les environs de Bruton. Finalement, ce n'était pas un témoin qui avait passé le coup de fil, mais le voleur. Il n'y avait pas de voiture dans la carrière.

Caffery garda un moment le silence, les yeux dans le vague, comme s'il réorganisait ses pensées.

— Et vous croyez que c'est le même type parce que…

— Parce qu'il y avait une gamine à l'arrière.

— Une gamine ?

— Oui. Les deux fois, le voleur a emmené une enfant en même temps que la voiture. Les deux fois, il a pris peur, il l'a déposée quelque part. Je sais que c'est le même parce que dans les deux cas, c'étaient des petites filles. De moins de dix ans.

— Martha en a onze, fit observer distraitement Caffery.

Flea se sentit soudain lourde, lourde et glacée. Elle s'en voulait de ce qu'elle allait faire subir à Caffery : il avait une bonne raison de réagir plus intensément que la plupart des gens à ce genre d'histoire. Un pédophile avait enlevé son frère trente ans plus tôt. On n'avait jamais retrouvé le corps.

— Voilà, conclut-elle d'une voix radoucie. Ce n'est pas les voitures qu'il veut, c'est les gamines.

Caffery ne parla pas, ne bougea pas. Il se contentait de la regarder, le visage impassible. Une voiture passa, les prit dans ses phares. Quelques gouttes de pluie tombèrent.

— Bon, j'ai dit ce que j'avais à dire, reprit Flea. À vous de voir ce que vous voulez en faire.

Elle attendit. Comme il ne répondait pas, elle retourna à sa voiture, s'y assit et l'observa, éclairé à moitié par un réverbère, à moitié par les lumières du parking. Figé comme une statue. Elle repensa à la façon dont il l'avait regardée. Comme si, pour une raison ou une autre, elle l'avait déçu. Il ne restait rien dans ses yeux des intentions qu'elle avait cru y déceler. Cette lueur qui, six mois plus tôt, lui avait entrouvert le cœur et lui avait donné l'impression d'être à la fois poussière et chaleur.

Laisse-lui une journée, se dit-elle en démarrant.

Si elle apprenait le lendemain soir qu'il n'avait rien fait, elle en parlerait au patron de la Crim.

7

Ce soir-là, tous les bulletins d'informations parlèrent de Martha. Toutes les heures, jusque tard dans la nuit. Le réseau des personnes qui la recherchaient s'étendit à travers le comté, à travers le pays. Les flics de la circulation passèrent une nuit blanche, les yeux rivés à leurs écrans, cherchant dans leur base de données les propriétaires de toutes les Vauxhall bleu foncé repérées par le système IAPI. Leurs confrères des autres services s'accordèrent une heure ou deux de sommeil, leur portable allumé à portée de main. De simples citoyens, ayant appris la nouvelle, enfilèrent imperméables et bottes pour aller regarder dans leur cabane de jardin, dans leur garage. Ils inspectèrent les fossés, les talus bordant leur maison. Aucun d'eux n'exprima à voix haute ce qu'ils pensaient tous : que Martha était peut-être déjà morte. Par une nuit aussi froide, une fillette, vêtue seulement d'un tee-shirt, d'un cardigan et d'un imperméable... Le service photographique de la police avait distribué des photos des chaussures de Martha. Des petites chaussures à bride, ornées d'un dessin imprimé dans le cuir. Pas du tout adaptées au temps.

Les heures passèrent. La nuit devint l'aube, l'aube devint un autre jour. Un jour de bourrasque et d'eau. Un dimanche. Martha Bradley ne soufflerait pas de bougies ce jour-là. À Oakhill, Jonathan Bradley annula la fête d'anniversaire. Il demanda à un autre pasteur de le remplacer pour les offices, et la famille resta chez elle dans la cuisine à attendre des nouvelles. De l'autre côté de Bristol, dans les rues de Kingswood, quelques rares personnes bravèrent le mauvais temps pour se rendre à la messe et passèrent devant le bureau de la Criminelle, emmitouflées dans leurs écharpes, luttant contre le vent polaire qui n'avait pas faibli de la nuit.

À l'intérieur du bâtiment, c'était une autre histoire. On passait d'un bureau à l'autre en bras de chemise. Les vitres étaient embuées et tout le monde s'activait. Les congés avaient été suspendus et tous les policiers faisaient des heures supplémentaires sans rechigner. La salle des enquêteurs faisait penser à une séance à la Bourse où les traders, accrochés à leur téléphone, s'interpellaient d'un bout à l'autre de la salle. S'ajoutant aux autres affaires dont la brigade criminelle s'occupait déjà, cet enlèvement donnait aux flics une migraine aiguë et personne n'avait beaucoup dormi. Au cours d'une série de réunions d'urgence tenues ce matin-là, Caffery délégua des responsabilités. Il disposait d'effectifs relativement importants, il avait carte blanche pour choisir son équipe et dresser la liste de ce qu'il souhaitait : un groupe de techniciens du HOLMES[1], avec le

---

1. Home Office Large Major Enquiry System : réseau informatique de soutien aux enquêtes majeures du ministère de l'Intérieur britannique. (*Toutes les notes sont du traducteur.*)

renfort de cinq inspecteurs de différents services. Puis il sélectionna un noyau de deux hommes et une femme couvrant approximativement l'éventail de compétences dont il pensait avoir besoin.

D'abord le constable Prody. Un nouveau qui venait de passer en tenue civile, un grand costaud, vêtu avec soin. Il avait travaillé quatre ans à la circulation, ce qui le plaçait au bas de l'échelle hiérarchique de la police, même si personne ne le lui aurait dit en face. Caffery était cependant prêt à lui donner sa chance. Il sentait que Prody avait l'étoffe d'un bon flic. En plus, son expérience de la brigade routière représentait un avantage dans une affaire où plusieurs voitures étaient concernées. Ensuite le sergent inspecteur Paluzzi, qui disait que si les gars de l'équipe devaient finir par la surnommer Lollapalooza[1] derrière son dos, elle préférait qu'ils l'annoncent franchement. Ce qu'ils firent. Lollapalooza était une vraie beauté à la peau mate, au regard langoureux, avec un goût immodéré pour les talons hauts. Elle venait tous les jours au boulot dans une Ka rouge baiser qu'elle garait parfois effrontément sur l'emplacement officieusement réservé au commissaire divisionnaire, rien que pour l'énerver. Lollapalooza aurait dû semer la perturbation dans l'équipe, mais c'était une bosseuse et Caffery avait besoin d'une femme au cas où l'affaire Bradley serait bien une histoire de pédophile, comme le prétendait Flea Marley.

Enfin le sergent inspecteur Turner, un flic expérimenté, branché sur courant alternatif. Il avait deux vitesses de fonctionnement : la cadence « boulot intéres-

---

1. En argot, « exceptionnel », « remarquable ».

sant », qui faisait de lui un policier veillant toute la nuit et vivant sur les nerfs, et la cadence « boulot inintéressant », qui le transformait en fonctionnaire pantouflard qu'il fallait menacer d'une sanction pour le sortir du lit. Il était père de deux enfants et Caffery savait qu'il serait remonté à bloc. À 10 heures ce matin-là, Turner tournait à plein régime. Il avait déjà retrouvé deux précédentes victimes de vols de voiture avec violence et les avait amenées à Caffery. Il aurait sans doute fallu les interroger séparément mais le commissaire adjoint était prêt à bousculer la procédure pour gagner quelques heures. Il les conduisit ensemble dans la seule pièce du bâtiment bénéficiant d'un minimum d'isolation phonique, une petite salle au fond d'un couloir au rez-de-chaussée.

— Désolé de vous recevoir ici, s'excusa-t-il.

Du pied, il ferma la porte sur le boucan des autres pièces, alluma des tubes fluorescents tremblotants et posa sa pile de paperasse sur le bureau avec son dictaphone MP3.

— Asseyez-vous. Ce n'est pas le grand luxe, ici.

Chacun des témoins choisit une chaise.

— Damien ? reprit Caffery en tendant la main au jeune Noir assis à droite. Merci d'être venu.

L'homme se leva à demi et lui serra la main.

— Pas de problème. Salut.

Doté d'une carrure de footballeur professionnel, Damien Graham portait une veste en cuir magenta et un jean de grande marque moulant ses cuisses massives. Il avait tout du frimeur, cela se voyait dans la façon dont il tenait la main en l'air, la manche juste assez rabattue pour révéler sa lourde Rolex. Il gardait les genoux écartés pour montrer qu'il maîtrisait parfaitement la situation. Simone Blunt, assise à côté de lui, était tout à fait l'inverse. Blanche, trente-cinq ans environ, blonde et d'une élégance décontractée, portant la panoplie de la cadre ambitieuse haut de gamme : chemisier très décolleté, bas noirs sur des jambes d'enfer, tailleur à jupe courte, chic et pas trop ouvertement sexy. Trop professionnelle pour flirter.

— Madame Blunt…

— Simone, je vous en prie, répondit-elle en se penchant en avant pour la poignée de main. Ravie.

— J'espère que vous ne voyez pas d'inconvénient à ce que Cleo ne soit pas ici avec vous. J'ai pensé que ce ne serait pas une bonne idée. J'aimerais lui parler plus tard si vous êtes d'accord.

Lollapalooza s'occupait de la fille de Simone Blunt dans une autre pièce.

— Nous attendons une collègue de la BM. Elle saura comment lui parler. La BM est la brigade…

— … de protection des mineurs, je sais. C'est eux qui l'ont interrogée, à l'époque.

— Ils nous envoient quelqu'un.

Caffery tira une chaise à lui et s'assit, les coudes sur le bureau.

— Bien. Est-ce que M. Turner vous a expliqué pourquoi vous êtes ici ?

Damien acquiesça de la tête.

— La petite d'hier soir.

Il avait un accent londonien. South London, supposa Caffery, peut-être même le Sud-Est, son ancien quartier.

— J'ai vu ça à la télé, ajouta Damien.

— Martha Bradley, dit Simone. Je suppose qu'on ne l'a pas retrouvée.

Caffery inclina légèrement la tête vers elle.

— Pas encore. Et nous ne savons pas si cette affaire est liée à ce qui vous est arrivé à tous les deux. Mais je voudrais, avec votre permission, explorer un peu cette possibilité.

Il mit le Dictaphone en marche, tourna le micro dans leur direction.

— Damien, vous voulez commencer ?

Damien tira sur ses manches, gêné d'être assis à côté d'une bourgeoise et résolu à ne pas le montrer.

— Bien sûr. Ça remonte à quelques années, maintenant.

— 2006.

— Ouais. Alysha n'avait que six ans, à l'époque.

— Turner vous a dit que nous aimerions lui poser quelques questions quand le moment vous conviendra ?

— Ça va être dur. Je l'ai pas vue depuis deux ans.

Caffery haussa les sourcils.

— Elle est partie. Retournée au pays. Avec sa conne de mère incapable de la fermer une seconde. Pardon...

Il eut un geste théâtral pour s'excuser, lissa sa chemise et renversa la tête en arrière, les mains sur les revers de sa veste, le petit doigt relevé.

— Pardon, pardon, répéta-t-il. Ma fille n'est pas en Angleterre pour le moment. Je crois qu'elle est en Jamaïque. Avec sa grande bavarde de mère.

— Vous êtes séparés ?

— La meilleure chose que j'aie jamais faite.

— Est-ce que Turner...

Caffery pivota vers la porte, comme si Turner allait apparaître, bloc-notes et crayon à la main comme Miss Moneypenny dans les James Bond. Il se tourna de nouveau vers le témoin.

— Je lui en parlerai. Si vous pouviez nous donner le numéro de téléphone de votre ex-femme...

— Je le connais pas. Je sais pas comment la joindre. Ni elle ni ma fille. Lorna...

Damien dessina des guillemets dans l'air avant de poursuivre :

— Elle s'est « trouvée ». Avec un nullard appelé Prince, qui tient une agence de location de bateaux.

La tête penchée sur le côté, il fit son numéro de Jamaïquain, probablement à l'intention de Simone.

— Y gagne sa thune en baladant les tou'istes. Voyez c'que j'veux di'e ?

— Elle a de la famille ici ? demanda Caffery.

— Non. Et bonne chance pour la retrouver. Si vous lui mettez la main dessus, dites-lui que je veux une photo de ma fille.

— OK, OK, nous en reparlerons tout à l'heure. Revenons à 2006. À ce qui s'est passé.

Damien pressa ses doigts contre ses tempes, comme si cette histoire lui avait embrouillé l'esprit.

— Un drôle de truc, ce qui nous est arrivé. Un drôle de moment aussi, pour être franc. On s'était fait cambrioler, Lorna, Alysha et moi, ça nous avait secoués. En plus, on se voyait pas souvent, j'avais des problèmes au boulot, vous me suivez ? Tout foirait et, d'un seul coup, ce truc. On était dans le parking...

— Devant le théâtre.

— Ouais, l'Hippodrome. On allait sortir de la voiture et cette garce de Lorna était déjà dehors, comme toujours, à retoucher son maquillage à côté de la caisse. Mais ma gamine était encore à l'arrière, et moi j'éteignais le GPS. Et d'un seul coup, y a ce... cette *personne* qui déboule. Quand j'y repense, je crois que c'est le choc, parce que c'est pas mon genre de me laisser emmerder. Mais ce coup-là, j'ai pas réagi. Je suis resté collé sur mon siège. Et la personne me saute dessus et je me retrouve sur le bitume. Vous voyez, là ?

Il tendit la main vers Simone, la montra ensuite à Caffery.

— Il m'a pété le poignet, cet abruti.
— Il a volé la voiture.
— Sous mon nez. Je me croyais futé, mais le type, c'est un rapide : pif, paf, terminé, il fonce dans Clifton avec ma caisse. Il a à peine démarré que ma gosse se met à brailler si fort qu'il perd les pédales.
— Il avait fait huit cents mètres, d'après le dossier, précisa Caffery.
— Ouais, jusqu'à l'université.
— Il a garé la voiture ?
— Sur le trottoir. Il a pété un pneu en montant mais qu'est-ce qu'un radial tout neuf entre amis ? Et après…

Damien agita une main en direction de la fenêtre.

— Il s'est tiré à pied.
— En laissant Alysha ?
— Ouais. Mais elle allait bien. Elle est intelligente, cette gamine. Elle en a dans le crâne. Elle a réagi comme si ça lui arrivait tous les jours. Elle est descendue de la voiture, elle a regardé les curieux qui s'étaient rassemblés et elle leur a balancé : « Qu'est-ce que vous attendez ? Vous appelez la police ou quoi ? »

Simone eut un petit sourire.

— Elle a l'air formidable.
— Ah, c'est une coquine, répondit-il en lui rendant son sourire.
— Vous vous rappelez avoir vu une voiture ?

— Quel genre de voiture ? Y en avait partout. C'était un parking.
— Une Vauxhall bleu foncé.
— Une Vauxhall ?

Il tourna des yeux interrogateurs vers Simone, qui secoua la tête. L'échange n'échappa pas à Caffery : alors que *lui-même* n'avait pas encore décidé si c'était le même homme qui avait volé leurs voitures, pour eux, il n'y avait aucun doute. Et sans savoir dans le détail ce qui était arrivé à Rose Bradley, ils avaient conclu que leur voleur avait également enlevé Martha. Caffery, lui, devait garder l'esprit ouvert. Un coup d'œil aux dépositions originelles de Damien et de Simone montrait des similitudes entre les deux agressions : rapidité et violence, vêtements du voleur. Une cagoule de ski, pas un masque de Père Noël, mais, dans les deux cas, l'homme portait un blouson noir et un jean taille basse avec des mousquetons. « Probablement un modèle à la mode, avait commenté Simone dans sa déposition. Mais, du coup, il semblait plus équipé pour escalader l'Everest que pour voler une voiture. » Rose Bradley avait déclaré, elle, que l'homme « portait un jean avec de petites poches et des lanières ». Caffery savait néanmoins que quelques preuves indirectes ne constituaient pas une certitude.

— Damien ? Une Vauxhall bleu foncé ?
— C'était il y a quatre ans. Désolé. Aucun souvenir.
— Simone ?
— Navrée, il y avait des voitures partout. Je ne me rappelle vraiment pas.

Caffery dirigea le micro du Dictaphone vers la femme.
— C'était à l'heure où on dépose les enfants à l'école ? À Bruton, c'est ça ?

Simone se pencha de nouveau en avant, fixant l'appareil du regard, une main sur l'épaule.

— Exact. Je ne sais pas ce que vous connaissez déjà de l'affaire. Cleo avait neuf ans, elle en a dix maintenant. J'ai attendu deux heures avant d'apprendre qu'on l'avait retrouvée.

Elle adressa un petit sourire à Damien.

— Les deux pires heures de ma vie.

— Deux heures ? s'exclama Damien. Je savais pas. J'en ai pas du tout entendu parler.

— C'était dans le journal local, mais c'est tout. Quand un enfant est retrouvé sain et sauf, on n'en parle pas beaucoup. En plus, c'était en même temps que la disparition de la femme de ce footballeur, Misty Kitson. Personne ne s'intéressait à nous.

— Madame Blunt, intervint Caffery pour empêcher que l'un ou l'autre embraye sur l'affaire Kitson, qui y avait-il dans la voiture ce matin-là ?

— Seulement Cleo et moi.

— Où se trouvait votre mari ?

— Neil avait une réunion de bonne heure ce jour-là. Il fait partie du Bureau d'aide juridique, il donne des conseils sur les problèmes de garde d'enfants en cas de divorce, ce genre de choses. J'ai bien peur que ce soit moi qui fasse vivre la famille. Je suis restée dans le « monde impitoyable ».

Apparemment avec succès, pensa Caffery. Cleo fréquentait la King's School de Bruton, un établissement cher.

— Ça s'est passé devant l'école ?

— Pas exactement. C'était au coin de la rue principale. Je m'étais garée là pour faire une course sur le chemin de l'école. Je retournais à la voiture quand cet homme a surgi de nulle part. Il courait.

— Il a dit quelque chose ?
— Oui. Il a dit : « Allonge-toi, salope. »

Caffery cessa d'écrire.

— Pardon ?
— « Allonge-toi, salope. »
— Notre voleur, il a dit quelque chose comme ça, intervint Damien. À moi : « Descends, connard », et il a traité ma femme de salope. Il lui a dit de se magner le cul.
— Pourquoi ? demanda Simone, intriguée. C'est important ?
— Je ne sais pas, répondit le commissaire adjoint.

Le voleur de Frome avait adressé les mêmes mots à Rose Bradley. Caffery toussota, baissa les yeux et nota *Vocabulaire* sur son bloc. Ajouta un point d'interrogation et entoura le mot. Damien et Simone le regardaient d'un air grave.

— Si c'est le même homme, c'est une étrange coïncidence, fit remarquer la femme. Trois voitures volées, avec chaque fois une petite fille à l'intérieur... On pourrait supposer qu'il s'intéresse davantage aux enfants qu'aux voitures, non ? Vous ne vous demandez pas ce qu'il a pu faire à Martha ?

Caffery fit comme s'il n'avait pas entendu. Il sourit, tentant de convaincre les deux témoins que tout, absolument tout irait bien.

— Merci à tous les deux d'être venus.

Il arrêta le Dictaphone et tendit le bras vers la porte.

— Allons voir si ma collègue de la BM est arrivée, si vous voulez bien.

8

Le bureau de Caffery n'était chauffé que par un petit radiateur qui ronflait dans un coin, mais, avec les quatre personnes qui s'y étaient entassées ce matin-là pour interroger Cleo Blunt, les vitres furent bientôt couvertes de buée. Le commissaire adjoint se tenait dans un coin, les bras croisés. Une femme menue d'une cinquantaine d'années, pull bleu pâle et jupe droite, occupait le fauteuil de Caffery, sa liste de questions à la main. C'était un sergent de la BM. En face d'elle, Simone et sa fille de dix ans, Cleo, avaient pris place sur des chaises pivotantes. La fillette portait un pull marron et un pantalon en velours côtelé, des Kickers roses, et ses cheveux blonds étaient coiffés en couettes. Elle remuait d'un air songeur la tasse de chocolat chaud que Lollapalooza lui avait préparée dans la cuisine. Caffery n'avait pas besoin de la voir à côté de son élégante maman pour comprendre qu'elle fréquentait une école privée et était membre de droit du Pony Club. Cela se voyait à la manière dont elle se tenait. Elle n'en faisait pas étalage, cependant.

— Bien, commença le sergent de la BM, Cleo, tu sais pourquoi tu es là. Ça ne t'ennuie pas ?

— Pas du tout.
— Bon. L'homme qui a pris la voiture de ta maman…
— Et qui ne l'a jamais rapportée…
— En effet. Je sais que tu en as déjà parlé, et quand j'en ai discuté avec la collègue qui t'a interrogée, elle m'a dit que tu l'avais impressionnée. Que tu avais une mémoire formidable. Que tu réfléchissais avant de répondre et que, lorsque tu ne savais pas, tu n'essayais pas d'inventer. Que tu étais totalement franche.

Cleo eut un petit sourire.

— Mais je vais devoir te poser encore quelques questions, poursuivit le sergent. Tu as déjà répondu à certaines. Cela peut te sembler ennuyeux, mais c'est important.

— Je sais que c'est important. Il a pris quelqu'un d'autre, n'est-ce pas ? Une autre petite fille.

— Nous ne le savons pas. Peut-être. Nous sommes obligés de te demander à nouveau de nous aider. Si ça devient trop pénible pour toi, tu me le dis et j'arrête.

L'index du sergent était posé sur la liste des questions concoctée par Caffery. Il lui avait expliqué ce qu'il voulait et elle savait qu'il le voulait vite.

— Tu as dit à ma collègue que cet homme te rappelait quelqu'un. Un personnage d'une histoire.

— Je n'ai pas vu son visage. Il portait un masque.

— Mais tu as parlé de sa voix. Elle ressemblait à celle de…

— Ah oui, dit Cleo.

Elle eut un demi-sourire et roula des yeux, embarrassée par les mots sortis de sa bouche d'enfant six mois plus tôt.

— J'ai dit qu'il ressemblait à Argus Rusard dans Harry Potter. Celui avec la chatte, Miss Teigne. Il avait la même voix.

— Alors, nous l'appellerons Rusard ?

Cleo haussa les épaules.

— Si vous voulez, mais il était pire qu'Argus Rusard. Vraiment pire.

— D'accord. Comment on va l'appeler, alors ? Je ne sais pas – le Concierge ? Argus Rusard est le concierge de Poudlard, non ?

Caffery s'écarta du mur, alla à la porte, fit demi-tour et retourna dans le coin. Il savait que le sergent de la BM avait une méthode à suivre mais il aurait voulu qu'elle accélère un peu. Il regarda par la fenêtre, traversa de nouveau la pièce. Le sergent leva le menton, le regarda placidement avant de revenir à Cleo.

— Oui. Je crois que nous l'appellerons le Concierge.

— Comme vous voudrez.

— Cleo, je veux que tu fasses quelque chose pour moi. Je veux que tu imagines que tu es de nouveau dans la voiture, ce matin-là. Le matin où le Concierge est monté dedans. Mais ce n'est pas encore arrivé. Tu es dans la voiture avec ta maman, pour aller à l'école. Tu peux imaginer ça ?

— Oui, répondit la fillette, les yeux mi-clos.

— Comment tu te sens ?

— Je me sens bien. Mon premier cours, c'est la gym – celui que je préférais à ce moment-là. Je vais pouvoir mettre mon nouveau maillot de sport.

Caffery savait que le sergent était en train d'employer la technique d'entretien cognitif, une méthode très utilisée dans le service. L'interrogateur ramenait le témoin à ses sensations au moment où les faits s'étaient produits, afin qu'il ouvre les vannes de son esprit et laisse affluer les souvenirs.

— Super, dit le sergent. Donc, tu ne portais pas encore ce maillot ?

— Non. J'avais ma robe d'été. Avec un gilet par-dessus. Mon maillot de sport était dans le coffre. Nous ne l'avons pas récupéré, n'est-ce pas, maman ?

— Non.

— Cleo, je sais que c'est difficile, mais imagine maintenant que le Concierge est au volant.

Cleo soupira, ferma les yeux et joignit les mains devant sa poitrine.

— Maintenant, pense à son jean. Ta maman dit que tu te souviens bien de ce jean avec des anneaux. Tu pouvais le voir, ce jean, pendant qu'il conduisait ?

— Pas complètement. Il était assis.

— Il était devant toi ? Là où ton papa s'assoit d'habitude ?

— Oui. Et quand papa conduit, je ne vois pas complètement ses jambes.

— Et ses mains ? Tu pouvais les voir ?

— Oui.

— Qu'est-ce que tu te rappelles à propos de ses mains ?

— Il avait de drôles de gants. Comme au dentiste.

— Chez le dentiste, corrigea Simone.

La femme de la BM leva les yeux vers Caffery, qui avait recommencé à aller et venir. Il pensait aux gants. Le rapport des TSC, les techniciens de scène de crime, sur la Yaris des Blunt ne faisait état d'aucune trace d'ADN, et le voleur portait des gants sur l'enregistrement de la caméra de surveillance à la borne de sortie du parking. L'homme connaissait les méthodes de la police scientifique. Super.

— Quoi d'autre ? insista le sergent. Elles étaient grandes ? petites ?

— Moyennes. Comme celles de papa.

— Maintenant, écoute bien, c'est très important. Tu te rappelles où elles étaient, ses mains ?

— Sur le volant.

— Toujours sur le volant ?

— Oui.

— Il ne l'a jamais lâché ?

— Hmmm… fit Cleo, ouvrant les yeux. Non. Pas jusqu'à ce qu'il arrête et me fasse descendre.

— Il s'est penché vers l'arrière pour ouvrir de l'intérieur ?

— Non. Il a essayé mais maman avait mis la sécurité enfants. Il a dû sortir et m'ouvrir, comme papa et maman.

— Quand il s'est penché vers toi pour essayer d'ouvrir la portière de l'intérieur, il t'a touchée ?

— Pas vraiment. Il a juste effleuré mon bras.

— Et quand il est sorti de la voiture, tu as vu son jean ?

Cleo lança à sa mère un regard qui semblait signifier « Mais je viens de lui en parler ! ».

— Oui, répondit-elle d'un ton circonspect comme si on testait sa mémoire. Il avait des boucles et des anneaux. C'était un jean d'escalade.

— Et il était fermé normalement ? Pas ouvert comme s'il avait envie d'aller aux toilettes ?

Intriguée, Cleo fronça les sourcils.

— Non. On ne s'est pas arrêtés pour aller aux toilettes.

— Donc, il a ouvert la portière et t'a laissée sortir ?

— Oui. Et il est reparti.

Le temps passait, la journée leur filait entre les mains. Caffery alla se placer derrière la fillette, attira l'attention du sergent et fit un mouvement circulaire avec son doigt en articulant : « La route. La route qu'il a prise. »

La femme lui adressa un sourire poli et reporta son attention sur Cleo.

— Revenons au début. Imagine que tu es dans la voiture juste après que le Concierge a bousculé ta maman.

Cleo ferma de nouveau les yeux. Pressa les doigts sur ses tempes.

— D'accord.

— Tu portes ta robe d'été parce qu'il fait chaud.

— Très chaud.

— Les fleurs sont écloses. Tu les vois ?

— Oui... dans les champs. Les rouges, là... Comment ça s'appelle, maman ?

— Des coquelicots ?

— Oui, des coquelicots. Et des blanches dans les haies. Avec une grande tige, et comme des plumes au bout. Et d'autres fleurs blanches en forme de trompette.

— Quand vous roulez, vous passez toujours devant des fleurs et des haies ? Ou bien devant autre chose ?

Cleo plissa le front.

— Hmmm... Des maisons. Encore des champs, le machin en forme de faon.

— En forme de faon ?

— Oui, vous savez. Bambi.

— L'usine Bulmer de Shepton Mallet, expliqua Simone. Devant, il y a la statue du faon Babycham. Cleo l'adore.

— Et ensuite ? demanda le sergent.

— Plein de routes, plein de virages. Encore des maisons. Et la crêperie, comme il avait promis.

Il y eut un silence : la fillette venait d'évoquer quelque chose qu'elle n'avait pas mentionné pendant le premier entretien. Tous levèrent la tête en même temps.

— Une crêperie ? fit Caffery. Tu n'en avais pas parlé, avant.

Cleo ouvrit les yeux, vit que tout le monde la regardait. Son visage s'assombrit.

— J'avais oublié, répondit-elle, sur la défensive.

— Ce n'est pas grave, assura Caffery en levant une main. Aucun problème.

— C'est par hasard que j'ai oublié d'en parler.

— Bien sûr, intervint le sergent de la BM en adressant à Caffery un sourire glacé. Et c'est formidable que tu t'en souviennes maintenant. Tu as une meilleure mémoire que moi.

— C'est vrai ? murmura Cleo d'un ton incertain, regardant tour à tour le commissaire et le sergent.

— Bien meilleure ! Dommage que tu n'aies pas mangé cette crêpe.

— Il l'avait promis.

Elle tourna de nouveau vers Caffery des yeux hostiles. Il croisa les bras, se força à sourire. Il n'avait jamais su s'y prendre avec les enfants. Peut-être, pensait-il, parce que la plupart étaient capables de le percer à jour. De voir le trou béant qu'il avait en lui et qui demeurait le plus souvent caché aux adultes.

— Il n'était pas très gentil, alors, le Concierge, reprit le sergent. Surtout il t'avait promis une crêpe. Tu devais la manger où, cette crêpe ?

— Au Petit Cuisinier. Mais quand on est arrivés là-bas, il a continué sans s'arrêter.
— Le Petit Cuisinier ? marmonna Caffery.
— Il était comment, ce Petit Cuisinier, Cleo ?
— Rouge. Et blanc. Avec un plateau.
— Le Petit Chef, lâcha Caffery.
— C'est ce que je voulais dire. Le Petit Chef.
Simone fronça les sourcils.
— Il n'y a pas de Petit Chef dans le coin.
— Si, rectifia le sergent. À Farrington Gurney.
Caffery alla à son bureau, étala une carte routière dessus. Shepton Mallet. Farrington Gurney. Au cœur des collines de Mendip. Il n'y avait pas loin de Bruton à Shepton Mallet, pourtant Cleo était restée quarante minutes dans la voiture. Le voleur l'avait baladée, montant vers le nord, redescendant vers le sud-ouest. En passant par la route menant à Midsomer Norton, la ville mentionnée par la gérante de la supérette. À défaut d'autres indices, ils pouvaient au moins piquer une épingle sur la carte dans la région de Midsomer Norton et Radstock. Et se concentrer dessus.

— Ils font des gaufres, là-bas, dit la femme de la BM en souriant à Cleo. J'y prends mon petit déjeuner, quelquefois.

Caffery ne tenait plus en place. Il replia la carte, fit le tour de son bureau.

— Cleo, pendant tout le temps que tu as passé dans la voiture avec le Concierge, il t'a parlé ? Il t'a dit quelque chose ?

— Oui. Il m'a posé des questions sur papa et maman. Ce qu'ils faisaient comme métier.

Le sergent lança à Caffery un regard qu'il ignora.

— Qu'est-ce que tu as répondu ?

— La vérité. Maman est analyste financière, c'est elle qui gagne tout l'argent, et papa, ben, il aide les enfants quand leurs parents se séparent.

— Il n'a rien dit d'autre, tu es sûre ? Rien dont tu te souviennes ?

— Je ne crois pas, répondit Cleo d'un ton détaché. Ah si, il a dit : « Ça ne marche pas. »

— « Ça ne marche pas » ? répéta Caffery. Il a dit ça quand ?

— Juste avant d'arrêter la voiture. Il a dit : « Ça ne marche pas, descends. » Je suis descendue et je me suis mise sur le côté de la route. Je croyais qu'il me rendrait mon sac avec mon maillot de sport, mais non. Maman a dû m'en acheter un autre parce qu'il n'a pas rapporté la voiture, hein, maman ? On avait acheté le maillot au magasin de l'école, il y avait mes initiales dessus et...

Caffery avait cessé d'écouter. Il fixait un point dans le vide, réfléchissant aux paroles du voleur. « Ça ne marche pas... » Cela devait signifier qu'il avait raté son coup.

Mais ce qui était vrai pour Cleo ne l'était pas pour Martha. Cette fois, c'était différent. Le voleur avait gardé la maîtrise de la situation. Cette fois, ça marchait.

9

Vers 15 heures, les nuages s'étaient déchirés par endroits et le soleil dardait des rayons obliques sur ce coin du nord du Somerset. Flea avait mis son blouson à bandes fluorescentes pour faire son jogging de l'après-midi. Enfant, son énergie incorrigible, agaçante, lui avait valu le surnom idiot de Flea, « Puce ». Son vrai prénom était Phoebe. Plus tard, elle avait tenté de gommer la partie « Flea » de sa personnalité mais il lui arrivait encore d'avoir l'impression que son énergie allait percer un trou dans le sol à l'endroit où elle se tenait. Ces jours-là, elle avait un truc infaillible pour se calmer. Elle courait.

Elle empruntait les sentiers qui laçaient la campagne autour de chez elle et courait jusqu'à ruisseler de sueur et avoir des ampoules aux pieds. Elle dépassait les barrières des prairies et les vaches somnolentes, les cottages et les grandes demeures, les officiers en uniforme qui sortaient en groupes de la base militaire. Parfois, elle courait jusqu'à la tombée de la nuit, jusqu'à être libérée de toutes ses appréhensions et tomber de sommeil.

Se maintenir en forme était une chose. Parvenir à se maîtriser en était une autre. Tandis qu'elle abordait la dernière partie de son parcours, elle imagina la Yaris des Bradley quittant le parking de Frome dans un hurlement de pneus. Elle ne cessait de penser à la petite Martha, assise à l'arrière. Flea avait demandé à une copine du poste de police de Frome de lire pour elle la déposition de la mère. Rose Bradley avait déclaré que sa fille était penchée en avant pour chercher une station sur l'autoradio quand la voiture avait démarré. Elle n'avait donc pas mis sa ceinture. Avait-elle été projetée en arrière ? Le voleur ne s'était sûrement pas arrêté pour l'attacher.

Près de vingt heures s'étaient écoulées depuis que Flea avait parlé à Jack Caffery. Il fallait du temps pour que les rumeurs circulent d'une brigade à l'autre, mais si Caffery avait repris son idée elle aurait été au courant. Elle avait déjà eu deux occasions d'exprimer sa conviction que les deux agressions étaient liées. Elle imagina un monde où elle ne se serait pas laissé intimider par son chef, où elle aurait suivi son instinct, où le voleur aurait été arrêté des mois plus tôt et où la petite Martha n'aurait pas été enlevée la veille dans un parking.

Elle rentra par le garage, où se trouvait encore l'équipement de plongée et de spéléologie de ses parents. Du vieux matériel qu'elle ne jetterait jamais. À l'étage, elle fit ses étirements et prit une douche. Quoique vaste, la maison était bien chauffée, mais il faisait terriblement froid dehors. Que pouvait bien penser Martha ? À quel moment avait-elle compris que l'homme ne s'arrêterait pas pour la laisser descendre ? À quel moment s'était-elle aperçue qu'elle était brutalement entrée dans le monde des adultes ? Avait-elle pleuré ? Réclamé sa mère ? Se disait-elle maintenant qu'elle ne reverrait peut-être jamais ses parents ? C'était injuste qu'une petite fille doive se poser de telles questions. Martha n'avait pas la maturité nécessaire pour cela. Elle n'avait pas eu le temps de se ménager des refuges intérieurs, comme le font les adultes. C'était injuste.

Enfant, Flea adorait ses parents. Cette vieille maison grinçante, créée à partir de quatre logis ouvriers, avait été leur foyer familial. Elle y avait grandi et, si les Marley ne roulaient pas sur l'or, ils avaient eu une vie heureuse, passant de longues journées d'étés insouciantes à jouer au football ou à cache-cache dans le grand jardin en terrasses.

Surtout, elle avait été entourée d'amour. À cette époque, elle serait morte si on l'avait séparée de sa famille comme Martha l'avait été.

Tout était différent à présent. Ses parents étaient morts et Thom, son frère cadet, avait commis un acte si odieux que Flea ne parviendrait jamais à renouer avec lui. Jamais. Il avait tué une femme. Une femme jeune. Et jolie. Assez jolie pour accéder à la célébrité. Sa beauté ne lui avait cependant rien apporté de bon. Elle reposait maintenant sous un tas de pierres, dans une grotte inaccessible près d'une carrière abandonnée, là où Flea l'avait cachée dans une tentative stupide d'enterrer l'affaire. Rétrospectivement, elle jugeait que c'était de la folie. Une personne comme elle – normale, salariée, payant ses impôts – n'aurait jamais dû se conduire ainsi. Rien d'étonnant si elle portait en elle une boule de rage. Rien d'étonnant si ses yeux avaient perdu leur éclat.

Le temps qu'elle s'habille, le soir tombait. Elle redescendit, regarda à l'intérieur du réfrigérateur. Des plats surgelés à réchauffer. Un carton de lait de deux litres ayant dépassé la date de péremption parce qu'il n'y avait qu'elle pour en boire et que personne n'y touchait quand elle faisait des heures supplémentaires imprévues. Elle referma la porte et appuya la tête contre le réfrigérateur. Comment en était-elle arrivée là : seule, pas d'enfants, pas d'animaux, plus d'amis ? Vivant comme une vieille fille à vingt-neuf ans.

Il y avait une bouteille de gin Tanqueray dans le freezer et un sac plein de citrons qu'elle avait tranchés pendant le week-end. Elle se prépara un grand verre comme l'aurait fait son père, avec quatre rondelles de citron gelées, quatre glaçons et un trait de tonic. Puis elle enfila une veste polaire et sortit dans l'allée. Même par temps froid, elle aimait boire un verre à cet endroit en contemplant les lumières de la vieille ville de Bath, au fond de la vallée. On ne parviendrait jamais à chasser un Marley de cette maison. Pas sans qu'il se batte.

Le soleil qui achevait de disparaître à l'horizon teintait le ciel en orange. Flea mit une main en visière et le regarda en clignant des yeux. Trois peupliers se dressaient à la limite ouest du jardin et, un soir d'été, son père avait observé quelque chose qui l'avait ravi. Aux solstices, le soleil se couchait derrière l'un des deux arbres extérieurs ; aux équinoxes, c'était derrière celui du milieu. « Un alignement parfait. Quelqu'un a dû les planter dans cette intention il y a un siècle, avait-il dit en riant, étonné de tant d'intelligence. Exactement le genre de choses que les victoriens adoraient. »

Le soleil se trouvait maintenant entre le peuplier du milieu et le plus à l'ouest. Elle le regarda longuement puis consulta sa montre : 27 novembre. Il s'était écoulé six mois depuis le jour où elle avait caché le cadavre dans la grotte.

Flea songea à la déception qu'elle avait lue dans le regard de Caffery, la veille. Elle vida son verre. Se frotta les bras pour se réchauffer. Combien de temps cela allait-il durer ? Quand il se produit un événement aussi inimaginable, pendant combien de temps reste-t-on fermé sur soi-même ?

Six mois. C'était la réponse. Six mois, c'était assez. C'était trop. Le moment était venu. On ne retrouverait pas le corps. Plus maintenant. Il était temps de tirer un trait sur cette affaire et de passer à autre chose. De remettre sa brigade sur les rails. De prouver qu'elle était toujours un aussi bon sergent. Elle en était capable. Elle effacerait la déception du regard des autres. Peut-être alors que son propre regard retrouverait son éclat. Un jour viendrait peut-être où il n'y aurait plus de lait caillé et de plats surgelés pour une personne dans son réfrigérateur. Un jour viendrait peut-être – peut-être – où il y aurait quelqu'un à ses côtés dans l'allée, pour boire du Tanqueray et regarder la nuit descendre sur la ville.

10

Caffery avait la tête farcie de plomb. Une boule froide sur laquelle étaient gravés les mots *Ça ne marche pas*. Il descendit le couloir, ouvrant des portes et assignant des tâches. Il chargea Lollapalooza de retrouver des auteurs notoires de délits sexuels dans la région de Frome et demanda à Turner de dénicher d'autres témoins des agressions. Turner n'était pas très présentable : il ne s'était pas rasé et avait oublié d'ôter le piercing qu'il portait à l'oreille le week-end. Le petit diamant qui, avec ses cheveux décolorés et dressés sur sa tête, lui donnait l'air d'un pilier de discothèque et provoquait des paroxysmes de fureur chez le commissaire divisionnaire. Avant de sortir du bureau, Caffery l'interpella depuis le seuil et tira sur le lobe de son oreille. L'inspecteur comprit et s'empressa d'enlever le diamant, qu'il glissa dans sa poche. Caffery s'éloigna, songeant que, dans son équipe, on ne se souciait guère d'avoir l'air professionnel. Turner avec son diamant, Lollapalooza avec ses talons d'allumeuse. Seul le nouveau, le constable Prody, semblait s'être inspecté dans un miroir avant de sortir de chez lui ce matin-là.

Assis à son bureau seulement éclairé par une petite lampe, il faisait rouler la souris de son ordinateur en regardant l'écran. Derrière lui, un ouvrier juché sur un escabeau défaisait la coque de plastique recouvrant les tubes fluorescents du plafond.

— Je croyais que ces ordinateurs s'éteignaient tout seuls, dit Prody.

— Oui, au bout de cinq minutes, répondit Caffery en tirant une chaise à lui.

— Le mien, non. Je quitte la pièce, je reviens, il est toujours prêt pour la partouze.

— Le numéro du service informatique est affiché au mur.

— C'est donc là que se trouve la liste des numéros de poste !

Prody la décrocha du mur, la posa devant lui et la considéra attentivement. Comparé à Turner et Lollapalooza, il était très ordonné. Un sac de gymnastique bleu foncé pendait à une patère et on voyait bien qu'il en faisait usage. Il était grand, large d'épaules, solide, avec des cheveux soigneusement coiffés qui grisonnaient seulement un peu aux tempes. Profil énergique à la Kennedy, légèrement hâlé. Le seul détail qui gâchait l'ensemble, c'était ses cicatrices d'acné juvénile. En l'observant, Caffery s'aperçut avec étonnement qu'il attendait de grandes choses de ce type.

— Ça s'améliore de jour en jour. Je ne suis plus un bleu. Ils ont même fini par me donner l'électricité, dit-il en désignant l'ouvrier. Ils doivent bien m'aimer.

— Hé, vieux, tu pourrais nous laisser un moment ? demanda Caffery à l'électricien. Dix minutes.

L'homme descendit de l'escabeau sans un mot, rangea son tournevis dans la boîte à outils et quitta la pièce.

— Du nouveau ? s'enquit le commissaire adjoint en s'asseyant.

— Pas vraiment. Aucune touche avec les points IAPI, ni pour la Yaris ni pour la Vauxhall de Frome.

— Il ne fait aucun doute que c'est le même type.

Caffery étala la carte d'état-major entre eux et reprit :

— Tu étais à la circulation avant de venir ici.

— En punition de mes péchés.

— Tu connais Wells, Farrington Gurney, Radstock ?

— Farrington Gurney ? Un peu, j'y ai vécu dix ans. Pourquoi ?

— Le divisionnaire mijote de faire venir un profileur. Moi je pense qu'un gars qui a passé pas mal de temps sur les routes connaît mieux la configuration du terrain qu'un psychologue.

— Et comme je suis payé deux fois moins, je dois être votre homme, conclut Prody.

Il tira la lampe vers lui, se pencha au-dessus de la carte.

— Alors, qu'est-ce qu'on a ?

— On a un beau merdier, Paul, si tu me passes l'expression. Le premier vol s'est achevé en quelques minutes mais, pour le deuxième, le type a suivi un itinéraire bizarre.

— Pourquoi bizarre ?

— Il s'est dirigé vers le nord en remontant l'A37, il a dépassé Binegar, Farrington Gurney, puis il est reparti dans l'autre sens.

— Il s'est perdu ?

— Pas du tout. Il connaît bien la route. Il a parlé à la gamine d'une crêperie Petit Chef qui se trouvait dans le coin. C'est ce qui m'étonne. S'il connaît le secteur, pourquoi a-t-il pris cet itinéraire ? Il y avait quelque chose par là qui l'attirait ?

Prody fit courir son doigt sur l'A37, la route qui reliait Bristol aux collines de Mendip. Il descendit vers le sud, passa Farrington Gurney, s'arrêta au nord de Shepton Mallet et réfléchit, le front plissé.

— Quoi ? dit Caffery.

— Il connaissait peut-être le chemin du nord au sud mais pas du sud au nord. S'il se déplaçait souvent dans le premier sens, il savait comment aller à Wells, mais peut-être pas en venant du sud. Ce qui pourrait signifier que, quelle que soit la raison pour laquelle il empruntait cette route – aller au boulot, rendre visite à des amis –, il la connaissait uniquement jusqu'à cet endroit. Alors, il s'arrêtait quelque part par là, entre Farrington et Shepton. Et hier, il a piqué une voiture ici, à Frome.

— Mais un témoin pense que la Vauxhall devait venir de Radstock, soit la même direction que Farrington. Disons que ce secteur est important pour lui, pour une raison quelconque.

— On pourrait installer des points IAPI sur cette route aussi, suggéra Prody. S'ils ne sont pas déjà débordés avec le secteur de Frome.

— Tu connais quelqu'un au QG de la police de la route ?

— J'ai passé deux ans à essayer de les larguer, soupira Prody. Je m'en occupe.

Caffery avait remarqué un dossier sur le bureau. Cessant d'écouter Prody, il déchiffra le nom inscrit sur le dos. Au bout d'un moment, il posa les mains sur les accoudoirs de son fauteuil et se leva. Il s'approcha négligemment du bureau.

— L'affaire Misty Kitson ?

— Ouais, répondit Prody sans relever la tête de la carte.

— Tu l'as trouvé où, ce dossier ?

— Chez les collègues des Affaires non élucidées.

— Alors, tu t'es dit que tu pourrais y jeter un coup d'œil ?

Prody cessa d'examiner la carte et regarda Caffery.

— Oui. Comme ça, pour voir s'il me venait une idée.

— Pourquoi ?

— Pourquoi ? répéta Prody prudemment, comme si c'était une question piège. Eh bien, parce que c'est une affaire fascinante, non ? Une fille qui passe deux, trois jours en désintox, qui sort de la clinique l'après-midi, et tout de suite après, elle se volatilise. C'est...

Il haussa les épaules, un peu embarrassé.

— C'est intéressant.

Caffery le fixa longuement. Six mois plus tôt, la disparition de Misty Kitson avait donné des maux de tête à la brigade. D'abord, l'affaire avait suscité une certaine effervescence. Il s'agissait d'une femme relativement célèbre, mariée à un footballeur et très jolie. Les journalistes s'étaient jetés dessus comme des hyènes. Mais quand au bout de trois mois, l'enquête n'avait rien donné, le soufflé était retombé et à l'excitation avait succédé un sentiment d'humiliation chez les policiers. Les gars des Affaires non élucidées gardaient le dossier sous le coude et envoyaient de temps en temps des recommandations à la Crim. La presse aussi s'y intéressait encore, sans parler de quelques policiers fans de people. Mais la plupart des flics de la Crim auraient préféré ne jamais avoir entendu le nom de Misty Kitson. Caffery était étonné que Prody soit allé prendre le dossier de sa propre initiative, comme s'il appartenait à la brigade depuis des années et pas depuis seulement deux semaines.

— Que ce soit clair, Paul…

Il souleva le dossier, et la masse du papier pesa dans sa main.

— Ceux qui s'intéressent encore à Misty Kitson, ce sont les journalistes. Tu n'es pas journaliste.

— Pardon ?

— Tu n'es pas journaliste, non ?

— Non, je suis…

— Tu es flic, et en tant que flic ta position officielle, c'est « Nous poursuivons l'enquête ». Mais là…

Caffery se tapota la tempe.

— Tu sais qu'on est passés à autre chose. La brigade a refermé le dossier Kitson. C'est fini. Terminé.

— Mais…

— Mais quoi ?

— Franchement, ça ne vous intrigue pas ?

Caffery n'était pas intrigué, il savait exactement où se trouvait Misty Kitson. Il savait même quel chemin elle avait pris en sortant de la clinique, pour l'avoir parcouru lui-même. Il savait aussi qui l'avait tuée. Et de quelle façon.

— Non, répondit-il calmement. Bien sûr que non.

— Même pas un peu ?

— Même pas un peu. Avec cette affaire d'enlèvement, j'ai besoin de tout le monde sur le pont. Je ne veux pas qu'un de mes hommes aille traîner aux

Affaires non élucidées pour « jeter un coup d'œil » à une vieille histoire.

Il laissa tomber le dossier sur le bureau.

— Tu le rapportes ou je m'en charge ?

Prody garda le silence, et Caffery sentit qu'il faisait de gros efforts pour ne pas discuter. Finalement, il capitula :

— D'accord, comme vous voudrez. Je m'en occupe.

Caffery quitta la pièce énervé. Il referma la porte doucement, sans céder à l'envie de la claquer. Turner l'attendait sur le seuil de son bureau.

— Patron ? appela-t-il, une feuille de papier à la main.

Caffery s'arrêta.

— À voir ta tête, Turner, j'ai l'impression que ce que tu as à me dire ne va pas me plaire.

— Probablement pas.

L'inspecteur lui tendit la feuille. Caffery la saisit entre le pouce et l'index mais quelque chose le retenait de la prendre.

— Dis-moi.

— On a reçu un coup de fil des collègues du Wiltshire. Ils ont retrouvé la Yaris des Bradley.

Caffery serra plus fortement la feuille, toujours sans la prendre.

— Où ?

— Dans un champ en jachère.

— Et Martha n'était pas dans la voiture. N'est-ce pas ?

Turner ne répondit pas.

— Si elle n'y était pas, reprit Caffery d'un ton posé, cela ne veut pas dire qu'elle ne finira pas par réapparaître.

L'inspecteur toussa, l'air gêné.

— Euh, lisez d'abord, patron. Le Wiltshire nous l'a envoyé par fax, un de leurs coursiers nous apportera l'original en main propre.

— Qu'est-ce que c'est ?

— Une lettre. Elle était sur le tableau de bord, enroulée dans un des vêtements de la petite.

— Quel vêtement ?

Turner eut un long soupir.

— Quel vêtement ? répéta Caffery.

— Sa culotte.

Caffery eut l'impression que ses doigts s'enflammaient.

— Qu'est-ce qu'elle dit, cette lettre ?

— Bon Dieu, patron, il vaut mieux que vous la lisiez.

11

L'homme était accroupi au bord du campement dont le feu éclairait son visage sale et sa barbe de reflets rougeâtres, le faisant ressembler à un être né d'un volcan et non d'une femme. Caffery, assis à un mètre de lui, l'observait en silence. Il faisait sombre depuis quelques heures déjà mais l'homme plantait un bulbe dans le sol gelé.

— Il était une fois une enfant, commença-t-il en creusant la terre avec un déplantoir, une enfant appelée Crocus. C'était une petite fille aux cheveux d'or qui aimait porter des robes et des rubans violets.

Caffery écoutait sans rien dire. Depuis qu'il connaissait le vagabond, celui que les gens du coin appelaient le Marcheur, il avait appris à écouter et à ne pas poser de questions. Il avait appris que, dans leur relation, il était l'élève et le Marcheur le maître, celui qui choisissait le lieu de leurs rencontres et le sujet de leurs conversations. Six mois s'étaient écoulés depuis leur dernière rencontre mais Caffery n'avait cessé de le chercher, roulant la nuit à dix à l'heure dans les chemins, penché au-dessus du siège passager, le cou tendu vers les haies. Ce soir, alors qu'il avait à peine entamé ses recherches, le feu de camp lui était soudain apparu tel un phare dans un champ. Comme si le Marcheur avait toujours été là, observant avec amusement les efforts de Caffery, attendant le bon moment.

— Un jour, poursuivit le vagabond, Crocus fut enlevée par une sorcière qui la garda prisonnière parmi les nuages, où ses parents ne pouvaient ni lui parler ni la voir. Depuis, bien qu'ignorant si elle est toujours en vie, chaque printemps, le jour de son anniversaire, ils lèvent les yeux vers le ciel et prient pour que leur enfant leur soit rendue.

Il tassa la terre autour du bulbe, l'arrosa avec une bouteille en plastique.

— C'est un acte de foi, de continuer à croire que leur fille est là-haut. Un acte de foi absolue. Vous imaginez à quel point ils ont souffert de ne pas savoir exactement ce qui lui était arrivé ? D'ignorer si elle était morte ou vivante ?

— On n'a jamais retrouvé le corps de votre fille, rappela Caffery. Vous savez ce qu'ils ont subi.

— Celui de votre frère non plus, répondit le Marcheur. Cela fait de nous des jumeaux.

Il sourit et le clair de lune fit briller ses dents régulières, propres et saines dans son visage noirci.

— Aussi semblables que deux gouttes d'eau.

Deux gouttes d'eau ? Ils n'auraient pas pu être plus différents. Le flic solitaire et insomniaque, le vagabond dépenaillé qui marchait toute la journée et ne dormait jamais deux fois au même endroit. Mais ils avaient cependant des points communs. Lorsque Caffery regardait le Marcheur, il voyait, sidéré, ses propres yeux bleus le fixer. Et surtout, ils partageaient une même histoire. Caffery avait huit ans quand son frère aîné,

Ewan, avait disparu du jardin de la famille à Londres. Le ravisseur était probablement Ivan Penderecki, un pédophile vieillissant qui vivait de l'autre côté de la voie ferrée. Caffery n'avait aucun doute à ce sujet, mais l'homme n'avait été ni inculpé ni condamné. La fille du Marcheur avait été violée à cinq reprises puis assassinée par un repris de justice en liberté conditionnelle, Craig Evans.

Evans n'avait pas eu la chance de Penderecki. Le Marcheur, qui était alors un homme d'affaires prospère, s'était vengé. Craig survivait à présent dans une clinique du Worcestershire, prostré dans un fauteuil. Le Marcheur avait choisi avec soin les blessures qu'il lui avait infligées : Evans n'avait plus d'yeux pour épier les enfants ni de pénis pour les violer.

— C'est ce qui vous rend différent ? demanda Caffery. C'est ce qui vous rend capable de voir ?

— De voir ? Qu'est-ce que vous voulez dire ?

— Vous le savez bien. Vous *voyez*. Vous voyez ce que d'autres ne voient pas.

— J'aurais des pouvoirs surnaturels, d'après vous ? Ne dites pas d'âneries. Je vis dehors. Je m'imprègne du terrain, comme un animal. J'ouvre plus grand les yeux que d'autres et je reçois plus de lumière, mais cela ne fait pas de moi un voyant.

— Vous savez des choses que j'ignore.

— Et alors ? Qu'est-ce que vous vous imaginez ? Être flic ne fait pas de vous un surhomme, quoi que vous puissiez penser.

Le Marcheur revint près du feu, l'alimenta avec du bois. Ses chaussettes séchaient sur un bâton planté dans le sol près des flammes. De bonnes chaussettes, les meilleures qu'on puisse trouver. En alpaga. Il pouvait se le permettre, il avait des millions dans une banque quelque part.

— Les pédophiles, dit Caffery.

Il avala une gorgée de cidre qui lui piqua la gorge et tomba comme une masse froide dans son estomac, mais il savait qu'il boirait tout son bol et davantage avant la fin de la nuit.

— Ma spécialité. Les enlèvements par des inconnus. L'issue est généralement la même : si nous avons de la chance, l'enfant est libéré presque aussitôt après l'agression ; si nous n'en avons pas, il est tué pendant les premières vingt-quatre heures.

Cela faisait près de trente heures que Martha avait disparu. Caffery abaissa son bol et se corrigea :

— Ou plutôt, ça, c'est encore si nous avons de la chance.

— L'enfant se fait tuer dans les premières vingt-quatre heures et vous appelez ça de la chance ? C'est le raisonnement de la police ?

— Je veux dire que c'est encore plus terrible pour ceux qui restent en vie plus longtemps.

Le Marcheur ne répondit pas. Les deux hommes réfléchirent un moment en silence. Caffery regarda les nuages glisser devant la lune, imagina une enfant aux cheveux d'or qui, de là-haut, cherchait ses parents des yeux. Dans les bois, un renardeau glapit. Martha était là quelque part, dans l'immensité de la nuit. Le policier tira de la poche intérieure de sa veste la photocopie de la lettre retrouvée enveloppée dans la culotte de l'enfant et la tendit au Marcheur. Avec un grognement, le vagabond se pencha pour la prendre, l'ouvrit et commença à la lire, inclinant la feuille en avant pour qu'elle reçoive la lumière du feu. Caffery observait son visage. Un graphologue avait déjà conclu que le ravisseur s'était efforcé de déguiser son écriture. Pendant que les techniciens s'affairaient sur la voiture des Bradley, le commissaire adjoint avait étudié longuement la lettre dans son bureau. Il en connaissait à présent le moindre mot.

Chère maman de Martha,
Je suis sûr que votre fille aurait voulu que je prenne contact avec vous, même si elle ne l'a pas dit ni rien. Elle n'est pas très BAVARDE en ce moment. Elle m'a dit qu'elle aime la DANSE CLASSIQUE et les CHIENS mais on sait vous et moi que les filles de cet âge mentent tout le temps. C'EST DES MENTEUSES. Ce que je pense, c'est qu'elle aime autre chose. Elle ne vous l'avouera pas, bien sûr. Elle a AIMÉ ce que je lui ai fait hier soir, vous auriez dû voir sa tête.
Là-dessus, elle se retourne et elle me ment. Vous devriez voir sa tête quand elle fait ça. Encore pire que moche. Heureusement, j'ai ARRANGÉ ça. Elle est beaucoup mieux maintenant. Je vous en prie, maman de Martha, est-ce que vous pouvez être assez aimable pour me rendre un service ? S'il vous plaît ! Dites à ces cons de la police qu'ils ne peuvent plus m'arrêter maintenant et que c'est pas la peine qu'ils essaient. Ça a commencé et c'est pas près de s'arrêter, hein.
Hein ?

Le Marcheur finit de lire la lettre, leva les yeux.
— Alors ? demanda Caffery.
— Reprenez ça, dit le Marcheur en lui lançant la feuille.

Ses yeux avaient changé, ils étaient maintenant éteints et injectés de sang.

Caffery rangea la lettre et répéta :

— Alors ?

— Si j'étais vraiment médium ou voyant, ce serait le moment de vous révéler où se trouve l'enfant. Et de vous conseiller d'utiliser toutes vos capacités pour la récupérer, fût-ce en risquant votre vie et votre carrière, parce que cet homme...

Le Marcheur pointa un doigt vers la poche dans laquelle Caffery avait rangé la lettre.

— Cet homme est plus intelligent que tous les autres que vous m'avez soumis.

— Plus intelligent ?

— Oui. Il se moque de vous. Ça le fait rire que vous vous croyiez plus malins que lui, vous les petits agents de police de Londres avec vos matraques et vos bonnets d'âne. Il est beaucoup plus fort qu'on ne le croit.

— Ce qui signifie ?

— Je ne sais pas.

Le Marcheur déroula un matelas et l'étendit sur le sol.

— Ne m'en demandez pas plus, ne perdez pas votre temps, dit-il, le visage fermé. Pour l'amour de Dieu, je ne suis pas un médium. Je ne suis qu'un homme.

Caffery but une autre gorgée de cidre et s'essuya la bouche avec le dos de la main. Il scruta le visage du Marcheur qui se préparait à dormir. Plus intelligent que tous les autres ? Il repensa à ce que le ravisseur avait écrit : *Ça a commencé et c'est pas près de s'arrêter.* Ce qui signifiait qu'il allait recommencer. Choisir une autre voiture, n'importe laquelle. La seule chose qui importait, c'était qu'il y ait un enfant à l'arrière. Une petite fille. De moins de douze ans. Il l'enlèverait, et cela se passerait dans un rayon de quinze kilomètres autour de Midsomer Norton.

Après avoir longuement contemplé l'obscurité à la limite du feu de camp, Caffery prit un matelas en mousse et le déroula. Il s'allongea sur le dos et se couvrit de son sac de couchage. Le Marcheur grogna et fit de même. Caffery le regarda, certain que le vagabond ne parlerait plus ce soir : la conversation était terminée, plus un mot ne serait prononcé. Caffery ne se trompait pas. Allongé sous son sac de couchage, chacun d'eux fixa sa partie du ciel en songeant à son propre monde et à la façon dont il affronterait la journée suivante.

Le Marcheur s'endormit le premier. Caffery resta éveillé plusieurs heures, écoutant la nuit, souhaitant que le Marcheur ait tort, que la voyance et les autres pouvoirs surnaturels existent et qu'il soit possible de deviner, rien qu'aux bruits qui les entouraient, ce qu'était devenue Martha Bradley.

12

Lorsque Caffery se réveilla, courbatu et gelé, le Marcheur avait disparu. Il avait dû se lever et s'habiller dans l'obscurité, ne laissant que les restes du feu et deux sandwichs au bacon sur une assiette près du matelas du policier. C'était un jour brumeux. Froid, encore. Avec un souffle arctique dans l'air. Caffery attendit quelques minutes que ses idées s'éclaircissent puis il se leva à son tour. Il mangea les sandwichs pensivement, les yeux fixés sur la bande de terre où le Marcheur avait planté le bulbe. Après avoir nettoyé l'assiette avec de l'herbe, il roula son matelas, le coinça sous un bras et considéra le paysage. Les champs s'étendaient autour de lui, quadrillés par des haies, gris et mornes à cette période de l'année. Bien qu'il sût peu de chose sur les pérégrinations du Marcheur, il avait découvert que l'homme disposait toujours d'un endroit sûr où il dissimulait les objets dont il aurait besoin à son prochain passage. Parfois cet endroit se trouvait à presque un kilomètre de son camp.

Ce fut l'herbe, grise et raide de givre, qui lui fournit un indice. Les pas du Marcheur y avaient laissé des empreintes noires bien nettes s'éloignant dans une direction. Caffery eut un demi-sourire. Si le vagabond n'avait pas voulu qu'on les suive, elles n'auraient pas été visibles. Il ne laissait jamais rien au hasard. Caffery les suivit donc, mettant ses pas dans ceux du Marcheur, et constata avec surprise que les empreintes étaient exactement à la taille de ses propres pieds.

La piste s'arrêta trois cents mètres plus loin, au bout du champ suivant, et Caffery trouva dans la haie, sous une bâche en plastique, la cache habituelle : des boîtes de conserve, une marmite, une grosse bouteille de cidre. Il fourra sous la bâche l'assiette et le matelas roulé. Quand il se redressa, il remarqua à un mètre environ, le long de la haie d'aubépine, un carré de terre fraîchement remuée. Il s'accroupit, passa doucement la main sur le sol et sentit sous ses doigts la pointe tendre d'un bulbe de crocus.

Tout le monde a ses habitudes, pensa Caffery en se garant huit kilomètres plus loin, sur le parking d'un pub du Gloucestershire. Du compulsif obsessionnel qui compte les petits pois qu'il mange, les interrupteurs électriques qu'il touche, au vagabond qui semble errer au hasard et trouve toujours cependant un endroit où installer son camp et dormir. Tout le monde a ses itinéraires habituels, plus ou moins. Ceux du Marcheur – les endroits où il faisait halte, où il plantait des crocus – se révélaient lentement à Caffery. Et ceux du kidnappeur ? Il coupa le contact, ouvrit la portière, regarda les véhicules de police : le fourgon des techniciens, ceux des unités de recherche. Le kidnappeur avait aussi ses habitudes et elles finiraient par apparaître. Avec le temps.

— Commissaire ?

Un CTR – conseiller technique de recherche – s'était approché de la voiture.

— Je peux vous dire un mot ?

Caffery traversa le parking à sa suite, franchit la porte basse et voûtée de la pièce que le patron du pub avait réservée à la police : la salle de jeux, qui sentait la bière éventée et l'eau de Javel. On avait poussé le billard contre un mur pour le remplacer par une rangée de chaises et la cible des fléchettes avait disparu derrière un tableau à feuilles sur lequel était disposée une série de photographies.

— Réunion dans dix minutes, et ça va être dément, prévint le CTR. La zone que nous a assignée l'expert en sols est immense.

Toutes les analyses possibles avaient été pratiquées sur la Yaris des Bradley. On avait relevé des traces de lutte sur la banquette arrière : le revêtement était déchiré et des cheveux blond clair de Martha étaient pris dans un joint de vitre. Mais pas d'empreintes digitales autres que celles des membres de la famille. Les gants en caoutchouc, bien sûr. Pas de sang ni de sperme non plus. On avait retrouvé de la terre dans les sculptures des pneus et l'expert en sols avait passé la nuit à l'analyser. Conjuguant ses résultats avec le nombre de kilomètres parcouru d'après le compteur des Bradley, il avait déclaré qu'il n'y avait qu'un seul endroit où une voiture avait pu ramasser une terre aussi particulière : avant d'abandonner la Yaris dans le Wiltshire, le kidnappeur s'était arrêté quelque part dans les Cotswolds, dans un rayon de quinze kilomètres autour de ce pub. La moitié des effectifs de la police locale, à en juger par les véhicules garés sur le parking, avait convergé vers le secteur.

— On s'en doutait, répondit Caffery. L'expert en sols a manqué de temps pour affiner ses résultats. Déjà, nous l'avons payé pour qu'il bosse toute la nuit.

— Rien que dans la zone qu'il m'a donnée, j'ai dénombré environ cent cinquante bâtiments à fouiller.

— Merde ! Il nous faudrait six unités pour faire le boulot correctement.

— Le Gloucestershire nous propose des hommes. On est sur leur territoire.

— Une opération commune ? C'est un cauchemar logistique. Non, il faut réduire le champ des recherches.

— On l'a déjà réduit. Les cent cinquante bâtiments, c'est uniquement ceux où on peut cacher une voiture. Dans trente pour cent des cas, il s'agit de garages, pour la plupart attenants à une habitation. Là, c'est facile. Mais dans d'autres cas, il faut faire des recherches au cadastre rien que pour savoir à qui ils appartiennent. Et ce sont les Cotswolds... La moitié des maisons sont des résidences secondaires. Les Russes qui tiennent des réseaux de prostitution à Londres veulent tous avoir le prince Charles pour voisin, même s'ils ne viennent jamais. Ça se partage entre gros richards jamais là et fermiers grincheux qui accueillent les étrangers le fusil de chasse à la main. Rappelez-vous Tony Martin, le type qui a abattu son cambrioleur d'une balle dans la tête... Bienvenue à la campagne. Un point positif, quand même : il a plu, hier. Le temps idéal. Si le kidnappeur s'est garé quelque part, les traces seront encore visibles.

Caffery s'approcha des photos punaisées sur le tableau : une série d'empreintes, photographiées pendant la nuit par les techniciens qui avaient fait des moulages des pneus de la Yaris.

— Il y avait autre chose dans la terre, m'a-t-on dit. Des éclats de bois ?

— En effet, confirma le CTR. Alors, un chantier forestier, peut-être. On a retrouvé aussi des particules de titane et de la limaille d'acier. Du titane, il y en a trop peu pour qu'on puisse établir sa provenance, et ce n'est probablement pas essentiel à ce stade de l'enquête, mais l'acier nous orienterait vers une usine de mécanique. J'en ai repéré sept dans le secteur. Et deux chantiers forestiers. Je vais partager mon équipe : une moitié sur les bâtiments, l'autre sur les traces de pneus.

Caffery acquiesça en s'efforçant de cacher son découragement. Un rayon de quinze kilomètres. Cent cinquante bâtiments et Dieu sait combien de chemins et de sentiers. Autant chercher une aiguille dans une meule de foin. Même avec des renforts du Gloucestershire, il faudrait une éternité pour établir les mandats de perquisition. Et le temps – les mots du kidnappeur lui revinrent à l'esprit : *Ça a commencé, maintenant et c'est pas près de s'arrêter* –, le temps était la seule chose dont ils ne disposaient pas.

13

La brigade de Flea ne passait que vingt pour cent de son temps en plongée. Le reste de ses activités correspondait à des opérations spécialisées, recherches dans des espaces confinés ou difficilement accessibles. Il lui arrivait aussi de se joindre aux groupes de soutien, notamment pour des battues comme celle organisée dans les Cotswolds.

Ses hommes avaient assisté au briefing dans la salle de jeux du pub et s'étaient vu confier la recherche des traces de pneus. Le CTR leur avait remis une carte où une dizaine de kilomètres de routes étaient soulignés en rouge et leur avait indiqué une direction générale. Mais à l'issue de la réunion, après avoir démarré le fourgon, au lieu de tourner à gauche pour prendre la direction indiquée, Flea tourna à droite.

— Où on va ? demanda Wellard, son second, assis derrière elle, en se penchant en avant. C'est dans l'autre sens.

Flea trouva un endroit où se garer et coupa le contact. Accoudée au dossier de son siège, elle dévisagea longuement les six membres de son équipe.

— Quoi ? fit l'un d'eux. Qu'est-ce qu'il y a ?

— Ce qu'il y a ? répliqua-t-elle. On vient de se taper dix minutes de briefing. C'est court. Personne n'a eu le temps de s'endormir. Bravo. Il y a une petite fille de onze ans là-bas, quelque part, et on a une chance de la retrouver. Normalement, vous devriez tous sortir d'un briefing comme ça remontés à bloc. Je devrais vous mettre des muselières.

Ils se regardèrent, bouche bée, l'œil bovin. Que leur était-il arrivé ? Six mois plus tôt, c'étaient tous de jeunes gars en parfaite santé, consciencieux et aimant leur boulot. À présent, ils n'avaient plus ni zèle ni enthousiasme. Un ou deux semblaient même s'être empâtés. Et c'était arrivé sous son nez ? Sans qu'elle le remarque ?

— Regardez-vous, reprit-elle en levant sa main à l'horizontale. Ça, c'est votre encéphalogramme. Complètement plat ! Qu'est-ce qui s'est passé, les gars ?

Aucun ne répondit. Un ou deux baissèrent les yeux ; Wellard croisa les bras et trouva quelque chose à regarder de l'autre côté de sa vitre. Il avança les lèvres comme s'il allait…

— Ne sifflez pas, Wellard ! Je ne suis pas bouchée, je sais ce qui se passe.

Il se tourna vers elle, haussa les sourcils.

— Ah oui ?

Elle soupira, se laissa retomber sur son siège, abattue, et fixa à travers le pare-brise les arbres dénudés aux branches fragiles bordant la route.

— Bien sûr, murmura-t-elle. Je sais ce qui se passe. Je sais ce que vous dites derrière mon dos.

— C'est comme si vous n'étiez plus là, sergent, se plaignit Wellard. Vous êtes à des années-lumière, vous faites tout machinalement. Vous dites qu'on n'y croit plus, mais s'il n'y a personne en haut, autant renoncer.

En plus, même si ce n'est pas une question d'argent, ce sera la première fois qu'on ne touchera pas notre prime d'efficacité à Noël.

Elle se retourna de nouveau et le regarda. Elle aimait beaucoup Wellard. Il travaillait sous ses ordres depuis des années, c'était un de ses meilleurs hommes. Elle l'aimait plus que son frère Thom, cent fois plus. L'entendre dire la vérité lui faisait mal. Elle s'agenouilla sur le siège.

— Vous avez raison, je n'ai pas été au top ces derniers temps. Mais vous…

Elle pointa l'index vers eux.

— Je suis sûre que vous avez encore la niaque, au fond de vous.

— Hein ?

— Repensez à ce qu'a dit le CTR. Qu'est-ce qu'il y avait dans les dessins des pneus ?

L'un de ses gars haussa les épaules et répondit :

— Des éclats de bois. Du titane et de l'acier. Ça fait penser à une usine.

— Bien, approuva-t-elle. Et le titane ? Ça ne vous rappelle rien ?

Ils la regardèrent sans comprendre.

— Réfléchissez, leur lança-t-elle d'un ton impatient. Il y a quatre, cinq ans ? Vous faisiez déjà tous partie de la brigade, vous ne pouvez pas avoir oublié. Un bassin… Un jour de grand froid… Wellard, vous avez plongé et j'ai assuré la surface. Un chien sorti du bois s'obstinait à grimper sur ma jambe. Vous trouviez ça tordant. Vous ne vous rappelez pas ?

— Près de Bathurst ? dit Wellard, le front plissé. Le type avait balancé l'arme dans la vanne, on l'a retrouvée en dix minutes.

— Et ?

Personne ne répondit.

— Bon sang, il faut vraiment vous mâcher le travail. Rappelez-vous où ça se passait : l'usine désaffectée. Elle ne figurait pas sur la carte du CTR parce qu'elle était fermée. Mais vous vous souvenez de ce qu'on y fabriquait quand elle tournait encore ?

— Des machins militaires, répondit un des hommes à l'arrière du fourgon. Des pièces pour le char Challenger, des trucs comme ça.

— Vous voyez ? La matière grise commence à se réveiller.

— Avec des éléments contenant du titane et de l'acier, peut-être ?

— Ma tête à couper que oui. Et vous vous rappelez par où on a dû passer pour atteindre ce foutu bassin ?

— Bon Dieu de bon Dieu, murmura Wellard, commençant à comprendre. Un chantier forestier. Et il se trouve par là. Dans la direction que vous avez prise en quittant le parking.

Flea redémarra, regarda son équipe dans le rétroviseur.

— Vous voyez que vous avez toujours la niaque.

14

Caffery était seul dans un chemin étroit traversant une forêt de pins dont les arbres parfumaient l'air et étouffaient les bruits. À une centaine de mètres sur sa droite, il y avait une fabrique d'armement désaffectée et, à sa gauche, un chantier forestier entouré de cabanes en planches. De la sciure que la pluie colorait en orange formait un tas sous une trémie rouillée.

Il respirait lentement et calmement, les bras légèrement écartés du corps, ne regardant rien en particulier. Il s'efforçait de capter une chose difficile à saisir. Une atmosphère. Comme si les arbres pouvaient faire surgir un souvenir. Il était 14 heures. Quatre heures plus tôt, l'équipe du sergent Marley, ne tenant pas compte des instructions du CTR, avait pris la direction de l'usine. Il ne lui avait pas fallu longtemps – moins de trente minutes – pour découvrir une série d'empreintes correspondant aux pneus de la Yaris. Il s'était passé quelque chose à cet endroit pendant la nuit. Le kidnappeur y était venu, et il s'était passé quelque chose.

Derrière Caffery, les techniciens de scène de crime, les équipes de recherche et les maîtres-chiens s'activaient. On avait délimité un périmètre d'une cinquantaine de mètres autour des marques de pneus les plus nettes. Les équipes de recherche avaient trouvé des traces de pas partout, des empreintes larges et profondes laissées par des chaussures de sport d'homme. On aurait facilement pu en prendre des moulages si le ravisseur ne les avait pas consciencieusement sabotées en criblant la boue de trous avec un instrument pointu. Il n'y avait pas d'empreintes de chaussures d'enfant mais un technicien avait fait remarquer que celles de l'homme étaient particulièrement profondes. Le kidnappeur avait peut-être ligoté ou tué Martha dans la voiture pour la porter ensuite dans les bois. Si cette hypothèse était exacte, alors l'odeur de la fillette n'avait pas imprégné le sol. En plus, le temps n'avantageait pas l'équipe cynophile : le vent et la pluie avaient brouillé la piste olfactive que l'homme et l'enfant auraient pu laisser. À leur arrivée, les chiens tiraient sur leurs laisses, tout excités, mais ils avaient ensuite passé deux heures à courir derrière leur queue, à se bousculer et à tourner en rond. Le chantier forestier et l'usine abandonnée avaient été fouillés. Là non plus, les équipes de recherche n'avaient découvert aucune trace du passage de Martha. Même le bassin asséché, aux parois fissurées, n'avait révélé aucun indice.

Caffery soupira et cessa de regarder fixement devant lui. Les arbres non plus ne lui apprenaient rien. Comme s'il fallait en attendre quelque chose ! On aurait dit que l'endroit était mort. Venant de la partie du chantier forestier où ils avaient installé leur poste de travail, le chef des techniciens de scène de crime descendait le chemin. Il portait sa combinaison blanche de la police scientifique, la capuche rabattue sur l'épaule.

— Alors ? lui demanda Caffery. Rien ?

— Nous avons fait des moulages des empreintes qu'il nous a laissées. Vous voulez les voir ?
— Bien sûr.
Ils retournèrent au chantier, leurs pas et leurs voix assourdis par les arbres.
— Sept pistes, dit le technicien en désignant le sol tandis qu'ils longeaient le ruban jaune. Apparemment un beau fouillis, mais il y a en fait sept pistes distinctes. Elles partent dans toutes les directions et s'arrêtent à la lisière du bois. Après, plus rien. Il a pu aller n'importe où : dans les champs, dans l'usine, sur la route. Les équipes font ce qu'elles peuvent, mais la zone est trop vaste. Il se fout de nous. Malin, ce petit salaud.
Ouais, pensa Caffery en scrutant le bois, et ça doit l'amuser, de nous mettre en rogne. Était-ce vraiment là qu'il avait sorti Martha de la voiture ou l'avait-il emmenée à des kilomètres de là ? Avait-il cherché à les occuper pendant qu'il commettait des horreurs ailleurs ? Ce n'était pas la première fois depuis le début de l'affaire que Caffery avait l'impression de se faire manipuler.
De l'autre côté du ruban de police, les techniciens travaillaient encore, semblables à des fantômes dans leurs combinaisons blanches. Une âcre odeur de sève flottait dans l'air. Près d'une cabane abritant les pigeonniers fabriqués sur le chantier, les policiers avaient installé une table à tréteaux sur laquelle ils avaient disposé tous les indices recueillis. C'était l'ancienne usine qui leur avait posé le plus de difficultés, parce qu'elle avait été transformée en dépôt d'ordures sauvage : des réfrigérateurs hors d'usage, des canapés pourrissants, un tricycle d'enfant et même un sac en plastique de couches souillées. Le TSC et

l'agent chargé des indices assumaient la tâche délicate de décider de ce qu'il fallait jeter et de ce qu'il fallait étiqueter et mettre dans un sac. Ils avaient fait la grimace quand ils étaient tombés sur les couches.

— Je ne sais quoi en penser, dit le TSC en tirant un moulage de son emballage en plastique et en le posant devant Caffery.

Tandis que quelques policiers se regroupaient autour d'eux, Caffery s'accroupit pour avoir les yeux à hauteur de la table et examina le moulage. La couche inférieure montrait des traces d'empreintes mais le plâtre s'était infiltré dans les trous percés par le ravisseur, créant des pics et des crêtes quand on avait retourné le moulage.

— Vous avez une idée de l'objet qu'il a pu utiliser pour faire ça ? demanda Caffery.

Le TSC haussa les épaules.

— Je n'en sais pas plus que vous. Un objet pointu mais pas une lame. Long, mince. Une vingtaine de centimètres, trente peut-être. En tout cas, il a fait du bon boulot : nous n'obtiendrons aucune empreinte identifiable.

— Je peux voir ?

Un gobelet de café à la main, Flea Marley s'était détachée du groupe. Après avoir participé aux recherches, elle avait les cheveux emmêlés et son tee-shirt était taché de sueur sous son blouson noir. Caffery lui trouva l'air plus calme que lors de leur dernière rencontre. Ce matin, sa brigade avait marqué un point, pour changer, et il aurait dû s'en réjouir pour elle.

Le TSC lui tendit une paire de gants en nitrile.

Elle posa son café, enfila les gants et inclina le moulage sur le côté. L'examina en plissant les yeux.

— Quoi ? fit Caffery.

— Je ne sais pas, murmura-t-elle, je ne sais pas...

Elle fit tourner plusieurs fois le moulage, passa pensivement les doigts sur les crêtes.

— Bizarre...

Elle rendit le moulage au TSC et longea la table où l'agent responsable des indices ensachait et étiquetait les divers objets et débris ramassés dans le périmètre des recherches pour les apporter au labo : des mouchoirs, des canettes de Coca, des seringues, un morceau de corde en Nylon bleu. L'endroit avait manifestement servi de planque aux camés locaux, des adeptes de la colle, à en juger par le nombre de sachets en plastique retrouvés. La plupart avaient été jetés en pleine nature, avec plus d'une centaine de bouteilles de cidre en plastique. Les bras croisés, Flea promenait son regard sur les objets récupérés. Caffery la rejoignit.

— Vous voyez quelque chose ?

Elle souleva un clou de dix centimètres. Un vieux cintre en plastique. Les reposa. Se mordit la lèvre et tourna la tête vers le TSC qui remettait le moulage dans son sac.

— Quoi ?

— Non, rien, répondit-elle en secouant la tête. Je pensais que la forme de ces trous me rappelait quelque chose, mais non.

— Patron ?

Venant de la route, le sergent inspecteur Turner se fraya un chemin entre les voitures pour rejoindre Caffery. Avec son imperméable et son foulard écossais, il paraissait presque BCBG.

— Je te croyais reparti pour le bureau, s'étonna Caffery.

— Je sais, désolé, mais je viens d'avoir Prody au téléphone. Il a essayé de vous joindre, vous deviez être dans un endroit où le signal ne passait pas. Il vous a envoyé un PDF sur votre BlackBerry.

Caffery avait un nouveau téléphone qui lui permettait de recevoir n'importe où des pièces jointes à un mail. Le Marcheur l'avait félicité d'avoir trouvé le moyen de ne jamais être coupé du boulot. Caffery tira le portable de sa poche et repéra sur l'écran l'icône indiquant qu'il avait reçu un message.

— C'est arrivé au bureau il y a une heure, précisa Turner. Prody l'a scanné et vous l'a envoyé immédiatement.

Il eut un haussement d'épaules pour s'excuser, comme si tout était de sa faute.

— Une autre lettre. Même écriture, même papier que celle de la voiture. Avec un timbre mais sans cachet de la poste. Comme elle est arrivée par la voie interne, on essaie de retrouver d'où elle vient mais, jusqu'ici, personne n'en sait rien.

— OK, OK, dit Caffery qui sentait une veine palpiter à sa tempe. Retourne au bureau. Je veux que tu assures la liaison pour les mandats de perquisition dont le CTR aura besoin.

Il remonta le chemin et s'arrêta à un endroit où on ne pourrait pas le voir, au bord du chantier, derrière un hangar ouvert dans lequel étaient empilés des troncs d'épicéa. Il ouvrit la pièce jointe, dont le chargement prit une ou deux minutes, et sut aussitôt que la lettre était bien du kidnappeur. Que ce n'était pas une supercherie.

Martha vous donne le bonjour. Elle vous donne le bonjour et elle demande de dire à maman et à papa qu'elle est vraiment courageuse. Mais elle n'aime pas le froid, hein. Et elle n'est pas très causante. Plus maintenant. J'ai essayé d'avoir une conversation avec elle mais elle ne parle pas beaucoup. Sauf pour une chose : elle m'a demandé plusieurs fois de vous faire savoir que sa mère est une conne. Elle a peut-être raison ! Allez savoir ! Une chose est sûre : sa mère est grosse. Grosse ET conne. Bon Dieu, la vie n'est pas drôle pour certains d'entre nous. Quelle grosse conne ! Je regarde Martha et je me dis que c'est tragique, vraiment, qu'en grandissant elle finira par devenir une grosse conne comme sa mère. Qu'est-ce qu'elle en pense, maman ? Elle pense que c'est dommage que sa fille doive grandir ? Elle a sûrement peur de ce qui se passera quand Martha quittera la maison. Parce que, quand Martha sera partie, il va baiser qui, papa ? Il va devoir recommencer à se taper maman avec ses gros nibards.

Inconsciemment, Caffery avait retenu sa respiration en lisant. Il la lâcha d'un coup. Relut la lettre depuis le début. Puis, comme s'il risquait de se faire surprendre avec une revue porno, il fourra furtivement le portable dans sa poche et regarda autour de lui. La veine de sa tempe lui faisait mal. De l'autre côté du sentier, Marley était montée dans son fourgon et faisait marche arrière sur le chemin. Caffery pressa un doigt sur la veine, compta jusqu'à dix puis retourna à sa voiture.

15

La maison des Bradley était facile à repérer quand on arrivait en voiture : une meute de journalistes campait en face et dans le jardin s'entassaient les fleurs et les cadeaux déposés par des personnes compatissantes. Caffery connaissait un moyen discret d'y accéder : il se gara en bordure du lotissement et fit un détour, marchant sur un tapis de feuilles bruissantes, pour s'approcher par-derrière. La clôture du jardin comportait un portail que les journalistes n'avaient pas trouvé. La police et les Bradley avaient conclu un accord : deux ou trois fois par jour, un membre de la famille sortait sur le seuil de la maison pour faire plaisir à la meute. Le reste du temps, ils utilisaient la porte de derrière. À 15 h 30, il faisait presque sombre et Caffery se glissa dans le jardin sans se faire repérer.

Sur le perron, on avait déposé un panier recouvert d'un carré de tissu vichy comme dans un livre de recettes. Lorsque l'officier de liaison ouvrit, Caffery le lui tendit. Elle prit le panier et le fit entrer.

— La voisine, murmura-t-elle en refermant la porte. Elle pense qu'ils ont besoin de manger. On jette presque tout : ni les parents ni leur fille ne sont capables d'avaler quoi que ce soit. Venez.

Quoique vétuste, la cuisine était propre et chauffée. Caffery savait que les Bradley s'y sentaient en sécurité et qu'ils y avaient certainement passé la majeure partie des trois derniers jours. Sur une table, dans un coin, on avait installé un téléviseur portable réglé sur une chaîne d'info en continu. Debout devant l'évier, Jonathan Bradley tournait le dos au poste et lavait soigneusement une assiette. Il portait un jean et, nota Caffery, des pantoufles dépareillées. Rose, vêtue d'une robe d'intérieur rose, regardait la télévision, assise à la table de la cuisine, devant une tasse de thé à laquelle elle n'avait pas touché. Elle semblait encore sous sédatifs, les yeux vitreux et le regard vague. Caffery se fit la réflexion qu'elle était certes un peu enrobée, mais pas au point qu'on remarque ses formes sous un manteau. Soit le kidnappeur l'avait traitée de grosse au hasard, soit c'était une injure qu'il affectionnait. Ou alors il l'avait vue sans manteau à un moment ou à un autre avant l'enlèvement.

— Le commissaire adjoint Caffery, annonça l'OLF en posant le panier sur la table. J'ai pensé que je pouvais le faire entrer.

Seul Jonathan réagit. Laissant la vaisselle, il s'essuya les mains sur un torchon.

— Bien sûr, dit-il avec un sourire crispé. Bonsoir, monsieur Caffery.

— Monsieur Bradley… Jonathan.

Les deux hommes se serrèrent la main et le pasteur approcha une chaise de la table.

— Asseyez-vous. Je vais refaire du thé.

Caffery s'assit, les pieds et les mains encore engourdis par le froid. Il aurait dû ressentir la découverte des traces comme un progrès ; en réalité, elle ne les avait pas fait avancer d'un pouce. Les équipes de recherche étaient encore au travail, tirant du lit tous les résidents et fermiers du coin. Caffery était impatient de voir apparaître le numéro du CTR sur le cadran de son téléphone. Mais bon Dieu, pensait-il, pourvu que ce ne soit pas maintenant, devant les Bradley.

Jonathan posa les mains sur les épaules de sa femme et se pencha vers elle.

— Tu as laissé refroidir ton thé, chérie. Je vais te resservir.

Il montra le panier.

— Regarde, Mme Fosse nous a encore apporté à manger.

Il parlait trop fort, comme s'il était dans une maison de vieux et que Rose avait atteint le dernier stade de la sénilité.

— C'est gentil de sa part. On a besoin de voisins comme elle.

Il ôta le morceau de tissu couvrant le panier, inventoria son contenu. Des sandwichs, une tarte, des fruits. Une carte et une bouteille de vin rouge avec la mention *agriculture biologique* sur l'étiquette. Caffery lorgna la bouteille : il ne refuserait pas un verre si on le lui proposait. Mais la tarte alla dans le four à micro-ondes, la bouteille resta sur la table sans qu'on la débouche et le pasteur versa de l'eau chaude dans une théière.

— Je suis désolé, s'excusa Caffery. Je vous dérange.

Jonathan avait disposé des tasses et des parts de tarte chaude en face de chacun, apparemment résolu à entretenir une illusion de normalité en mettant la table, en servant à manger.

— Ça ne fait rien, dit Rose d'une voix monocorde.

Elle ne regardait ni le policier ni son assiette mais gardait les yeux fixés sur le téléviseur.

— Je sais que vous ne l'avez pas retrouvée. La dame nous l'a dit.

Elle indiqua l'OLF qui s'était installée de l'autre côté de la table et ouvrait un gros classeur pour prendre des notes.

— Elle nous a dit qu'il n'y a rien de nouveau. C'est bien ça ? Rien de nouveau ?

— Non.

— Elle nous a aussi parlé de la voiture. Et du vêtement de Martha qu'on y a retrouvé. J'aimerais le récupérer quand vous n'en aurez plus besoin.

— Rose, intervint l'OLF, nous en avons déjà discuté.

— S'il vous plaît, j'aimerais le récupérer.

La mère de Martha détacha son regard de l'écran et tourna vers Caffery des yeux rouges et gonflés.

— C'est tout ce que je demande. Récupérer les affaires de ma fille.

— Je suis désolé, répondit-il. Nous ne pouvons pas. Pas encore. C'est un indice.

— Vous en avez besoin pour quoi ?

La culotte était au labo, où les techniciens la soumettaient à une série d'analyses. Jusqu'ici, on n'avait trouvé aucune trace de sperme du ravisseur dessus, pas plus que dans la voiture. La maîtrise apparente de ce type préoccupait Caffery.

— Je suis désolé, Rose, répéta-t-il. Je sais que c'est difficile mais j'ai encore quelques questions à vous poser.

— Ne vous en faites pas, dit Jonathan en posant sur la table un pot de crème et des petites cuillères. Il vaut mieux en parler que tout garder pour soi. N'est-ce pas, Rose ?

Elle hocha mollement la tête.

— Vous lui avez montré les journaux ? demanda Caffery à l'OLF. Elle a vu celui où Martha est en première page ?

L'OLF se leva, prit un journal sur un meuble et le posa sur la table devant Caffery. C'était le *Sun*. Un employé du magasin de prêt-à-porter où Rose et Martha étaient entrées le samedi matin avait vendu au quotidien une bande vidéo de la mère et la fille regardant la vitrine une demi-heure avant l'enlèvement. Le journal avait publié une des images avec l'heure en incrustation sous le titre : « La dernière photo ? Une demi-heure avant son enlèvement, Martha, onze ans, fait du shopping avec sa mère. »

— Pourquoi ont-ils écrit ça ? dit Rose. Pourquoi la dernière photo ? Comme si...

Elle repoussa une mèche tombée sur son front.

— Comme si... Vous savez. Comme si tout était fini.

Caffery secoua la tête.

— Ce n'est pas fini.

— Vraiment ?

— Non. Nous faisons tout ce que nous pouvons pour vous la ramener saine et sauve.

— J'ai déjà entendu ça. Vous aviez promis qu'elle serait là pour son anniversaire.

— Rose, dit Jonathan avec douceur, M. Caffery essaie de nous aider. Tiens...

Il versa de la crème dans l'assiette de sa femme puis dans la sienne. Il lui glissa une cuillère dans la main et prit la sienne, porta à sa bouche un morceau de tarte et mâcha en regardant Rose, lui indiquant son assiette pour l'inciter à l'imiter.

— Elle n'a rien avalé depuis que c'est arrivé, murmura l'officier de liaison.

— C'est tout toi, papa, s'exclama Philippa du canapé. Croire que manger guérit tout.

— Elle a besoin de reprendre des forces.

Caffery versa de la crème sur sa part de tarte, en prit une bouchée, adressa à Rose un sourire d'encouragement. Les yeux fixés sur le journal, elle répéta :

— Pourquoi ont-ils écrit ça ?

— Parce que ça fait vendre, expliqua Caffery. On n'y peut pas grand-chose. Nous avons récupéré le reste de la bande et nous l'avons examiné.

— Pourquoi ? Pourquoi avez-vous fait ça ?

Il fit glisser un autre morceau de tarte sur sa cuillère, soigneusement, en prenant son temps.

— Rose, je sais que nous avons déjà parlé de tout ça, je sais que c'est douloureux pour vous, mais je voudrais qu'on revienne sur ce qui s'est passé ce matin-là. En particulier, je voudrais que vous me parliez des magasins dans lesquels vous êtes allées, Martha et vous.

— Les magasins ? Pourquoi ?

— Vous m'avez dit que vous aviez terminé par le supermarché.

— Oui.

— Vous cherchiez un cardigan, je crois. Pour vous ou pour votre fille ?

— Pour moi. Martha voulait un collant. Nous sommes d'abord allées chez Roundabout. Elle voulait celui avec des cœurs...

Rose s'interrompit, pressa une main contre sa gorge, luttant pour ne pas craquer.

— Avec des cœurs rouges, reprit-elle d'une petite voix. Après les avoir achetés, on est allées chez Jaeger. J'avais vu un cardigan qui me plaisait.

— Vous l'avez essayé ?

— Si elle l'a essayé ? fit Jonathan. Quelle importance ? Je ne voudrais pas être grossier, mais je ne vois pas le rapport.

— J'essaie simplement de me faire une idée plus précise de cette matinée. Vous avez enlevé votre manteau pour essayer le cardigan, madame Bradley ?

— Je sais ce que vous voulez savoir, lança Philippa. Vous pensez que ce type les observait. Vous pensez qu'il les suivait déjà avant qu'elles retournent à la voiture, c'est ça ?

Caffery porta le morceau de tarte à sa bouche et prit une bouchée en soutenant le regard de l'adolescente.

— C'est ça, hein ? Je le vois à votre tête. Vous pensez qu'il les suivait.

— Ce n'est qu'une de nos lignes de recherche. D'après mon expérience, le hasard est rarement la bonne explication.

— Cela veut dire que vous avez de nouveaux indices ? demanda Jonathan. Il vous a envoyé une autre lettre ?

Caffery sentit dans la tarte quelque chose de dur qu'il poussa de la langue sur sa serviette en papier. C'était une dent, enveloppée de pâte. Il s'était cassé une dent au milieu d'une enquête pareille, alors qu'il n'avait pas le temps d'aller chez le dentiste.

— Monsieur Caffery ? Il a envoyé une autre lettre ?

— Je vous le répète, j'essaie simplement de me faire une idée plus…

Il se tut, plissa les yeux en regardant la serviette. Ce n'était pas un morceau de dent, c'était une dent entière. Mais pas une des siennes. De la langue, il explora sa bouche. Pas de brèches. De toute façon, cette dent était trop petite pour appartenir à un adulte.

— Qu'est-ce qu'il y a ? demanda Jonathan. Qu'est-ce que vous avez sur votre serviette ?

Intrigué, Caffery essuya la dent, l'examina de près. C'était une dent de lait, toute petite.

Rose agrippa le bord de la table, livide.

— C'est à Martha, dit-elle. Regarde, Jonathan, c'est sa dent de bébé. Celle qu'elle gardait dans son médaillon.

Philippa se leva et s'approcha de la table pour regarder.

Caffery reposa la dent sur la table à une vingtaine de centimètres de son assiette.

— Comment elle s'est retrouvée dans votre bouche ? demanda l'officier de liaison d'une voix calme.

Caffery baissa les yeux vers sa part de tarte, l'OLF fit de même avec la sienne. Ils échangèrent un regard et se tournèrent vers le pasteur.

— Elle vient d'où, cette tarte ?

— De la voisine, murmura-t-il. Mme Fosse.

L'OLF reposa sa cuillère en la faisant tinter contre son assiette.

— Elle leur apporte tout le temps à manger, expliqua-t-elle. Pour les réconforter.

Caffery chercha son portable dans sa poche sans quitter la dent du regard.

— Où est-ce qu'elle habite ? Quel numéro ?

Jonathan ne répondit pas. Il se pencha en avant et cracha un morceau de tarte dans son assiette avec un regard d'excuse à sa femme. Puis il repoussa sa chaise en arrière, comme s'il allait se lever, mais se pencha de nouveau vers son assiette pour vomir, aspergeant la table de traînées blanches de crème.

Personne ne prononça un mot tandis qu'il s'essuyait la bouche avec un torchon. Un silence glacial régnait sur la pièce. Même Caffery fixait la dent. Jonathan, l'air effondré, entreprit de nettoyer la table. Puis au moment où Caffery s'apprêtait à se lever, à proposer son aide, Rose réagit brusquement :

— Espèce de salaud !

Elle repoussa violemment sa chaise et se leva, l'index pointé vers son mari.

— Tu t'imagines qu'il suffit de faire comme s'il ne s'était rien passé pour que tout s'arrange !

Elle lança son assiette, qui se brisa contre la cuisinière.

— Tu crois que c'est de la tarte et du thé qui vont nous la ramener ?

Elle prit la dent et, ignorant l'OLF qui esquissait un geste d'apaisement, sortit de la pièce en claquant la porte. L'instant d'après, Philippa jeta à son père un regard noir et suivit sa mère, claquant elle aussi la porte. Leurs pas résonnèrent dans l'escalier, une autre porte claqua. Il y eut un bruit sourd, des sanglots étouffés.

Dans la cuisine, personne ne parlait. Chacun fixait ses pieds en silence.

16

À une quinzaine de kilomètres au sud-est, dans les faubourgs de la petite ville de Mere, Janice Costello, trente-six ans, gara son Audi et arrêta le moteur. Elle se tourna vers l'arrière, où sa petite fille de quatre ans était attachée dans son siège enfant, prête à aller au lit : pyjama, chaussons Hello Kitty et bouillotte. Elle était enveloppée dans une couette.

— Emily, trésor ? Ça va, poussin ?

Emily bâilla, considéra les alentours d'un œil vague.

— Où on est, maman ?

— Où on est ? Euh…

Janice se mordit la lèvre, regarda dehors.

— Devant les magasins, chérie. Maman va faire une course, elle en a pour deux minutes. Deux petites minutes, d'accord ?

— J'ai Jasper, répondit l'enfant en agitant un lapin en peluche. On se fait un câlin.

— C'est bien.

Janice se pencha et chatouilla sa fille dans le cou. Emily baissa le menton en se tortillant et en pouffant.

— Arrête, maman ! Arrête.

Janice sourit.

— Tiens chaud à Jasper, je reviens tout de suite.

Elle défit sa ceinture, sortit de la voiture, verrouilla les portières. Elle avait menti, il n'y avait pas de magasins. Il n'y avait, au coin de la rue, qu'une clinique où se déroulait une séance de thérapie de groupe. Trois hommes et trois femmes qui se rencontraient tous les lundis et sortiraient – Janice consulta sa montre – d'une minute à l'autre. Elle alla au coin de la rue et s'adossa au mur, le cou tendu afin de voir le bâtiment. Il y avait de la lumière dans l'entrée et l'une des fenêtres – peut-être celle de la pièce où se déroulait la séance – avait les stores baissés.

Janice Costello était presque sûre que son mari avait une liaison. Cory avait entrepris cette thérapie trois ans plus tôt et elle était certaine qu'il entretenait une « relation » avec l'une des femmes du groupe. D'abord elle n'avait eu que des soupçons : Cory était devenu distant, il ne venait plus se coucher en même temps qu'elle, il prenait la voiture et s'absentait durant des heures, prétendant à son retour qu'il avait « simplement roulé et réfléchi ». Des disputes inattendues éclataient pour des broutilles : la façon dont elle répondait au téléphone ou disposait les légumes sur l'assiette au dîner, ou même la moutarde qu'elle achetait. Que pouvait-on imaginer de plus stupide ? Des cris parce qu'il voulait des grains et que la moutarde anglaise était « quelconque ». « Pour l'amour du ciel, Janice, tu ne peux pas comprendre ça ? »

Mais ce fut le prénom « Clare », mentionné au hasard des conversations, qui lui mit vraiment la puce à l'oreille. Clare dit ceci, Clare dit cela. Quand Janice l'interrogea, il la regarda comme s'il ne voyait pas de quoi elle parlait.

« Clare, répéta-t-elle. Tu viens encore de prononcer son nom.

— Oh, Clare. Une des filles du groupe. Et alors ? »

Janice n'insista pas mais plus tard dans la soirée, quand Cory s'endormit devant la télévision, elle subtilisa son portable et y trouva la trace de deux appels de « Clare P ». À présent, elle voulait en avoir le cœur net. Ce serait facile. Il lui suffirait de voir Cory en compagnie de cette femme. À son attitude, elle saurait immédiatement la vérité.

La lumière s'éteignit à la fenêtre, le couloir s'éclaira. Fin de la séance. Le cœur de Janice s'emballa. Quelqu'un allait sortir d'une seconde à l'autre. Son portable sonna dans sa poche. Merde, elle avait oublié de l'éteindre. Elle le saisit, prête à appuyer sur le bouton rouge, mais elle se ravisa quand elle vit qui appelait.

Cory. C'était Cory qui lui téléphonait. Il était à dix mètres d'elle et, dès que la porte s'ouvrirait, il entendrait son portable sonner dans la nuit. Janice posa un doigt sur le bouton rouge, hésita, le fit passer sur le vert.

— Salut, dit-elle d'une voix enjouée.

Elle se retourna vers le mur, une main plaquée sur l'oreille.

— Comment ça s'est passé ?

— Comme d'hab, répondit Cory d'un ton las. T'es où ?

— Où je suis ? À la maison, bien sûr. Pourquoi ?

— Je viens de t'appeler sur le fixe. Tu n'as pas entendu ?

— Non. Je… j'étais dans la cuisine, je préparais le dîner.

Après un silence, Cory proposa :

— Je vais te rappeler sur le fixe, ça coûtera moins cher.

— Non ! Non, ça... Non, tu réveillerais Emily.

— Elle dort déjà ? Il n'est pas encore 18 heures.

— Oui, mais il y a école demain...

Elle s'interrompit : Emily était assez âgée pour dire à son père qu'elles étaient sorties. Janice s'enfonçait dans le mensonge, dans les problèmes.

— Tu rentres maintenant ? demanda-t-elle.

Nouveau silence.

— Janice ? Tu es vraiment à la maison ? On dirait que tu es dehors.

— Mais non, je suis à la maison.

Son pouls s'était accéléré.

— Il faut que je te laisse, Emily pleure.

Elle pressa le bouton rouge et s'adossa de nouveau au mur, tremblante. Elle allait devoir inventer quelque chose, prétendre qu'elle s'était brusquement aperçue qu'il manquait quelque chose à la maison – du lait ou du café – et qu'elle avait dû ressortir en acheter. Ou alors qu'Emily n'arrêtait pas de pleurer, qu'elle l'avait emmitouflée dans une couette et emmenée faire un tour en voiture en espérant que ça la calmerait, comme lorsqu'elle était bébé et qu'elle avait des coliques. Il fallait qu'elle rentre immédiatement et qu'elle s'arrange pour faire coller la réalité avec son mensonge. Mais elle n'avait pas fait tout ce chemin pour rien : à présent qu'elle était là, il fallait qu'elle voie Clare.

Elle passa de nouveau la tête au coin de la rue. La ramena vivement en arrière. La porte de la clinique s'était ouverte. Cette foutue porte s'était ouverte et il y avait des gens dehors, de la lumière sur le trottoir, des voix. Elle abaissa sur ses yeux la capuche de son blouson matelassé et regarda furtivement. Une femme sortit, une femme âgée avec des cheveux blancs à la coupe sévère et un long manteau écossais, puis une autre en trois-quarts marron. Ni l'une ni l'autre ne devaient être Clare. Elles étaient trop vieilles, trop masculines.

La porte se rouvrit en grand et Cory sortit, remontant la fermeture à glissière de son blouson, la tête tournée vers une grande femme mince aux cheveux d'un blond très clair. Elle portait un long manteau de cuir et des bottes à hauts talons. Un nez pointu, légèrement recourbé. Elle riait de ce qu'il lui disait. Elle fit halte sur les marches, noua un foulard autour de son cou. Cory s'arrêta sur le trottoir et leva les yeux vers elle. Une ou deux autres personnes sortirent encore. La femme parla, Cory se frotta le nez, regardant pensivement la rue.

— Qu'est-ce qu'il y a ? demanda la femme.

Cory secoua la tête.

— Rien.

Il inspecta de nouveau la rue, remonta deux marches, posa une main sur le bras de la femme, approcha son visage du sien et lui murmura quelque chose.

Elle plissa le front, leva une main avec quatre doigts tendus, transforma son geste en un petit salut.

— Comme tu veux, dit-elle avec un sourire. Comme tu veux, Cory. À la semaine prochaine.

Il redescendit les marches, sortit de sa poche les clés de sa voiture et s'éloigna d'un pas décidé. Une vague de panique submergea Janice. Elle retourna à l'Audi en marchant aussi vite qu'elle pouvait.

Quand elle fut plus près, elle constata que quelque chose n'allait pas. Son cœur lui martelait la poitrine. La voiture était garée à une vingtaine de mètres, sous un réverbère. Et sa fille n'était plus à l'intérieur.

— Emily, murmura-t-elle.

Elle se mit à courir. Son foulard se dénoua et s'envola. Elle faillit laisser tomber ses clés. Parvenue à la voiture, elle plaqua ses mains sur la vitre, approcha son visage.

Emily était accroupie entre le dossier du siège avant et la banquette arrière. Elle avait défait sa ceinture et s'était installée par terre avec Jasper, avec qui elle était en grande conversation. Elle fut déroutée par l'expression terrifiée de sa mère.

— Maman ! cria-t-elle à la vitre.

Elle se releva et s'assit sur la banquette.

— Maman, devine !

Janice prit une inspiration, fit le tour de l'Audi, monta et se tourna vers sa fille.

— Quoi, chérie ?

— Jasper a fait caca. Dans sa culotte. T'as acheté des couches pour lui au magasin ?

— Le magasin est fermé, répondit Janice en se forçant à sourire. Je n'ai pas pu acheter de couches. Désolée. Mets ta ceinture, ma puce. On rentre à la maison.

17

En définitive, Caffery se réjouissait que les Bradley ne lui aient pas offert un verre de vin. S'il avait seulement reniflé un peu d'alcool, il aurait été incapable d'affronter le casse-tête logistique qui avait suivi l'apparition de la dent.

La voisine, Mme Fosse, une vieille commère à tête d'oiseau, portant des pantoufles et deux gilets de laine superposés, n'avait rien à cacher. Il en eut la certitude après l'avoir interrogée pendant vingt minutes. C'était bien elle qui avait fait la tarte et l'avait déposée sur le perron avec le panier à 13 heures. Elle n'avait pas frappé, ne sachant quoi dire aux Bradley, mais elle espérait que ses petits cadeaux exprimaient ses sentiments. Cela signifiait que le kidnappeur avait pénétré dans le jardin et glissé la dent dans la tarte entre 13 heures et 15 heures.

Le Marcheur avait raison, pensa Caffery, ce type était plus intelligent que tous ceux à qui il avait eu affaire jusqu'ici. Il décida d'éloigner les Bradley du presbytère dès que possible.

— Je vous déteste, lui dit Philippa dans la buanderie. Je vous déteste vraiment.

Le visage blême, les poings serrés, elle lançait à Caffery des regards furieux. La porte était ouverte et un constable de la brigade cynophile attendait sur le seuil, tenant en laisse les deux chiens de la famille et s'efforçant de rester à l'écart de la discussion.

— J'en reviens pas que vous fassiez une chose pareille, ajouta Philippa.

Caffery soupira. Il lui avait fallu plus de deux heures et dix coups de téléphone pour obtenir d'abord l'autorisation de déménager les Bradley et trouver ensuite un endroit où les loger. Pour cela, un groupe d'officiers supérieurs de la police néerlandaise venus en Angleterre dans le cadre d'un programme d'échange avaient dû quitter la suite réservée aux visiteurs prestigieux dans le bâtiment Formation du QG. La famille était maintenant prête à partir, avec valises et manteaux.

— Philippa, les chiens seront bien traités, je te le promets.

— On peut pas les laisser à quelqu'un qu'ils ne connaissent pas, répliqua-t-elle, les larmes aux yeux. Pas dans un moment pareil.

— Écoute... commença Caffery d'un ton prudent.

Prudent, il fallait qu'il le soit. Il n'avait pas besoin qu'une adolescente hystérique torpille son scénario. Il avait appelé les deux voitures radio qui attendaient au bout du jardin, hors de vue des journalistes. Elles arriveraient d'une minute à l'autre et, quand elles seraient là, toute la famille devrait y monter et partir avant que les reporters aient eu le temps de se demander ce qui se passait. Le chef du service communications avait interrompu une partie de fléchettes pour entamer d'urgence des négociations avec plusieurs des principaux journaux. Le ravisseur avait localisé les Bradley grâce aux photos prises sur le seuil de leur maison. Entre les médias et la police, il existait une relation symbiotique, et si les premiers voulaient que cette collaboration se poursuive, ils devaient ne plus rien publier sur les Bradley.

— Tu ne peux pas garder les chiens, Philippa. Les animaux sont interdits là où on va vous conduire. Le maître-chien s'en occupera. Tu dois comprendre que l'homme qui a enlevé ta sœur est...

— Est quoi ?

Que pouvait-il dire ? Plus intelligent que tous les autres criminels que je connais ? Plus intelligent et deux fois, non, trois fois plus tordu ?

— Bon, tu peux en emmener un. Un seul. L'autre partira avec le maître-chien. D'accord ? Mais il faut que tu prennes cette histoire très au sérieux. Tu me le promets ? Pour tes parents. Pour Martha.

Elle le regarda d'un air boudeur à travers les mèches teintes en noir qui lui cachaient la moitié du visage. Sa lèvre inférieure bougea presque imperceptiblement et, un instant, il crut qu'elle allait hurler. Ou tout casser à coups de pied dans la buanderie.

— OK, murmura-t-elle.

— Alors, lequel ?

Elle regarda les chiens, qui levèrent les yeux vers elle. L'épagneul battait le sol de sa queue, se demandant si cette discussion entre humains était un préambule complexe à une promenade. En voyant les deux bêtes ensemble, Caffery remarqua que le colley était singulièrement vieux et mal en point comparé à l'épagneul.

— Sophie, répondit Philippa.

Entendant son nom, l'animal se redressa et sa queue remua de plus belle, comme un métronome.

— L'épagneul ?

— Des deux, c'est elle le meilleur chien de garde, répondit l'adolescente sur la défensive. Elle nous protégera.

Le colley regarda Philippa prendre la laisse de Sophie.

— Qu'est-ce que vous ferez de l'autre ? demanda Caffery au maître-chien.

L'homme baissa les yeux vers le colley, qui le regardait comme s'il savait déjà qu'on allait le confier à lui.

— Va falloir que je voie avec les collègues. Y a toujours un idiot qui a le cœur assez tendre pour jouer au père adoptif pendant un jour ou deux. Jusqu'à ce que l'affaire soit finie.

Caffery poussa un soupir, tira ses clés de sa poche, les tendit au maître-chien.

— Faites-le monter dans ma voiture.

Le colley le regarda, pencha la tête sur le côté, soupira lui aussi.

— Ça va, grommela Caffery, n'en fais pas trop.

Il conduisit Philippa et Sophie dans le couloir où les parents et l'OLF attendaient parmi les valises faites à la hâte. Puis il alla à la fenêtre et regarda par l'entrebâillement des rideaux. Il avait demandé aux chauffeurs des voitures de ne pas faire marcher les sirènes et les gyrophares : pas la peine de prévenir les journalistes.

— Bon, vous connaissez les termes de l'accord. Notre service communications ne veut pas que vous vous cachiez le visage en sortant. Les flashs crépiteront, vous ne vous en occupez pas. Et ne laissez pas les photographes attirer votre attention. Vous sortez rapidement, calmement. Comme pour un exercice d'alerte. On ne panique pas mais on avance. OK ?

Les Bradley acquiescèrent. Caffery regarda de nouveau par la fenêtre. Toujours pas de voitures. Il tendait la main vers la poche contenant son portable quand la porte de la cuisine s'ouvrit. L'un des techniciens chargés d'examiner le jardin, le panier et le plat à tarte apparut dans le couloir. Caffery se retourna.

— Qu'est-ce qui se passe ?

Le technicien, qui semblait à peine sorti de l'adolescence avec les boutons d'acné qui poussaient sur son menton, regarda la femme du pasteur d'un air embarrassé.

— Madame Bradley...

Rose recula vers le mur.

— Qu'est-ce qu'il y a ? demanda Caffery.

— Désolé, commissaire. C'est pour la dent...

Les larmes aux yeux, Rose s'exclama :

— Vous n'en avez pas besoin !

— Si, Rose, intervint l'OLF avec douceur. Nous en avons vraiment besoin.

— Non. Vous pouvez me croire sur parole, elle appartient à Martha. C'est la première qu'elle a perdue, elle n'a jamais voulu s'en séparer. Nous l'avons placée dans un médaillon que nous lui avons offert. Je la reconnaîtrais entre mille, je vous le jure.

Dehors, les voitures s'engageaient enfin dans l'allée. Caffery soupira : bravo, le timing.

— Rose, s'il vous plaît, donnez-lui cette dent.

Il regarda par la fenêtre. Impossible de renvoyer les voitures maintenant, il aurait fallu recommencer toute l'opération.

— Nous ne pouvons pas aider Martha si vous ne lui confiez pas cette dent.

— Non ! Je ne la donnerai pas. C'est sa dent, vous avez ma parole.

Des larmes coulèrent sur les joues de Rose, et elle inclina la tête, tentant de les essuyer sur son épaule.

— C'est la sienne, je vous le jure.

— Nous n'en savons rien. Ça peut être celle de n'importe qui, ça peut être une fausse.

— Si vous pensez qu'elle est fausse, pourquoi nous faites-vous déménager ? Et pourquoi devrais-je vous la donner ?

— Bon Dieu, marmonna Caffery. Après avoir demandé à la fille de se comporter en adulte, je dois en faire autant avec la mère ?

— Soyez raisonnable, plaida l'OLF.

Dehors, les voitures s'étaient arrêtées, leurs moteurs tournaient au ralenti.

— Je vous en prie, Rose. Donnez-nous la dent.

— M'man...

Philippa se glissa derrière sa mère, posa les mains sur ses épaules et regarda Caffery dans les yeux. Pour lui signifier qu'elle soutenait sa mère et que personne, absolument personne, ne pouvait comprendre l'importance de cette dent.

— Maman, fais ce qu'il dit, il ne cédera pas.

Rose fixa Caffery en silence puis elle pressa son visage contre le cou de sa fille aînée. Des sanglots étouffés secouèrent son corps. Au bout d'un moment, elle se retourna, tendit la main droite et desserra lentement les doigts. La dent se trouvait sur sa paume ouverte. Le technicien jeta un coup d'œil à Caffery, fit un pas en avant et prit la dent avec précaution.

Caffery sentit une goutte de sueur perler sur sa nuque et glisser lentement sous son col. Il ne s'était pas aperçu qu'il était aussi tendu.

— Bien. On peut y aller, maintenant ?

18

À 18 heures, le commissaire de la BRS entra dans le bureau de Flea, se planta devant sa table et se pencha pour la regarder dans les yeux.

— Quoi ? dit-elle en reculant. Qu'est-ce qu'il y a ?

— Rien. Juste que le divisionnaire vous a à la bonne, apparemment. Je viens d'avoir l'IGS au téléphone.

— Ah ouais ?

— La suspension de votre prime : elle est annulée.

— Vous voulez dire que les gars la toucheront ?

— Joyeux Noël !

Une fois qu'il fut ressorti, Flea demeura un moment sans bouger dans la pièce familière, entourée d'objets parmi lesquels elle avait appris à se sentir bien. Les photos de l'équipe au travail punaisées sur les murs, le tableau où étaient griffonnées des prévisions de budget, les cartes postales idiotes sur les portes des vestiaires. L'une d'elles montrait un homme équipé d'un tuba et de palmes, avec cette légende : « Steve a son matériel de plongée, maintenant. Tout ce qui lui manque, ce sont les moufles[1] dont

---

1. Le mot anglais peut aussi se traduire par « chatte ».

ses copains n'arrêtent pas de lui parler. » Une affiche de la police sur une opération antidrogue : « Atrium : depuis 2001, nous arrêtons une personne chaque jour. » À quoi quelqu'un de l'équipe avait ajouté au stylo : « La pauvre ! » Flea savait qu'elle aurait de gros problèmes avec ses supérieurs s'ils voyaient ça, mais elle laissait faire ses gars. Elle aimait leur sens de l'humour. Comme elle aimait la façon dont ils se serraient les coudes. Ils auraient leur prime. Ils pourraient acheter une Wii à leurs gamins, des jantes chromées et tout ces trucs de mecs sans lesquels il n'y avait pas de vrai Noël pour eux.

La porte s'ouvrit, laissant pénétrer l'air froid du dehors parfumé aux vapeurs d'essence. Quelqu'un descendit le couloir : Wellard, portant un sac et se dirigeant vers la salle de décontamination. Elle l'appela au moment où il atteignait la porte.

— Hé !

Il passa la tête dans le bureau.

— Quoi ?

— Vous toucherez la prime. Le commissaire vient de m'en informer.

Il inclina le buste.

— Mille mercis, gracieuse damoiselle. Mes pauvres enfants infirmes souriront à Noël pour la première fois de leur courte et triste vie. Comme ils seront heureux, gente dame !

— N'oubliez pas d'offrir un iPod touch à celui qui a la polio.

— Vous n'êtes pas aussi mauvaise que vous voulez le faire croire, sergent. Pas vraiment.

— Wellard ?

— Ouais ?
— Sérieusement. Ce matin…
— Ce matin ?
— Vous avez vu les moulages faits par les TSC ? Vous n'avez pas identifié l'instrument avec lequel le ravisseur a troué ses empreintes ?
— Non, pourquoi ?
— Pour rien.

Flea sentit quelque chose de froid, à demi opaque, à l'arrière de son esprit. L'image du bois sombre qu'ils avaient fouillé. Les champs s'étirant de part et d'autre. Pendant les recherches ce matin-là, une rumeur avait circulé sur le contenu de la lettre du kidnappeur. Personne en dehors de la Crim n'était censé connaître ces détails, mais les informations circulaient d'une brigade à l'autre et, toute la matinée, les policiers avaient eu en tête une vague idée de ce que le ravisseur avait pu faire à Martha.

— Une impression. Je n'arrive pas vraiment à la cerner.
— Une intuition ? dit Wellard avec une pointe de moquerie.

Elle lui adressa un regard glacial.

— J'apprends à me fier à mes intuitions. Je ne suis pas aussi « blonde » que vous le pensez. Je sais qu'il y avait là-bas dans…

Elle chercha le mot.

— … dans l'environnement quelque chose d'important. Vous comprenez ce que je veux dire ?
— Vous me connaissez, sergent, je suis une brute épaisse. C'est avec ce corps de rêve que je gagne ma thune, pas avec ma tête.

Il lui fit un clin d'œil et s'éloigna. Flea eut un sourire sans chaleur et écouta ses pas s'éloigner dans le couloir. Dehors, la pluie s'était remise à tomber, si lente et si molle qu'on aurait cru qu'il neigeait. L'hiver était vraiment là.

19

À 18 h 15, une Audi S6 filait dans les petites rues de Mere, prenant les virages à toute allure. Les mains crispées sur le volant, Janice Costello se dépêchait afin de rentrer avant son mari. À la radio, un psychiatre médiatique donnait son avis sur le voleur de voiture qui avait enlevé une petite fille à Frome deux jours plus tôt : c'était probablement un homme blanc d'une trentaine d'années. Peut-être un mari ou même un père. D'une main tremblante, Janice éteignit la radio. Pourquoi n'avait-elle pas pensé à ce salaud avant de laisser Emily seule dans la voiture ? Frome n'était pas si éloigné que ça de Mere. Elle avait eu de la chance qu'il ne soit rien arrivé. Fallait-il qu'elle perde les pédales pour prendre de tels risques !

C'était la faute de Clare. Clare, Clare, Clare. Ce prénom l'exaspérait. Si elle s'était appelée Mylene ou Kylie ou Kirsty, un nom d'ado, cela aurait été plus facile pour Janice. Elle se serait représenté une jeune blonde aux gros seins, avec le mot POUFFE en travers des fesses. Mais Clare ? Elle aurait pu connaître une Clare au lycée. En tout cas, la femme de la clinique n'était ni sexy, ni exubérante, ni inexpérimentée. Elle avait l'air d'une femme avec qui on pouvait avoir une véritable conversation. Bref, elle avait l'air d'une Clare.

Ce n'était pas la première fois que Cory la trompait. C'était déjà arrivé, six ans plus tôt. Avec une esthéticienne que Janice n'avait jamais rencontrée et qu'elle imaginait bronzée toute l'année, portant des dessous affriolants et se faisant épiler le maillot à la brésilienne. Quand Janice l'avait appris, les Costello avaient entamé une thérapie conjugale. Cory s'était montré si repentant, si mortifié par son erreur que pendant quelque temps elle lui avait presque pardonné. Puis un autre facteur était intervenu, qui l'avait convaincue de lui donner une deuxième chance : elle avait découvert qu'elle était enceinte.

Emily avait débarqué inopinément dans leur vie, et Janice, submergée d'un amour inattendu pour sa fille, n'avait plus accordé autant d'importance à ce qui se passait dans leur couple. Cory suivait une thérapie et avait un nouveau poste de « consultant marketing en développement durable » dans une imprimerie de Bristol. Cela la faisait rire, ce titre, vu le peu d'attention qu'il accordait à sa propre empreinte carbone. Il gagnait cependant assez d'argent pour que Janice quitte son emploi et se contente de petits boulots de correction en free-lance mal payés, mais qui lui permettaient d'entretenir son cerveau. Sa vie s'était déroulée sereinement. Jusqu'à maintenant. Jusqu'à Clare. Et tout se réduisait à présent à cette obsession : les nuits sans sommeil à fixer le plafond tandis que Cory ronflait à côté d'elle. La surveillance discrète de ses coups de téléphone, la fouille de ses poches, les interrogatoires. Tout cela débouchant sur la scène de ce soir, la traversée précipitée de la ville avec la pauvre Emily ballottée à l'arrière de la voiture.

Elle descendit la rue principale, tourna brusquement dans l'allée de leur maison victorienne jumelée. Aucune trace de Cory. Quand elle se retourna, Janice constata qu'Emily n'était pas livide et terrifiée dans son siège mais qu'elle s'était vraiment endormie, Jasper coincé entre le menton et l'épaule comme un de ces oreillers gonflables qu'on distribue dans les avions.

— Viens, mon petit cœur, murmura Janice, maman va te mettre au lit.

Elle parvint à sortir la petite fille de la voiture et à l'allonger dans son lit sans la réveiller. Avec un doigt, elle lui passa rapidement du dentifrice sur les dents – cela ferait l'affaire pour le moment –, l'embrassa sur le front, ôta son propre blouson et le lança dans l'armoire. Elle était en train de vider le reste du lait dans l'évier de la cuisine quand la voiture de Cory s'arrêta dehors. Janice rinça vite la brique et se dirigea vers le devant de la maison pour la jeter dans le container des déchets recyclables.

Cory était dans l'entrée, ses clés à la main, une expression soupçonneuse sur le visage.

— Bonsoir, dit-il en remarquant qu'elle était chaussée.

— Plus de lait, dit-elle en agitant la brique vide. Je suis sortie pour en acheter mais la supérette était fermée.

— Et Emily ?

— Je l'ai laissée ici, évidemment. Je l'ai mise dans un bain bien chaud, je lui ai donné des lames de rasoir pour jouer. Bon sang, tu me prends pour qui ? Je l'ai emmenée, bien sûr.

— Tu m'as dit qu'elle dormait.
— Je t'ai dit qu'elle s'était réveillée. Tu ne m'écoutes jamais.

Elle jeta la brique dans le container et, les bras croisés, considéra son mari. Il était plutôt pas mal, Cory, elle devait l'admettre. Ces derniers temps, la ligne de sa mâchoire s'était adoucie, ce qui lui donnait un air presque féminin. Et il commençait à se dégarnir au sommet du crâne. Elle s'en était aperçue quelques jours plus tôt, au lit. Cela ne la dérangeait pas, mais elle se demandait ce que Clare en pensait. Est-ce que ça valait le coup de lui en parler, rien que pour dégonfler son ego ? Ou devait-elle laisser Clare lui en faire la remarque ?

— C'était comment, la séance ?
— Je te l'ai dit. Toujours pareil.
— Et Clare ?
— Hein ?
— Clare. Celle dont tu me parlais l'autre jour. Tu te rappelles ?
— Pourquoi tu me demandes ça ?
— Simple curiosité. Elle se bagarre toujours avec son ex ?
— Son mari ? Oui. Ce tas de merde. Ce qu'il leur fait subir, à elle, aux enfants, c'est ignoble.

Un peu trop de virulence, là. « Ce tas de merde » ? Elle ne l'avait jamais entendu utiliser cette expression. Il la tenait peut-être de Clare.

— De toute façon, je crois que je vais arrêter cette thérapie, déclara Cory.

Il passa devant elle, déboutonna son manteau.

— Ça me prend trop de temps. Il y a du changement au boulot, ils veulent que je bosse davantage.

Janice le suivit dans la cuisine, le regarda ouvrir le réfrigérateur, chercher une bière.

— Que tu bosses davantage ? Cela veut dire tard le soir, je suppose.

— Exactement. Je ne peux pas me permettre de refuser. Avec la conjoncture... Les directeurs veulent que j'assiste à une grande réunion demain après-midi. On doit discuter de tout ça. À 16 heures.

À 16 heures... Soudain Janice revit Clare lever une main avec quatre doigts tendus. Pour indiquer 16 heures. Cory et elle avaient rendez-vous à 16 heures. Il ne pourrait pas répondre aux coups de téléphone de Janice parce qu'il serait « en réunion ». Et, comme pour confirmer ses soupçons, il s'enquit, d'un air détaché :

— Qu'est-ce que tu fais demain ? Tu as quelque chose de prévu ?

Elle ne répondit pas et le regarda calmement. Je ne t'aime pas, Cory, pensa-t-elle. Je ne t'aime vraiment pas. Et, d'une certaine façon, cela me rend très heureuse.

— Quoi ? fit-il. Pourquoi tu me regardes comme ça ?

— Pour rien, répondit-elle d'un ton léger.

Elle se retourna et entreprit de vider le lave-vaisselle. C'était normalement le boulot de Cory mais c'était toujours elle qui s'en chargeait, alors pourquoi ne l'aurait-elle pas fait ce soir-là ?

— Demain ? Je crois que j'irai voir ma mère après avoir pris Emily à l'école.

— Une heure de voiture, rappela-t-il en fronçant les sourcils. Je suis content pour toi que tu aies le temps de faire ce genre de chose. Vraiment content.

— Je sais, dit-elle avec un sourire.

Il ne perdait pas une occasion de souligner qu'elle menait la belle vie à faire des petits boulots en free-lance au lieu d'avoir un vrai travail comme lui, mais elle ne mordit pas à l'hameçon.

— J'ai fini le projet pour le site Web et je crois que je vais souffler un peu avant d'attaquer le boulot suivant. Je passerai un moment chez ma mère, je dînerai peut-être avec elle.

Elle s'interrompit, baissa les yeux vers la poignée de couverts qu'elle tenait à la main et aperçut son reflet brouillé.

— Oui, demain, je m'absenterai tout l'après-midi, conclut-elle.

20

Aux environs de 20 heures, il faisait si froid et si sombre qu'on aurait pu se croire à minuit. Il n'y avait ni lune ni étoiles, rien que la lueur des lampes de sécurité du chantier de bois au bout du chemin. Flea arrêta sa voiture, enfila une veste polaire et un imperméable. Elle portait des gants en Thinsulate et un bonnet de laine. Normalement, elle supportait bien le froid – c'était indispensable dans son travail – mais, cet automne, le temps avait une dureté, un mordant qui affectait tout le monde. Elle montra sa carte au flic somnolant dans la voiture qui barrait la route et alluma sa torche électrique. La piste traversant les pins était d'un jaune pâle presque lumineux. Les traces de pneus de la Yaris étaient entourées de ruban jaune pendant mollement, le sol couvert de petits drapeaux de la police scientifique. Flea traversa la flaque de lumière des lampes halogènes du chantier forestier, longea les tapis roulants, les scies et les fendeuses de bûches à présent silencieux. Elle continua à descendre le chemin jusqu'à l'usine abandonnée.

Flea était déjà passée chez elle ; elle s'était douchée, elle avait mangé, lu et écouté la radio sans parvenir à se détendre. Elle ne cessait de se demander ce qui avait bien pu mettre son esprit en branle lors des recherches. Si son père avait été en vie, il lui aurait dit : « Tu as une épine dans la tête, ma fille. Il vaut mieux la retirer que la laisser empoisonner ton cerveau. »

Elle gagna la limite des arbres, là où commençait le champ. Elle retrouva l'endroit qu'ils avaient fouillé et la ligne de détritus, semblables à des débris d'épave que la mer aurait laissés en se retirant. Elle régla le faisceau de sa torche, le braqua sur les déchets et s'efforça de rassembler ses souvenirs.

C'était après qu'ils avaient inspecté le bassin qu'elle avait remarqué quelque chose. Debout au bord, elle parlait aux sergents d'autres équipes de l'heure à laquelle leur service était censé se terminer et des effectifs dont ils disposeraient s'ils devaient faire des heures supplémentaires. Autour d'eux, les policiers continuaient à chercher. Wellard se trouvait en bordure du champ. Flea se rappela l'avoir aperçu du coin de l'œil en parlant. Il avait trouvé quelque chose dans l'herbe et en discutait avec le CSC, le chef des techniciens de scène de crime. Occupée à écouter l'un des sergents, Flea n'avait pas vraiment prêté attention à son adjoint et au CSC mais, à présent, elle revoyait très nettement la scène. Elle voyait même ce que Wellard tendait au CSC. Un morceau de corde bleue, en Nylon, long d'une trentaine de centimètres. Ce n'était pas la corde qui l'intéressait – elle l'avait revue plus tard parmi les indices étalés sur la table, et elle n'avait rien de remarquable en soi – mais l'enchaînement de pensées qu'elle avait déclenché.

Elle s'approcha du bassin, éteignit sa lampe. Elle attendit un moment, entourée par les formes monstrueuses des arbres dénudés au-delà desquels s'étendaient les champs labourés, immenses et mornes. Quelque part sur sa droite s'éleva la rumeur d'un train de la Great Western Union Railway trouant la nuit. Flea avait chez elle un ordinateur qui la rendait dingue en émettant de faibles crépitements juste avant que son téléphone ne sonne. Elle en connaissait la raison – les ondes électromagnétiques tentaient d'utiliser les fils des haut-parleurs comme antenne – et cependant elle avait toujours eu l'impression que son PC était doué de prescience. Wellard aurait ricané si elle lui en avait parlé mais elle s'imaginait parfois dotée d'une alarme électromagnétique semblable, d'une sonnette biologique qui hérissait les poils de ses bras avant qu'une pensée ou une idée se mette en place. Et c'était exactement ce qui lui arrivait à cet instant. Un courant parcourait sa peau quelques secondes avant que la solution ne lui apparaisse clairement.

L'eau. La corde lui avait fait penser à des bateaux, à des marinas et à de l'eau.

Ce matin, cette association d'idées s'était envolée aussi vite qu'elle était venue : elle écoutait l'autre sergent et, de toute façon, il n'y avait pas d'eau dans le secteur. Mais, après y avoir réfléchi, elle devait admettre qu'elle s'était trompée. Il y avait bien de l'eau dans le secteur, et pas très loin.

Flea se tourna lentement vers l'ouest, où la couverture nuageuse, éclairée d'en bas par une ville ou une grand-route, prenait une teinte légèrement orangée. Elle se mit à marcher – comme un zombie, aurait plaisanté Wellard s'il l'avait vue –, coupa à travers champs, regardant à peine ses chaussures trempées par l'herbe. Elle traversa une petite clairière bordée d'arbres bruissants, escalada deux barrières pour parvenir à un étroit chemin de gravier. Au bout d'une dizaine de minutes, elle s'arrêta.

À sa droite, le sol montait en pente douce. À sa gauche, il descendait vers un fossé goudronneux. Un canal désaffecté. Le Tamise-Severn. Un miracle d'ingénierie du XVIIIe siècle, creusé pour transporter du charbon depuis l'estuaire de la Severn, reconverti plus tard en canal de plaisance et à présent presque à sec : le peu d'eau qui stagnait au fond avait un aspect toxique. Flea connaissait ce canal, elle savait où il commençait, où il finissait. De Lechlade, à quarante kilomètres à l'est, à Stroud, à dix kilomètres à l'ouest. Tous les trois cents ou quatre cents mètres étaient échouées les coques brisées d'anciennes péniches de charbon ou de plaisance. Flea en distinguait deux sur la courte distance jusqu'où portait son regard.

Elle fit quelques pas le long du chemin de halage, s'assit et posa les pieds sur le pont de la péniche la plus proche. Il en montait une odeur suffocante de pourriture et d'eau croupie. Flea se pencha en avant, projeta le faisceau de sa torche à l'intérieur. Il ne s'agissait pas d'une des vieilles péniches en fer qui naviguaient à l'origine sur le canal, mais d'un bateau plus récent en bois – un houari du Norfolk, peut-être, dont on avait enlevé les mâts pour l'équiper d'un moteur. La coque était à demi submergée ; des débris flottaient sur l'eau noire et malodorante qui l'avait envahie. Flea examina le pont à l'arrière, poussa du pied les canettes de bière et les sacs en plastique qui se déployaient dans l'eau telles des méduses. Elle ne trouva rien non plus sur le quai autour d'elle. Elle suivit ensuite le chemin de halage jusqu'à la péniche suivante. Celle-ci, plus ancienne, avait peut-être servi à transporter du charbon. Elle flottait plus haut sur le canal et l'eau qui avait pénétré dans la coque n'était profonde que d'une trentaine de centimètres. Flea sauta ; l'eau glacée, noire comme de l'encre, trempa le bas de son jean. Elle avança en pataugeant, sentit sous ses pieds les moindres aspérités de la coque.

Quelque chose roula sous sa semelle. Elle retroussa sa manche droite, se pencha et plongea la main dans l'eau. Tâtonna dans la boue. Trouva l'objet et le saisit.

Un piquet d'amarrage. Elle se redressa, l'éclaira de sa lampe. Long de trente centimètres environ, il avait la forme d'un gros piquet de tente. Le dessus était aplati à force d'avoir été enfoncé dans les berges à coups de marteau. Plus épais qu'une lame et plus pointu qu'un burin. Le ravisseur aurait très bien pu l'utiliser pour brouiller les traces de ses pas.

Flea ressortit de la coque et s'attarda un moment sur le chemin de halage, les jambes ruisselantes. Toutes les péniches s'amarraient à ces piquets, il devait y en avoir partout le long des berges. Elle considéra celui qu'elle avait trouvé. Il ferait une bonne arme. Vous ne vous risqueriez pas à discuter avec quelqu'un qui l'aurait en main. Surtout si vous n'aviez que onze ans.

21

Le chien était une chienne et s'appelait Myrtle. Elle était vieille, à moitié paralysée par l'arthrite. Sa queue blanc et noir pendait au bout de son dos osseux comme un drapeau en berne. Mais elle boitillait docilement derrière Caffery, montait dans la voiture et en descendait sans se plaindre malgré ses douleurs. Elle attendit même patiemment devant le laboratoire du QG de Portishead tandis qu'il pressait les techniciens de comparer l'ADN de la dent de lait à celui de Martha. Quand il ressortit du labo, il se sentit désolé pour cette fichue chienne. Il s'arrêta devant une supérette et acheta des boîtes de pâtée. Lui donner un faux os à mâchouiller était peut-être un peu optimiste mais il lui en offrit quand même un, qu'il posa sur la banquette arrière à côté d'elle.

Il était tard, 22 heures passées, quand il revint à la Crim. Le bâtiment était encore animé. Escorté de Myrtle, Caffery emprunta le couloir, passant devant une haie de collègues qui sortaient de leurs bureaux pour lui remettre un rapport, un message, mais surtout pour caresser la chienne ou faire des plaisanteries à son sujet : « Jack, cette chienne a l'air dans le même état que moi ! », « Hé, on dirait Yoda avec des poils. Salut, Yoda velue ! »...

Turner était encore au travail, débraillé et un peu somnolent mais sans diamant à l'oreille. En quelques minutes, il mit Caffery au courant des recherches de la Vauxhall, qui n'avaient toujours rien donné, et lui donna les coordonnées du divisionnaire qui avait autorisé la surveillance du presbytère. Puis il resta un moment accroupi devant Myrtle, à lui débiter des idioties auxquelles elle répondit en agitant une ou deux fois mollement la queue. Lollapalooza les rejoignit. Elle était toujours très maquillée mais avait quelque peu baissé sa garde en ôtant ses hauts talons et en retroussant ses manches pour révéler un fin duvet sur ses bras. Elle reconnut qu'elle n'avait pas trouvé grand-chose sur les délinquants sexuels. Les gars de la BM avaient une liste restreinte de types qui, selon eux, pouvaient correspondre aux critères, on procéderait aux vérifications cette nuit. En revanche, elle apprit à Caffery qu'on pouvait soulager l'arthrite canine avec du sulfate de chondroïtine ou de la glucosamine. Oh, et surtout il fallait supprimer toutes les céréales du régime alimentaire de la pauvre bête. Elle disait bien « toutes ».

Après le départ de Lollapalooza, Caffery ouvrit une boîte de pâtée et en fit glisser le contenu sur l'une des assiettes fendillées de la cuisine. Myrtle mangea lentement, ménageant le côté gauche de sa mâchoire. La nourriture puait. À 22 h 30, quand Paul Prody passa la tête dans l'encadrement de la porte, l'odeur imprégnait encore l'atmosphère de la pièce.

— Quel fumet ! commenta-t-il.

Caffery se leva, entrouvrit la fenêtre. Un air froid pénétra dans le bureau, chargé de relents de fast-food et d'haleine d'ivrogne. L'un des magasins d'en face avait déjà installé des décorations dans sa vitrine, Noël commençant officiellement en novembre, bien sûr.

— Alors ? demanda-t-il.

Il se laissa lourdement retomber dans son fauteuil. Il se sentait épuisé.

— Tu as quelque chose pour moi ?

— Je viens de parler au service de presse, répondit Prody.

Il entra et s'assit. Allongée par terre, Myrtle digérait son repas, le menton sur les pattes. Elle souleva la tête pour considérer le nouveau venu avec un vague intérêt. Prody lui-même montrait des signes de fatigue. Sa veste était froissée, sa cravate desserrée comme s'il venait de passer une ou deux heures à regarder des feuilletons télévisés sur le canapé de son salon.

— Les chaînes nationales et régionales ont diffusé des images de la maison des Bradley. Avec le numéro visible sur la porte, ainsi que l'inscription *Le Presbytère*. Mais ce n'était pas suffisant pour la localiser. Le service poursuit ses recherches dans la presse écrite. Jusqu'ici, on n'a trouvé qu'un article mentionnant « la maison des Bradley à Oakhill ». Sans précision. Pas de nom de rue.

— Alors, ça pourrait être lui.

— Il semblerait.

— C'est bien.

Prody regarda Caffery.

— C'est bien ?

— Oui. Cela veut dire qu'il connaît la région d'Oakhill, qu'il connaît l'A37. C'est super.

— Vraiment ?

Caffery posa les mains sur le bureau.

— Non. C'est quelque chose mais ce n'est pas « super ». On savait déjà que le coin lui est familier. Qu'est-ce que ça nous apprend ? Qu'il connaît une maison appartenant à un lotissement devant lequel tous les types du secteur passent pour aller au boulot.

Les deux hommes tournèrent la tête vers la carte fixée au mur, piquetée de punaises à têtes colorées. Les roses correspondaient aux recherches personnelles de Caffery : elles indiquaient les lieux où, à sa connaissance, le Marcheur était passé. Il en ressortait une certaine direction, une longue bande partant de Shepton Mallet, où le vagabond avait vécu autrefois. Mais Caffery ne parvenait pas à tirer quoi que ce soit de significatif des punaises noires. Il y en avait six : trois aux endroits où le ravisseur avait frappé, trois signalant des lieux liés à l'affaire : le presbytère d'Oakhill, où il avait laissé la dent de lait, l'endroit où la Yaris des Bradley avait été brièvement garée, près de Tetbury, et celui où elle avait été abandonnée, près d'Avoncliff dans le Wiltshire.

— Il y a une gare pas loin de là où il a laissé la voiture, remarqua Caffery en regardant les punaises noires. Et une voie ferrée qui relie les différents points.

Prody s'approcha de la carte.

— C'est la ligne qui part de Bristol pour rejoindre Bath et Westbury, dit-il.

— La ligne du Wessex. Regarde où elle passe après Bath.

— Freshford, Frome, répondit Prody en se tournant vers Caffery. Martha a été enlevée à Frome.

— Et Cleo à Bruton. Sur la même ligne.

— Vous croyez que notre homme prend le train ?

— C'est possible. Aujourd'hui, il est venu en voiture au presbytère, j'en suis sûr. Et il a utilisé une voiture pour quitter Radstock, peut-être la Vauxhall. Mais quand il vole une nouvelle voiture, il faut qu'il revienne chercher la Vauxhall à un moment ou à un autre.

— Donc, il habiterait près d'une des gares de la ligne ?

Caffery haussa les épaules.

— Ce n'est qu'une hypothèse mais prenons-la comme point de départ. À défaut d'autre chose. Demain matin, tu iras aux bureaux de la Railtrack, tu demanderas les bandes de leurs caméras de surveillance. Tu connais la procédure ?

— Je crois.

— Hé, Prody ?

— Ouais ?

— Ce n'est pas parce que Turner prend son look de rocker après 18 heures, que Lollapalooza trouve cool de se balader pieds nus et que j'ai un labrador dans mon bureau que tu peux te laisser aller.

Prody acquiesça, remonta sa cravate.

— C'est un colley, patron.

— Un colley. C'est ce que j'ai dit.

— Oui, patron.

Le constable s'apprêtait à sortir quand il parut se raviser et referma la porte derrière lui.

— Oui ? fit Caffery.

— J'ai remis le dossier. Hier soir, comme vous me l'aviez demandé. On n'avait même pas remarqué que je l'avais pris.

Un instant, Caffery ne comprit pas de quoi il parlait puis il se rappela. Misty Kitson.

— Bien. C'est ce que je t'avais dit de faire.

— Ça vous avait vraiment mis en rogne, j'ai l'impression.

— Ouais, j'étais contrarié, hier. Faut pas le prendre au sérieux.

Caffery tira le clavier de son ordinateur vers lui pour consulter ses mails et laissa tomber :

— À plus tard.

Mais Prody ne bougea pas.

— Ça a dû être dur pour vous, dit-il. La façon dont on a bouclé l'affaire.

Caffery leva les yeux, le regarda fixement. Il n'en revenait pas. Il avait conseillé à Prody de laisser tomber, pourquoi insistait-il ?

— Ça a été dur quand la brigade a dû lâcher l'affaire, répondit-il.

Il repoussa son clavier, planta ses coudes sur le bureau, s'efforça d'avoir l'air serein.

— Je ne te mentirai pas, ça a été ça le plus difficile. Voilà pourquoi je n'ai pas apprécié que tu rapportes ce dossier.

— Votre informateur...

— Quoi ?

— Vous n'avez jamais dit qui c'était.

— Ça ne figure pas dans les rapports. Ils sont comme ça, les indics, discrets.

— Vous n'avez jamais pensé qu'il vous mentait peut-être ? On a creusé dans le jardin du docteur – celui qui, d'après votre indic, avait refroidi Kitson – et on ne l'a pas retrouvée. Et il n'y avait rien d'autre pour la relier à lui. C'est pour ça que je me demande si la balance n'a pas raconté des salades pour vous éloigner de la vraie piste.

Caffery scruta le visage de Prody, y cherchant un signe qu'il savait quelque chose – n'importe quoi – de la vérité qu'il frôlait. Il n'y avait pas d'informateur. Il n'y en avait jamais eu. Et faire creuser le jardin n'était qu'un des moyens que Caffery avait utilisés pour amener le service à courir après sa propre queue dans l'affaire Kitson. Il n'avait jamais vraiment compris pourquoi il avait fait ça pour Flea. S'il n'avait pas senti quelque chose se figer en lui chaque fois qu'il la voyait, si elle avait été un mec – Prody, par exemple, ou Turner –, avec ce qu'il savait, il l'aurait dénoncée tout de suite.

— J'ai connu des heures plus glorieuses, dit-il au constable. Si c'était à refaire, je m'y prendrais autrement, mais je n'ai pas cette chance. Le service n'a plus de ressources et les recherches ont abouti à trop d'impasses. Comme je l'ai dit hier, j'aimerais bien que tu consacres ton énergie à Martha Bradley et à l'ordure qui l'a enlevée. Alors... Les bandes des caméras de surveillance ?

— C'est juste, dit Prody avec un sourire crispé. Je m'en occupe.

Quand la porte se fut refermée derrière Prody, Caffery se renversa dans son fauteuil et fixa un long moment le plafond. Ce type était un con, finalement. Il perdait son temps avec lui. Il s'était écoulé plus de quarante-huit heures depuis la disparition de Martha. S'il avait été honnête avec lui-même, il aurait déjà pris contact avec les collègues londoniens de la Met pour leur demander de lui envoyer leurs chiens renifleurs de cadavres. Caffery avait pour tâche de « dégraisser » partout où c'était possible, mais il ne pouvait pas virer Prody : cela prendrait trop de temps de le remplacer, et il ne tenait pas à ce qu'il donne sa propre version de l'histoire s'il le recasait ailleurs. Alors, il allait devoir ronger son frein et surveiller Prody. Le maintenir occupé.

Son portable sonna, il le tira de sa poche. « Flea Marley », indiquait l'écran. Il alla à la porte, vérifia qu'il n'y avait personne dans le couloir. Cette fille le rendait soupçonneux. Assuré d'être tranquille, il retourna s'asseoir et Myrtle le suivit des yeux.

— Ouais, quoi ? dit-il sèchement dans l'appareil.

Il y eut un silence.

— Désolée. Je tombe mal ?

Il soupira.

— Non, non. Allez-y.

— Je suis au bord du canal Tamise-Severn.

— Vraiment ? Quelle chance ! Jamais entendu parler.

— Pas étonnant. Il est à sec depuis des années. Écoutez, je voulais parler au CSC, mais il ne prend pas de coups de fil du sergent d'un groupe de soutien à cette heure de la soirée. Vous lui en parlerez ?

— Si vous me dites de quoi il s'agit.

— Je sais avec quoi le ravisseur a brouillé ses empreintes. Un piquet d'amarrage. Provenant d'une péniche. J'en ai un dans la main en ce moment, il y en a probablement des centaines dans le secteur. Des péniches abandonnées partout. À moins de deux kilomètres de l'endroit où la Yaris a laissé des traces.

— On n'a pas fouillé ce coin-là hier ?

— Non. Il se trouve juste en dehors du périmètre délimité par le conseiller technique. Qu'est-ce que vous en pensez ? Vous l'enverrez jeter un coup d'œil ?

Caffery tambourina sur son bureau. Il n'était jamais à l'aise quand il recevait un conseil d'une autre brigade. Ça vous embrouillait, ça vous faisait courir trop de lièvres à la fois. Et Flea se comportait soudain comme si cette affaire était la sienne. Elle l'utilisait peut-être pour redorer son blason. Et celui de son équipe.

Mais un piquet d'amarrage ? Correspondant aux trous du moulage ?

— D'accord, dit-il, je m'en charge.

Il reposa le téléphone et le regarda fixement. La chienne remuait légèrement la queue, comme si elle devinait l'effet que toute conversation avec Flea Marley produisait sur lui.

— Oh, ça va, marmonna-t-il en tendant le bras vers la liste de coordonnées pour trouver celles du CSC. Je te serais reconnaissant d'arrêter de me regarder comme ça. Merci.

22

Aux petites heures de la matinée, le CSC avait examiné de nouveau les moulages des empreintes et il tendait à donner raison à Flea : les marques semblaient bien avoir été faites avec un piquet d'amarrage. Le CTR débarqua à l'aube et délimita une partie du canal à explorer. On distribua des cuissardes aux équipes, on leur attribua un secteur de trois kilomètres de part et d'autre de l'endroit où la Yaris s'était garée. Mais le canal Tamise-Severn présentait une particularité à laquelle les équipes de recherche ordinaires ne pouvaient faire face. Sur une partie de son tracé, il disparaissait complètement et coulait, invisible, dans un tunnel passant sous les champs et les bois. Le tunnel de Sapperton. Abandonné et très instable. Un piège mortel de trois kilomètres de long. Une seule équipe était formée pour ce genre de recherches.

À 8 heures, plus de quarante personnes s'étaient rassemblées à l'entrée ouest du tunnel de Sapperton. Une vingtaine de journalistes et d'enquêteurs en civil observaient, depuis le parapet crénelé, Flea et Wellard, de l'eau jusqu'à mi-cuisse, chargeant leur petit Zodiac pneumatique de tout le nécessaire pour pénétrer dans le tunnel : appareils de communication et bouteilles d'oxygène.

La brigade de recherche subaquatique connaissait déjà un peu le tunnel. Elle l'avait utilisé quelques années plus tôt pour s'entraîner aux recherches en espace confiné. La société à laquelle il appartenait avait fourni des informations sur sa structure : il se trouvait dangereusement près de la voie ferrée de la Golden Valley, et chaque passage de train faisait trembler les grandes plaques de terre à foulon et d'oolithe qui en constituaient la voûte. La société précisa qu'elle déclinerait toute responsabilité en cas d'accident à l'intérieur du tunnel. Elle avertit la police qu'un éboulis massif, infranchissable, bloquait celui-ci sur quatre cents mètres au moins. L'effondrement du sol était vaguement visible à la surface, où il formait un long collier de trois cratères tapissés d'arbres qui commençait non loin de l'entrée est. Deux des hommes de Flea, équipés de casques, n'avaient eu aucun mal à parcourir les quatre cents mètres situés à l'est de l'éboulis et à y enfoncer une sonde dans l'espoir qu'elle ressortirait de l'autre côté. Mais Flea et Wellard devaient à présent pénétrer dans le tunnel par l'autre entrée et couvrir deux kilomètres sous terre avant d'atteindre l'éboulement par l'ouest. En espérant qu'aucun rocher ne se détacherait pendant leur progression.

— Vous êtes sûre ?

Vêtu d'un blouson North Face, les mains enfoncées dans les poches, Caffery regardait, au-delà de Flea et de Wellard, les détritus et les branches qui dérivaient sur les eaux noires du canal.

— Sûre que l'inspecteur du travail est d'accord ?

Elle acquiesça sans croiser son regard. En fait, l'inspecteur du travail aurait été dans tous ses états s'il avait su ce qu'elle s'apprêtait à faire. Mais il l'apprendrait seulement quand ces foutus journalistes le découvriraient et, d'ici là, les recherches seraient terminées. Et on aurait retrouvé Martha.

— Ouais, répondit-elle, j'en suis sûre.

Elle gardait les yeux baissés de peur que Caffery n'y lise qu'elle se fiait de nouveau à l'une de ses intuitions et qu'elle était impatiente de la suivre. Parce que, à présent, retrouver la petite fille ne serait plus seulement une réussite à mettre au crédit de son groupe. C'était davantage que cela. Cela compenserait toute la période pendant laquelle elle avait manqué de force.

— Sur la simple hypothèse que les trous ont été causés par un piquet d'amarrage ? reprit Caffery, secouant la tête. Ce n'est pas un peu mince pour envoyer vos hommes dans ce tunnel ?

— Ils savent ce qu'ils font. Je ne mettrai aucun de nous en danger.

— Je vous crois.

— Ça fait plaisir, quelqu'un qui vous fait confiance.

La progression dans le tunnel était lente. Ils poussaient le canot prudemment entre les obstacles, le long de péniches éventrées. Des chariots de supermarché dépassaient de la boue tels des squelettes. Wellard et Flea avaient revêtu les combinaisons de plongée qu'ils utilisaient dans les eaux rapides, avec des casques rouges et des bottes en caoutchouc aux bouts renforcés. Chacun d'eux transportait, fixé sur sa poitrine, un respirateur à circuit fermé qui lui assurerait trente minutes d'air pur s'ils se retrouvaient dans une poche de gaz toxique. Ils pataugeaient en silence, éclairant les parois et le fond du tunnel avec les faisceaux des lampes de leurs casques.

Le tunnel avait été conçu pour que les bateliers y fassent avancer les péniches avec les jambes : allongés sur le dos sur le pont, ils « marchaient » sur la voûte pour faire franchir aux tonnes de charbon, de bois et de fer les trois kilomètres d'obscurité. À l'époque, le plafond était près de la surface du canal et il n'existait pas de chemin de halage. Flea et Wellard ne pouvaient s'y tenir debout que parce que le niveau de l'eau avait tellement baissé qu'on voyait à présent sur un côté une sorte de corniche étroite qu'ils pouvaient utiliser.

Il faisait chaud : le froid mordant de l'extérieur ne pénétrait pas à une telle profondeur. L'eau n'était pas gelée. Par endroits, elle se réduisait à une flaque boueuse clapotant autour de leurs chevilles.

— C'est juste de la terre à foulon, dit Flea quand ils eurent parcouru cinq cents mètres. On en fait de la litière pour chats.

Wellard cessa de pousser le Zodiac et braqua sa torche sur la voûte.

— C'est pas de la litière, sergent. Pas avec la pression qu'il y a au-dessus. Vous voyez ces fissures ? Les couches sont énormes. Si y en a une qui dégringole, ce sera comme si on recevait un fourgon sur la tête. Ça pourrait nous gâcher la journée.

— Ça vous pose un problème ?

— Non.

— Vous en êtes sûr ? insista-t-elle en l'observant du coin de l'œil.

— Naturellement que j'en suis sûr, grogna-t-il, agacé. L'inspecteur du travail ne m'a pas enfoncé son bâton dans le fion. Enfin, pas encore.

— On n'a aucune garantie.

— J'ai horreur des garanties. Pourquoi vous croyez que je suis dans cette brigade ?

Elle lui adressa un sourire sans joie puis ils glissèrent leurs mains gantées dans les poignées du Zodiac et tirèrent pour l'arracher à la boue. Il avança, se balançant sur l'eau noire. Quand il se fut stabilisé, ils reprirent leur progression. On n'entendait que le chuintement de leurs bottes et le signal réconfortant des détecteurs de gaz accrochés à leurs poitrines, qui indiquait que l'air était respirable.

Certaines parties de la voûte étaient recouvertes de brique. À d'autres endroits, on apercevait directement la terre et la roche. Les faisceaux de leurs casques jouaient sur des plantes étranges jaillissant de crevasses. De temps en temps, ils devaient franchir des éboulis d'argile et de terre à foulon. Tous les deux cents ou trois cents mètres, on trouvait un puits d'aération : un trou large de près de deux mètres et haut de plus de trente, qui laissait pénétrer l'air de la surface. Le premier indice de la présence d'un de ces puits, c'était une curieuse lueur argentée au loin. Puis, à mesure qu'ils avançaient, la lumière devenait plus vive, jusqu'à ce qu'ils puissent éteindre leurs lampes et se tenir sous le trou, le visage baigné par le jour qui passait entre les plantes accrochées aux parois.

Il aurait été plus facile d'explorer le tunnel en y descendant par ces puits s'ils n'avaient pas été fermés par des grilles rouillées. Des débris divers les avaient traversées, formant sous chacun d'eux de gros tas de saletés, de feuilles et de branches pourrissantes. Un éleveur s'était servi d'un des puits pour y jeter des carcasses d'animaux. Sous le poids, la grille avait cédé, déversant dans le canal une montagne d'os puants. Flea arrêta le canot juste à côté.

— Charmant, lâcha Wellard avant de se couvrir le nez et la bouche. On est obligés de faire une pause ici ?

Flea promena le cône lumineux de sa lampe sur la surface de l'eau, vit des os et de la chair, des têtes à demi rongées. Elle pensa à une phrase de la première lettre du kidnappeur, à propos du visage de Martha : *j'ai* ARRANGÉ *ça, elle est beaucoup mieux maintenant...* De la pointe de sa botte, elle remua le tas, sentit sous son pied des pierres et de vieilles boîtes de conserve, puis un objet plus grand. Elle tendit le bras et le tira à elle : un ancien soc de charrue, croupissant probablement dans l'eau depuis des années. Elle le rejeta.

— Pourvu qu'on ne trouve pas la pauvre gosse là-dedans, murmura-t-elle.

Flea essuya ses mains gantées sur le canot, scruta l'obscurité devant elle. Elle éprouva le même sentiment de tristesse et de terreur que l'avant-veille, et imagina ce que cela avait dû être pour Martha.

— Je ne voudrais pas subir ça. Ni à onze ans, ni à mon âge.

Elle jeta un coup d'œil au compteur de son détecteur de gaz : aucun problème. Elle pouvait allumer une lampe plus grosse en toute sécurité. Elle prit le projecteur HID dans le Zodiac, le tint devant elle et abaissa l'interrupteur. L'appareil se mit en marche puis crépita quelques secondes tandis que la lumière devenait de plus en plus vive. Baigné d'une clarté d'un blanc bleuté, le tunnel paraissait plus étrange encore. Des ombres bondirent sur les parois quand Flea s'efforça de stabiliser le projecteur. À ses côtés, Wellard regardait devant lui d'un air grave. Il n'y avait rien excepté l'eau, les parois et, à une cinquantaine de mètres, un mur infranchissable. Il était tombé une telle quantité de terre dans le canal que celui-ci était bloqué.

— C'est l'éboulis dont on nous a parlé ? dit Wellard. On y est déjà ?

— Sais pas.

Flea mesura la distance qu'ils avaient parcourue. Les ingénieurs de la compagnie propriétaire du tunnel estimaient que l'éboulement commençait à quatre cents mètres de l'entrée est. Ils en étaient encore loin mais ils se trouvaient peut-être devant l'autre extrémité de la partie écroulée. Elle se pencha au-dessus du Zodiac, le poussa en marchant dans l'eau trouble. Lorsqu'elle fut près de l'éboulis, elle braqua le projecteur sur l'endroit où il rejoignait la voûte.

— Pas de sonde, fit-elle observer.

— Et alors ? répliqua Wellard. On se doutait que la sonde ne traverserait pas. Je crois qu'on est bien de l'autre côté. Allez, demi-tour.

Il commença à pousser le canot dans la direction d'où ils étaient venus et fit quelques pas avant de s'apercevoir que Flea ne le suivait pas. Les mains crispées sur la lampe HID, elle avait les yeux fixés sur le sommet de l'éboulis.

— Ah, non, sergent, gémit Wellard. Je sais pas à quoi vous pensez mais on ressort.

— Ça vaut le coup d'essayer, non ?

— Non. C'est la fin de l'éboulis. Il n'y a rien de l'autre côté. On n'a plus qu'à…

— Allez, insista-t-elle avec un clin d'œil. Vous venez de dire que vous ne vous laisseriez pas entuber par l'inspecteur du travail. Un dernier effort... Pour me faire plaisir.

— Non, sergent. C'est la fin. C'est là que j'arrête.

Flea prit une inspiration, rejeta l'air en un long soupir et demeura un moment à promener le faisceau du projecteur sur l'éboulis tout en surveillant Wellard du coin de l'œil.

— Hé, murmura-t-elle. C'était quoi ?

Il plissa le front.

— Hein ? Vous avez entendu quelque chose ?

— Chut ! fit-elle en portant un doigt à ses lèvres.

Au même moment, la voix du policier posté à l'autre bout du tunnel jaillit de leur émetteur-récepteur :

— Sergent ?

— Chut ! répéta Flea. Silence, tout le monde.

Elle fit quelques pas en avant. La lampe HID prit dans son faisceau des parois suintantes et des tas de terre aux formes étranges, évoquant l'échine d'un animal sortant de l'eau. Flea s'arrêta, se tourna de côté comme si elle tendait l'oreille. Wellard laissa le Zodiac et la rejoignit à pas lents.

— Qu'est-ce qu'il y a ? dit-il à voix basse. Vous avez entendu quelque chose ?

— Pas vous ? chuchota-t-elle.

— Non, mais moi, vous savez...

Les membres de l'équipe passaient régulièrement des tests pour vérifier que la pression n'affectait pas leurs tympans, et tout le monde savait que Wellard avait une capacité auditive diminuée de cinq pour cent sur une oreille.

Flea mit un doigt dans son oreille gauche, feignit de nouveau d'écouter, mais Wellard n'était pas idiot et, cette fois, il ne se laissa pas prendre à son numéro.

— C'est pas vrai, soupira-t-il. Vous ne savez même pas mentir.

Elle s'apprêtait à répliquer quand elle s'aperçut que l'eau s'agitait légèrement autour d'eux. Un bruit rappelant le roulement du tonnerre résonna au-dessus de leurs têtes.

— Ça, je l'entends, murmura Wellard.

Ils levèrent tous deux les yeux vers la voûte.

— Le train !

Le bruit s'amplifia, devint assourdissant en quelques secondes. Les murs tremblaient comme si la terre elle-même s'ébrouait. L'eau clapotait, reflétait la lumière de la grosse lampe. Quelque part devant eux, des pierres tombèrent.

— Merde ! s'écria Wellard. Merde et merde !

Puis, presque aussi soudainement qu'il était apparu, le tremblement cessa. Les deux policiers restèrent un long moment sans bouger, épaule contre épaule, les yeux fixés au plafond, écoutant le bruit des pierres qui tombaient encore dans l'obscurité.

— Revenez, ordonna une voix dans le haut-parleur du récepteur. Dites-leur de revenir.

Flea eut l'impression que c'était Caffery qui venait de parler.

— Vous avez entendu, sergent, dit le technicien en communications. Le commissaire veut que vous fassiez demi-tour.

Flea remonta son casque, agrippa le bord du canot et se pencha pour parler dans le micro.

— Négatif, déclara-t-elle. Transmettez à Caffery.

— Quoi ? murmura Wellard. Vous êtes dingue !

— La sonde n'a pas traversé. Et j'ai entendu quelque chose au-delà de cet éboulis.

Déjà elle prenait dans le Zodiac une pelle et un masque de plongée.

— J'aimerais vérifier ce que c'était, poursuivit-elle. Il y a peut-être des poches d'air entre cet éboulis et le suivant.

Caffery dit quelque chose d'une voix caverneuse. Il devait s'être avancé dans le tunnel pour parler au technicien en communications.

— Sergent ? Le commissaire dit qu'il a abordé le sujet pendant le briefing. Rien ne prouve que la gamine soit dans le tunnel, pas question de mettre des vies en danger. Désolé, je ne fais que transmettre.

— Si vous voulez bien transmettre ce que je dis moi, même si je sais qu'il écoute, expliquez au commissaire que je suis une pro, que je fais mon boulot, que je ne mets en danger la vie de personne, et que...

Elle s'interrompit. Wellard avait débranché l'émetteur. Le silence se fit dans le tunnel.

— Hé, qu'est-ce que vous fabriquez ? protesta-t-elle.

— Je ne vous laisserai pas faire ça.

— Il y a peut-être quelque chose de l'autre côté de cet éboulis. Juste derrière.

— Non. Il est là depuis une éternité.

— Écoutez, j'ai comme l'...

— Vous avez une intuition ?

— Vous vous foutez de moi ?

— Non. C'est vous qui vous foutez de moi, sergent. J'ai une femme et des gosses à la maison, vous n'avez pas le droit de...

Il se tut, le souffle court, et la regarda.

— Qu'est-ce qui vous prend ? Depuis six mois, vous vous comportez comme si vous n'en aviez rien à cirer, de la brigade. Comme si elle pouvait crever. Et d'un seul coup, vous êtes tellement remontée que vous allez nous faire tuer tous les deux !

Flea resta sans voix. Elle connaissait Wellard depuis sept ans. Elle était la marraine de sa fille, elle avait fait un discours à son mariage, elle lui avait même rendu visite à l'hôpital quand on l'avait opéré d'une hernie. Ils bossaient bien ensemble. Il ne l'avait jamais laissée tomber. Jamais.

— Vous ne me soutenez pas, alors ?
— Désolé. Y a des limites.

Elle regarda derrière elle, se retourna vers lui et haussa les épaules.

— D'accord.

Elle rebrancha l'émetteur-récepteur.

— ... revenir immédiatement, tempêtait Caffery. Si vous vous obstinez, je fais venir votre supérieur.

— Il vous demande de sortir, dit le technicien en communications d'une voix monocorde. Sinon, il...

— Merci, j'ai entendu, répondit Flea. Dites à M. Caffery qu'un membre de la brigade va sortir et rapporter le canot.

Elle tira un micro-gorge d'une poche à fermeture Éclair de sa combinaison et le fixa autour de son cou.

— En attendant, je passe sur VOX, d'accord ? Je ne serai peut-être pas dans le champ de l'émetteur.

— Mais qu'est-ce que vous vous êtes fourré dans le crâne ? hurla Caffery.

Elle fredonna pour ne plus l'entendre. Quand elle aurait franchi l'éboulement et qu'elle aurait peut-être trouvé un indice susceptible de les mener à Martha, il la fermerait. Il la remercierait, même.

— Tu diras merci à la dame, chantonna-t-elle à mi-voix.

— Quoi ?

— Rien. J'essayais seulement le micro-gorge.

Caffery ne répondit pas mais elle l'imaginait secouant la tête d'un air affligé, comme pour dire : « Je suis un type raisonnable. Qu'est-ce que j'ai fait pour attirer tous les cinglés du monde ? »

Wellard chargeait le canot pneumatique avec une expression dégoûtée. Évitant son regard, Flea prit une pelle. Elle avait le pressentiment qu'ils ne reparleraient jamais de ce moment. Puis elle se dirigea vers l'éboulis et entreprit de l'escalader. La terre croulait sous son poids à chaque pas. Elle devait lancer son équipement devant elle en espérant qu'il ne glisserait pas le long de la pente. Il lui fallut près de dix minutes pour parvenir à la voûte, moitié grimpant, moitié rampant, et elle y arriva hors d'haleine. Mais, au lieu de faire une pause, elle se mit à creuser, attaquant à la pelle la terre lourde qu'elle entendait rouler derrière elle et tomber dans le canal.

Elle s'échinait depuis cinq minutes quand Wellard apparut à ses côtés.

— Vous devriez déjà être dehors, lui dit-elle.

Elle baissa les yeux, vit que le Zodiac n'avait pas bougé.

— Qu'est-ce que vous fichez, Wellard ?

— Ça se voit pas ?

— Vous ne venez pas avec moi.

— Non. Mais je peux creuser.

Elle lui tendit la pelle et s'assit, le regarda faire quelques minutes, repensa à ce qu'il lui avait dit : « J'ai une femme et des gosses, vous n'avez pas le droit… » Elle posa une main sur son bras.

— OK, vous pouvez arrêter.

Ils regardèrent tous deux le trou qu'il venait de creuser.

— Il n'est pas assez grand, estima Wellard.

— Ça ira.

Elle sortit une petite torche électrique de sa combinaison, rampa un mètre dans le trou en la tenant devant elle.

— Oh, oui, murmura-t-elle, comme si elle était ravie de ce qu'elle découvrait.

— Quoi ?

Elle ressortit du trou.

— J'avais raison, il y a une cavité entre deux éboulis.

Flea rangea sa torche, ôta son casque, sa lampe frontale et son détecteur de gaz.

— Vous nous avez appris qu'il ne faut jamais s'en séparer, lui rappela Wellard.

— Eh ben, je vous apprends maintenant le contraire. Je ne réussirai pas à passer avec tout ça.

Comme elle détachait son respirateur à circuit fermé, il protesta :

— Ah non, je ne peux pas vous laisser faire ça !

Elle lui colla le respirateur dans la main.

— Moi, je n'ai ni femme ni gosses. S'il m'arrive quelque chose, personne ne chialera.

— Ce n'est pas vrai. Ce n'est…

— Fermez-la, Wellard.

Il posa le respirateur sans dire un mot.

— OK, reprit-elle. Attachez-moi, maintenant.

Elle lui donna la corde d'escalade, attendit qu'il la noue au dos de son harnais. Wellard pressa son genou au creux des reins de Flea et tira sur le harnais pour vérifier que tout était en ordre.

— C'est bon, dit-il d'une voix morne.

Elle se hissa vers le haut, passa la tête et les épaules dans le trou obscur. Des racines lui chatouillèrent le cou et le dos comme des doigts. S'aidant de ses coudes, elle avança d'un mètre.

— Poussez-moi.

Quelques secondes s'écoulèrent puis elle sentit Wellard lui saisir les pieds et pousser. Il ne se passa rien. Il essaya de nouveau et cette fois, avec un bruit de succion, elle émergea de l'autre côté de l'éboulis, couverte de boue. Elle glissa le long de la pente, fit les derniers mètres en roulant sur elle-même et finit dans l'eau du canal.

— Bon Dieu !

Elle se redressa, crachant et toussant. Autour d'elle, l'eau stagnante clapotait paresseusement. Quelque chose tomba derrière elle, roula au bas de la pente. Elle tendit le bras, chercha à tâtons dans la boue. Sa lampe frontale.

— Homme de surface ! cria-t-elle à Wellard.
— Je vous entends à peine, sergent.
— Hé, foutu sourdingue !
— C'est mieux, là.

Flea se mit debout, ruisselante, alluma sa lampe et la promena autour d'elle. Le faisceau éclaira les parois, les grandes balafres du plafond là où des plaques s'étaient détachées, les lézardes qui paraissaient assez profondes pour provoquer à tout moment une autre chute de pierres, l'eau qui continuait à clapoter… et devant, à une dizaine de mètres, un deuxième éboulis.

— Vous voyez quelque chose ? demanda Wellard.

Elle ne répondit pas. La cavité était vide, hormis une vieille péniche à moitié recouverte par le deuxième tas de terre. L'eau était si peu profonde qu'un enfant – ou le corps d'un enfant – aurait été visible même s'il gisait dans le canal. Flea s'approcha de l'épave, braqua la lampe vers l'intérieur de la coque. Elle était pleine d'une vase sur laquelle flottaient des débris de planches. Il n'y avait rien d'autre.

Flea était allée aussi loin que possible dans le tunnel et elle n'avait rien trouvé. Elle s'était trompée. Perte totale de temps et d'énergie. Elle avait envie de pleurer.

— Sergent, ça va ?

— Non, Wellard, ça ne va pas. Il n'y a rien. Je ressors.

23

Caffery avait emprunté des cuissardes à la BRS. Elles étaient trop grandes pour lui de plusieurs pointures et le haut lui faisait mal à chaque pas qu'il faisait pour retourner à l'air libre. Pendant le peu de temps qu'il avait passé à l'intérieur, la foule avait encore grossi : des journalistes, des curieux mais aussi la moitié des policiers de la Crim. Ils se tenaient à une quarantaine de mètres et fixaient l'entrée du tunnel. Tous étaient au courant des recherches qu'il avait ordonnées et en attendaient le résultat.

Il ignora leur présence comme celle des reporters qui tendaient le cou au-dessus du parapet, certains calant leur appareil photo dans les créneaux. Caffery alla jusqu'au chemin de halage, s'assit sur la terre gelée pour ôter ses cuissardes. Il garda la tête baissée afin que personne ne puisse photographier son expression furieuse.

Il enfila ses chaussures, noua les lacets. Flea Marley et l'homme qui l'avait accompagnée sortirent du tunnel, couverts de boue et clignant des yeux. Caffery se releva, longea le chemin de halage jusqu'à se trouver directement au-dessus de Flea.

— Vous me faites carrément chier, lui asséna-t-il d'une voix rageuse.

Elle le regarda froidement. Ses yeux étaient entourés de cernes bleus, comme si elle était à bout de forces.

— Je ne l'aurais pas cru, répliqua-t-elle.

— Pourquoi n'êtes-vous pas sortie quand je vous l'ai ordonné ?

Elle ne répondit pas. Sans le quitter des yeux, elle fit tomber les morceaux d'argile collés à son harnais, tendit son détecteur de gaz et son respirateur à un de ses coéquipiers pour qu'il les nettoie au jet d'eau. Caffery s'approcha d'elle afin que les journalistes ne puissent pas l'entendre.

— Vous avez fait perdre quatre heures à tout le monde pour quoi ?

— Je croyais avoir entendu un bruit. Mais il y a bien une cavité entre les éboulis, là-dessus au moins, j'avais raison. Martha aurait pu y être.

— Sergent Marley, vous avez enfreint la loi en ne respectant pas les paramètres définis par l'inspection du travail. Vous voulez que le directeur de la police soit mis en examen, c'est ça ?

— Ma brigade est affectée aux missions les plus dangereuses, et en trois ans pas un de mes gars n'a été blessé. Je n'ai eu personne en chambre de décompression, aucun accident. Pas même un ongle cassé.

— Ça, lança Caffery d'un ton accusateur, c'est exactement ce que j'ai perçu derrière votre attitude durant toute la matinée. Vous avez fait ce cirque uniquement pour mettre en vedette votre équipe minable.

— Ce n'est pas une équipe minable.

— Regardez la vérité en face. Elle est en ruine, votre équipe !

Sans le vouloir, Caffery avait mis dans le mille. Il vit la douleur exploser dans les yeux de Flea. Elle laissa tomber son harnais, remit son casque et ses gants à un policier de sa brigade, regagna le chemin de halage et se dirigea vers son fourgon.

Caffery se mordit la lèvre. Il s'en voulait. Lorsque Flea monta dans le fourgon et ferma la portière, il détourna la tête. Prody le regardait depuis le parapet.

Caffery ressentit une bouffée de colère froide. Il n'avait toujours pas digéré que Prody fourre son nez dans l'affaire Kitson. Qu'il fasse ce que lui-même aurait voulu faire. Poser des questions interdites, remuer la vase.

— Dis donc, Prody, tu ne devais pas aller chercher des bandes vidéo au lieu de te balader dans les Cotswolds ?

Prody marmonna quelques mots qui étaient peut-être des excuses, mais Caffery s'en foutait. Il en avait marre, marre du froid et des médias, de la façon dont ses hommes se comportaient.

— Retourne au bureau et emmène tes copains, ordonna-t-il en tirant ses clés de sa poche. Vous êtes aussi bienvenus ici qu'un cafard dans un saladier. Si ça se reproduit, le divisionnaire sera informé.

Caffery fit demi-tour, s'éloigna et gravit les marches menant à la place du village, qui leur servait de point de ralliement. L'endroit était presque désert. Seul un homme en pull troué remplissait une poubelle de feuilles mortes dans son jardin. Lorsque Caffery fut sûr que personne ne l'avait suivi, il ouvrit la portière de sa voiture et en fit descendre Myrtle.

Il l'accompagna sous un chêne dont les rares feuilles bruissaient au vent et la chienne s'accroupit avec difficulté pour uriner. Les mains dans les poches, Caffery contemplait le ciel. Il faisait un froid mordant. En venant, il avait reçu un coup de téléphone du labo : l'ADN de la dent de lait correspondait à celui de Martha.

— Je suis désolé, murmura-t-il à la chienne. Je ne l'ai toujours pas retrouvée.

Myrtle leva vers lui ses yeux aux paupières tombantes.

— Oui, tu as bien entendu. Je ne l'ai toujours pas retrouvée.

24

Thom avait tué Misty Kitson par une soirée douce et claire. La lune était levée. Il roulait sur une route de campagne quand l'accident était survenu. Il n'y avait personne dans le coin et, après le choc, il avait chargé le corps dans le coffre de la voiture. Complètement ivre, il était ensuite allé se réfugier chez sa sœur. En chemin, il avait roulé comme un dingue et attiré l'attention d'un flic de la circulation qui s'était présenté chez Flea, éthylomètre en main, quelques secondes après que Thom avait franchi la porte. Flea avait sans doute laissé son cerveau sur sa table de nuit ce soir-là car, sans y être vraiment obligée, elle avait porté le chapeau pour son frère. À ce moment-là, elle ignorait ce qu'il y avait dans le coffre de la voiture. Si elle l'avait su, elle n'aurait pas subi l'alcootest à sa place. Elle n'aurait pas juré au flic que c'était elle qui conduisait.

Ce même flic se trouvait à présent à deux mètres d'elle, dans le pub au plafond voûté, le dos tourné, commandant un verre. Constable enquêteur Prody.

Elle poussa sa chope de cidre à moitié bue au bout de la table, tira les manches de son pull sur ses mains, les fourra sous ses aisselles et gigota sur son siège. Le pub, proche de l'entrée est du tunnel, était un établissement typique des Cotswolds, pierre du pays et toit de chaume, enseignes émaillées sur les murs et briques noircies au-dessus de la cheminée. Bières et plats du jour écrits à la craie sur des tableaux noirs. Mais à 14 heures, par cette journée maussade de novembre, il n'y avait dans la salle qu'un vieux whippet assoupi devant le feu, le barman, Flea... et Prody. Il finirait par la remarquer, inévitablement.

Quand le barman lui eut servi sa bière blonde, il but une gorgée et commanda à manger. Il se détendit, pivota sur son tabouret pour regarder autour de lui. Et la vit.

— Salut.

Il prit son verre et traversa la salle.

— Encore là ?

Elle se força à sourire.

— On dirait bien.

— Vous permettez ? dit-il en désignant la chaise en face d'elle.

Flea ôta son blouson mouillé du dossier pour qu'il puisse s'asseoir.

— Je pensais que toute votre équipe était rentrée.

— Ouais, non. Vous savez ce que c'est.

Prody posa soigneusement sa bière sur un sous-verre. Il avait des yeux vert clair d'où partaient de fines rides blanches sur une peau hâlée : il avait dû séjourner récemment dans un pays chaud. Il fit tourner sa bière sur le sous-verre, regarda la marque humide qu'elle y laissait.

— Je n'ai pas aimé l'engueulade que vous avez subie. Il n'avait pas à vous parler comme ça.

— Je ne sais pas. C'était peut-être de ma faute.

— Non, c'est lui. Quelque chose le met en rogne. Vous auriez dû entendre ce qu'il m'a passé après. C'est quoi, son problème ?

Flea haussa un sourcil.

— Vous aussi, alors ? Ce n'est pas seulement moi ?

— Franchement, reprit Prody en se penchant en arrière, je bosse dix-huit heures par jour depuis le début de cette affaire et j'aimerais bien qu'on me tape gentiment sur l'épaule à la fin de la journée. Au lieu de ça, je me fais remonter les bretelles. Il peut se les carrer quelque part, tiens, ses bandes vidéo. Et les heures sup aussi. Vous, je sais pas, mais moi, je prends mon après-midi, conclut-il en levant son verre.

Depuis le mois de mai, Flea avait croisé Prody à plusieurs reprises, une fois pendant que sa brigade cherchait la voiture de Simone Blunt dans une carrière, d'autres fois à proximité des bureaux que la BRS partageait avec les flics de la circulation. Prody lui avait fait l'impression d'un sportif acharné, toujours sur le chemin des douches, un triangle de transpiration sur son tee-shirt Nike. Elle avait évité de lui parler, se contentant de l'observer de loin, et, au fil des mois, elle s'était convaincue qu'il n'avait aucune idée de ce qu'il y avait dans le coffre de la voiture le soir où il s'était rendu chez elle. Mais Prody était alors affecté à la circulation, non à la Crim. À présent, elle aurait voulu savoir si l'affaire Kitson faisait partie des priorités de la brigade criminelle et combien d'enquêteurs s'en occupaient encore. Naturellement, ce n'était pas le genre de questions qu'on pouvait poser d'un ton détaché.

— Dix-huit heures par jour ? Vous ne devez pas rigoler.
— On dort sur le canapé, des fois.
— Et...
Elle s'efforça de prendre un ton nonchalant.
— Et vous suivez d'autres affaires ?
— Non. Pas vraiment.
— Pas vraiment ?
— Non. Pourquoi ?
Elle perçut de la méfiance dans sa voix, comme s'il devinait qu'elle essayait de le faire parler.

Elle haussa les épaules, se tourna vers la fenêtre et feignit de regarder la pluie, les gouttes qui tombaient des branches noueuses de la glycine pendant devant les carreaux.

— Ça doit être dur, dix-huit heures par jour. Dur pour la vie de famille.

Prody prit une inspiration.

— Je ne trouve pas ça drôle. Vous êtes une femme intelligente mais côté humour, zéro, si je peux me permettre.

Flea fut étonnée par sa virulence.

— Pardon ?
— Je dis que votre remarque n'est pas drôle. Si vous voulez vous foutre de moi, faites-le de loin.

Il se renversa en arrière, vida son verre d'un trait, révélant des plaques rouges sur son cou. Il repoussa sa chaise et se leva.

— Hé, attendez ! fit-elle. J'ai dit quelque chose qui vous a déplu mais j'ignore quoi.

Il enfila son manteau, le boutonna.

— Bon Dieu, dites-moi au moins pourquoi vous partez comme ça...

Prody la dévisagea.
— Vous ne savez vraiment pas ?
— Non. Sincèrement.
— Les rumeurs ne vont pas jusqu'à la BRS ?
— Quelles rumeurs ?
— Mes gosses ?
— Vos gosses ?
Prody poussa un long soupir.
— Je n'ai pas de vie de famille. Je n'en ai plus. Je n'ai pas vu ma femme ni mes enfants depuis des mois.
— Comment ça se fait ?
— Paraît que je battais ma femme. Que je martyrisais mes gosses.
Il défit son manteau et se rassit tandis que les rougeurs de son cou s'effaçaient lentement.
— Paraît que j'ai failli les tuer tellement je leur tapais dessus.
Flea ébaucha un sourire, pensant qu'il plaisantait, mais, voyant son expression, elle reprit son sérieux.
— Et c'est vrai ?
— À en croire ma femme, oui. Et tout le monde le croit. Je commence même à me soupçonner.
Elle l'observa en silence. On l'empêchait de voir ses enfants. Aucun rapport avec l'affaire Kitson. Elle se détendit un peu.
— Bon Dieu, c'est moche. Je suis désolée.
— Y a pas de quoi.
— Je n'étais pas au courant, je vous le jure.
— C'est rien, je n'aurais pas dû m'énerver comme ça.
Dehors, la pluie tombait. Le pub sentait le houblon, le crottin de cheval et le vieux bouchon. Le bruit d'un fût qu'on déplaçait montait de la cave. Prody proposa :

— Vous reprenez un verre ?

— Un verre ? Ouais, bien sûr, répondit Flea en baissant les yeux vers sa chope de cidre. Une limonade, ou un Coca.

— Une limonade ? s'esclaffa Prody. Vous avez peur que je vous refasse passer un alcootest ?

Elle le regarda fixement.

— Non. Pourquoi penserais-je une chose pareille ?

— Je ne sais pas. Vous avez dû drôlement m'en vouloir.

— Plutôt, oui.

— Je m'en doutais. Vous m'évitiez, depuis. Avant, vous me saluiez toujours dans la salle de gym ou ailleurs. Mais après, vous m'avez complètement...

Il se passa une main devant le visage, pour signifier qu'elle l'avait effacé.

— J'ai trouvé ça dur, avoua-t-il, mais j'avais été dur avec vous.

— Non, vous aviez raison. Moi aussi je me serais fait souffler dans le ballon. Je n'étais pas bourrée mais je me suis conduite comme une tarée. Je roulais trop vite.

Elle sourit ; il lui rendit son sourire. Le jour gris pénétrant par la fenêtre révélait la poussière en suspension, le duvet blond des bras de Prody. Il avait de jolies mains. Les bras de Caffery étaient secs et nerveux, couverts de poils sombres. Ceux de Prody étaient plus charnus et sans doute plus chauds au toucher.

— Une limonade, alors ?

Tirée de sa rêverie, Flea cessa de sourire, se leva en marmonnant une excuse et se dirigea d'un pas mal assuré vers les toilettes des femmes. Après avoir uriné, elle se lava les mains et, tandis qu'elle les tenait sous le séchoir, surprit son image dans le miroir. Elle se pencha au-dessus du lavabo pour examiner son reflet. Elle avait les joues rougies par le froid et par le cidre. On aurait dit que les veines de ses mains, de ses pieds et de son visage étaient gonflées. Elle avait utilisé la douche du fourgon de la brigade mais, faute de séchoir, ses cheveux blond pâle étaient tout tire-bouchonnés.

Elle déboutonna le haut de sa chemise. Dessous, sa peau n'était pas rougie mais hâlée. C'était une sorte de bronzage perpétuel, hérité de toutes les vacances passées à plonger avec ses parents et Thom. Le visage furieux de Caffery surgit soudain dans son esprit. Ce n'était pas quelqu'un d'agréable en général mais l'intensité de cette colère était inexplicable. Elle reboutonna sa chemise, s'inspecta dans la glace. Puis elle défit à nouveau les deux boutons du haut pour dévoiler un peu sa poitrine.

Dans le bar, Prody était assis devant deux verres de limonade. Lorsqu'elle s'installa à côté de lui, il remarqua qu'elle avait déboutonné sa chemise et il y eut un moment de gêne. Il regarda par la fenêtre, se tourna de nouveau vers elle et soudain elle comprit. Elle comprit qu'elle était un peu ivre, qu'elle avait l'air stupide avec ses seins à l'air, qu'elle était sur le point de basculer dans le fossé et qu'elle ne saurait pas comment en sortir. Elle détourna les yeux, planta ses coudes sur la table pour lui cacher son décolleté.

— Ce n'était pas moi, déclara-t-elle. Ce n'était pas moi qui conduisais.

— Pardon ?

Elle se sentit idiote. Elle n'avait pas voulu dire cela, elle avait simplement ouvert la bouche pour dissimuler son embarras.

— Je ne l'ai jamais dit à personne mais c'était mon frère. Il était soûl, je ne l'étais pas. Je l'ai couvert.

Prody garda un moment le silence puis il dit :

— J'aimerais bien avoir une sœur comme vous.

— Non, c'était de la bêtise.

— Ça, d'accord. C'est risqué de protéger quelqu'un d'une inculpation de conduite en état d'ivresse.

Ouais, pensa-t-elle. Mais si tu savais de quoi je l'ai vraiment protégé, les yeux te sortiraient de la tête. Très raide, elle fixait les mesures à alcool du bar en espérant qu'elle n'était pas aussi rouge qu'elle en avait l'impression.

Le barman les sauva tous les deux en apportant la commande de Prody. Saucisses de Gloucester et purée. Avec des petits oignons au vinaigre qui ressemblaient à des billes troubles. Il mangea en silence. Flea crut d'abord qu'il était en colère mais elle resta cependant et l'observa. Puis ils parlèrent d'autres choses : de la brigade, d'un commissaire de la circulation mort d'une crise cardiaque à l'âge de trente-sept ans, pendant un mariage. Prody finit son repas et ils se levèrent. Flea avait la tête lourde. Dehors, la pluie avait cessé et le soleil se montrait mais d'autres nuages se massaient à l'ouest. La terre crayeuse du parking était parsemée de flaques jaunâtres. En allant vers sa voiture, Flea s'arrêta au parapet de l'entrée est du tunnel et baissa les yeux vers le canal boueux.

— Il n'y a rien, là-dedans, dit Prody.

— Je sens quand même quelque chose de louche.

Il lui tendit une carte avec ses numéros de téléphone.

— Tenez. Si vous trouvez ce que c'est, appelez-moi. Je promets de ne pas vous crier après.

— Comme Caffery ?

— Comme Caffery, oui. Maintenant, rentrez chez vous et détendez-vous. Accordez-vous un break.

Elle prit la carte, attendit que Prody monte dans sa Peugeot et sorte du parking. Puis, attirée irrésistiblement par le reflet du soleil hivernal sur l'eau noire, elle regarda de nouveau le tunnel jusqu'à ce que le bruit du moteur de la voiture de Prody s'éteigne et qu'on n'entende plus que le barman débarrassant la table à l'intérieur du pub et les corbeaux croassant dans les arbres.

25

À 15 h 50, Janice Costello, arrêtée à un feu rouge, regardait d'un air abattu la pluie qui coulait sur son pare-brise. Tout était sombre et lugubre. Elle détestait cette période de l'année, elle détestait être bloquée dans un embouteillage. L'école d'Emily n'était qu'à une courte distance de la maison. Si Cory prenait généralement la voiture pour aller chercher sa fille – toute allusion à l'effet de serre provoquait chez lui une diatribe contre l'érosion patente de ses droits civiques –, Janice, lorsque c'était son tour, faisait le chemin à pied, notant soigneusement la durée du trajet pour la maîtresse d'Emily, dans le cadre du système Pédibus.

Mais, ce jour-là, elle avait pris la voiture. Emily était ravie. Ce qu'elle ignorait, c'est que sa mère avait élaboré un plan pendant la nuit, étendue dans la chambre obscure, le cœur battant, tandis que son père dormait d'un sommeil profond à ses côtés. Sur le siège avant de l'Audi, un sac contenait une gourde de café chaud et un demi-gâteau aux carottes entre deux assiettes en carton. Au cours de ses séances de thérapie, Cory avait regretté à plusieurs reprises que Janice ne soit pas une épouse traditionnelle. Si le dîner était toujours prêt quand il rentrait et qu'elle lui apportait une tasse de thé au lit le matin – malgré le temps qu'elle consacrait à Emily et à ses travaux de pigiste –, il aurait souhaité de menues attentions telles qu'un gâteau sortant du four à son retour du bureau, ou un mot doux glissé dans la boîte de son déjeuner.

— On va changer tout ça, dit Janice à voix haute.

— Changer quoi ? demanda Emily en clignant des yeux. Changer quoi, maman ?

— Maman va faire des choses gentilles pour papa. Pour lui montrer qu'elle pense à lui.

Le feu passa au vert et Janice démarra en trombe. La chaussée était mouillée, glissante. Elle dut freiner brusquement pour laisser passer une bande d'enfants qui traversaient un passage protégé sans regarder à droite ni à gauche. Projeté en avant, le sac tomba par terre.

— Merde !

— C'est un gros mot, maman.

— Je sais, chérie. Je m'excuse.

Janice chercha le sac à tâtons et le chauffeur de la voiture qui la suivait klaxonna. Cory avait choisi un intérieur « champagne » pour l'Audi. Même si la voiture appartenait à sa femme, qui l'avait payée avec ses économies, il s'était débrouillé pour avoir le dernier mot. Janice aurait préféré un camping-car Volkswagen mais Cory avait déclaré que cela aurait fait bizarre, un camping-car dans leur allée, et elle avait cédé. Cory se montrait en outre intransigeant question propreté. Si Emily grimpait sur la banquette arrière avec ses chaussures, il se lançait dans une tirade sur cette famille qui ne respectait rien, sur Emily qui grandirait sans comprendre la valeur des choses et qui deviendrait un parasite de la société.

Quand Janice parvint enfin à saisir le sac et à le reposer sur le siège à côté d'elle, un filet de café en coula et laissa une longue traînée brune sur le tissu crème.

— Merde, merde, merde !
— Maman !
— J'ai foutu du café partout.
— Pas de gros mots.
— Papa sera furieux.
— On ne lui dira pas ! s'écria Emily. Je ne veux pas qu'il soit en colère.

Janice souleva le sac et le posa au premier endroit qui lui vint à l'esprit, sur ses genoux. Du café chaud se répandit sur son pull blanc et son jean beige.

— C'est pas vrai !

Elle tira sur le tissu brûlant pour le décoller de ses cuisses. Derrière, la voiture klaxonna de nouveau, comme elle s'y attendait. Quelqu'un cria.

— Merde !
— On doit pas dire ça, maman !

Il y avait une demi-place libre juste après le passage protégé. Janice s'y gara, ouvrit sa vitre et tint le sac à l'extérieur pour laisser le café s'écouler. La gourde mit un temps fou à se vider. Nouveau coup de klaxon, venant cette fois de la voiture garée devant. Le chauffeur voulait apparemment reculer et n'avait pas la place de le faire, même s'il y avait au moins un mètre entre eux.

— Maman, j'aime pas ce bruit ! geignit Emily en se couvrant les oreilles.
— Tout va bien, trésor.

Janice passa en marche arrière et recula un peu pour laisser la voiture de devant déboîter. Quelqu'un frappa à la vitre arrière et la fit sursauter.

— Maman !

— Hé, vous êtes sur un passage protégé ! cria une voix. Il y a des enfants.

La voiture de devant se glissa dans la circulation et Janice prit sa place. Elle arrêta le moteur et appuya son front sur le volant. La femme qui l'avait interpellée frappait maintenant à la vitre côté passager. C'était une mère d'élève, elle avait l'air furieuse.

— Parce que vous avez une grosse bagnole, ça vous donne pas le droit de vous garer sur un passage protégé, hein !

Les mains de Janice tremblaient. C'était un cauchemar. Il était 15 h 52, elle n'arriverait jamais à temps au bureau de Cory pour voir s'il allait rejoindre Clare. Et Emily, la pauvre, pleurait à l'arrière sans rien comprendre.

— Regardez-moi, espèce de sale bonne femme. Vous ne vous en tirerez pas comme ça.

Janice releva la tête. La femme était grande et rougeaude, engoncée dans un ample manteau en tweed et coiffée d'un de ces bonnets népalais qu'on vendait sur tous les marchés. Elle était entourée d'enfants coiffés de bonnets semblables. Elle frappait la vitre du plat de la main en braillant :

— Vous nous pompez l'air avec votre tank !

Janice prit plusieurs inspirations et descendit de voiture.

— Je m'excuse.

Elle fit le tour de l'Audi, posa le sac dégoulinant de café sur le trottoir devant la femme.

— Je n'avais pas l'intention de me garer sur le passage protégé.

— Avec une bagnole comme ça, vous devez avoir les moyens de prendre des leçons de conduite.

— Je me suis excusée.

— C'est dingue ! L'école demande qu'on vienne chercher les enfants à pied mais ça n'empêche pas les égoïstes de faire ce qu'ils veulent.

— Écoutez, je me suis excusée. Qu'est-ce que vous voulez de plus ? Du sang ?

— Ah ouais ! Le sang de mes gosses, avec des gens comme vous ! Si vous ne les renversez pas avec votre tracteur, vous les étoufferez avec toutes les saloperies que vous rejetez dans l'atmosphère.

Janice soupira.

— D'accord, je renonce. Vous voulez quoi ? Qu'on se batte ?

La femme eut un sourire incrédule.

— Oh, ce serait bien votre genre, ça. Se bagarrer devant des enfants.

— Eh bien... oui, exactement.

Janice ôta son blouson, le jeta sur le capot de l'Audi. Les enfants s'éparpillèrent, moitié gloussant, moitié apeurés. La femme recula vers l'entrée d'un magasin proche.

— Vous êtes folle !

— Oui. Assez folle pour vous tuer.

— Je vais appeler la police, menaça la femme en levant les mains devant son visage. Je vous préviens, j'appelle la police.

Janice l'empoigna par les revers de son manteau en tweed et approcha son visage du sien.

— Écoutez-moi bien, dit-elle en la secouant. Je sais ce que vous pensez, mais vous vous trompez. Ce n'est pas moi qui ai choisi cette voiture, c'est mon connard de mari.

— Ne dites pas des mots pareils devant mes...

— Mon connard de mari qui voulait un symbole de statut social à la con, et j'ai été assez conne pour payer cette saleté. Sachez que je conduis ma fille à l'école et que je viens la reprendre tous les jours à pied. Cette foutue voiture n'a que trois mille kilomètres au compteur au bout d'un an et sachez aussi que j'ai passé une très mauvaise journée.

Elle poussa la femme contre le mur.

— Je me suis excusée. Maintenant, c'est votre tour.

La femme regarda autour d'elle pour s'assurer que ses enfants ne l'écoutaient pas. Elle avait le visage strié de vaisseaux sanguins éclatés comme si elle avait passé sa vie dans le froid. Il n'y avait probablement pas de chauffage central chez elle.

— Pour l'amour de Dieu, marmonna-t-elle, si vous y tenez tant que ça, je m'excuse. Maintenant, lâchez-moi et laissez-moi ramener mes enfants à la maison.

Janice la fixa encore un moment puis secoua la tête d'un air dédaigneux et la laissa partir. Elle se retourna en s'essuyant les mains sur son pull. Venu du trottoir en face, un homme portant un masque de Père Noël incongru et un anorak traversait la chaussée en courant. C'est un peu tôt pour Noël, eut-elle le temps de penser avant que l'homme monte dans l'Audi, claque la portière et démarre.

26

Janice Costello avait probablement le même âge que son mari – de petites rides autour de sa bouche et de ses yeux l'attestaient – mais quand elle ouvrit la porte donnant sur un élégant vestibule carrelé, elle paraissait beaucoup plus jeune. Avec sa peau blanche, ses cheveux d'un noir de jais noués sur la nuque, son jean et sa chemise de flanelle bleue un peu trop large, elle avait l'air d'une enfant à côté de son époux. Même ses yeux et son nez rougis par les pleurs n'entamaient pas son apparence juvénile. Son mari tenta de lui prendre le coude quand ils descendirent le couloir pour gagner la vaste cuisine, mais, remarqua Caffery, elle se dégagea et continua à avancer seule, la tête haute. Sa démarche raide et digne était celle d'une personne blessée dans sa chair.

La Criminelle avait assigné aux Costello son propre OLF, le constable Nicola Hollis. Une grande jeune femme à la longue chevelure préraphaélite, on ne peut plus féminine, mais qui insistait pour qu'on l'appelle « Nick ». Elle préparait le thé et disposait des biscuits sur une assiette quand ils entrèrent. Elle salua Caffery d'un signe de tête lorsqu'il s'assit à la grande table sur laquelle étaient éparpillés des dessins d'enfant, des crayons de couleur et des feutres. Il remarqua que Janice Costello avait laissé une chaise libre entre son mari et elle.

— Je suis désolé qu'il ait de nouveau frappé, dit Caffery.

— Je suis sûre que vous avez fait de votre mieux pour l'arrêter, répondit-elle. Je ne vous reproche rien.

Elle parlait d'un ton un peu sec, sans doute parce que c'était la seule façon pour elle de se maîtriser.

— Beaucoup de gens l'auraient fait. Je vous en remercie.

Janice lui adressa un pâle sourire.

— Qu'est-ce que vous voulez savoir ?

— J'ai besoin de tout revoir avec vous. Vous avez dit à l'agent de police...

— Et aux policiers de Wincanton.

— Oui, ils m'ont communiqué l'essentiel de votre déclaration, mais tout doit être parfaitement clair dans mon esprit parce que c'est maintenant ma brigade qui va prendre le relais. Je suis désolé de vous infliger de nouveau cette épreuve.

— Je vous en prie. C'est important.

Il tira de sa poche son MP3 et le posa entre eux sur la table. Il était plus calme à présent. Avant d'apprendre l'enlèvement d'Emily, il était à bout de nerfs. Après le déjeuner, il s'était efforcé de faire quelque chose qui n'avait aucun rapport avec l'affaire et s'était retrouvé en train d'acheter de la glucosamine pour Myrtle. Sa colère contre Flea et Prody avait fini par retomber un peu.

— Donc, c'est arrivé vers 16 heures ? dit-il en regardant sa montre. Il y a une heure et demie ?

— Oui. Je venais de prendre Emily à la sortie de l'école.

— Et vous avez déclaré à l'agent de police que l'homme portait un masque de Père Noël.

— Tout s'est passé tellement vite… Oui, un masque en caoutchouc, pas en plastique dur, mais souple. Avec les cheveux, la barbe, tout.

— Vous n'avez pas vu ses yeux ?

— Non.

— Et il portait un anorak ?

— La capuche n'était pas relevée mais c'était bien un anorak. Rouge. Fermé jusqu'en haut. Et un jean, je crois. Je n'en suis pas sûre. Mais je suis certaine qu'il avait des gants en latex. Comme les médecins.

Caffery déplia une carte sur la table.

— Pouvez-vous me montrer d'où il venait ?

Elle se pencha, posa un doigt sur une petite rue.

— De là. Cette rue descend vers la place d'où on tire quelquefois les feux d'artifice.

— Elle est en pente ? Je ne sais pas lire les courbes de niveau.

Cory passa la main au-dessus de la carte.

— Oui, répondit-il. En pente raide de là à là. Elle se termine presque en dehors de la ville.

— Il aurait monté la colline en courant ?

— Je ne sais pas, répondit Janice.

— Il était essoufflé ?

— Euh, non. Du moins, je ne crois pas. Je n'ai pas remarqué grand-chose, c'est arrivé si vite. Mais il ne donnait pas l'impression d'avoir fourni un gros effort.

— Donc, vous ne pensez pas qu'il avait couru depuis le pied de la colline.

— Probablement pas, maintenant que j'y pense.

Caffery avait déjà chargé une équipe de ratisser les rues voisines à la recherche d'une Vauxhall bleu foncé. Si le ravisseur avait été hors d'haleine, cela aurait pu signifier qu'il s'était garé en bas de la colline. Sinon, ils pouvaient continuer à chercher la voiture au niveau où avait eu lieu l'enlèvement. Il pensa aux punaises à tête noire de la carte de son bureau.

— Il n'y a pas de gare à Mere, je crois ?

— Non, répondit Cory. Pour prendre le train, il faut aller à Gillingham, à quelques kilomètres d'ici.

Caffery garda un moment le silence. Est-ce que cela réduisait à néant son hypothèse selon laquelle le kidnappeur utilisait le réseau de voies ferrées pour récupérer sa voiture ? Il se servait peut-être d'un autre véhicule. Ou il prenait un taxi.

— C'est arrivé dans cette rue, dit-il en tapotant la carte. Je l'ai empruntée pour venir, elle est bordée de magasins.

— Le coin est tranquille dans la journée. Mais le matin, à l'ouverture de l'école... commença Cory.

— Oui, le coupa Janice. Ou à la sortie des enfants. Souvent, les gens en profitent pour s'arrêter à l'épicerie acheter quelque chose pour le dîner, ou pour le déjeuner de leur enfant.

— Vous, vous vous êtes arrêtée pour quoi ?

Elle pressa les lèvres avant de répondre :

— Je... je transportais du café. Dans une gourde qui fuyait. Je me suis garée pour m'en débarrasser.

Cory lui lança un regard.

— Tu ne bois pas de café.

— Ma mère, si, répliqua-t-elle en souriant à Caffery. Je comptais passer la voir après avoir déposé Emily chez une camarade.

— Tu lui apportais du café ? s'étonna son mari. Elle ne peut pas en faire chez elle ?

— C'est vraiment important ? dit-elle avec le même sourire figé. Étant donné les circonstances, qu'est-ce que ça peut foutre ? Si j'avais préparé du café pour Ben Laden, qu'est-ce que ça aurait changé à...

— Je voulais vous demander, pour les témoins, l'interrompit Caffery. Il y en avait pas mal, non ? Ils sont tous au poste de police, maintenant.

Gênée, Janice baissa les yeux.

— Oui, il y en avait beaucoup. En fait...

Elle regarda l'OLF qui versait de l'eau chaude dans quatre tasses.

— Nick ? Je ne prendrai pas de thé, merci. Je préférerais quelque chose de plus fort, si ça ne vous dérange pas. Il y a de la vodka dans le freezer. Les verres sont dans le haut du buffet.

— Je m'en occupe, dit Cory.

Il se dirigea vers le buffet, prit un verre, le remplit avec une bouteille portant une étiquette rédigée en russe et le posa devant sa femme. Caffery regarda le verre d'alcool, qui avait pour lui l'odeur d'une fin de journée paisible.

— Janice, vous vous êtes querellée avec une femme, m'a-t-on dit.

Elle but une gorgée, reposa le verre.

— C'est exact.

— À quel sujet ?

— Je m'étais arrêtée trop près du passage protégé. Elle m'a crié après. À juste titre. Mais je l'ai mal pris. J'étais couverte de café brûlant, j'étais... énervée.

— Vous la connaissez ?

— De vue seulement.

— Elle vous connaît ? Elle connaît votre nom ?
— J'en doute. Pourquoi ?
— Et les autres témoins ? Il y a quelqu'un que vous connaissez de nom ?
— Nous ne sommes ici que depuis un an, mais c'est une petite ville, on connaît vite les visages. Pas les noms.
— Et eux, ils connaissent votre nom ?
— Je ne crois pas. Pourquoi ?
— Avez-vous parlé à quelqu'un de ce qui est arrivé ?
— Seulement à ma mère et à ma sœur. C'est un secret ?
— Elles vivent où ? Votre mère et votre sœur ?
— Dans le Wiltshire et à Keynsham.
— J'aimerais que vous n'en parliez à personne d'autre.
— Si vous m'expliquez pourquoi...
— Nous ne voulons pas que les médias en fassent toute une histoire.

Une porte s'ouvrit au fond de la cuisine et la femme de la BM entra. Elle portait des chaussures à semelles de crêpe qui ne firent aucun bruit lorsqu'elle traversa la pièce et posa devant Caffery des notes agrafées. Elle lui parut plus âgée que dans son souvenir.

— Je ne crois pas qu'il faille l'interroger de nouveau, souligna-t-elle. Il vaut mieux la laisser tranquille pour le moment. Inutile de l'épuiser.
— Elle va bien ? demanda Janice.
— Très bien.
— Je peux la voir, maintenant ? Je voudrais passer un moment avec elle. Si c'est possible.

Caffery acquiesça, la regarda quitter la pièce. Au bout d'un moment, Cory se leva, but la vodka d'un trait, reposa le verre sur la table et suivit sa femme. L'agent de la BM s'assit en face de Caffery.

— Je lui ai posé exactement les questions que vous m'aviez indiquées, dit-elle en jetant un coup d'œil à ses notes. À cet âge, c'est difficile de séparer la réalité de la fiction. Les enfants aussi jeunes ne parlent pas de façon linéaire comme vous et moi mais…

— Mais ?

— Dans les grandes lignes, ses réponses recoupent ce qu'elle a raconté à sa mère. Ce que sa mère a déclaré à la police locale, ce qui figure dans vos notes : le ravisseur n'a pas dit grand-chose, il portait des gants, il ne l'a pas touchée. Elle dit la vérité sur ce point, j'en suis sûre. Il a menacé de s'en prendre à son lapin en peluche, Jasper. C'est le plus gros problème d'Emily en ce moment.

— Il ne lui a pas promis une crêpe ?

— Il n'a pas eu le temps, tout s'est passé très vite. Il a lâché un « gros mot » quand il a perdu le contrôle de la voiture. Et tout de suite après l'accident, il a sauté hors du véhicule et il a filé.

— J'ai failli déraper sur l'asphalte mouillé en venant ici, dit Nick.

Debout devant l'évier, elle pressait un sachet de thé contre la paroi de sa tasse avec sa cuillère.

— C'est mortel, dehors.

— Pas pour Emily, rétorqua Caffery. C'est peut-être ce qui lui a sauvé la vie.

— Ce qui signifie que vous pensez que Martha est morte, commenta Nick d'un ton neutre.

— Vous savez ce que je pense vraiment ? Je ne pense rien. Pour le moment.

Il déplia le reste de la carte, suivit la route du doigt jusqu'à l'endroit exact où le kidnappeur avait perdu le contrôle de l'Audi et l'avait laissée sur le bas-côté. Il n'avait pas tenté d'en faire descendre Emily, il s'était simplement enfui à travers champs. La scène n'avait pas eu de témoin, il s'était écoulé un long moment avant que quelqu'un ne découvre la petite fille en pleurs à l'arrière, pressant son sac d'école contre elle comme pour se défendre. Le plus étrange, c'était que le chemin emprunté par le ravisseur ne menait nulle part.

— C'est une boucle, dit Caffery sans s'adresser à personne en particulier. Regardez...

Il remonta le trajet sur toute sa longueur. Après l'enlèvement, l'homme avait dû prendre l'A303 puis l'A350. Il avait ensuite rejoint l'A36 à l'extérieur de Frome, non loin de l'endroit où la police avait installé des caméras pour repérer la Yaris des Bradley ou la Vauxhall. Sauf qu'il avait quitté l'A36 juste avant, pour emprunter une voie de délestage qui serpentait sur trois kilomètres avant de retrouver la route principale. La voiture avait dérapé avant le croisement qui l'aurait ramené sur l'A36, mais, même sans l'accident, ce détour lui aurait permis d'échapper aux caméras. À croire qu'il était au courant de leur présence.

Caffery replia la carte et la rangea. Les caméras n'étaient pas faciles à repérer. Les policiers utilisaient de fausses camionnettes de la compagnie du gaz pour des opérations de ce genre. Le ravisseur avait eu une chance inouïe. Les yeux de Caffery s'attardèrent sur le verre vide, puis il releva la tête, croisa le regard de la femme de la BM.

— Quoi ? Qu'est-ce que vous voulez ?
— Vous devriez parler à Emily. Elle est terrifiée, elle a besoin de savoir que nous faisons quelque chose. Jusqu'ici, elle n'a vu que l'OLF et moi, elle a besoin de savoir qu'il y a un homme, une personne d'autorité qui s'occupe de cette affaire. Il faut qu'elle puisse de nouveau croire que tous les hommes ne sont pas mauvais.

Caffery soupira. Il avait envie de répondre que les enfants étaient un mystère pour lui, que tout ce qu'ils suscitaient en lui, c'était de la tristesse. Et de la peur pour ce qui pouvait leur arriver. Au lieu de quoi, il se leva et dit d'une voix lasse :

— Allons-y. Elle est où, maintenant ?

27

Emily était dans la chambre de ses parents, sur leur grand lit, flanquée de Janice et de Cory. Sa tenue d'école avait été envoyée au labo et elle portait un confortable survêtement blanc cassé et des chaussettes bleues. Assise en tailleur, elle serrait contre sa poitrine un lapin en peluche râpé. Ses cheveux bruns étaient coiffés en queue de cheval. Si Caffery avait dû choisir, c'était elle qu'il aurait appelée Cleo et la fille de Simone Blunt, l'enfant blonde qui faisait du cheval, aurait eu pour nom Emily.

Il s'approcha, se tint maladroitement près du lit, croisa les bras parce qu'il ne savait pas quoi en faire et qu'Emily le mettait mal à l'aise.

— Salut, lui dit-il au bout d'un moment. Comment il s'appelle, ton lapin ?

— Jasper.

— Il va bien ?

— Il a peur.

— Je comprends. Mais tu peux lui dire que c'est fini maintenant. Il n'a plus de raison d'avoir peur.

— Si. Il a peur.

Le visage de l'enfant se crispa, des larmes coulèrent de ses yeux. Elle ramena ses genoux contre elle.

— Je veux pas qu'il vienne faire du mal à Jasper. Il a dit qu'il lui ferait du mal, maman. Jasper a peur.

— Je sais, chérie.

Janice passa un bras autour de sa fille et l'embrassa sur le front.

— Jasper n'a plus rien à craindre, Emily. M. Caffery est policier, il va arrêter cet homme.

La fillette cessa de pleurer, observa attentivement Caffery.

— T'es vraiment policier ?

Il tira une paire de menottes d'une poche de son manteau. Normalement, elles restaient dans sa boîte à gants. C'était par hasard qu'il les avait sur lui.

— C'est quoi ?

— Regarde.

Il fit un signe au père, qui tendit les poignets pour que Caffery lui passe les menottes. Cory feignit d'essayer de s'en libérer puis laissa le commissaire les lui ôter.

— Tu vois ? dit Caffery. C'est ce qu'on fait aux méchants. Pour qu'ils ne puissent plus faire de mal à personne. Surtout à Jasper.

— Papa n'est pas un méchant.

— Non, répondit Caffery en riant. C'était juste pour te montrer.

Il remit les menottes dans sa poche.

— T'as un pistolet ? Tu peux tirer sur lui et le mettre en prison ?

— Je n'ai pas de pistolet.

C'était un mensonge. Il en avait un, mais ce n'était pas une arme délivrée par la police. La façon dont il se l'était procurée – grâce aux relations douteuses d'un membre d'une unité spécialisée de la Met – n'était pas pour toutes les oreilles et certainement pas pour celles d'une enfant de quatre ans.

— Je ne suis pas le genre de policier qui porte un pistolet.

— Comment tu vas le mettre en prison, alors ?

— Quand je le trouverai, je ferai venir plein de policiers qui ont des pistolets et ils le mettront en prison.

— Toi, tu le trouves seulement ?

Emily ne semblait pas impressionnée.

— Oui. C'est mon travail.

— Tu sais où il est ?

— Bien sûr.

— Tu me le jures ?

Il prit un air solennel... et mentit :

— Je te jure que je sais où il est. Et que je ne le laisserai pas te faire du mal.

Ce fut Cory Costello qui raccompagna Caffery mais, au lieu de s'arrêter sur le seuil, le père d'Emily sortit également et referma la porte derrière eux.

— Je peux vous dire un mot, monsieur Caffery ? Ça ne prendra pas longtemps.

Le policier boutonna son manteau, enfila ses gants. La pluie s'était arrêtée mais le vent soufflait à présent en rafales et il y avait de la neige dans l'air, il l'aurait juré. Il regretta de ne pas avoir mis d'écharpe.

— Allons-y.

Cory inspecta les fenêtres pour vérifier que personne ne les écoutait.

— L'affaire n'ira pas au tribunal, quand même ? demanda-t-il.

— Si. Quand on l'aura attrapé.

— Il faudra que je vienne témoigner ?

— Je ne vois pas pourquoi. Votre femme, peut-être. Tout dépendra de l'attitude du procureur. Pourquoi ?

Cory se mordit la lèvre et détourna les yeux.

— Euh, il y a un problème.

— Lequel ?

— Quand c'est arrivé...

— Oui ?

— Janice a mis du temps à me joindre. Je n'ai été prévenu qu'à 17 heures.

— Je sais. Elle a essayé de vous appeler, vous étiez en réunion.

— Sauf que je ne l'étais pas, avoua-t-il à mi-voix.

Caffery décela dans son haleine l'odeur huileuse et froide de la vodka.

— Et j'ai peur qu'on découvre où j'étais vraiment. J'ai peur qu'on me fasse témoigner et qu'on me pose des questions à ce sujet.

Cory frissonna, entoura de ses bras le mince pull qu'il avait enfilé par-dessus sa chemise.

— J'étais en rendez-vous avec une cliente.

— Où ?

— Dans une chambre d'hôtel.

Il fouilla dans une poche de son pantalon, en sortit une feuille de papier chiffonnée. Caffery la déplia, la tint sous la lumière de l'entrée pour la lire.

— Du champagne ? Pour un rendez-vous professionnel dans une chambre d'hôtel ?

Cory récupéra le reçu et le remit dans sa poche.

— Oui, pas la peine de me mettre le nez dedans. Je devrai en parler au tribunal ?

Caffery le considéra avec un mélange de pitié et de mépris.

— Monsieur Costello, le merdier que vous êtes en train de faire de votre vie privée ne me regarde pas. Je ne peux pas vous garantir ce qui se passera au tribunal, mais cette conversation restera entre nous. Si vous faites quelque chose pour moi.

— Quoi ?

— La famille Bradley. Le type a découvert où elle habite.

Cory devint livide.

— Nom de Dieu !

— Nous aurions pu mieux gérer les médias, je le reconnais, mais ma position est claire maintenant. Il n'y aura rien dans la presse sur ce qui s'est passé cet après-midi.

— Qu'est-ce qu'il a fait aux Bradley ?

— Rien. Du moins, physiquement. Je ne crois pas une seconde qu'il s'en prendra à vous : Emily n'est pas entre ses mains, il n'a aucune prise sur vous. À tout hasard, j'ai quand même demandé un silence total sur cette affaire. Je ne veux pas effrayer Janice ni Emily, mais je compte sur vous pour qu'elles ne parlent pas.

— Vous êtes en train de me dire qu'il pourrait venir ici ?

— Pas du tout. Il ignore votre adresse, mais c'est uniquement parce que les journalistes ne la connaissent pas non plus. Nous sommes corrects avec les médias et, dans l'ensemble, ils sont corrects avec nous. Cependant, on n'est jamais sûr de rien.

Caffery regarda le jardin. Une longue allée menait à la grille et la maison était entourée d'ifs. Un réverbère brillait de l'autre côté des arbres.

— On ne peut pas vous voir de la rue.

— Non. Et j'ai un système d'alarme haut de gamme. Je peux le brancher quand nous serons à la maison. Si vous pensez que je dois le faire.

— On n'en est pas là, inutile de paniquer.

Caffery prit son portefeuille, en tira une carte.

— Une voiture de patrouille passera devant chez vous toutes les heures, mais si vous avez l'impression que les journalistes sont sur votre piste…

— Je vous appelle.

— À ce numéro, dit Caffery en tendant la carte. De jour comme de nuit. Vous ne risquez pas de me réveiller, monsieur Costello, je ne dors pas beaucoup.

28

Les hommes de la BRS avaient raccroché à 18 heures. Ils s'étaient douchés, changés, et après avoir nettoyé leur équipement ils s'étaient tous rendus au pub en survêtement noir et veste polaire, discutant pour savoir qui paierait la tournée. Flea ne s'était pas jointe à eux, elle avait eu plus que sa part de pub pour la journée. Elle ferma seule les bureaux et rentra chez elle sans même allumer l'autoradio. Il était presque 20 heures quand elle arriva.

Elle coupa le contact et écouta cliqueter le moteur qui refroidissait. Plus tôt dans l'après-midi, quand elle était retournée à la brigade, son commissaire était de nouveau venu la voir. Comme la veille, il avait plaqué les mains sur le bureau et s'était penché vers elle, soutenant son regard. Mais cette fois, quand elle avait demandé « Quoi ? » et qu'il avait répondu « Rien », elle avait perçu une menace dans sa voix. Il était au courant du fiasco du tunnel de Sapperton.

Le menton appuyé sur le volant, elle contemplait la vallée. Le ciel était dégagé mais une écharpe de cirrus glissait devant la lune. Les nuages précédents – une masse imposante de cumulonimbus – filaient vers l'est comme une armée en marche, baignés d'une lueur orange quand ils passaient au-dessus d'une ville. Son père avait aimé les nuages et lui avait appris à les reconnaître : altostratus, stratocumulus, cirrocumulus des cieux pommelés. Ils s'installaient à cet endroit le dimanche matin, son père avec un café, Flea avec son bol de céréales, et ils se posaient des colles sur les nuages. Son père émettait un *tss* désapprobateur quand elle ne savait pas et qu'elle renonçait à trouver. « Non, non, on ne renonce pas, dans notre famille. C'est contraire à l'éthique des Marley. Continue à chercher, ça viendra. »

Elle récupéra ses clés de voiture, prit son équipement sur la banquette arrière. Elle avait encore l'impression que quelque chose, dans le tunnel, lui avait échappé, mais elle avait beau fouiller sa mémoire, elle n'arrivait pas à trouver quoi.

« On ne renonce pas, dans notre famille... Ça viendra. » Elle pouvait presque entendre son père lui dire ces mots, souriant au-dessus de sa tasse de café. « Ça viendra... »

29

Nick, l'officier de liaison avec les familles, resta un moment chez les Costello après le départ de Caffery. Janice bavarda avec elle parce qu'elle aimait sa compagnie et qu'elle n'avait pas envie de se retrouver seule avec Cory. Celui-ci était nerveux, il était monté dans les chambres pour regarder par les fenêtres, puis il avait fermé les rideaux des pièces du bas et, depuis une heure, il allait et venait dans le salon. Lorsque Nick partit, Janice n'alla pas le rejoindre. Elle se mit en pyjama, fit du chocolat chaud et emmena Emily dans la grande chambre.

— On se couche déjà ? demanda la petite fille en se glissant dans le lit.

— Il est tard. Je vais te mettre le DVD du *Monde de Nemo*. Tu sais, le petit poisson ?

Allongées sur le lit, elles burent leur chocolat, Emily dans une tasse à bec, parce que Janice savait que cela rassurait sa fille d'être de nouveau un bébé, et elles regardèrent le dessin animé. En bas, Cory allait d'une pièce à l'autre, ouvrait et fermait les rideaux, tournait en rond comme un animal en cage. Janice n'avait pas envie de le voir, elle ne l'aurait pas supporté parce que au fil de la journée – non, au fil des années – elle s'était aperçue qu'elle n'aimerait jamais son mari autant qu'elle aimait sa fille. Elle avait des amies qui l'avouaient presque : elles aimaient leur mari, mais les enfants passaient avant. C'était peut-être le grand secret des femmes, que les hommes connaissaient dans une certaine mesure mais n'affrontaient jamais vraiment. Une phrase lue dans un article consacré à la petite Martha Bradley avait particulièrement frappé Janice : lorsqu'un couple perd un enfant, ses chances de rester uni sont presque nulles. Elle savait instinctivement que c'était la femme qui partait. Qu'elle le fasse physiquement ou dans le secret de son cœur, c'était pareil. Elle incitait finalement l'homme à renoncer et à quitter le foyer. Janice savait que c'était la femme qui, confrontée à un avenir avec son mari mais sans leur enfant, renonçait à leur couple.

À côté d'elle, Emily s'était endormie, Jasper sous le bras, la tasse à bec sur la poitrine, un peu de chocolat gouttant sur son pyjama. Elle ne s'était pas brossé les dents. Cela faisait deux jours de suite, mais pas question de la réveiller pour ça après ce qu'elle avait subi. Janice la borda, descendit mettre la tasse dans le lave-vaisselle. Comme son verre avait disparu, elle se servit une autre vodka et alla dans le salon. La lumière était éteinte, la pièce obscure, et il lui fallut un moment pour apercevoir Cory derrière le rideau.

— Qu'est-ce que tu fais ?

Il sursauta. Le rideau remua et son visage apparut.

— Janice, ne t'approche pas de moi comme ça, sans faire de bruit !

— Qu'est-ce qui se passe ?

Elle alluma la lumière. Il laissa précipitamment retomber le rideau mais elle eut le temps de voir deux cercles jumeaux de buée sur le carreau à l'endroit où il avait pressé son visage.

— Éteins.

Elle hésita, obéit. La pièce fut de nouveau obscure.

— Cory ? Qu'est-ce que tu regardais ?

— Rien.

Il s'éloigna de la fenêtre et lui adressa un de ses sourires en toc.

— Rien du tout. La nuit est belle.

Janice se passa la langue sur les lèvres.

— Qu'est-ce que t'a dit le commissaire ? Il t'a parlé dans le jardin avant de partir.

— Nous avons juste bavardé.

— Cory, qu'est-ce qu'il t'a dit ? Qu'est-ce que tu regardais ?

— Ne commence pas à pleurnicher, tu sais que je ne le supporte pas.

— Je t'en prie, murmura-t-elle, ravalant une réplique cinglante.

Elle lui toucha le bras et lui adressa un sourire faussement tendre.

— S'il te plaît...

— Oh, pour l'amour du ciel ! s'emporta-t-il. Il faut toujours que tu poses des questions. Tu ne pourrais pas me faire confiance, pour une fois ? Nous avons parlé des journalistes. Caffery ne veut pas qu'ils nous trouvent.

Janice fronça les sourcils. Les journalistes ? Cory n'était pas du genre à fuir les feux des projecteurs, pourtant il semblait vraiment effrayé par ce qu'il y avait dehors, dans le noir. Elle alla à la fenêtre, ouvrit le rideau, inspecta l'allée jusqu'à l'endroit où le réverbère projetait une lumière jaune à travers les ifs.

— Qu'est-ce que ça peut lui faire que les journalistes nous trouvent ?

D'un ton exagérément patient, Cory répondit :

— Le type a découvert où habitent les Bradley et il leur a joué un tour idiot. Caffery ne veut pas qu'il nous arrive la même chose. Tu es contente, maintenant ?

Janice s'éloigna de la fenêtre, regarda fixement son mari.

— « Un tour idiot » ? Qu'est-ce qu'il leur a fait ?

— Je ne sais pas. Il a pris contact avec eux, quelque chose comme ça.

— Et Caffery pense qu'il pourrait en faire autant avec nous. Merci beaucoup de m'avoir mise au courant.

— N'en fais pas toute une histoire.

— Je n'en fais pas toute une histoire. Mais je ne reste pas ici.

— Quoi ?

— Je m'en vais.

— Janice, attends !

Elle avait déjà quitté la pièce, claquant la porte derrière elle. Elle vida sa vodka dans l'évier, monta l'escalier en courant. Il lui fallut moins de dix minutes pour remplir un sac : les jouets préférés d'Emily, un pyjama, sa brosse à dents, ses affaires d'école. Redescendue dans la cuisine, elle fourrait deux bouteilles de vin dans le sac quand Cory apparut sur le seuil.

— Qu'est-ce que tu fais ?

— Je vais chez ma mère.

— Je viens avec toi. Laisse-moi prendre quelques affaires aussi.

Elle posa le sac sur le carrelage, regarda son mari. Elle aurait voulu avoir encore des sentiments pour lui.

— Quoi ? s'exclama-t-il. Ne me regarde pas comme ça.

— Sincèrement, Cory, il n'y a pas d'autre façon de te regarder.

— Qu'est-ce que c'est censé vouloir dire, bon Dieu de merde ?

— Rien. Mais si tu viens aussi, il faudra que tu prennes la valise sous le lit. Il n'y a plus de place dans le sac.

30

Caffery reçut un coup de téléphone d'un flic du Gloucestershire : le Marcheur avait été arrêté parce qu'il rôdait de manière suspecte autour d'une fabrique locale de produits pharmaceutiques. Il avait été interrogé au poste de police du vieux bourg de Tetbury, sermonné et remis en liberté. Avant de le relâcher, l'inspecteur de service l'avait pris à part et lui avait expliqué, le plus poliment possible, qu'il vaudrait mieux pour lui qu'on ne le reprenne pas à traîner autour de l'usine. Mais Caffery commençait à connaître le mode de fonctionnement du Marcheur. Si celui-ci avait quelque chose en tête, ce n'était pas une broutille comme une arrestation qui le ferait changer d'avis.

Caffery avait raison. À 22 h 30, lorsqu'il descendit de sa voiture où Myrtle somnolait à l'arrière, il repéra presque aussitôt le Marcheur. Le vagabond avait établi son camp à une cinquantaine de mètres de la clôture de barbelés, dans un bosquet d'où il pouvait surveiller l'usine sans être vu par le vigile du poste de sécurité.

— Vous n'avez pas beaucoup marché, aujourd'hui, lui fit-il observer.

Caffery trouva un matelas en mousse et le déroula. Normalement, le Marcheur l'aurait installé pour lui. Normalement, il lui aurait aussi préparé à manger. Une odeur de nourriture flottait dans l'air mais les casseroles et les assiettes avaient été nettoyées et rangées près du feu.

— Vous avez commencé la journée ici.

Le Marcheur grogna, ouvrit sa grosse bouteille de cidre et remplit un bol ébréché qu'il posa à côté de son sac de couchage.

— Je ne suis pas venu vous harceler, poursuivit Caffery, vous avez déjà passé une grande partie de la journée au poste.

— Cinq heures de perdues. Cinq heures de lumière du jour.

— Je ne suis pas ici pour raison professionnelle.

— Pas pour le kidnappeur ? Pas pour l'auteur des lettres ?

— Non.

Caffery se passa les mains sur le visage. C'était la dernière chose dont il avait envie de parler.

— Non. Je suis venu pour fuir tout ça.

Le Marcheur versa du cidre dans un autre bol, le tendit au policier.

— Alors, c'est d'elle que vous voulez parler. De cette femme.

Caffery prit le bol.

— Ne me regardez pas comme ça, Jack Caffery. Je ne lis pas dans vos pensées, je vous l'ai dit. Je me demandais quand vous en reparleriez, de cette femme. Celle à qui vous pensez tout le temps. Au printemps, vous ne parliez que d'elle. Vous vous consumiez pour elle.

Le vagabond ajouta une bûche au feu.

— Je vous envie, reprit-il. Ça ne m'arrivera plus jamais.

Caffery se mordilla le pouce en fixant les flammes. « Se consumer » n'était pas le bon terme pour exprimer le fouillis de pensées et d'impulsions troubles, à demi formulées, que lui inspirait Flea Marley.

— OK, dit-il au bout d'un moment. Laissez-moi vous expliquer comment ça a commencé. Il y a un nom qui réapparaît de temps en temps dans les journaux. Misty Kitson. Une fille superbe. Qui a disparu il y a six mois.

— Je ne savais pas qu'elle s'appelait Kitson mais je vois qui vous voulez dire.

— La femme dont nous parlons sait ce qui est arrivé à Kitson. C'est elle qui l'a tuée.

Le Marcheur haussa les sourcils, ses yeux eurent des reflets rouges.

— Un meurtre ? C'est horrible. Elle ne doit avoir aucun sens moral.

— Non, le détrompa Caffery. C'était un accident. Elle roulait trop vite. La fille, Kitson, a déboulé brusquement d'un champ...

Il laissa un instant sa phrase en suspens.

— Mais vous le saviez déjà, ça, vieux saligaud. Je le devine à votre expression.

— J'observe. Je vous ai vu parcourir à pied le chemin que cette fille a suivi en sortant de la clinique. Plusieurs fois. La nuit où vous avez marché jusqu'au lever du soleil.

— C'était en juillet.

— J'étais là. Quand vous avez trouvé l'endroit où s'est produit l'accident, les traces de pneus sur la chaussée. J'étais là. Je vous observais.

Caffery resta un moment silencieux. Être avec le Marcheur, c'était comme se trouver en présence de Dieu : quelqu'un qui voyait tout. Qui souriait avec indulgence et n'intervenait pas quand les mortels commettaient leurs erreurs. La chasse avait été bonne la nuit où il avait repéré les traces. Les pièces du puzzle s'étaient assemblées ; la question n'était plus de savoir pourquoi Flea avait tué Kitson – longtemps Caffery avait seulement su qu'elle s'était débarrassée du cadavre – mais pourquoi, si c'était un accident, elle n'avait pas raconté simplement ce qui s'était passé. Pourquoi elle n'était pas allée au poste de police le plus proche pour dire la vérité. On ne l'aurait sans doute même pas arrêtée. Et c'était ce qui le rongeait.

— C'est drôle, murmura-t-il. Je n'aurais jamais cru qu'elle était lâche.

Le Marcheur cessa de s'occuper du feu et s'allongea sur son matelas, la tête sur un rondin. Les poils de sa longue barbe prenaient des reflets roux à la lueur des flammes.

— Parce que vous ne connaissez pas toute l'histoire.
— Comment ça, « toute l'histoire » ?
— La vérité. Vous ne connaissez pas la vérité.
— Je crois que si.
— J'en doute. Votre esprit ne s'y est pas préparé. Il reste un coin que vous n'avez pas tourné, que vous n'avez même pas envisagé de tourner. En fait, vous ne le voyez pas.

Le Marcheur eut un petit geste des deux mains, comme s'il faisait un nœud compliqué.

— Vous protégez cette femme et vous ne voyez toujours pas le joli cercle que cela fait.
— Le joli cercle ?

— Exactement.

— Je ne saisis pas.

— Non, bien sûr. Pas encore.

Le Marcheur ferma les yeux et eut un sourire satisfait.

— Il y a des choses que vous devez comprendre par vous-même.

— Quelles choses ? Quel cercle ?

Mais le Marcheur était à présent muet. La lumière du feu jouait sur son visage crasseux et Caffery sut qu'il ne lui soutirerait pas un mot de plus. Pas avant de lui avoir apporté une preuve qu'il avait réfléchi au problème. Le Marcheur ne donnait jamais rien pour rien. Cette attitude agaçait Caffery, lui donnait envie de le secouer, de lui asséner des mots qui lui feraient mal.

Caffery se pencha en avant, scruta le visage souriant.

— Hé, vous voulez que je vous pose des questions sur l'usine ? Vous voulez que je vous demande si vous allez tenter d'y pénétrer par effraction ?

Le Marcheur n'ouvrit pas les yeux mais son sourire s'effaça.

— Non. Parce que si vous me posez ces questions, je n'y répondrai pas.

— Je vous les pose quand même. Vous m'avez assigné pour tâche d'essayer de vous comprendre. C'est ce que je fais. Cette usine est là depuis dix ans.

De la tête, Caffery indiqua les lampes à arc qui brillaient à travers les arbres. On ne distinguait que le haut de la clôture de barbelés, semblable à celle d'un goulag.

— Elle n'y était pas quand votre fille a été tuée et vous pensez qu'elle y est peut-être enterrée.

Cette fois le Marcheur ouvrit les yeux et lança un regard furieux à Caffery.

— On vous a appris à poser des questions. On ne vous a pas appris aussi à la fermer ?

— Vous m'avez expliqué que vous vouliez suivre votre fille. C'était un mystère pour moi, la raison pour laquelle vous marchiez, mais je crois savoir, maintenant. Vous prétendez que vous n'êtes pas un voyant mais quand vous parcourez le même bout de terrain que moi, vous y décelez cent choses que je n'aurais jamais remarquées.

— Parlez autant que vous voulez, policier, je ne vous promets pas d'écouter.

— Je parlerai quand même. Je vous dirai tout ce que je sais sur ce que vous faites. Je sais pourquoi vous marchez. Il y a des choses que je n'ai pas encore comprises. Les crocus, par exemple. Ils forment une ligne et cela a un sens mais j'ignore lequel. Et puis il y a la camionnette qu'Evans a précipitée dans la carrière de Holcombe après s'être débarrassé du corps de votre fille. Elle vous a été volée à Shepton Mallet, et je ne sais pas pourquoi vous vous trouvez si loin de l'endroit où c'est arrivé. Mais je sais tout le reste. Vous la cherchez encore. Vous cherchez l'endroit où elle est enterrée.

Le Marcheur soutenait le regard de Caffery sans rien dire.

— Votre silence est éloquent. On apprend parfois plus de ce qu'un homme ne dit pas que de ce qu'il dit.

— Vieil adage policier ? Ou homélie à trois sous délivrée dans les bureaux confortables des gardiens de l'ordre de Sa Majesté ?

Caffery eut un demi-sourire.

— Vous ne m'agressez que lorsque j'ai fait mouche.
— Je vous agresse parce que je connais votre mollesse et votre incapacité. Vous êtes furieux et vous vous imaginez que c'est à cause du mal qui règne en ce monde, alors que c'est en réalité parce que vous vous sentez totalement impuissant devant cette femme. Elle vous a passé la camisole de force et lié les mains. Voilà ce que vous ne supportez pas.
— Et vous, vous êtes furieux parce que vous savez que j'ai raison. Parce que malgré votre perspicacité et votre sixième sens, vous vous retrouvez devant ce truc...

Caffery indiqua l'usine d'un grand geste.

— ... et vous ne pouvez pas pénétrer à l'intérieur pour la fouiller.
— Éloignez-vous de mon feu. Éloignez-vous de moi.

Caffery reposa son bol. Il se leva et roula avec soin le matelas en mousse, le rangea près des assiettes et des autres affaires du Marcheur.

— Merci d'avoir répondu à mes questions.
— Je n'y ai pas répondu.
— Oh si.

31

Lorsque Caffery arriva au bureau le lendemain matin, il était 8 heures et il y avait déjà eu des réunions, des interrogatoires et des coups de téléphone. Il étendit une vieille serviette sous le radiateur derrière son bureau et y installa Myrtle avec une écuelle d'eau. Puis, avalant à petites gorgées un café brûlant, il déambula dans les couloirs, à moitié réveillé, les yeux injectés de sang. Il avait mal dormi, il dormait toujours mal quand il était sur une affaire. Après sa querelle avec le Marcheur, il avait regagné le cottage isolé qu'il louait dans les collines de Mendip et avait passé la nuit à étudier les déclarations des témoins sur le kidnapping d'Emily. À un moment ou à un autre, il avait eu recours au scotch et il avait maintenant un mal de crâne à terrasser un éléphant.

Le responsable de l'organisation du bureau le mit au courant des derniers développements. Lollapalooza et Turner tentaient d'obtenir des mandats de perquisition pour les derniers bâtiments des Cotswolds. Les TSC avaient analysé des prélèvements effectués dans l'Audi de Janice Costello et n'avaient rien trouvé. Le couple était venu récupérer la voiture avant de se rendre chez la mère de Janice à Keynsham. Le constable Prody avait pris son après-midi la veille. Réaction de mauvaise humeur, sans doute, mais il s'était ressaisi en arrivant dès 5 heures ce matin-là et en s'occupant des enregistrements des caméras de surveillance. Caffery décida de conclure une trêve avec lui et entra dans son bureau avec sa tasse à présent vide.

— On a droit à un jus ?

Prody leva les yeux.

— Ça peut se faire. Asseyez-vous.

Caffery hésita : le ton de Prody était tout sauf cordial. Ne réponds pas, s'exhorta-t-il, ne réponds pas. Il ferma la porte du pied, posa sa tasse sur le bureau et regarda autour de lui. La pièce avait changé depuis sa dernière visite. Le plafonnier éclairait de nouveau, les murs étaient décorés de posters et, dans un coin, on remarquait un bac et un rouleau posés sur des pots métalliques. Une forte odeur de peinture imprégnait l'air.

— Le décorateur est passé ?

Prody se leva, brancha la bouilloire électrique.

— Je ne l'ai pas demandé. Quelqu'un a dû estimer que je méritais un décor plus chaleureux.

Caffery nota que le ton demeurait bourru.

— Alors ? Quoi de neuf depuis hier ? s'enquit-il.

— Pas grand-chose, répondit le constable en mettant des cuillerées de café dans deux tasses. Nos équipes ont ratissé les rues autour de l'endroit où Emily a été enlevée, la seule Vauxhall bleu foncé qu'elles ont trouvée n'avait pas le bon numéro. Elle appartenait à une gentille dame qui avait deux chiens et un rendez-vous chez le coiffeur du quartier.

— Et les bandes vidéo des gares ?

— Rien. Aucune donnée pour deux d'entre elles, et celle de l'endroit où on a retrouvé la Yaris – Avoncliffe, je crois ? – est un arrêt facultatif.
— Un arrêt facultatif ?
— On lève le bras, le train s'arrête.
— Comme pour le bus ?
— Comme pour le bus. Mais personne ne l'a arrêté pendant le week-end. Le ravisseur a laissé la voiture et il est probablement parti à pied. Aucune des compagnies de taxis du coin n'a pris de client dans les parages.
— Comment il fait, ce fumier ? Il a échappé aux caméras routières. Il ne pouvait quand même pas savoir où elles étaient installées ?
— Je ne vois pas comment, dit Prody.
Il débrancha la bouilloire, versa de l'eau dans les tasses.
— Les équipes sont mobiles, de toute façon, ajouta-t-il.
Caffery hocha pensivement la tête. Il venait de découvrir sur l'appui de fenêtre un dossier à la couverture familière. Jaune. Affaires non élucidées. Encore une fois.
— Du sucre ? proposa le constable.
— S'il vous plaît. Deux cuillerées.
— Du lait ?
— Oui.
Prody tendit la tasse à Caffery, qui la regarda fixement mais ne la prit pas.
— Paul...
— Quoi ?
— Je vous avais demandé de rendre ce dossier. Pourquoi vous ne m'avez pas obéi ?
Après un silence, Prody gronda :
— Vous le voulez, ce café, ou non ?

— Non. Posez-le. Expliquez-moi pourquoi ce dossier est encore ici.

Au bout d'une ou deux secondes, Prody posa la tasse sur le bureau, prit le dossier, se rassit et le cala sur ses genoux.

— Je vous tiens tête parce que je ne peux pas laisser tomber.

Il tira une carte du dossier, la déplia.

— Là, c'est Farleigh Wood Hall, et ça, c'est en gros le rayon de vos recherches initiales. Vous avez concentré une grande partie de vos effectifs sur les champs et les villages compris dans ce périmètre. Vous avez aussi fait du porte-à-porte en dehors de ce périmètre. Par là.

Caffery ne baissa pas les yeux pour regarder la carte. Prody indiquait un point situé à sept cents ou huit cents mètres de l'endroit où Flea avait eu l'accident. Il continuait à fixer son interlocuteur et sentait grossir en lui, sous son sternum, une boule de rage. Il s'était trompé. Prody ne ferait jamais un flic sûr. Il avait une intelligence acérée qui pouvait en faire un policier brillant si les circonstances s'y prêtaient... ou dangereux dans le cas contraire.

— Mais, en dehors de ce périmètre, poursuivait Prody, vous vous êtes essentiellement intéressé aux villes importantes. Trowbridge, Bath, Warminster. Aux gares de chemin de fer, aux arrêts d'autobus, à certains dealers locaux parce que Kitson était toxico. Moi, je me suis dit : Et si elle était sortie du périmètre mais sans aller jusqu'à l'une de ces villes ? S'il lui était arrivé quelque chose sur l'une de ces routes ? Si quelqu'un l'avait prise en stop ? Emmenée à des kilomètres de là ? Dieu sait où : le Gloucestershire, le Wiltshire, Londres. Mais vous y avez pensé aussi, bien sûr. Vous avez installé des points de contrôle, vous avez interrogé les automobilistes pendant des semaines. Et puis une autre idée m'est venue : si c'était un accident avec délit de fuite ? Si c'était arrivé sur l'une de ces petites routes ? Plusieurs ne desservent que des hameaux.

De nouveau le doigt juste au-dessus du lieu de l'accident.

— Le secteur est peu fréquenté. S'il s'y est passé quelque chose, il n'y avait personne pour en être témoin. Sérieusement, vous y avez pensé ? Quelqu'un la renverse, s'affole et cache le corps. Ou le charge dans sa voiture pour le balancer ailleurs.

Caffery lui prit la carte, la replia.

— Écoutez, patron, je veux être un bon flic, c'est tout. Je suis comme ça : je me donne à fond dans tout ce que je fais.

— Alors, commence par apprendre à obéir et à être respectueux, Prody. Dernier avertissement : si tu n'arrêtes pas les conneries, je te colle sur ce meurtre de prostituée sur lequel les autres travaillent. Tu passeras tes journées à interroger les dealers des putes de City Road, si c'est ce que tu préfères.

Prody prit une inspiration, laissa son regard se porter sur la carte que son chef tenait à la main.

— C'est ce que tu préfères ? répéta Caffery.

Il y eut un long silence pendant lequel les deux hommes s'affrontèrent sans prononcer un mot ni faire un mouvement. Puis Prody relâcha sa respiration. Laissa ses épaules s'affaisser. Referma le dossier.

— Mais ça ne me plaît pas, dit-il. Ça ne me plaît pas du tout.

— Curieusement, je m'en doutais un peu.

32

Vingt minutes après l'algarade de Caffery avec Prody, Janice Costello apparut soudain sur le seuil de son bureau, vêtue d'un manteau zébré de pluie, les cheveux emmêlés, le visage écarlate. On aurait dit qu'elle avait couru. Elle tenait à la main une feuille de papier.

— J'ai appelé le 999 mais j'ai voulu vous montrer ça en personne.

— Entrez.

Caffery se leva et écarta une chaise du bureau.

— Asseyez-vous.

Couchée sur sa couverture, Myrtle dressa l'oreille et suivit la nouvelle venue des yeux.

Janice fit un pas dans la pièce et, sans un regard pour la chaise, tendit à Caffery la feuille chiffonnée.

— On l'a glissée sous la porte chez ma mère. Nous étions sortis. Le mot se trouvait sur le paillasson quand nous sommes rentrés. Nous ne sommes pas restés une seconde de plus, nous sommes venus directement ici.

La main de Janice tremblait et Caffery sut, sans avoir à poser de question, de quoi il s'agissait. Il savait même à peu près ce qui était écrit sur la feuille. Une vague de nausée monta lentement de son estomac. Le genre de nausée qu'on ne calme qu'avec des clopes et du Glenmorangie.

— Il faut nous mettre quelque part en lieu sûr, reprit-elle. Nous dormirons ici par terre si besoin est.

— Posez-la.

Il alla prendre dans un classeur une boîte de gants de latex, en enfila une paire.

— Oui, sur la table.

Il se pencha au-dessus de la feuille. L'encre avait coulé à cause de la pluie mais il reconnut aussitôt l'écriture.

Ne vous imaginez pas que c'est fini. Mon histoire d'amour avec votre fille ne fait que commencer. Je sais où vous êtes, je le saurai toujours. Demandez à votre fille : elle sait qu'on est faits pour être ensemble...

— Qu'est-ce qu'il faut faire ? bredouilla Janice.

Elle claquait des dents et sa chevelure mouillée reflétait la lumière des tubes fluorescents.

— Il nous a suivis ? Je vous en prie, qu'est-ce qui se passe ?

Caffery serra les dents et lutta contre une envie de fermer les yeux. Il avait dépensé beaucoup d'énergie pour s'assurer qu'il n'y ait pas de fuite, et tout le monde, des OLF au service de presse, lui avait juré qu'il ne pouvait pas y en avoir. Alors, comment le ravisseur avait-il découvert non seulement l'adresse des Costello mais aussi celle de la mère de Janice ? Autant essayer d'empêcher la foudre de tomber que de s'efforcer d'avoir un coup d'avance sur lui.

— Vous aviez remarqué quelqu'un ? Des journalistes ? Devant chez vous ?

— Cory a passé l'après-midi à regarder dehors. Il n'y avait personne.

— Et vous êtes sûre, absolument sûre, de n'en avoir parlé à personne ?

— Sûre et certaine, répondit-elle, des larmes de terreur dans les yeux. Et ma mère aussi.

— Pas de voisins qui vous auraient vus entrer ou sortir ?

— Non.

— Vous êtes allés faire des courses ?

— Ce matin, à Keynsham. Pour acheter du pain, ma mère n'en avait plus.

— Vous n'avez pas essayé de retourner à Mere ?

— *Non !*

Janice marqua une pause, comme sidérée par sa propre véhémence.

— Excusez-moi, dit-elle en se frottant les bras. J'ai repensé cent fois à ce que nous avons fait, et ça ne peut pas venir de nous, je vous le jure.

— Où est Emily, en ce moment ?

— En bas. Avec Cory.

— Je vais trouver un endroit sûr, promit Caffery. Donnez-moi une demi-heure. Je ne vous garantis pas que ce sera aussi bien que chez vous, ou chez votre mère, ni que ce sera près de Keynsham. Vous vous retrouverez peut-être entre l'Avon et le Somerset.

— Ça m'est égal, pourvu que nous soyons en sécurité. Je veux que ma mère nous accompagne.

Une idée vint à Caffery au moment où il décrochait le téléphone. Il reposa l'appareil sur son socle, alla à la fenêtre, abaissa du doigt une latte du store et inspecta la rue. Par ce temps sombre et pluvieux, les réverbères étaient encore allumés.

— Où est votre voiture ?

— Derrière.

Il scruta plus attentivement la rue. Deux véhicules y étaient garés. Personne à l'intérieur. Un troisième passa lentement, dessinant avec ses phares des cônes argentés sous la pluie.

— Un chauffeur vous emmènera.

— Je peux conduire.

— Pas comme ce chauffeur.

Janice regarda le store, l'obscurité qui s'étendait derrière.

— Assez vite pour semer quelqu'un, vous voulez dire. Vous pensez que le ravisseur nous a peut-être suivis jusqu'ici ?

— J'aimerais le savoir, répondit Caffery en décrochant de nouveau le téléphone. Retournez auprès d'Emily. Faites-lui un câlin.

33

L'équipe ratissa les rues mouillées autour du bureau, sans rien trouver. Aucune voiture ne rôdait dans les parages, et encore moins une Vauxhall bleu foncé dont la plaque d'immatriculation se terminait par WW. Aucun chauffeur ne démarra précipitamment à la vue des flics. Bien sûr. Le ravisseur était trop malin pour une manœuvre aussi prévisible. Les policiers calmèrent les Costello et les emmenèrent à une planque située à Peasedown St. John, à une cinquantaine de kilomètres de celle des Bradley. Le chauffeur qui les y avait conduits avec leur propre voiture téléphona à Caffery une demi-heure plus tard pour l'informer qu'ils étaient installés, Nick et un constable local achevant de les rassurer par leur présence.

Tandis que Caffery s'efforçait de comprendre comment le kidnappeur avait retrouvé les Costello, la migraine qui le taraudait depuis son réveil monta d'un cran. Il eut envie de baisser les stores, d'éteindre les lumières et de se rouler en boule par terre à côté de Myrtle. Tel un virus, le ravisseur mutait avec une rapidité effrayante et Caffery ne parvenait pas à faire taire toutes les questions sans réponse qui hurlaient dans sa tête. Il fallait qu'il souffle un peu. Rien qu'un peu.

Il rapporta le dossier jaune aux gars des Affaires non élucidées et leur demanda de l'avertir s'ils le transmettaient de nouveau à quelqu'un au-dessous du grade de commissaire. Il fit ensuite monter Myrtle dans la voiture et emprunta le périphérique, traversant les banlieues misérables, passant devant des parcs industriels et des hypermarchés sans âme, des multiplex aux marquises décorées de guirlandes de Noël. Il s'arrêta à Hewish, où les avions à réaction volaient bas au-dessus des Somerset Levels, et se gara devant une casse auto.

— Reste là, dit-il à la chienne. Et tiens-toi tranquille.

Pendant sa période de stage à Londres, l'un des boulots que Caffery détestait le plus était les contrôles-surprises chez les ferrailleurs de Peckham. Des quantités impressionnantes de métaux volés passaient par leurs chantiers : du plomb provenant des toits d'église, du bronze phosphoreux fauché sur des bateaux et même des plaques d'égout en fonte. Ce rôle était à présent dévolu aux polices locales, si bien que Caffery n'avait plus autorité sur ces chantiers. Aucune importance. Il fallait faire passer au broyeur la voiture qui avait renversé Misty Kitson.

Juste après avoir franchi les grilles, il fit halte et regarda les montagnes de métal givré et l'énorme broyeur hydraulique tapi au milieu. Les piles de carcasses de voitures s'élevaient dans le ciel gris comme des termitières de métal. Celle qu'il cherchait se trouvait devant une colonne formée par cinq épaves. Caffery s'en approcha, l'observa un moment dans le froid glacial. Une Ford Focus gris métallisé. Il la connaissait bien. Avant ratatiné, bloc-moteur et cloison pare-feu enfoncés. Le moteur était foutu, personne ne le récupérerait pour un échange standard. L'unique raison pour laquelle cette voiture était encore là, c'était les autres pièces qu'on pouvait en tirer : poignées de portière, tableau de bord. Jusqu'ici, la décomposition avait été lente. Caffery passait une fois par semaine pour la voir, achetait une portière ou un siège pour accélérer sa progression vers le broyeur. Discrètement. Sans attirer l'attention.

Il promena une main gantée sur le capot cabossé, le pare-brise fracassé, le toit. Il laissa ses doigts explorer le point d'impact. Il le connaissait bien. Il imagina la tête de Misty explosant en une gerbe rouge dans la nuit. Il l'imagina projetée au-dessus du capot sur une route de campagne déserte. Elle n'était plus qu'un sac informe d'os et de muscles mous quand elle était retombée sur le macadam. Déjà morte, le cou brisé.

Un berger allemand aboya lorsque Caffery s'approcha du hangar abritant le bureau. Trois 4 × 4 étaient garés devant. On pouvait lire sur leur flanc *Andy, démolisseur ferrailleur*. Toujours pareil, ça devenait fatigant. Cependant un flic ne devait même pas penser le mot « romano ». Le jargon policier, dans son habileté à contourner tout obstacle, lui avait substitué le sigle EVA. Vous n'avez qu'à les appeler EVA, ils ne sauront jamais que vous les traitez d'enfoirés de voleurs ambulants. L'EVA à qui appartenait la casse était ce qui s'approchait le plus du stéréotype du ferrailleur sans verser dans la caricature pure et simple : obèse, vêtu d'une salopette crasseuse, un anneau de Gitan à l'oreille. Assis à son bureau, les jambes chauffées par un radiateur électrique, il faisait de petits paris en ligne sur son ordinateur aux touches graisseuses.

Lorsque Caffery entra, il éteignit le PC et se tourna dans son fauteuil.

— Qu'est-ce que je peux faire pour vous, chef ?

— Un hayon de Ford Focus. Gris métallisé.

L'homme s'arracha de son fauteuil et, les mains sur les hanches, leva la tête vers les rangées de pièces de voiture entassées sur des étagères au-dessus du bureau.

— J'en ai deux là-haut. Je peux vous donner l'un ou l'autre pour cent tickets.

— D'accord pour cent, mais j'en veux un d'une voiture du chantier.

Le ferrailleur se tourna vers son client.

— Une voiture du chantier ?

— Exactement.

— Mais ceux-là, ils sont déjà démontés.

— Ça m'est égal. J'en veux un qui vienne du chantier.

L'EVA fronça les sourcils.

— Z'êtes déjà venu ici ? On se connaît ?

Caffery ouvrit la porte.

— Venez, je vous montre.

L'air mécontent, le ferrailleur fit le tour de son bureau, enfila une veste polaire pleine de taches et suivit Caffery. Les deux hommes marchèrent vers la Focus grise.

— Pourquoi celui-là ? J'ai des tonnes de hayons de Focus à l'intérieur. Gris métallisé, en plus. Les pièces de Focus, c'est ce que je vends le mieux. C'est une caisse de pouffe.

— Une quoi ?

— Une caisse de pouffe. Toutes les bonnes femmes en ont. J'arrête pas d'en voir. Je me tape des caisses de pouffes !

Il partit d'un rire gras, s'interrompit quand il vit que son client ne se joignait pas à lui.

— Si vous voulez celui-là, ce sera trente tickets de plus. Quand on demande un truc particulier, faut casquer. Les pièces du hangar, j'ai rien d'autre à faire que vous les donner. Celui-là, je dois envoyer deux gars dehors avec la torche pour qu'ils le démontent.

— Ils finiront par le faire, de toute façon.

— Cent trente ou rien.

Caffery regarda le toit enfoncé de la voiture, se demanda s'il devait avertir Flea de l'obstination de Prody. Mais que lui dirait-il ? Comment aborderait-il le sujet ?

— Cent pour le hayon, dit-il. Et quand vous l'aurez démonté, je veux que vous passiez la voiture au broyeur.

— Elle est pas prête.

— Si. Quand vous aurez démonté le hayon, il ne restera plus rien. La boîte de vitesses est partie, le phare gauche aussi, les sièges, les roues, les finitions intérieures. Enlevez le hayon, elle est bonne pour le concasseur.

— Les ceintures.

— Elles n'ont rien de spécial, les ceintures. Personne n'en voudra. Donnez-les-moi en prime avec le hayon pour cent livres. Faites un geste.

Le ferrailleur posa sur Caffery un regard matois.

— Je sais comment les types comme vous m'appellent dans mon dos. Un enfoiré de voleur ambulant. Mais vous vous plantez. Je suis peut-être nomade mais pas voleur. Et je suis pas non plus un abruti. Quand quelqu'un me demande de passer une caisse au broyeur, ça déclenche une sonnette d'alarme dans ma tête.

— Moi, c'est quand un ferrailleur démonte des pièces sans avoir d'abord un acheteur que ça sonne dans ma tête. Pourquoi vous les stockez sur vos étagères ? Pourquoi vous vous tapez ce boulot sans être sûr de les vendre ? Et où sont les carcasses ? Je sais ce qui passe dans votre broyeur à minuit. Hop, plus de numéro de châssis !

— Vous êtes qui, bordel ? Je vous ai déjà vu ici, hein ?

— Vous broyez la Focus, d'accord ?

L'homme ouvrit la bouche, la referma, secoua la tête.

— C'est pas vrai ! soupira-t-il.

34

La maison était une banale construction cubique, sur un terrain battu par le vent. Pendant des années, elle avait abrité les flics locaux, mais le service n'en avait plus l'usage et une pancarte « A vendre » était plantée dans le jardin mal entretenu. Ce jour-là, pour la première fois sans doute depuis des années, il y avait de la lumière à l'intérieur. Et même du chauffage : les radiateurs électriques marchaient dans les pièces du haut, et le radiateur à gaz du salon aussi. Janice avait branché la bouilloire et fait du café pour tout le monde. Emily, qui avait pleuré pendant tout le trajet, avait retrouvé le sourire quand elle avait eu la permission de déjeuner d'un chocolat chaud avec des bonbons. Elle regardait maintenant la télévision dans le salon, assise par terre, riant devant les aventures de Shaun le Mouton.

Janice et sa mère l'observaient depuis le couloir.

— Elle s'en remettra, assura la grand-mère. Deux jours sans école ne lui feront pas de mal. Il arrivait que je te garde à la maison à son âge quand tu étais fatiguée. Elle n'a que quatre ans.

Avec son pull écossais, ses cheveux blancs qui encadraient un visage bronzé, elle était encore belle. Des yeux bleu pervenche. Une peau très douce qui sentait toujours le savon Camay.

— Maman, dit Janice, tu te rappelles la maison de Russell Road ?

La mère haussa les sourcils, amusée.

— Je crois bien. Nous y avons vécu dix ans.

— Tu te souviens des oiseaux ?

— Les oiseaux ?

— Tu me répétais toujours de ne pas laisser la fenêtre de ma chambre ouverte. Bien sûr, je n'obéissais pas. Je m'asseyais devant pour lancer des avions en papier.

— Ce n'est pas la seule fois où tu m'as désobéi.

— Un week-end, on est partis camper au pays de Galles. Le camping avec une crique en bas du sentier, tu sais ? Je me suis rendue malade en me bourrant de sucreries. Et lorsqu'on est rentrés, il y avait un oiseau dans ma chambre. Il avait dû y pénétrer à un moment où j'avais laissé la fenêtre ouverte et se retrouver pris au piège quand tu l'avais refermée avant notre départ.

— Je crois que je me rappelle.

— Il vivait encore mais il avait des petits dans un nid devant la fenêtre. À l'extérieur.

— Oh, mon Dieu, oui... Bien sûr que je me rappelle. Les pauvres ! La pauvre mère ! Elle était près de la vitre, elle les regardait...

Janice eut un petit rire triste. Elle avait les larmes aux yeux rien que d'y penser. À l'époque, elle avait eu de la peine pour les oisillons morts dans leur nid. Elle avait enterré chacun d'eux sous une pierre blanche dans le massif de fleurs, avec des sanglots coupables. Il avait fallu qu'elle devienne adulte et ait un enfant pour comprendre que la plus malheureuse dans l'histoire avait été leur mère, qui les avait vus mourir. Sans pouvoir les aider.

— Hier, quand la voiture a démarré, j'y ai tout de suite pensé.

Sa mère lui passa un bras autour des épaules, l'embrassa.

— Ma chérie, Emily est en sécurité, maintenant. Cette maison n'est peut-être pas très agréable, mais au moins la police veille sur nous.

Janice hocha la tête.

— Reprends du thé, lui dit la mère. Je vais récurer cette affreuse salle de bains.

Après le départ de sa mère, Janice demeura un long moment immobile. Elle n'avait pas envie d'aller dans la cuisine, exiguë et déprimante, où Cory, assis devant un café, répondait à ses mails avec son iPhone. Il y avait passé la matinée. Il avait horreur de sécher le bureau. Il avait longuement argué qu'avec la crise on ne pouvait pas se permettre de perdre des heures comme ça, qu'il était déjà assez difficile de décrocher un boulot... Comme s'il reprochait à Janice ce qui leur arrivait, comme si elle avait provoqué ce bouleversement uniquement pour l'empêcher d'aller travailler.

Finalement, elle monta dans la petite chambre sur le devant de la maison. Il y avait deux lits individuels, préparés hâtivement avec les sacs de couchage que Cory et elle avaient emportés, et les draps que Nick avait réussi à dénicher quelque part. Janice regarda les lits : ce serait la première fois depuis longtemps qu'elle dormirait seule. Même après des années de vie commune et tout ce qui était arrivé à leur couple, Cory voulait encore lui faire l'amour. Il semblait même le vouloir encore plus depuis que Clare était entrée en scène.

Même quand Janice ne souhaitait rien d'autre que rester tranquillement couchée dans le noir et faire défiler les images de ses rêves sur ses paupières closes, elle le laissait satisfaire ses besoins. Elle s'épargnait ainsi les accès de mauvaise humeur, les insinuations voilées selon lesquelles elle n'était pas l'épouse qu'il avait espérée. Mais elle ne feignait jamais d'y prendre plaisir.

Une voiture s'arrêta dans la rue. Janice alla à la fenêtre et souleva le rideau. La voiture était garée de l'autre côté de la chaussée, avec un chien – un colley – à l'arrière et le commissaire Caffery devant. Il coupa le contact et resta un moment à observer la maison, impassible. Il était plutôt beau, n'importe quelle idiote s'en serait aperçue, mais il y avait en lui quelque chose de circonspect, de maîtrisé, qui la déroutait. Son immobilité lui parut étrange, et elle comprit soudain qu'il ne regardait pas dans le vide mais fixait quelque chose dans le jardin. Elle approcha la tête du carreau, baissa les yeux. Rien d'étrange, simplement sa voiture garée dans l'allée.

Caffery descendit, claqua la portière et inspecta la rue déserte, comme s'il soupçonnait qu'un sniper le tenait en joue. Il resserra son manteau autour de lui, traversa la rue et s'arrêta dans l'allée devant l'Audi. Les policiers avaient nettoyé la voiture avant de la leur rendre, et la bosse de l'aile avant droite, sans doute consécutive à l'accident qu'avait eu le ravisseur tandis qu'il la conduisait, était à peine visible. L'Audi retenait cependant l'attention de Caffery.

Janice ouvrit la fenêtre, se pencha au-dehors.

— Qu'est-ce qu'il y a ? fit-elle à voix basse.

Il leva le visage vers elle.

— Bonjour. Je peux entrer ? J'ai besoin de vous parler.

— Je viens.

Elle passa un pull sur son tee-shirt, enfila ses bottes sans remonter leur fermeture éclair et descendit l'escalier sur la pointe des pieds. Caffery attendait sous un crachin glacé, le dos tourné à la voiture.

— Qu'est-ce qu'il y a ? répéta-t-elle à voix basse. Vous faites une drôle de tête. Qu'est-ce qu'elle a, ma voiture ?

— Emily va bien ?

— Oui. Elle vient juste de déjeuner. Pourquoi ?

— Il faut la préparer à repartir. Nous vous changeons de maison.

— Mais pourquoi ? Nous sommes à peine...

Soudain, Janice comprit et recula sous l'abri du porche.

— Vous voulez dire qu'il sait où nous sommes ? Il a trouvé cette maison aussi ?

— Vous pouvez aller préparer Emily ?

— Il nous a trouvés, c'est ça ? Il est là quelque part, il nous épie, c'est ce que vous êtes venu me dire...

— Je ne dis pas ça. Jusqu'ici, vous nous avez beaucoup aidés, alors, je vous en prie, restez calme. Faites vos bagages. J'ai demandé qu'on nous envoie une voiture banalisée de Worle. C'est la procédure habituelle dans ce genre d'affaires. Nous déplaçons les gens de temps en temps.

— Non, ce n'est pas vrai.

La radio de Caffery grésilla. Il tourna le dos à Janice, ouvrit son manteau et se pencha pour parler à voix basse dans l'appareil. Elle n'entendit pas ce qu'il disait mais saisit une partie de la réponse de son correspondant : le nom de la rue et « camion d'enlèvement ».

— Vous reprenez l'Audi ? Pourquoi ? Qu'est-ce qu'il a fait à ma voiture ?

— Rentrez et préparez votre fille, s'il vous plaît.

— Non, répondez à ma question.

À présent furieuse – assez pour ne pas se demander si le kidnappeur braquait vraiment une carabine sur elle –, Janice s'avança dans l'allée. Elle regarda à droite, à gauche : personne. Elle s'approcha de l'arrière de l'Audi, s'accroupit, l'examina soigneusement. Elle entreprit d'en faire le tour, sans la toucher mais en se penchant pour repérer la moindre anomalie. Cela n'avait pas été facile de remonter dans cette voiture. La veille, quand la police la lui avait restituée, elle s'était surprise à la regarder d'un autre œil. À chercher sur les poignées et les repose-tête l'ombre de l'homme qui avait enlevé Emily. Mais elle n'avait rien remarqué de différent. Elle passa devant la portière du passager, l'avant de la voiture, la bosse de l'aile droite, revint à la portière du conducteur, devant laquelle Caffery se tenait, les bras croisés.

— Vous pouvez vous déplacer ? Je veux regarder.

— Je ne crois pas que ce soit nécessaire.

— Si.

— Non. Allez vous préparer.

— Ça ne m'aide pas, vous savez. Je ne sais pas ce que vous faites, mais vous ne m'aidez pas en me cachant des choses. Écartez-vous, s'il vous plaît. Vous êtes peut-être de la police, mais cette voiture m'appartient.

Pendant une ou deux secondes, Caffery resta immobile puis, sans changer d'expression, il fit un pas de côté. Janice examina l'endroit qu'il lui avait dissimulé. Elle ne remarqua rien de bizarre. Ni bosses ni éraflures. Pas de traces d'effraction sur la serrure. Elle recula, cherchant à éclaircir cette énigme. Il lui fallut un moment mais elle finit par comprendre. Elle s'accroupit, une main sur le sol mouillé, et regarda sous la voiture. Un objet sombre de la taille d'une petite boîte à chaussures y était accroché.

Elle se releva brusquement.

— Tout va bien, lui dit Caffery. Ce n'est pas une bombe.

— Qu'est-ce que c'est, alors ?

— Un mouchard, répondit-il comme si c'était le genre d'accessoire qu'on trouvait fréquemment sous une berline familiale. Il est débranché. Ne vous inquiétez pas, la voiture va arriver d'un instant à l'autre. Il faudra partir tout de suite. Je vous suggère d'aller…

— Oh, nom de Dieu ! s'exclama Janice.

Elle rentra dans la maison, descendit le couloir jusqu'à ce qu'elle voie Emily assise par terre, souriant au téléviseur. Elle s'arrêta sur le seuil du salon et se tourna vers Caffery, qui l'avait suivie.

— Comment il a pu faire ça ? murmura-t-elle. Quand ?

— Vous avez récupéré la voiture hier, c'est bien ça ? L'équipe du labo l'avait rapportée aux bureaux de la Crim ?

— Oui. J'ai signé un papier. Cory voulait qu'Emily remonte tout de suite dans cette voiture, pour que ça ne lui pose pas de problème plus tard. Pas une seconde je n'ai pensé qu'il pouvait y avoir…

— Vous ne vous êtes arrêtée nulle part en allant chez votre mère ?

— Non. Cory nous suivait dans sa voiture.

— Et, arrivée chez votre mère, qu'est-ce que vous avez fait de l'Audi ?

— Je l'ai rentrée dans le garage. Personne n'a pu s'en approcher.

Caffery secoua la tête.

— Emily vous a parlé en détail de ce qui lui est arrivé ?

— Non. La femme de la BM nous a conseillé de ne pas la brusquer. Pourquoi ? Vous pensez qu'il aurait pu mettre ce truc sous la voiture quand ma fille était encore dedans ?

— Je ne sais pas. Peut-être.

Elle lut dans le regard de Caffery une gêne qui l'étonna.

— Mais vos techniciens… S'il l'a mise avant, ils auraient dû…

Soudain elle comprit :

— Oh mon Dieu, vos hommes n'ont pas vraiment inspecté ma voiture.

— Janice, allez préparer Emily.

— C'est ça. Je le sais, je le vois à votre tête. Vous pensez la même chose. Le ravisseur a mis le mouchard quand… je ne sais pas, quand il a dérapé, peut-être, et ils ne l'ont pas trouvé. Ils n'ont pas trouvé une saloperie de mouchard collé sous ma voiture ! Qu'est-ce qu'ils n'ont pas trouvé d'autre ? Des traces de son ADN ?

— Ils ont fait un travail sérieux.

— Un travail sérieux ? Vous croyez que les parents de Martha seraient de cet avis ? S'ils apprennent que vos hommes ont examiné ma voiture et sont passés à côté d'un truc pareil, vous croyez que les Bradley auront encore confiance en vous ?

Janice se tut et recula. Caffery n'avait pas bougé, mais quelque chose dans son expression lui apprit qu'il ne prenait pas cette bavure à la légère, qu'elle le rongeait lui aussi.

— Je suis désolée, murmura-t-elle, levant la main pour s'excuser. Je n'aurais pas dû dire ça.

— Janice, vous n'imaginez pas à quel point je regrette. Pour tout ça.

35

Il fallut moins d'une heure à Caffery pour réunir les coupables. Comme les deux salles de briefing de la brigade criminelle étaient occupées, il les réunit dans la grande salle du HOLMES, où toutes les clavistes essayaient de continuer à travailler malgré sa présence. Il fit asseoir le chef des techniciens de scène de crime et le chauffeur qui avait conduit les Costello à la maison de Peasedown autour d'une table basse, à l'extrémité de la salle où les filles déjeunaient et prenaient leur pause-café. Le constable Prody était là aussi, écoutant et brassant de la paperasse à un bureau proche. De la paperasse relative à l'affaire du kidnappeur, pas à Misty Kitson, avait vérifié Caffery.

— Est-ce que les parents de Martha considéreraient que vous avez fait un travail sérieux ? leur dit Caffery.

Le premier qu'il voulait épingler, c'était le CSC, un grand maigre qui ressemblait à Barack Obama. Ses cheveux coupés court et bien coiffés lui donnaient un air trop distingué pour sa profession, et il évoquait plutôt un avocat ou un médecin. C'était lui qui avait apporté la voiture en « chirurgie » à Southmeads et qui y avait cherché des traces d'ADN du ravisseur.

— À votre avis ? S'ils voyaient le boulot que vous avez fait sur l'Audi des Costello, vous croyez qu'ils diraient : « Voilà du travail sérieux. Nous faisons confiance à ces hommes » ?

Le CSC lui lança un regard froid.

— La voiture a été examinée. De fond en comble, je vous l'ai dit.

— Dites-moi, le « fond » d'une voiture, c'est où pour vous ? Au bas des portières ? Au niveau du tuyau d'échappement ?

— On a vérifié. Il n'y avait pas de mouchard quand cette voiture est arrivée dans mon service.

— Laissez-moi vous raconter une histoire, reprit Caffery.

Il se carra dans son fauteuil, fit tourner un stylo entre ses doigts. Cette mise en scène était stupide, il le savait, mais il était furieux contre ce type et voulait que ça se sache.

— Du temps où je bossais à la brigade criminelle de Londres, j'ai connu un type de la police scientifique. Plutôt haut placé. Je ne révélerai pas son nom parce que vous pourriez avoir entendu parler de lui. Il enquêtait sur une affaire de meurtre : un voyou de Peckham avait refroidi sa femme. On n'avait pas retrouvé le corps mais on savait à peu près ce qui s'était passé : elle avait disparu, le gars avait essayé de se pendre à un arbre de Peckham Rye et les murs de leur appartement étaient couverts de sang, avec traces de main en prime. Or, M. et Mme Guignol avaient un casier, une histoire de dope, on avait donc leurs empreintes. Vous voyez où je veux en venir, non ?

— Pas vraiment.

— Je me suis dit qu'il suffisait de relever les empreintes du mur et de les comparer à celles de la dame. Comme ça, même si on ne découvrait jamais le corps, on aurait au moins les éléments d'un dossier d'accusation à transmettre au proc. On prend donc des photos de l'appartement et mon type de la police scientifique a carte blanche pour relever une belle empreinte sur le mur. Plusieurs des traces de main sont très hautes. On ne sait pas pourquoi elles sont là, peut-être que le mari a soulevé sa femme, toujours est-il que la malheureuse s'est retrouvée avec les mains à près de deux mètres quarante du sol. En principe, les techniciens trimballent un escabeau mais, ce jour-là, le gars avait laissé le sien quelque part, ou il l'avait oublié, peu importe. Il avise le coffre en pin sur lequel est posé le poste de télé, à environ trente centimètres des empreintes qu'il veut relever. Il le tire, monte dessus, relève les empreintes et le remet en place. Bingo : ce sont celles de Mme Guignol. Mais, deux jours plus tard, un parent venu nettoyer l'appart sent une drôle d'odeur provenant – vous l'avez deviné – du coffre. On l'ouvre, on trouve dedans le corps de la femme et sur le tapis, dessous, du sang, une marque sanglante à l'endroit d'où le coffre a été retiré et où il a été replacé. Je retourne voir le type et qu'est-ce qu'il fait ?

— Je ne sais pas.

— Il hausse les épaules et dit : « Je l'avais bien trouvé un peu lourd. » « Un peu lourd » !

— Où voulez-vous en venir ?

— À ceci : il y a dans votre partie des gens – bien sûr, je n'insinue rien à votre sujet – qui ont de telles œillères qu'ils ne sont pas foutus de voir l'évidence.

On piétine une lettre d'aveux pour s'occuper d'éclaboussures de sang sur le mur...

Le CSC plissa les lèvres, lui adressa de nouveau ce regard légèrement dédaigneux.

— La voiture a été examinée, monsieur Caffery. On me l'a apportée le matin, elle a été traitée en priorité, comme vous l'aviez expressément demandé. Nous l'avons inspectée de fond en comble. Il n'y avait rien dessous.

— Vous avez personnellement supervisé l'examen ?

— N'essayez pas de me coincer là-dessus. Je ne supervise pas personnellement toutes les inspections.

— Vous n'y avez donc pas assisté.

— Je vous dis que le travail a été fait sérieusement.

— Et moi je vous dis que non. Vous n'avez pas vérifié. Ayez au moins la décence de l'admettre.

— Vous n'êtes pas mon patron, répliqua le CSC. Je ne suis pas flic, rien ne m'oblige à vous subir. Vous allez regretter de m'avoir parlé sur ce ton.

— Peut-être. Mais j'en doute.

De la main, Caffery indiqua la porte.

— Je vous en prie, ne vous sentez pas obligé de rester. Et faites attention à ce que la porte ne vous botte pas les fesses en se refermant.

Le CSC croisa les bras.

— Très drôle. Je vous remercie mais je crois que je vais rester. Je commence à me plaire, ici.

— Comme vous voudrez. Vous offrirez un peu de distraction aux filles du HOLMES.

Caffery se tourna vers le chauffeur qui avait conduit les Costello à la première planque. En costume-cravate, il fixait la poitrine du commissaire, les coudes sur les genoux. Caffery se pencha également et tenta d'accrocher son regard.

— Et vous ?
— Moi ?
— Ça ne fait pas partie de votre formation de vérifier une voiture avant d'y monter ? Je pensais que c'était la règle : on ne monte jamais dans une voiture sans l'avoir examinée. Je croyais que c'était une habitude, un réflexe qu'on vous inculquait.
— Qu'est-ce que je peux dire ? Je suis désolé.
— C'est tout ? « Je suis désolé » ?

Le chauffeur soupira, se redressa. Pointa l'index vers le CSC arrogant.

— Vous venez de lui dire qu'il aurait pu avoir la décence de l'admettre. Moi, je l'admets. Je n'ai pas vérifié, je n'avais que la moitié du cerveau qui fonctionnait, et maintenant je suis désolé. Profondément désolé.

Caffery le regarda. Il n'y avait rien à répondre, le type avait raison. C'était lui, Caffery, le taré. Quelles que soient les erreurs commises, les défaillances du service, le fond du problème était que le ravisseur se montrait plus malin qu'eux. Et c'était effrayant.

— Merde, grogna-t-il en jetant son stylo. Cette histoire tourne en eau de boudin.
— C'est votre problème, pas le mien, dit le CSC.

Il se leva et regarda vers la porte du fond. Caffery regarda également et vit une jeune femme boulotte en tailleur-pantalon noir qui venait vers eux, se frayant un chemin entre les tables. Avec ses cheveux blonds défrisés et son bronzage orange, elle avait le même look que plusieurs des clavistes du HOLMES. Mais Caffery ne la connaissait pas et son expression hésitante révélait qu'elle était nouvelle. Elle tenait à la main une enveloppe en plastique. Le CSC fit un pas vers elle et la lui prit.

— Merci, dit-il. Ne partez pas, nous rentrerons ensemble. Je n'en ai pas pour longtemps.

La fille attendit, l'air embarrassée, tandis que le CSC vidait le contenu de l'enveloppe sur la table. Une dizaine de photos en tombèrent et il les tria du bout du doigt. Elles montraient toutes une voiture sous des angles différents : intérieur, extérieur, avant, arrière. C'était une berline noire à l'intérieur champagne. L'Audi des Costello.

— Je crois que c'est celle-ci que vous cherchez.

Il fit glisser une des photos sur la table en direction de Caffery. On y voyait le dessous du véhicule, le tuyau d'échappement et le châssis, avec en incrustation la date de la veille et l'heure – 11 : 23. Caffery la regarda et regretta de ne pas avoir pris du paracétamol. Ce n'était pas seulement sa tête qui lui faisait mal mais tout son corps, après la nuit qu'il avait passée dans le froid avec le Marcheur. Il n'y avait rien sous la voiture. Absolument rien.

— J'ai droit à des excuses ? dit le CSC. Ou c'est trop demander ?

Caffery prit la photo. La pressa si fortement que l'ongle de son pouce blanchit.

— Vous avez apporté la voiture ici, exact ? Et les Costello sont venus la prendre.

— Ils ne voulaient pas se taper tout le trajet depuis... Keynsham, ou quelque part par là. C'était plus facile pour eux de la récupérer ici. J'ai fait apporter la voiture, pour vous rendre service.

— Le responsable de l'organisation du bureau en a accusé réception ?
— Oui.
— Et il a dû signer le bon de sortie, murmura Caffery en fixant la photo.

Quelque part entre le bureau et la maison des Costello, quelqu'un avait planqué un microémetteur sous l'Audi. Cela signifiait que le seul moment, le seul, où il avait pu agir, c'était quand la voiture se trouvait en bas sur le parking. Un parking sécurisé auquel même un piéton ne pouvait pas accéder. À moins d'avoir le code.

Caffery leva les yeux, regarda autour de lui, songea à tous ceux qui travaillaient dans les bureaux. Les titulaires, les auxiliaires. Il devait bien y avoir une centaine de personnes qui avaient accès à cet endroit. Et une autre idée lui vint : il se rappela avoir pensé que le ravisseur avait eu une chance inouïe d'échapper aux caméras routières. Presque comme s'il connaissait leur emplacement.

— Patron ?

Il tourna lentement la tête. Prody était penché en avant avec une expression étrange. Il tenait à la main une des lettres du kidnappeur. Celle que les Bradley avaient reçue et dans laquelle il disait qu'il avait « arrangé » le visage de Martha.

— Patron ? répéta Prody à voix basse.
— Oui ? répondit distraitement Caffery.
— Je peux vous dire un mot en privé ?

36

La BRS était formée pour des opérations générales de soutien et des recherches spécialisées. Ses responsabilités dans l'affaire Martha Bradley s'arrêtaient là. Aussi, après le fiasco du canal, les bureaux d'Almondsbury retombèrent-ils dans la routine. Le constable Wellard trouva enfin le temps de faire le stage sur la diversité humaine que tout policier devait suivre. Deux jours assis devant un ordinateur à cliquer pour répondre que oui, il comprenait que c'était mal d'avoir des préjugés, de faire de la discrimination raciale. Lorsque Flea arriva, il se trouvait dans une petite pièce jouxtant la grande salle et ronchonnait en fixant l'écran. Comprenant qu'il valait mieux ne pas parler de ce qui s'était passé la veille au canal, elle passa la tête dans la pièce et sourit.

— Bonjour.

Il leva une main pour la saluer.

— 'jour.

— Ça va ?

— Je crois que je m'en tire plutôt bien. Vous m'attraperez plus à traiter un négro de négro.

— Bon Dieu, Wellard !

Il écarta les bras.

— Désolé, sergent, mais on nous insulte, là. Nous faire apprendre des choses qui doivent venir naturellement ? Même les Blacks du service – pardon, les Britanniques d'origine africaine et caraïbe – se sentent insultés. Les mecs bien du service n'ont pas besoin d'apprendre cette merde et les pourris qui en auraient besoin cochent juste les bonnes cases en souriant. Puis ils filent à leur réunion de fachos, ils se rasent la tête et ils se font tatouer la croix de Georges à un endroit que le soleil ne touche jamais.

Flea prit une profonde inspiration. Wellard était bosseur, il ne se plaignait jamais et n'avait aucun préjugé racial : pour lui, tous les gars de l'équipe se valaient. Si quelqu'un n'avait pas besoin de ce stage, c'était lui. Il avait raison, c'était une injure à des types comme lui. Mais il y en avait d'autres à qui il était nécessaire de faire entrer certaines valeurs dans le crâne.

— Je ne peux rien y faire, dit-elle. Vous le savez bien.

— Ouais, et c'est ce qui cloche dans le monde. Personne ne dit rien. C'est le maccarthysme qui recommence.

— Je m'en tape, du maccarthysme. Finissez ce foutu truc, il suffit de cocher les bonnes cases, un phoque savant en serait capable.

Wellard retourna à son écran. Flea alla s'asseoir à son bureau et regarda vaguement les vestiaires par la porte ouverte en tentant pour la centième fois d'identifier cette chose qu'elle avait remarquée et qui demeurait à l'extérieur de son champ de conscience.

Une carte de Noël était scotchée à l'un des casiers, la première, aussi solitaire qu'un perce-neige en janvier. Tout le reste – les bottes sur le râtelier, dans le coin, le tableau d'affichage avec les cartes postales grivoises et humoristiques – était là depuis des mois. Des années. Il y était quand Thom avait renversé Misty. Flea en était sûre parce qu'elle se rappelait s'être demandé, assise au même endroit, d'où provenait cette odeur de pourriture. Elle ne savait pas encore qu'elle venait de sa propre voiture, garée à l'extérieur. Que l'odeur du cadavre qui se décomposait dans le coffre pénétrait dans le bâtiment par le système d'aération.

Aération… Un signal d'alarme retentit dans l'esprit de Flea. La circulation d'air. Le remplacement d'un air vicié par de l'air pur. Elle songea à l'endroit où se trouvait Misty à présent : l'air montait des profondeurs de la grotte par des voies invisibles, des fissures pas plus larges qu'un doigt, et s'échappait à l'extérieur.

Soudain, elle sut ce qu'elle cherchait. Elle se leva et prit un classeur rempli de notes sur les missions de la brigade au jour le jour, trouva ce qu'elle avait écrit sur les recherches de la veille. D'une main tremblante, elle étala les feuilles sur le bureau et les étudia.

Les puits d'aération. C'était de ça qu'elle n'arrivait pas à se souvenir. De ces putains de puits d'aération.

On frappa à la porte.

— Oui ?

Avec une expression vaguement coupable, elle rangea les feuilles dans le classeur, tourna le dos au bureau.

— Quoi ?

Wellard apparut avec un bloc sur lequel il avait noté un message de son écriture informe.

— Sergent ?

— Oui, Wellard, dit-elle en s'appuyant au bord du bureau pour cacher le classeur. Qu'est-ce que je peux faire pour vous ?

— On a un boulot. Je viens de recevoir le message.

— Quelle sorte de boulot ?

— Exécution d'un mandat d'arrêt.

— On est censés agrafer qui ?

— Sais pas. Ils nous demandent de rappliquer d'urgence au point de rendez-vous. Ils n'ont pas utilisé le code pour « armes à feu » mais on dirait que c'est quand même du lourd.

— Allez-y, Wellard, répondit-elle calmement, vous me remplacerez. Je prends l'après-midi.

C'était toujours lui qui assurait le rôle de sergent en exercice quand Flea ne pouvait être présente, mais le remplacement était généralement décidé à l'avance. Il fronça les sourcils.

— Vous êtes inscrite sur le planning pour aujourd'hui.

— Je suis malade. Je vais remplir le formulaire.

— Vous êtes pas malade, estima-t-il en l'examinant d'un air soupçonneux. Hé, c'est pas à cause de ce que j'ai dit, quand même ? Quand j'ai dit que vous m'attraperiez plus à...

Elle leva une main pour l'interrompre.

— Merci, Wellard. Non, ce n'est pas pour ça.

— Pour quoi, alors ?

Si elle lui expliquait ce qu'elle avait en tête, il lui répondrait que ça tournait à l'obsession et qu'elle ferait mieux de laisser tomber. Il se ficherait d'elle ou, pire, la menacerait d'en parler au commissaire. Ou il lui ferait un sermon. Ou alors il voudrait l'accompagner. Mais elle se débrouillerait seule, il ne lui arriverait rien.

Dissimulant ses mains derrière son dos, elle fourra le classeur dans son sac.

— Parce que je suis malade. La grippe, n'importe quoi qui paraîtra convaincant sur le formulaire. Je rentre me coucher.

Elle passa les bretelles de son sac à dos et adressa à Wellard un sourire radieux.

— Bonne chance pour l'arrestation. N'oubliez pas de réclamer l'allocation pour remplacement de sergent.

37

— Il n'avait pas seulement accès au parking, il pouvait circuler dans tout le bâtiment, entrer dans les bureaux, fit observer Turner. Il aurait aussi bien pu être invisible.

Caffery, Turner et Prody s'étaient entassés dans le bureau de ce dernier. Le chauffage marchait à fond, les fenêtres étaient couvertes de buée. L'odeur de peinture flottait lourdement dans l'air.

— Il y a une caméra de surveillance dans le parking, dit Caffery, debout dans un coin, les mains dans les poches. Si c'est là qu'il a collé le mouchard sous la voiture, on aura des images. Quelqu'un s'en est occupé ?

Les deux autres gardèrent le silence.

— Quoi ?

Turner haussa les épaules sans regarder Caffery.

— La caméra ne marche pas.

— Encore ? C'était déjà l'excuse quand on s'est fait piquer la voiture. Elle est encore en panne ?

— Pas « encore ». Elle n'a jamais été réparée.

— Super ! Depuis quand elle est nase ?

— Deux mois. Il était l'homme à tout faire, c'était son boulot de s'en occuper.

— Et ce salopard travaillait chez nous depuis combien de temps ?

— Deux mois.

— Nom de Dieu, jura Caffery.

Il pressa une main sur son front, la laissa retomber.

— On peut dire qu'on lui a servi Martha sur un plateau, ajouta-t-il, exaspéré.

Il prit sur le bureau de Prody la liasse de feuilles que le service des ressources humaines leur avait faxée. Une photo était agrafée à la première. Richard Moon. Trente et un ans. Employé par la police comme « agent de maintenance » et affecté à la Crim ces huit dernières semaines pour divers travaux d'entretien : repeindre les murs, réparer les lampes, reclouer les plinthes, remplacer les réservoirs de chasse d'eau cassés. Planifier l'enlèvement de Martha sans se faire prendre.

C'était Prody qui avait fait le lien. Il s'était souvenu d'un mot qu'il avait trouvé sur son bureau le matin même et qu'il avait chiffonné avant de le jeter à la corbeille. Un message de Moon, l'homme à tout faire : *Désolé pour l'odeur de peinture. Ne touchez pas au radiateur.* Le CSC Barack Obama, qui avait des notions de graphologie, affirmait qu'il était de la même main que les lettres envoyées aux Bradley. Puis quelqu'un avait remarqué que ces lettres et celles adressées aux Costello avaient été écrites sur du papier qui ressemblait étrangement à celui des blocs-notes distribués par le QG. Le ravisseur avait utilisé le matériel du service pour ses messages. Brillant, non ?

Moon était venu travailler ce matin-là mais il n'était pas de service l'après-midi et il était parti au moment où la réunion avec le CSC commençait. Il avait été là, sous leur nez. Caffery se rappelait l'avoir croisé deux ou trois fois dans les couloirs. Grand, si sa mémoire était bonne, corpulent. Généralement en combinaison même si sur la photo il portait un tee-shirt kaki. Le teint olivâtre, le front haut, des yeux très écartés, des lèvres charnues. Des cheveux bruns coupés court. Caffery examina ses yeux. Des yeux qui avaient vu Dieu sait quoi en regardant Martha Bradley. Une bouche qui lui avait fait Dieu sait quoi.

Quel merdier ! pensa-t-il. Des têtes allaient tomber.

— Pas de carte grise à son nom, mais il venait au boulot en voiture, dit Turner. Des tas de gars se rappellent l'avoir vu.

— Moi aussi je l'ai vu, fit Prody d'une voix morne.

Les deux autres se tournèrent vers lui. Il n'avait pas parlé beaucoup depuis le début de la réunion et semblait furieux contre lui-même de ne pas avoir compris plus tôt. Caffery avait été tenté de saisir ce bâton pour le battre, parce que s'il s'était vraiment concentré sur l'affaire ils auraient peut-être démasqué Moon plus tôt. Mais Prody paraissait suffisamment affligé comme ça.

— Ouais, il avait une voiture, poursuivit-il avec un pâle sourire. Et devinez ce que c'était ?

— Oh, non ! murmura Caffery. Ne me dis pas que c'était une Vauxhall.

— Je l'ai vu au volant un jour. J'ai remarqué la voiture parce qu'elle était du même bleu que ma Peugeot.

Turner secoua la tête, l'air abattu.

— J'y crois pas !

— Pas la peine de me regarder comme ça. Je le sais que je suis un con.

— Tu t'es occupé du déménagement des Costello aujourd'hui, rappela Caffery. Est-ce qu'il était dans la pièce quand tu l'as fait ? Dis-moi qu'il n'a pas pu entendre la conversation.

— Non, j'en suis sûr.

— Et quand tu plaçais les point IAPI ? Tu es sûr qu'il n'aurait pas pu...

Prody secoua la tête.

— Il était très tard. Il était sûrement déjà parti.

— Comment il a su où ils étaient, alors ? Parce qu'il connaissait l'emplacement des caméras, c'est clair.

Prody ouvrit la bouche pour dire quelque chose et la referma comme si une idée venait de lui traverser l'esprit. Il se tourna vers l'ordinateur, fit bouger la souris. L'écran s'alluma.

— Super, marmonna-t-il.

— Quoi ?

Il écarta son fauteuil du bureau et le fit pivoter pour se retrouver face au mur, les bras croisés, comme s'il était à bout.

— Prody, ne fais pas le gamin.

— Ben, j'ai l'impression d'en être un, patron. Moon a probablement trafiqué mon ordinateur. C'est pour ça qu'il ne s'éteignait jamais. Et il y a tout dessus... Tous mes mails. C'est comme ça qu'il a su.

Caffery se mordilla la lèvre, regarda sa montre.

— J'ai un boulot pour toi.

Prody se retourna.

— Ouais ?

— Les comptables du service n'arrêtent pas de gémir parce qu'on affecte trop de gars aux planques. Va à celle des Costello et donne son après-midi au constable de service. Parle aux parents d'Emily et à Nick, mets-les au courant de ce qui se passe. Essaie de calmer Janice, parce qu'elle risque de péter un câble. Quand tu auras fait tout ça – prends ton temps, traîne dans le coin au besoin –, va au poste de police local et envoie quelqu'un te remplacer.

Prody lui adressa un regard qui voulait dire : « Vous me demandez d'annoncer à une femme qui a failli perdre sa fille qu'on avait les moyens de démasquer le ravisseur ? Qu'on aurait pu l'arrêter depuis longtemps ? Ça ressemble à une punition déguisée. » Il se leva, cependant, décrocha son imperméable du portemanteau, se dirigea vers la porte sans dire un mot, sans regarder personne.

— À plus, lui lança Turner.

Prody ne répondit pas. Il referma la porte, laissant les deux hommes. Turner aurait peut-être fini par rompre le silence si son téléphone n'avait pas sonné. Il prit l'appel, mit rapidement fin à la conversation et tourna un regard sombre vers Caffery.

— Ils sont prêts, je suppose.

— Ils sont prêts, acquiesça Turner.

Chacun d'eux savait ce que l'autre pensait. Ils avaient l'adresse de Richard Moon, un témoin affirmant que Moon se trouvait chez lui et une équipe prête à intervenir. Rien n'indiquait que Moon s'attendait à les voir débarquer. Il était peut-être assis tranquillement devant la télé avec une tasse de thé, sans se douter de quoi que ce soit.

Mais bien sûr, ce ne serait pas aussi simple. Turner et Caffery le savaient. Jusque-là, Moon s'était montré plus malin qu'eux. Il était rusé et mortellement dangereux. Il n'y avait aucune raison de penser qu'il allait changer. Mais ils devaient y aller. Il n'y avait rien d'autre à faire.

38

— Jasper, il aime pas être ici. Il a peur que le monsieur entre par la fenêtre.

Dans l'appartement où Caffery avait transféré les Costello, la petite Emily était assise sur le lit, son lapin en peluche contre sa poitrine. Ils avaient déjeuné – des spaghettis bolognaise – et ils faisaient maintenant les lits. Emily plissa le front en regardant sa mère.

— T'aimes pas non plus être ici, hein, maman ?

— Ça ne me plaît pas trop, non.

Janice tira le sac de couchage Barbie du sac-poubelle qu'elle avait utilisé pour le transporter et le secoua. Cette chambre était plus agréable que la précédente. En fait, tout était mieux que dans l'ancienne maison de la police. Plus propre, mieux entretenu, avec des moquettes crème et des boiseries blanches.

— Ça ne me plaît pas trop mais ça ne me dérange pas trop non plus. Et cet endroit a quelque chose de spécial.

— Quoi ?

— Je sais qu'il est sûr. Je sais qu'il ne nous arrivera rien ici. Les fenêtres sont des fenêtres spéciales, Nick et les autres policiers s'en sont occupés. Le méchant homme ne peut pas venir te prendre. Ni prendre Jasper.

— Ni toi ?

— Ni moi. Ni papa, ni mamie. Personne.

— Le lit de mamie est trop loin.

Emily tendit le bras vers le couloir, vers la porte située au fond de l'appartement.

— Il est là-bas, tout au bout.

— Mamie aime sa nouvelle chambre.

— Et mon lit est trop loin du tien, maman. Je ne pourrai pas te voir. J'ai eu peur, l'autre nuit.

Janice se tourna vers le lit de camp que Nick avait installé dans un coin pour Emily. Puis elle se tourna vers le lit en pin branlant destiné à Cory et elle. La nuit précédente, chez sa mère, Cory s'était endormi facilement. Pendant qu'il ronflait et grognait, elle était restée éveillée, regardant la lumière des phares des voitures au plafond, redoutant que l'une d'elles ne s'arrête, redoutant d'entendre des pas, guettant le moindre bruit à l'extérieur.

— Je vais te montrer, dit-elle.

Elle alla prendre dans la valise de Cory le tee-shirt et le pantalon de jogging dans lesquels il avait dormi la veille et les jeta sur le lit de camp. Puis elle retira le pyjama d'Emily du sac à dos et le fourra sous l'oreiller de Cory, sur le grand lit.

— Qu'est-ce que tu en dis ?

— Je dors avec toi ?

— Exactement.

— Super ! s'exclama la fillette en sautant sur le matelas.

— Ouais, super, gronda Cory depuis le seuil de la pièce.

Il était en costume, les cheveux lissés en arrière.

— Et moi, je me retrouve sur le lit de camp. Merci beaucoup.

Janice le toisa. Le costume était le plus luxueux de sa garde-robe et leur avait coûté une petite fortune. La veille au soir, pendant qu'elle rassemblait tout ce qu'ils devaient emporter – vêtements, provisions, jouets pour Emily –, elle l'avait vu sortir ce costume de l'armoire. À présent, il fixait les boutons de manchette qu'elle lui avait offerts pour Pâques l'année précédente.

— Tu es superbe, dit-elle d'un ton glacial. Tu vas où comme ça ? À un rendez-vous galant ?

— Oui, très galant. Je vais au bureau. Pourquoi ?

— Au bureau ? Cory, s'il te plaît…

— Quoi ? Qu'est-ce qu'il y a ?

— D'abord, il y a Emily. Elle est terrifiée, tu ne peux pas partir comme ça.

— Vous êtes quatre. Nick ne bougera pas et il y a un agent posté dehors. Vous ne risquez rien, absolument rien. Tandis que mon boulot, il n'est pas garanti. La maison, notre train de vie, ta voiture, Janice, rien de tout ça n'est garanti. Excuse-moi de m'en soucier.

Janice le suivit dans le couloir, fermant la porte derrière elle pour qu'Emily ne puisse pas les entendre. Elle le rejoignit dans l'entrée, devant le miroir sale dans lequel il vérifiait que sa cravate était bien droite.

— Cory ?

— Quoi ?

— Cory, je…

Elle prit une inspiration, ferma les yeux et compta jusqu'à dix. Emily avait suffisamment de problèmes à affronter sans qu'en plus ses parents se déchirent.

— Je sais que tu travailles dur pour moi, je t'en suis reconnaissante, déclara-t-elle d'une voix tendue.

Elle rouvrit les yeux et lui fit un sourire. Tapota le revers de sa veste.

— C'est tout. Très reconnaissante. Passe une bonne journée.

39

La grand-rue était semblable à un millier d'autres en Angleterre, avec un Superdrug et un Boots séparés par quelques commerces locaux. Les lumières des boutiques luttaient contre la pluie et le crépuscule. Huit hommes attendaient Caffery quand il arriva au point de rendez-vous, un parking de supermarché situé deux cents mètres plus bas que l'immeuble de Richard Moon. Ils étaient équipés de gilets pare-balles, de boucliers et de casques qu'ils tenaient à la main. Caffery reconnut plusieurs d'entre eux, des types de la BRS, assurant une mission de soutien comme il leur arrivait de le faire.

— Où est votre sergent ? demanda-t-il.

Le fourgon de leur brigade avait encore les codes allumés et les portières ouvertes.

— Elle est dans le coup, non ?

Un blond trapu aux cheveux ras s'avança, la main tendue.

— Bonjour, commissaire. C'est moi que vous avez eu au téléphone. Wellard, sergent par intérim.

— Par intérim ? Où est Marley ?

— Elle sera là demain. Vous pouvez l'appeler sur son portable si vous avez besoin d'elle.

Wellard tourna le dos au reste de l'équipe pour ne pas être entendu et poursuivit à voix basse :

— Je sais pas d'où vient la rumeur, mais plusieurs de mes gars se sont mis dans la tête que c'est le kidnappeur qu'on doit serrer aujourd'hui. Ils ont raison ?

Par-dessus l'épaule de Wellard, Caffery regarda l'entrée de l'immeuble de Moon.

— Dites-leur de ne pas s'emballer. De rester concentrés. De se préparer à l'imprévisible. Ce type est très intelligent. Même s'il est chez lui, ce ne sera pas du tout cuit.

L'immeuble de Moon, un banal bâtiment de style victorien, accueillait au rez-de-chaussée un restaurant chinois, le Happy Wok. On accédait à l'appartement au moyen d'un court escalier qui partait du trottoir – où les passants pressaient le pas, la tête baissée pour se protéger du froid – et longeait le côté du restaurant. L'arrière donnait sur un étroit parking où le propriétaire chinois entassait ses caisses vides et vendait probablement son huile de friture usagée aux jeunes chauffards du coin. Les rideaux des vitrines du restaurant étaient baissés mais les policiers avaient déjà interrogé le patron, qui avait déclaré que Richard Moon habitait bien au-dessus et qu'il y avait eu du bruit dans l'appartement tout l'après-midi. Les membres d'une seconde unité se regroupaient derrière l'immeuble tandis que leurs collègues détournaient discrètement les piétons. Des gouttes de sueur provoquèrent des picotements sur la lèvre supérieure de Caffery.

— Comment vous voulez qu'on procède ? demanda Wellard. Vous voulez qu'on frappe à la porte ou vous préférez le faire vous-même pendant qu'on vous couvre ?

— Je frappe, décida Caffery. Vous me couvrez.

— C'est vous qui l'informez de ses droits ?

— Oui.

— Et s'il n'ouvre pas ?

— On se sert de la grosse clé rouge, répondit Caffery, indiquant de la tête le bélier que préparaient deux des hommes. Dans un cas comme dans l'autre, j'entre avec vous. J'y tiens.

— Alors, s'il vous plaît, commissaire, entrez derrière nous, laissez-nous de l'espace. Une fois que nous avons trouvé la cible, je vous informe : docile, rétif, dérangé. On lui passe les menottes si c'est un récalcitrant...

— Non. Vous lui passez les menottes même s'il est accommodant. Je me méfie de ce type.

— OK. Ensuite vous entrez pour l'informer de ses droits. S'il est dérangé, vous connaissez la technique. Il sera contre le mur, coincé par deux boucliers. On le fera allonger par terre au besoin. Dans ce cas, vous préférerez peut-être me laisser l'informer de ses droits.

— Non, je le ferai.

— Comme vous voudrez. Mais restez à l'écart jusqu'à ce qu'il soit maîtrisé. Criez depuis le seuil de la pièce s'il le faut.

Lorsqu'ils descendirent la rue – Caffery, Turner et la brigade de recherche subaquatique –, l'humeur du groupe était apparemment paisible. Détachée, même. Les gars de la BRS bavardaient entre eux, vérifiaient les canaux de leurs radios. Quelques-uns levèrent les yeux vers les fenêtres de l'appartement. Seul Caffery gardait le silence et songeait aux paroles du Marcheur :

« Cet homme est plus intelligent que tous les autres que vous m'avez soumis. Il se moque de vous. »

Ce ne serait pas facile, il le savait. Ça ne pouvait pas être aussi simple.

Ils firent halte devant la porte de l'appartement. Les membres du groupe de soutien se mirent aussitôt en formation autour de Caffery, qui tendit le doigt vers la sonnette. À sa gauche, trois hommes tenant leurs boucliers devant eux. À sa droite, sous la conduite de Wellard, le reste du groupe, matraques et bombes lacrymogènes en main. Caffery se tourna vers Wellard, et ils échangèrent un signe de tête. Puis il sonna.

Silence. Cinq secondes de néant.

Les hommes se regardaient, s'attendant à entendre soudain le crépitement familier de leur radio, une voix annonçant que le suspect avait sauté par la fenêtre de derrière. Mais il ne se passa rien. Caffery s'humecta les lèvres, appuya de nouveau sur la sonnette.

Cette fois, il y eut un bruit de pas derrière la porte. On tira des verrous, une clé tourna dans une serrure. Autour de Caffery, les hommes se raidirent. Il fit un pas en arrière, brandissant sa carte de flic.

— Ouais ?

Caffery abaissa sa carte. Il s'aperçut qu'il plissait les yeux, comme s'il craignait que quelque chose ne lui explose au visage. Un petit homme chauve d'une soixantaine d'années se tenait dans l'encadrement de la porte, vêtu d'un gilet crasseux, d'un pantalon maintenu par des bretelles, les pieds chaussés de pantoufles.

— Monsieur Moon ?
— Ouais ?
— Commissaire Caffery.
— Ouais ?

— Vous n'êtes pas Richard Moon.
— Non, je suis Peter. Richard, c'est mon garçon.
— Nous voudrions lui parler. Vous savez où il est ?
— Ouais.

Il y eut une pause pendant laquelle les policiers échangèrent des regards. Ça n'était jamais aussi facile. Il y aurait forcément un retour de bâton.

— Vous pourriez nous dire où il est ?
— Ouais, il est dans son lit, là-haut.

Peter Moon s'écarta de la porte, et Caffery put inspecter le couloir, l'escalier. La moquette était élimée et sale, les murs jaunis par les années et la nicotine. À hauteur de poitrine, des lignes brunes marquaient les endroits où des mains s'étaient appuyées pendant des décennies.

— Vous voulez entrer ? Je vais le chercher.
— Non. Je veux que vous sortiez, monsieur Moon, si ça ne vous dérange pas. Vous attendrez ici avec mes collègues.

Malgré le froid qui le faisait frissonner, Peter Moon sortit sur le trottoir.

— Qu'est-ce qui se passe, bon Dieu ?
— Sergent, vous avez des questions ? demanda Caffery à Wellard.
— Oui. Monsieur Moon, à votre connaissance, il y a des armes à feu dans l'appartement ?
— Jamais de la vie !
— Et votre fils n'est pas armé ?
— Armé ?
— Oui. Il est armé ?

Peter Moon fixait Wellard d'un regard inexpressif.

— Dites pas n'importe quoi !
— Oui ou non ?

— Non. Et vous allez lui foutre la trouille. Il aime pas les visites imprévues, Richard. Il est comme ça.

— Je suis sûr qu'il comprendra, dit Caffery. Étant donné les circonstances. Il est au lit, donc. Vous avez combien de chambres ?

— Deux. Vous traversez la salle de séjour, vous prenez le couloir. Y en a une à gauche, puis les toilettes, et la porte du fond, c'est la sienne. À votre place, je m'approcherais pas trop des toilettes. Richard vient d'y aller. Ça pue comme s'il avait un rat crevé dans le ventre. Je sais pas comment il fait.

— Au bout du couloir, répéta Caffery. Wellard ? Vous êtes prêts ?

Wellard hocha la tête. À trois, ils s'élancèrent : d'abord les trois hommes avec les boucliers, qui montèrent l'escalier en beuglant : « Police, police, police ! » Wellard suivit avec trois de ses propres hommes et Caffery ferma la marche.

L'escalier débouchait sur une grande pièce chauffée par un poêle à mazout, encombrée de meubles vieillots et bon marché, de photos. Ils se ruèrent à l'intérieur, renversèrent le canapé, regardèrent derrière les rideaux et au-dessus d'un buffet massif. Wellard leva une main, paume ouverte : ordre de sécuriser les lieux. Il montra la cuisine, ses hommes l'inspectèrent, reprirent leur progression le long du couloir, allumèrent les lumières, dépassèrent les toilettes.

— Je leur ferais une fleur en ouvrant la fenêtre, marmonna Wellard.

Ils inspectèrent la première chambre et parvinrent devant une mince porte en bois plaqué, au bout du couloir.

Du menton, Wellard indiqua le bas de la porte à Caffery pour lui faire remarquer qu'on n'apercevait aucune lumière dessous.

— Prêt ? murmura-t-il.

— Ouais. Mais rappelez-vous : avec lui, il faut s'attendre à tout.

Wellard entrouvrit la porte et recula.

— Police ! annonça-t-il d'une voix forte.

Comme il ne se passait rien, il poussa la porte du pied et alluma.

— Police !

Il attendit de nouveau. Ses hommes se tenaient dans le couloir, le dos au mur, le visage couvert de sueur. Seuls leurs yeux allaient de la porte à leur chef. Toujours aucune réaction à l'intérieur. Wellard donna le signal. Immédiatement, les hommes de l'équipe se précipitèrent dans la chambre, protégés derrière leurs boucliers. Depuis le couloir, Caffery voyait une partie de la pièce, réfléchie sur les visières en plastique de leurs casques : une fenêtre, rideaux ouverts. Un lit. Rien d'autre. Derrière le reflet, les yeux des policiers balayaient l'espace.

— Une couette, articula silencieusement un membre de l'équipe en direction de Wellard.

— Jetez la couette, s'il vous plaît, monsieur, ordonna le second de Flea. Jetez la couette par terre pour que mes hommes puissent la voir.

Après un silence, on entendit la couette glisser du lit. Caffery vit sur le sol une housse imprimée de motifs géométriques.

— Sergent ? dit le policier le plus proche, relâchant un peu sa prise sur la poignée du bouclier. C'est un docile, vous pouvez entrer.

— Un docile, transmit Wellard à Caffery en défaisant les sangles de son gilet pare-balles. Vous pouvez l'informer de ses droits.

Caffery s'avança prudemment. La chambre exiguë sentait le renfermé. Des vêtements d'homme éparpillés. Un miroir piqueté sur une vilaine commode. Mais il ne pouvait s'empêcher de regarder l'homme étendu sur le lit. Énorme et nu. Il devait peser plus de cent cinquante kilos. Ses bras pendaient le long de son corps et il tremblait comme si un courant électrique le parcourait. Une plainte stridente s'échappait de sa bouche.

— Richard Moon ? dit Caffery en montrant sa carte. Vous êtes Richard Moon ?

— C'est moi, répondit l'homme d'une voix sifflante.

— J'aimerais que nous ayons une petite conversation, si ça ne vous dérange pas.

40

Janice insista pour que Nick les autorise à faire du shopping. Elle n'en pouvait plus de rester assise les bras croisés, sans un minimum de consolations matérielles. Elle récupéra sa carte de crédit, puis Nick les emmena au centre commercial de Cribbs Causeway. Janice acheta des draps, des couettes et une théière Cath Kidston chez John Lewis, ainsi qu'un plein panier d'articles de ménage dans un magasin discount. Elles traînèrent ensuite dans les rayons de Marks & Spencer, raflant tout ce qui attirait leur regard : une chemise de nuit pour la mère de Janice, des mules à pompons pour Emily, un rouge à lèvres et un cardigan pour Janice. Nick ayant trouvé un tee-shirt à son goût, Janice tint à le lui offrir. Au rayon alimentation, elles firent provision de thé exotique, de mini-cakes aux fruits secs, de cerises en barquette, puis Janice choisit un demi-saumon qu'elle ferait cuire au dîner avec une sauce à l'aneth. Le spectacle des lumières éclatantes, des vêtements colorés de la clientèle la réconforta. Elle en ressortit avec l'impression que Noël, cette année, serait peut-être une réussite.

À leur retour, un homme en costume anthracite les attendait devant la maison dans une Peugeot bleue. Il en descendit pendant que Nick se garait, présenta une carte de police.
— Madame Costello ?
— C'est moi.
— Constable Prody, de la brigade criminelle.
— Votre visage me disait quelque chose. Ça va ?
— Ça peut aller.
Le sourire de Janice s'évanouit.
— Qu'y a-t-il ? Pourquoi êtes-vous ici ?
— Je suis venu voir si vous étiez bien installés.
Elle haussa les sourcils.
— C'est tout ?
— Je peux entrer ? Il fait froid.
Elle le dévisagea d'un air pensif. Puis elle lui tendit un sac de courses et se dirigea vers l'entrée.

Le chauffage central était allumé : il faisait bon à l'intérieur. Pendant qu'Emily aidait Nick et la mère de Janice à déballer leurs achats, Janice brancha la bouilloire.

— Je vais préparer du thé, dit-elle à Prody. Depuis le temps que je rêvais d'une tasse de bon thé, je vais enfin pouvoir en boire. Emily a un peu de lecture à faire – ma mère va s'en occuper pendant que vous m'expliquerez ce qui se passe. Parce que je ne suis pas idiote : je sais qu'il y a quelque chose.

Quand le thé fut prêt, ils passèrent au salon. Il était presque agréable avec son poêle à gaz moderne en acier brossé, son tapis en jonc de mer et ses meubles impeccables. Un vase rempli de fleurs en soie trônait sur une table près de la fenêtre. L'ensemble était banal, mais donnait tout de même l'impression que quelqu'un avait passé du temps à décorer cette pièce. Elle sentait vaguement le renfermé et il y faisait un peu froid, mais elle se réchaufferait vite une fois le poêle allumé.

— Alors ? fit Janice en transférant la théière et l'assiette de mini-cakes du plateau à la table basse. Vous vous lancez, ou on commence par tourner un peu autour du pot ?

Prody s'assit, la mine sombre.

— On sait qui c'est.

Elle marqua un temps d'arrêt, puis lâcha prudemment :

— C'est bien. Très bien. Ça signifie que vous l'avez attrapé ?

— J'ai juste dit qu'on sait qui c'est. C'est un progrès significatif.

— Ce n'est pas ce que j'ai besoin d'entendre. Ce n'est pas ce que j'espérais entendre.

Janice acheva de décharger le plateau, servit le thé, tendit une assiette à Prody puis plaça un mini-cake sur la sienne. Elle s'assit à son tour, étudia son assiette et la reposa sur la table.

— Alors ? Qui est-ce ? À quoi ressemble-t-il ?

Prody porta une main à sa poche et en sortit une feuille volante dont le coin supérieur gauche était occupé par un portrait d'homme de type Photomaton.

— Vous le connaissez ?

Janice s'attendait à éprouver un choc, mais pas du tout : ce visage était celui d'un type ordinaire. Un jeune homme joufflu, aux cheveux coupés ras, avec des boutons autour de la bouche. On devinait le col d'un tee-shirt kaki. Elle allait rendre la feuille à Prody lorsque son attention fut attirée par les mots *Police de l'Avon et du Somerset*.

— C'est quoi ? Un genre de fiche d'arrest...

Elle n'alla pas plus loin. La mention PERSONNEL DE POLICE, au bas de la feuille, venait de lui sauter aux yeux.

— Autant vous le dire dès maintenant, puisque vous finirez de toute façon par l'apprendre : il travaille pour nous. C'est un agent de maintenance.

Elle porta une main à sa gorge.

— Il... il travaille pour vous ?

— Oui. À temps partiel.

— Et c'est comme ça qu'il a pu placer un émetteur sous notre voiture ?

Prody acquiesça.

— Seigneur. Je n'arrive pas... Vous le connaissiez ?

— Pas vraiment – je l'ai croisé au poste. Il a repeint mon bureau.

— Vous lui avez parlé, alors ?

— Deux ou trois fois. Je n'ai aucune excuse, je me suis conduit comme le dernier des cons. J'avais l'esprit ailleurs.

— Et quel genre de type était-ce ?

— Rien de spécial. On ne l'aurait pas remarqué dans une foule.

— Qu'est-ce qu'il a fait à Martha, selon vous ?

Prody replia la feuille – une fois, deux fois, trois fois, en accentuant les plis avec son pouce – et la rangea dans sa poche.

— Monsieur Prody ? Je vous demande ce que vous pensez qu'il a fait à Martha.

— On pourrait peut-être changer de sujet ?

— Je ne crois pas, riposta Janice, sentant la peur et la rage l'envahir. Votre unité a commis une erreur monumentale, et j'ai failli perdre ma fille.

Ce n'était pas la faute de Prody, elle le savait, mais l'envie la démangeait de lui voler dans les plumes. Elle reprit son assiette et fit tourner son cake du bout du doigt, attendant que sa colère retombe.

Prody pencha légèrement la tête, cherchant à voir son visage sous la cascade de ses cheveux.

— Ça a vraiment été terrible pour vous, hein ?

Elle se redressa et ses yeux rencontrèrent ceux de Prody, qui se situaient quelque part entre le brun et le vert, avec des paillettes d'or. Elle y vit de la compassion et eut soudain envie de pleurer. D'une main tremblante, elle reposa son assiette, releva ses manches et se frotta les bras.

— Euh, oui. Sans vouloir dramatiser, je viens de vivre les pires moments de ma vie.

— On va vous sortir de là.

Elle acquiesça et reprit son assiette, fit basculer son cake sur le côté, le brisa en deux mais ne le porta pas à ses lèvres. Sa gorge était trop nouée pour qu'elle avale quoi que ce soit.

— Comment se fait-il que vous vous retrouviez du mauvais côté du manche ? demanda-t-elle en souriant faiblement. Qu'on vous ait désigné pour affronter ma colère ?

— Pour tout un tas de raisons. La principale étant peut-être que mon commissaire me prend pour un con.

— Vous l'êtes ?

— Pas au sens où il l'entend.

Elle sourit.

— Je peux vous poser une question ? Une question franchement déplacée ?

Il eut un petit rire.

— Ma foi, je suis un homme. Les hommes ne sont pas toujours d'accord avec les femmes pour juger de ce qui est déplacé.

Le sourire de Janice s'élargit. Tout à coup, elle se sentait presque d'humeur à rire. Oui, monsieur Prody, pensa-t-elle. Malgré toutes les horreurs que nous venons de vivre, s'il y a bien une chose que je vois, c'est que vous êtes un homme – et un homme bien. Fort et beau, en un sens. Alors que Cory, mon mari, me paraît plus étranger que vous à cet instant précis.

— Quoi ? reprit Prody. J'ai gaffé ?

— Pas du tout. Je me demandais juste... Si je disais à M. Caffery que je suis morte de peur, que j'ai peur de mon ombre, accepterait-il que vous restiez quelques heures ici avec Emily, Nick, ma mère et moi ? Je sais que ça risque d'être barbant pour vous, mais ça nous faciliterait tellement les choses... Vous n'auriez même pas besoin de nous parler, vous vous contenteriez de regarder la télé, de passer des coups de fil, de lire le journal ou je ne sais quoi. Ce serait vraiment bien d'avoir quelqu'un dans les parages.

— Pourquoi croyez-vous que je suis là ?

— Oh ! Est-ce un oui ?

— À votre avis ?

41

Le goût du tabac imprégnait la bouche de Caffery. Pendant que le petit vieux aidait son fils à s'habiller puis à se rendre de sa chambre au séjour, il avait marché jusqu'à sa voiture, s'était arrêté près de la vitre la plus proche de Myrtle et avait roulé sa première clope depuis des jours. Ses doigts tremblaient. Malgré la pluie qui dissolvait le papier, il réussit à l'allumer, une main entourant la flamme de son briquet. Il souffla un filet de fumée bleue vers le ciel sous le regard fixe de Myrtle. Caffery l'ignora. Il s'attendait à tout de la part du ravisseur, sauf à ça.

Le tabac lui avait fait du bien. Il regagna le séjour un peu à cran, mais au moins il ne tremblait plus. Peter Moon avait fait du thé, très fort et presque sans lait. La théière attendait sur la petite table basse au vernis écaillé, en compagnie d'un damier à la confiture soigneusement tranché dans une assiette. Caffery n'avait pas vu de damier depuis des années. Un gâteau associé dans son esprit à sa mère et aux cantiques du dimanche. Pas à un taudis comme celui-ci. La photo d'identité de Moon, récupérée auprès de la direction du personnel de la police, était posée à côté du gâteau. C'était bien le visage de l'agent de maintenance – mâchoire tombante, cheveux noirs. Quelques kilos en trop, mais rien à voir avec le Richard Moon qui suffoquait sur le canapé pendant que son père s'affairait autour de lui, calant son dos avec des coussins, dépliant ses jambes, glissant une tasse de thé entre ses mains bouffies.

Turner avait contacté l'agence de recrutement à laquelle s'adressait la police pour des missions d'intérim, et le gérant de celle-ci, qui avait engagé Moon – après s'être dûment assuré qu'il n'avait pas d'antécédents criminels et s'être entretenu avec lui –, s'était déplacé en personne. C'était un Asiatique d'âge mûr, vêtu d'un manteau en poil de chameau, dont les cheveux commençaient à grisonner. Il avait l'air inquiet. Caffery n'aurait pas aimé être à sa place.

— Cet homme n'a rien à voir avec celui que j'ai engagé, dit-il en regardant Richard Moon. Celui que j'ai engagé pesait un quart de son poids. Il était en bonne santé et raisonnablement en forme.

— Quels justificatifs vous a-t-il fournis ?

— Son passeport. Plus une facture à son adresse.

Il tendit à Caffery une chemise contenant des doubles de tous les documents dont il disposait sur Richard Moon.

— Tout ce que le service du casier judiciaire exige dans ces cas-là, précisa-t-il.

Caffery sortit la photocopie d'un passeport britannique. La photo montrait un jeune homme d'environ vingt-cinq ans, qui fixait l'objectif avec un faux air de dur. Richard F. Moon. Caffery la compara à l'homme vautré sur le canapé.

— Alors ? dit-il en faisant glisser la feuille sur la table basse. C'est vous ?

Richard Moon lança un rapide regard à la photo, puis il ferma les yeux et respira bruyamment.

— Oui. C'est moi. C'est mon passeport.

Sa voix était aiguë, presque féminine.

— C'était lui, corrigea Peter Moon. Il y a dix ans. Avant qu'il décide de se bousiller. Regardez cette photo. Franchement, vous trouvez que c'est la tête de quelqu'un qui n'a plus rien à foutre de la vie ? Moi pas.

— Arrête, p'pa. Tu me fais mal quand tu parles comme ça.

— Laisse tomber ton baratin de psy, fiston. Je vais te dire ce qui fait mal, moi.

Peter Moon détailla son fils de la tête aux pieds, comme s'il n'arrivait pas à croire à l'énormité de la punition que lui infligeait le destin.

— Voir mon garçon se transformer en garage sous mes yeux. Ça, ça fait mal.

— Monsieur Moon, intervint Caffery en levant les mains, vous pourriez y aller doucement, s'il vous plaît ?

Il étudia le portrait. C'était le même front, les mêmes yeux, la même implantation capillaire. Les mêmes cheveux blond sale. Puis il regarda Richard.

— Vous voulez dire qu'il vous a fallu à peine dix ans pour passer de ceci, demanda-t-il en tapotant la photocopie, à ce que vous êtes maintenant ?

— J'ai eu des problèmes...

— Des problèmes ? l'interrompit son père. Des problèmes ! C'est vraiment peu de le dire, fiston. T'es un légume. Vois les choses en face.

— C'est pas vrai !

— Si. T'es un putain de légume. J'ai conduit des bagnoles qui prenaient moins de place que toi.

Un ange passa. Richard Moon plaqua les mains sur son visage et se mit à pleurer. Ses épaules tressautaient, et pendant quelques minutes personne ne pipa mot. Son père croisa les bras, l'œil mauvais. Turner et le recruteur semblaient fascinés par leurs orteils.

Caffery ramassa le badge de l'agent de maintenance et le compara à la photo du passeport. Si les deux visages présentaient quelques similitudes – le même front large, les mêmes petits yeux –, il fallait que le recruteur ait eu la tête ailleurs pour ne pas remarquer qu'il ne s'agissait pas du même homme. Mais lui passer un savon devant tout le monde n'aurait servi à rien, aussi Caffery attendit-il que Richard ait cessé de pleurnicher pour lui montrer le badge.

— Vous le connaissez ? Un ami que vous auriez dépanné, peut-être, en le faisant profiter de votre casier vierge ?

— Non, répondit faiblement Richard. Je ne l'ai jamais vu de ma vie.

— Monsieur Moon ? fit Caffery en tournant le badge vers le père.

— Non.

— Vous êtes sûr ? Ce fumier est dangereux, extrêmement dangereux, et il utilise le nom et le passeport de votre fils. Faites un effort.

— Je ne sais pas qui c'est. Je ne l'ai jamais vu non plus.

— C'est un pervers de la pire espèce – pire que tous ceux que j'ai croisés jusqu'ici. Les gens comme lui, je le sais d'expérience, ne respectent personne, ni leurs victimes, ni leurs amis – ceux qui les aident. Quand on aide ce genre d'ordure, ça vous revient dans la gueule neuf fois sur dix.

Il fixa le père, puis le fils, puis à nouveau le père. Ni l'un ni l'autre n'affronta son regard.

— Réfléchissez encore. Vous êtes tous les deux sûrs et certains de ne pas savoir qui c'est ?

— Ouais.

— Alors comment ce passeport a-t-il atterri au service du casier judiciaire ?

Peter Moon prit sa tasse et s'assit sur le canapé, les jambes croisées.

— Personnellement, ce passeport, ça faisait des années que je ne l'avais pas revu. Et toi, fiston ?

Richard renifla.

— Pareil, p'pa.

— Est-ce qu'on l'a revu après le cambriolage, au fait ? Tu risquais pas d'en avoir besoin, vu ton état. Y a pas encore besoin de passeport pour aller et venir de son lit à la télé, hein ? Mais tu l'as revu après le cambriolage, toi ?

— Non, p'pa.

Richard secoua la tête avec une infinie lenteur, comme s'il redoutait que l'effort ne l'épuise.

— Quel cambriolage ? demanda Caffery.

— Un salopard, il a pété la fenêtre du fond. Il a piqué tellement de trucs que je savais plus où donner de la tête.

— Vous avez porté plainte ?

— Pour ce que vous en auriez fait ! Sauf votre respect, ça m'a même pas effleuré. Vous autres, vous êtes très doués pour regarder ailleurs. Et ensuite, évidemment, il y a eu l'incendie, et ça nous a fait penser à autre chose pendant un bon bout de temps. Comme tous les trucs qui vous détruisent la vie.

Caffery étudiait Richard. Ses traits étaient trop noyés dans la graisse pour exprimer grand-chose, mais son père avait la tête d'un type au passé chargé. Le service du casier judiciaire n'avait pourtant rien signalé à leur sujet.

— Cet incendie, nos services ont bien dû en garder la trace, non ?

— Tu m'étonnes ! Un incendie criminel. Pas beau à voir. La municipalité a payé les travaux, mais c'est pas un coup de pinceau qui allait nous rendre ce qu'on avait perdu.

— Ça a achevé maman, souffla Richard. Hein, p'pa ? Ça l'a achevée.

— Elle a survécu à l'incendie, mais elle a pas supporté ses conséquences sur notre famille. En un sens, cette histoire t'a achevé aussi, pas vrai, fiston ?

Richard transféra sa masse sur sa fesse gauche.

— T'as raison, p'pa.

Le genou de Peter Moon se mit soudain à trembler violemment, comme si un moteur avait démarré à l'intérieur de son corps.

— Inhalation de fumée toxique. Il s'est retrouvé avec des lésions pulmonaires et de l'asthme, sans parler, évidemment, ajouta-t-il en mimant des guillemets avec ses doigts, des « problèmes cognitifs et de comportement ». À cause du monoxyde de carbone. C'est là qu'il s'est mis à déprimer. Depuis, il passe toutes ses journées assis, à mater la télé et à s'empiffrer de chips et de barres chocolatées, ou de pâtes instantanées quand il se rappelle qu'il doit faire gaffe à sa santé.

— Je passe pas toutes mes journées assis !

— Si, fiston. T'en fous pas une rame. Et c'est ce qui t'a mis dans cet état.

Caffery reposa sa tasse.

— On va en rester là, dit-il en se levant. Compte tenu des circonstances, je vais vous laisser le choix. Soit vous me suivez au commissariat, soit…

— Faudra me passer sur le corps pour l'emmener ! Mon gosse a pas mis les pieds hors de cet appartement depuis plus d'un an. Ça le tuerait.

— … soit je laisse un de mes hommes ici avec vous. Au cas où votre cambrioleur déciderait de rapporter le passeport à son propriétaire légitime dans un soudain élan de charité chrétienne. D'accord ?

— On n'a rien à cacher. Et mon fils doit retourner au pieu.

Peter Moon se leva et fit face à son fils. Il tira sur ses bretelles, pencha le buste en avant et écarta les bras.

— Viens, fiston. Si tu restes là trop longtemps, tu vas choper la mort. Allez, on y va.

Caffery regarda Richard, qui transpirait dans son survêtement, tendre les bras vers son père. Il vit les muscles du vieil homme se durcir pendant qu'il arrachait son fils du canapé.

— Besoin d'un coup de main ?

— Non. Je fais ça depuis des années. Allez, petit, suis-moi. On retourne au lit.

Caffery, Turner et le recruteur le regardèrent en silence aider son fils à se mettre debout. Un homme aussi frêle que lui, avec son crâne chauve et son dos voûté, n'aurait pas dû pouvoir soulever une masse pareille. Et pourtant il releva Richard et le porta à demi, péniblement et pas à pas, jusqu'au couloir.

— Suis-les, murmura Caffery à Turner. Vérifie qu'ils n'ont pas de téléphone sur eux. Je demanderai à un officier de soutien de venir te relayer. Dès qu'il sera là, je veux que tu retournes au bureau. Tu me sortiras un dossier complet sur ces deux zozos. Je veux le casier intégral du père, et l'historique de tous les faits signalés à cette adresse. Tire aussi au clair cette histoire d'incendie, s'il a vraiment eu lieu. Lance une recherche dans la base de données du HOLMES et sors-moi la liste de toutes leurs relations connues. Presse-les jusqu'à la dernière goutte.

— Comptez sur moi.

Turner s'éloigna dans le sillage des Moon, laissant Caffery et le directeur de l'agence d'intérim seuls. Caffery palpa ses clés au fond de sa poche, ignorant la blague à tabac qui y était tapie comme une bombe. Pour la première fois depuis des lustres, il repensa à ses parents, se demanda où ils étaient et ce qu'ils faisaient. Il y avait des années qu'il avait perdu leur trace. Il se demanda s'ils avaient atteint l'âge des infirmités. Et si oui, lequel des deux aidait l'autre à se traîner jusqu'au lit à la fin de la journée.

Il décida que ce devait être son père qui aidait sa mère. Elle ne s'était pas remise de la perte d'Ewan et ne s'en remettrait jamais. Elle aurait toujours besoin d'aide.

C'était comme ça, point à la ligne.

42

Il était plus de 19 heures. Cory n'était pas rentré, mais Janice s'en moquait. Elle avait passé un excellent après-midi. Vraiment excellent, compte tenu des circonstances. Prody avait tenu parole, il était resté. Pas pour regarder la télé ou donner des coups de fil : il avait passé le plus clair de son temps assis par terre avec Emily, à jouer au jeu de l'oie ou aux devinettes. Emily le trouvait tordant : elle était montée sur son dos, s'était accrochée à ses épaules en lui tirant les cheveux d'une façon qui aurait mis Cory en rage. Nick était repartie, Emily prenait un bain sous la surveillance de sa grand-mère, et Janice se trouvait dans la cuisine avec Prody. Le saumon cuisait dans le four.

— Vous avez sûrement des enfants, fit Janice en débouchant la bouteille de prosecco qu'elle avait achetée chez Marks & Spencer. Vous savez y faire.

— Ouais, bon.

Elle haussa les sourcils.

— « Ouais, bon » ? Je trouve que ça mérite un développement.

Elle remplit deux verres à eau dénichés au fond d'un placard et lui en tendit un.

— Le saumon n'est pas encore cuit, alors on va passer au salon, et vous allez m'expliquer ce « Ouais, bon ».
— Vraiment ?
Elle sourit.
— Oh, oui. Vous allez tout me dire.
Dans le salon, Prody sortit son portable de sa poche et l'éteignit avant de s'asseoir. Le sol était jonché de jouets. En temps normal, Janice se serait dépêchée de les ranger pour épargner ce spectacle à Cory, mais ce soir-là elle s'assit pieds nus, les jambes repliées sous elle et le bras posé sur un coussin. Prody se fit d'abord tirer l'oreille. C'était quelque chose dont il n'aimait pas parler, expliqua-t-il, et elle avait sans doute bien assez de ses propres problèmes, non ?
— Ne vous en faites pas pour moi, répondit-elle. Ça m'aidera à penser à autre chose.
— Ce n'est pas joli-joli.
— Aucune importance.
— Bon, fit-il avec un sourire gêné. Mon ex a obtenu la garde exclusive de nos gosses. Il n'y a pas eu de jugement, parce que j'ai cédé à toutes ses exigences. Elle comptait dire pendant l'audience que je la battais et que je battais mes fils depuis leur naissance.
— C'était vrai ?
— Il m'est arrivé de donner une tape à l'aîné.
— Qu'entendez-vous par « donner une tape » ?
— Sur la cuisse.
— Ce n'est pas battre, ça !
— Ma femme était pressée de partir. Elle avait rencontré quelqu'un et voulait garder les garçons. Elle a soutiré des faux témoignages à ses amis, ses parents. Qu'est-ce que je pouvais faire ?

— Les enfants l'auraient dit, si ce n'était pas vrai.
Prody eut un petit rire sec.
— Eux aussi, elle les a poussés à mentir. Ils ont dit à un avocat que je les frappais. Et à partir de ce moment-là tout le monde s'est rangé de leur côté – les travailleurs sociaux, même les profs.
— Mais pourquoi vos enfants auraient-ils menti ?
— Ce n'est pas leur faute. Elle leur a fait comprendre qu'elle ne les aimerait plus, qu'elle les priverait d'argent de poche s'ils refusaient. Et que, dans le cas contraire, elle les couvrirait de cadeaux. Ce genre de chose. C'est mon aîné qui me l'a dit. J'ai reçu une lettre de lui il y a deux semaines, poursuivit Prody en sortant de sa poche une feuille bleue pliée en quatre. Il m'a écrit qu'il regrettait ce qu'il avait dit mais que sa maman lui avait promis une Wii.
— Elle me fait l'impression – pardonnez-moi de vous dire ça de votre ex-femme – d'être une parfaite salope.
— Il y a eu un temps où j'aurais été d'accord avec vous – je voyais en elle le mal incarné. Mais je me dis aujourd'hui qu'elle a fait ce qu'elle croyait juste, ajouta-t-il en rempochant la lettre. J'aurais pu être un meilleur père, j'aurais pu accorder moins d'importance à mon travail. Vous me trouverez peut-être vieux jeu, mais j'ai toujours tenu à être le meilleur dans tout ce que je faisais. Je ne me rendais pas compte que ma vie de famille en souffrait. Je n'ai pas vu mes enfants grandir, je suis passé à côté des chasses aux œufs de Pâques... Au fond de moi, je me dis que c'est pour ça qu'ils ont fait ces déclarations, pour me donner une leçon... J'aurais pu être un meilleur mari, aussi, ajouta-t-il après une pause.

Janice haussa les sourcils.

— Vous la trompiez ?

— Bon Dieu, non ! Vous me trouvez ringard ?

— Non, répondit-elle en considérant les bulles qui éclataient dans son verre. Je vous trouve... fidèle.

Le silence s'installa. Janice chassa une mèche de son front. Elle avait chaud, et le prosecco n'arrangeait rien.

— Vous permettez... vous permettez que je vous dise quelque chose ?

— Après m'avoir tiré les vers du nez comme vous venez de le faire ? Je suppose que je peux vous accorder ça, dit-il en jetant un coup d'œil à sa montre. Vous avez dix secondes.

Elle ne rit pas.

— Cory a une liaison. Ça fait des mois que ça dure.

Le sourire de Prody s'effaça.

— Merde ! Je veux dire... désolé.

— Et vous savez le pire ? Je ne l'aime plus. Je ne suis même pas jalouse. Je suis au-delà de ça. C'est juste l'injustice de la situation qui me touche.

— C'est exactement ça : l'injustice. On met tout ce qu'on a dans quelque chose et on n'en retire rien.

Ils restèrent un moment muets, perdus dans leurs pensées. Les rideaux étaient encore ouverts malgré la nuit tombée, et dans le terrain vague, de l'autre côté de la rue, le vent étalait les feuilles mortes en longues traînées. Dans le halo du réverbère, on aurait dit des squelettes miniatures, songea Janice. Elle repensa aux feuilles qui s'amoncelaient autrefois dans le jardin de Russell Road. Du temps de son enfance. Un temps où tout était possible et où il y avait encore de l'espoir.

43

Il avait recommencé à pleuvoir, une bruine légère. Malgré l'obscurité, les nuages bas présentaient un aspect menaçant. Vêtue d'une veste imperméable, sa capuche rabattue sur la tête, Flea traînait l'équipement de spéléo de son père du garage à sa voiture.

Comment avait-elle pu négliger les puits d'aération ? Il fallait qu'elle ait une brique à la place du cerveau ! La ventilation du canal était assurée par vingt-trois puits reliés à la surface. Quatre dans la partie effondrée, ce qui en laissait dix-neuf dans les tronçons accessibles. Wellard et elle étaient passés sous dix-huit de ces derniers : deux près du pub, côté est, et seize dans la partie ouest, beaucoup plus longue. Et le dix-neuvième, où était-il ? Sans doute avait-elle pensé qu'il se trouvait quelque part parmi les éboulis. Sauf que les documents fournis par la société qui possédait le canal étaient extrêmement clairs : tous les puits sauf quatre donnaient sur un tronçon de canal dégagé sur vingt mètres au moins de part et d'autre.

Cela signifiait que le mur d'éboulis qu'elle avait rencontré après s'être faufilée par son trou de souris – celui sous lequel était presque ensevelie l'épave de la péniche – ne marquait pas l'extrémité de la partie effondrée du tunnel. C'était un éboulis intermédiaire. Il devait y en avoir un autre au-delà, invisible et ventilé par un autre puits. Et la BRS ne pourrait pas éliminer totalement la piste du canal tant que cette zone négligée n'aurait pas été explorée. Personne ne pouvait affirmer avec certitude que le ravisseur n'y avait pas caché Martha – ou son cadavre.

Elle irait seule : cela pouvait paraître dingue, mais après la vague de moqueries et de critiques qu'avait soulevée l'épisode du tunnel, son instinct de conservation lui soufflait de garder le silence tant qu'elle n'aurait pas obtenu un résultat définitif. Elle déposa son sac à dos ainsi qu'une paire de bottes de spéléo dans le coffre de sa voiture puis retourna chercher la combinaison de survie suspendue sous une poutre du garage. Son regard tomba ensuite sur un carton déformé contenant des vieilleries, posé sur un réfrigérateur hors d'âge. Elle s'en approcha et jeta un coup d'œil à l'intérieur. Un masque de plongée, une paire de palmes, un régulateur dont le caoutchouc avait été abîmé par l'eau de mer. Une carafe en verre pleine de coquillages. Une anémone de mer séchée. Et une lampe de spéléo à l'ancienne, en cuivre, équipée d'un réflecteur en verre rayé.

Flea sortit la lampe du carton et la dévissa. Elle contenait un double réservoir où l'acétylène était produit avant d'être conduit vers le réflecteur, où sa combustion produisait une lumière vive. Elle revissa le réservoir et recommença à farfouiller dans le carton jusqu'à trouver une sorte de caillou gris clair gros comme son poing, enveloppé dans un sac en plastique de supermarché. Du carbure de calcium. L'ingrédient clé.

« Fais très attention à ça… » La voix de son père, surgie des profondeurs du passé. « Ce n'est pas du nougat, Flea. Il ne faut pas y toucher. Et encore moins le mouiller. C'est ça qui libère le gaz. »

Papa. L'aventurier. La tête brûlée. Le grimpeur, le plongeur, le spéléologue. Il avait toujours bricolé lui-même son matériel et ne l'aurait jamais laissée s'aventurer dans ce tunnel sans avoir pris des précautions au cas où « toutes ces merdes high-tech » la lâcheraient. Merci, papa. Flea déposa le carbure de calcium et la lampe sur la combinaison de survie, puis transporta le tout jusqu'à sa voiture. Elle referma le coffre et s'installa au volant dans sa veste dégoulinante de pluie.

Elle rabattit sa capuche, prit son portable et fit défiler les noms du répertoire, s'arrêtant d'abord sur celui de Caffery. Pas question. Elle aurait droit à un sermon interminable si elle remettait sur la table le sujet du tunnel de Sapperton. « Prody » traversa l'écran de haut en bas. Elle fit remonter le curseur jusqu'à lui, hésita une seconde et appela.

Elle tomba sur sa messagerie. Sa voix était sympathique. Réconfortante. Elle se retint de sourire. Il était sans doute en plein travail. Elle allait presser la touche de fin d'appel quand elle songea aux nombreuses fois où, ayant éteint son portable avant d'entrer en réunion, elle avait ensuite été agacée de constater que certaines personnes n'avaient pas laissé de message.

— Salut, Paul. Vous allez me prendre pour une cinglée, mais je viens de comprendre que je suis passée à côté d'un truc dans le tunnel. Il y a un dernier puits d'aération, à un peu plus de cinq cents mètres de l'entrée est. Il est 18 h 30, ajouta-t-elle en consultant sa montre, et je retourne y faire un tour. Je reprendrai le même chemin qu'hier. Le rappel, c'est pas mon truc, et ces puits sont plus dangereux que le tunnel lui-même. Pour info, ça ne coûtera pas un sou à la maison – je ne suis pas en service. Je vous rappellerai vers 23 heures pour vous dire ce que ça a donné. Et, Paul...

Elle se retourna vers la fenêtre ruisselante de pluie de la cuisine, constata qu'elle avait oublié d'éteindre la lumière. Elle ne resterait pas absente longtemps.

— Inutile de me rappeler pour essayer de me dissuader. Vraiment. J'irai quoi qu'il arrive.

44

À 20 heures, Janice coucha Emily dans le pyjama neuf qu'elle lui avait acheté l'après-midi même. Ses cheveux encore humides sentaient bon le shampooing à la fraise. Elle serrait Jasper contre elle.

— Où est papa ?
— Au travail, ma puce. Il va bientôt rentrer.
— Il travaille tout le temps.
— Ah, non, tu ne vas pas recommencer. Allez, monte.

Emily se glissa dans le lit double. Janice la borda, puis se pencha pour l'embrasser.

— Tu es un amour. Je t'adore. Je reviendrai te faire un câlin tout à l'heure.

Emily se coucha en chien de fusil, Jasper calé sous le menton, mit son pouce dans sa bouche et ferma les yeux. Janice lui caressa les cheveux, un demi-sourire aux lèvres. Le vin lui était monté à la tête et elle se sentait légèrement ivre. À présent que le ravisseur avait un nom et un visage, elle le trouvait un peu moins effrayant. Comme si ce nom, Richard Moon, le rendait plus petit.

Dès que le souffle d'Emily eut trouvé le rythme doux et régulier du sommeil, Janice sortit de la chambre sur la pointe des pieds, refermant soigneusement la porte derrière elle. Elle découvrit Prody dans la pénombre du couloir, les bras croisés.

— Dans le lit de maman ? Et le lit simple, il est pour qui ?

— Son papa.

— Ma foi, je pense qu'il le mérite.

Il était adossé au mur et avait ôté sa veste. Janice remarqua pour la première fois qu'il était grand. Nettement plus grand qu'elle. Et costaud, sans être gros : il avait ce qu'il fallait là où il fallait. Il devait faire de la muscu. Elle mit vivement une main devant sa bouche, comme pour réprimer un hoquet ou un gloussement.

— J'ai un aveu à vous faire, dit-elle. Je suis pompette.

— Moi aussi. Un petit peu.

Elle sourit.

— Vous ! Mais c'est terrible ! Totalement irresponsable ! Comment allez-vous rentrer chez vous ?

— Allez savoir. J'ai été flic à la circulation, donc je connais les endroits à éviter, je pourrais y arriver si je le voulais. Mais je crois plutôt que je vais m'en tenir à la bonne vieille méthode : dormir dans ma voiture. Ce ne serait pas la première fois.

— Le canapé du salon est un convertible, et j'ai acheté des draps ce matin.

Il haussa les sourcils.

— Je vous demande pardon ?

— Dans le salon. Rien de compromettant, si ?

— Je ne peux pas dire que je sois fan de la banquette arrière de ma Peugeot.

— Alors ?

Prody allait répondre lorsque quelqu'un sonna. Ils s'écartèrent d'un bond, comme s'ils venaient d'être surpris en train de s'embrasser.

Janice se précipita dans la salle de bains pour regarder par la fenêtre.

— Cory !

— Je vais lui ouvrir, dit Prody en resserrant sa cravate.

Il descendit, décrocha sa veste de la patère et l'enfila. Janice balança la bouteille vide à la poubelle, posa les verres dans l'évier et dévala l'escalier. Prody s'accorda une seconde pour arranger sa veste, mit la chaînette de sûreté et entrouvrit la porte.

Cory attendait sur le perron, manteau boutonné jusqu'au col, une écharpe autour du cou. En découvrant Prody, il recula d'un pas et leva les yeux vers le numéro inscrit au-dessus de la porte.

— Je suis à la bonne adresse ? Ces trucs se ressemblent tous.

— Cory, dit Janice en se hissant sur la pointe des pieds derrière Prody, je te présente Paul. De la brigade criminelle. Maman, Emily et moi avons déjà dîné, mais je t'ai gardé du saumon.

Cory entra. Il sentait la pluie, le froid et les gaz d'échappement. Une fois débarrassé de son manteau, il se retourna et tendit la main à Prody.

— Cory Costello.

— Content de vous connaître, dit le policier en lui serrant la main. Constable Prody, mais vous pouvez m'appeler Paul.

Le sourire de Cory s'évanouit. Ses épaules se raidirent imperceptiblement.

— Prody ? Ce n'est pas un nom très courant.

— Ah ? Je l'ignorais. Je n'ai jamais fait de recherches généalogiques.

Cory le fixait du regard, étrangement pâle.

— Vous êtes marié, Paul ?

— Marié ?

— C'est ça. Vous êtes marié ?

— Non. Pas vraiment. C'est-à-dire... Je l'ai été. Mais c'est fini. Je suis séparé, quasiment divorcé. Vous savez ce que c'est...

Cory pivota vers sa femme.

— Où est Emily ?

— Elle dort. Dans notre chambre.

— Et ta mère ?

— Dans la sienne. En train de lire, j'imagine.

— J'aimerais te dire un mot.

— D'accord, fit-elle, hésitante. Montons.

Cory se glissa entre eux et monta l'escalier. Après avoir lancé à Prody un regard qui signifiait : « Je suis désolée. Je ne sais pas ce qu'il a mais je vous en prie, surtout ne partez pas », Janice le suivit. En haut, Cory s'avança dans le couloir, poussant les portes et jetant un coup d'œil dans chaque pièce. Il entra dans la cuisine, avisa les deux verres dans l'évier et l'assiette de saumon qui l'attendait, recouverte d'un film transparent.

— Quoi, Cory ? Qu'est-ce qui se passe ?

— Il est là depuis combien de temps ? siffla-t-il. C'est toi qui l'as fait entrer ?

— Bien sûr que oui. Il est là depuis, je ne sais pas, moi, quelques heures.

— Tu sais qui c'est ? dit Cory en abattant son ordinateur portable sur le plan de travail. Alors ? Tu le sais ?

— Non.

— C'est le mari de Clare.

Pendant un bref instant, Janice eut envie de rire. Du ridicule absolu de la situation.

— Hein ? lâcha-t-elle d'une voix un peu trop aiguë. Clare ? De ton groupe de parole ? Celle que tu sautes ?

— Ne sois pas stupide. Et épargne-moi tes grossièretés.

— Comment saurais-tu que c'est son mari sans ça, hein, Cory ? Elle t'a montré sa photo ? C'est trop mignon !

— Son *nom*, Janice.

D'un ton compatissant. Comme s'il avait pitié d'elle, de son manque d'intelligence.

— Les Paul Prody ne sont pas foule dans la région. Et le mari de Clare est flic. C'est lui. Et c'est un salaud, Janice. Une véritable ordure. Les trucs qu'il a faits à ses gosses, à sa femme !

— Seigneur... tu l'as crue ? Pourquoi ? Tu ne comprends donc rien aux femmes ?

— Comment ça ? Qu'est-ce que je devrais comprendre ?

— Ce sont des menteuses. Eh oui, Cory, les femmes mentent. Elles mentent, elles trichent, elles flirtent, et puis elles jouent les offensées, les trahies, les trompées. Nous sommes très bonnes actrices. Nous avons le chic pour ça.

— Toi aussi ?

— Oui ! C'est-à-dire non, enfin, ça dépend. Il m'arrive de mentir. Comme tout le monde.

— Tout s'explique, alors.

— Qu'est-ce qui s'explique ?

— Le véritable sens de tes paroles quand tu promettais de m'aimer pour la vie. De renoncer à tous les autres pour l'amour de moi. Tu mentais.

— Ce n'est pas moi qui ai été infidèle.

— Tu ne t'es peut-être jamais fait sauter par un autre, mais c'est tout comme.

— Qu'est-ce que tu racontes ?

— Le monde cesse de tourner dès qu'il s'agit d'elle. Pas vrai, Janice ? Dès qu'il s'agit d'elle, c'est comme si je n'existais plus.

Janice le fixait d'un air incrédule.

— Tu parles d'Emily ? Je rêve, ou c'est de notre fille que tu parles ?

— Qui d'autre ? Depuis qu'elle est là, je joue les seconds rôles. Ose le nier, Janice. Ose le nier.

Elle secoua la tête.

— Tu sais quoi, Cory ? La seule chose que je ressens pour toi en ce moment, c'est de la pitié. Tu me fais pitié parce que, à quarante ans passés – et tu les fais largement, permets-moi de te le dire –, tu continues à vivre dans un petit monde triste et étriqué. Ça doit être l'enfer.

— Je ne veux pas voir ce mec ici.

— Moi, si.

Cory considéra les deux verres dans l'évier.

— Tu as bu avec lui. Quoi d'autre encore ? Il t'a baisée ?

— Oh, la ferme !

— Il ne passera pas la nuit ici.

— J'ai une nouvelle à t'annoncer, Cory. Il passera bien la nuit ici. Il va dormir dans le canapé-lit du salon. Richard Moon court toujours et – c'est un vrai scoop, Cory – je ne me sens pas en sécurité avec toi. Et même, pour être honnête, ça m'arrangerait que tu foutes le camp chez Clare ou ailleurs et que tu nous laisses tranquilles.

45

Il avait plu deux fois ce jour-là, et le niveau du canal avait monté par rapport à la veille. L'air semblait plus lourd, plus dense, et le ploc-ploc-ploc constant des gouttes qui suintaient de la roche avait perdu son caractère musical pour devenir lancinant. Flea devait souvent baisser la tête pour pouvoir progresser dans la vase avec ses bottes lestées, et l'eau qui s'écrasait sur son casque ruisselait ensuite le long de sa nuque. Elle mit près d'une heure à rejoindre l'éboulement derrière lequel elle s'était faufilée. L'orifice qu'ils avaient creusé était toujours là. Quand elle se fut glissée à l'intérieur, sa combinaison de survie était trempée et couverte de boue gluante. Elle avait du gravier plein la bouche et le nez, et elle grelottait de froid.

Elle prit sa torche de plongée dans son sac à dos et la braqua vers l'arrière de la péniche, coincé sous un amas de débris. Peut-être le puits d'aération manquant se trouvait-il de l'autre côté, dans la partie cachée du tunnel. Elle approcha en pataugeant, éteignit sa torche et sa lampe frontale. L'obscurité fut si brutale qu'elle dut tendre le bras pour garder l'équilibre. Pourquoi n'avait-elle pas pensé à éteindre sa torche la veille, nom de Dieu ? Parce qu'il y avait de la lumière, à trois mètres environ du sol. Une infime lueur bleutée. Un rayon de lune. Passant par les interstices de la terre meuble qui recouvrait l'éboulis. Elle ne s'était pas trompée. Le dix-neuvième puits d'aération se trouvait juste derrière cet amas de pierres.

Elle rajusta les sangles de son sac à dos et escalada l'éboulis à tâtons. Son fil d'Ariane continuait de se dérouler derrière elle en lui battant les cuisses. Pas besoin de torche : le halo bleu lui suffisait pour se guider. Une fois au sommet, elle creusa la terre de ses mains afin de se ménager une plate-forme pour poser les genoux. Elle en creusa ensuite une seconde pour son sac à dos. Puis elle engagea la tête dans l'étroit orifice.

Un rayon de lune. Et elle sentait à présent une odeur suave et forte, mélange de végétation, de rouille et de pluie accumulée. L'odeur du puits. Elle entendait l'écho d'un espace vide. Elle ressortit la tête du trou et fouilla dans le sac, cherchant le ciseau dont son père se servait pour se frayer un chemin dans les grottes.

La terre au sommet de l'éboulis n'était pas tassée mais friable. Le ciseau délogea rapidement les pierres éparses qu'elle contenait. Flea les entendait dévaler la pente puis tomber bruyamment dans l'eau. Elle venait de créer une brèche à environ trente centimètres sous le plafond, et le halo bleu du clair de lune était de plus en plus visible quand son ciseau heurta un obstacle. Une pierre. Elle le leva à nouveau et frappa. Une fois. Deux fois. La pointe rebondissait. Une étincelle jaillit. L'obstacle était trop gros pour être déplacé. Elle se redressa, le souffle court.

Et merde.

Elle s'humecta les lèvres, examina la brèche. Étroite, mais peut-être pouvait-elle quand même passer. Cela ne coûtait pas grand-chose d'essayer. Elle ôta sa lampe frontale, la posa à côté du ciseau et glissa le bras droit dans le trou. Il s'enfonça d'une soixantaine de centimètres, jusqu'à être en extension complète. La tête, maintenant. Elle pivota légèrement sur la gauche, pressa les paupières, poussa sur ses genoux pour relever le bassin et se propulsa lentement vers l'avant. En étirant les doigts au maximum, elle sentit de l'air tiède caresser sa main. Elle s'imagina celle-ci au sommet de l'éboulis, désincarnée, s'ouvrant et se refermant dans la clarté lunaire. Elle se demanda si quelqu'un l'observait et chassa aussitôt cette pensée qui ne pouvait que la paralyser.

L'argile du plafond s'effritait sur sa nuque, pénétrait dans ses oreilles et se déposait sur ses cils. Elle accentua la poussée de ses genoux et s'enfonça encore un peu plus. Elle n'avait pas la place d'engager le bras gauche : elle allait être obligée de le garder le long du corps. Les muscles de ses jambes commençaient à se tétaniser, mais un ultime effort lui permit de faire émerger son bras droit et sa tête dans la pénombre du tronçon suivant.

Elle toussa, chassa la terre de ses yeux et de sa bouche.

Un nouveau paysage se déployait devant elle, dominé par la colonne de clarté lunaire venue du large puits d'aération qui le reliait à la surface. Des mottes de terre à demi dissoute dessinaient d'étranges formes dans l'eau noire du canal. Elle constata que l'éboulis au sommet duquel elle se trouvait n'était pas si haut que ça : moins de deux mètres plus bas, l'avant de la péniche était visible, et le pont semblait ployer légèrement sous le poids d'un cabestan rouillé. À une cinquantaine de mètres de là, on devinait la base d'un autre mur de rocaille et de terre. Le seul moyen d'accéder à cette partie du tunnel était donc le puits d'aération.

Flea leva les yeux vers celui-ci. L'eau qui en suintait régulièrement ponctuait le silence de petits points sonores. La grille censée le fermer pendait à moitié dans le vide, pleine de débris végétaux. Mais ce fut ce qui se trouvait au-delà de cette grille qui retint son attention : une corde d'escalade attachée à un anneau par un mousqueton et passant entre les sangles d'un énorme sac d'escalade noir, qui projetait une ombre trouble dans l'eau juste au-dessous. Une corde assez solide pour descendre un objet lourd. Un corps, par exemple. Et il y avait autre chose, une tache claire qui tranchait sur l'obscurité juste au-delà de la colonne de lumière. Flea baissa le menton et se concentra. Quelque chose flottait à la surface du canal. Une chaussure à bride pastel. Une chaussure de petite fille. Exactement ce que Martha portait au moment de sa disparition.

Le cœur de Flea s'emballa. Elle ne s'était pas trompée. Ce fumier était descendu dans ce puits. Peut-être s'y trouvait-il encore, tapi dans l'obscurité...

Stop. Cesse d'imaginer des trucs. Agis ! La seule chose à faire était de rebrousser chemin, regagner la surface, donner l'alerte. Mais quand elle voulut s'extraire de la cavité, elle s'aperçut qu'elle était coincée. Elle tenta frénétiquement de dégager son bras gauche, ses épaules... Impossible. Elle se tourna sur le côté et essaya encore, mais le plafond lui comprimait à présent les poumons. Elle s'exhorta à ne pas céder à la panique. Elle avait envie de hurler. Mais elle relâcha les muscles de son cou et prit le temps de se calmer, de contrôler son souffle pour permettre à ses poumons de se rouvrir malgré la pression de la roche.

Quelque part au loin s'éleva un son familier. Une sorte de grondement de tonnerre. Wellard et elle l'avaient déjà entendu la veille. Un train lancé à toute allure sur ses rails – c'était comme si elle le voyait –, déplaçant d'énormes masses d'air, faisant trembler la terre et les rochers en dessous. Elle vit aussi les mètres et les mètres de terre et de sédiments argileux accumulés au-dessus d'elle. Et ses poumons : deux minuscules cavités organiques, totalement vulnérables dans les ténèbres. Et Martha. Le corps de la petite Martha, qui gisait peut-être quelque part dans le canal, devant elle.

Une pierre se détacha, tout près de sa tête. Elle roula jusqu'au bas de l'éboulis et creva l'eau avec un gros plouf. Les parois du tunnel se mirent à trembler. Merde, merde, merde... Flea inspira le plus profondément qu'elle put, cala ses genoux, agrippa la roche de la main gauche et s'arracha brutalement à l'orifice, s'éraflant le menton contre la roche. Son fil d'Ariane se détacha ; elle dégringola à sa suite, avec son sac à dos, et atterrit sur les fesses dans l'eau stagnante.

Tout autour d'elle, le tunnel grinçait, hurlait. Flea sortit à tâtons sa torche de son sac, l'alluma et la dirigea vers le plafond. Tout vibrait. Une fissure dans le plafond se propagea en une fraction de seconde – à la manière d'un serpent rampant dans l'herbe – et un craquement assourdissant se répercuta le long des murs de l'étroite cavité. Pliée en deux, Flea courut jusqu'au seul abri visible : la poupe de la péniche. Elle venait tout juste de se faufiler derrière la coque de celle-ci quand un effroyable grondement emplit l'air ; une pluie de débris siffla à ses oreilles.

Le vacarme dura une éternité. Elle resta assise dans la vase, les mains sur la tête, les paupières closes. Elle y resta bien après que le fracas du train eut diminué, écoutant les blocs de roche qui continuaient de se détacher dans l'obscurité. Chaque fois qu'elle avait l'impression que c'était fini, une nouvelle coulée de pierres tombait bruyamment dans l'eau. Cinq bonnes minutes s'écoulèrent avant que le silence revienne et qu'elle ose relever la tête.

Elle s'essuya le visage avec la manche de sa combinaison, promena le faisceau de sa torche autour d'elle et éclata de rire. D'un long rire sans joie, presque un sanglot, qui résonna à travers ce qui subsistait du tunnel et lui renvoya un écho tellement sinistre qu'elle faillit se boucher les oreilles. Elle laissa retomber sa nuque contre la coque de la péniche et se frotta les yeux.

Et maintenant, pensa-t-elle, tu fais quoi ?

46

La lune émergea peu à peu des nuages déchiquetés et son éclat atténua le reflet glacial des étoiles à la surface de l'eau. Assis dans sa voiture sur le chemin menant à la carrière, Caffery contemplait le paysage en silence. Il avait froid. Il était là depuis plus d'une heure. Il avait réussi à dormir quatre heures d'un sommeil dense chez lui, puis il avait brusquement rouvert les yeux juste avant 5 heures, avec la certitude que quelque chose l'attendait dans la froideur de la nuit. Il s'était levé. Sachant que rester chez lui ne lui vaudrait que des ennuis – que cela le mènerait sans doute à sa blague à tabac et à la bouteille de whisky –, il avait installé Myrtle sur la banquette arrière et roulé un moment, espérant vaguement apercevoir le feu de camp du Marcheur derrière une haie. Au lieu de quoi il avait échoué ici.

C'était une carrière imposante, vaste comme trois terrains de football, et profonde. Il avait étudié le relevé. Elle descendait par endroits à plus de cinquante mètres. Les roches immergées accueillaient des plantes étiques, de vieilles machines de forage et d'extraction, toutes sortes de renfoncements et de cachettes possibles.

Il y avait eu un temps, quelques mois plus tôt, où sa vie avait été empoisonnée par un homme, un jeune sans-papiers tanzanien qui l'avait suivi à travers tout le comté, l'épiant dans l'ombre à la façon d'un elfe. Son manège avait duré presque un mois jusqu'au jour où, aussi vite qu'il était arrivé, le Tanzanien avait cessé de le suivre. Caffery n'avait aucune idée de ce qu'il était devenu – il ne savait même pas s'il était vivant ou mort. Il se surprenait parfois, tard le soir, à se demander où il était en regardant par la fenêtre. Dans un recoin de son esprit tortueux, cet homme lui manquait.

Le Tanzanien avait vécu ici, parmi les arbres qui bordaient cette carrière. Mais il y avait autre chose dans cet endroit qui faisait que Caffery frissonnait au moindre bruit, au moindre mouvement de lumière perceptible depuis sa voiture. C'était ici que Flea s'était débarrassée du corps. Le cadavre de Misty Kitson reposait quelque part dans ces profondeurs muettes.

« Vous la protégez, et vous ne voyez toujours pas le joli cercle que cela fait. »

Un joli cercle…

Un nuage passa devant la lune. Caffery le regarda – regarda la lune. Son mince ongle blanc, le halo de clarté timide mais néanmoins perceptible qui soulignait sa face cachée. Devinez-moi ci, devinez-moi ça… Ce fieffé salopard l'alimentait en indices. Le poussait à aller de l'avant, la langue pendante. Caffery ne croyait pas que la colère du Marcheur durerait. Mais il ne l'avait pas trouvé cette nuit, et il interprétait cela comme une réprimande.

— Un vieux con têtu, dit-il à Myrtle, allongée sur la banquette arrière.

Il sortit son portable et composa le numéro de Flea. Il se fichait pas mal de la réveiller et ne savait pas ce qu'il allait lui dire. Il voulait juste en finir. Ici et maintenant. Pas besoin du Marcheur ni de son charabia, de ses devinettes ni de ses indices. Mais il tomba sur sa boîte vocale. Il mit fin à la communication et rangea l'appareil dans sa poche. Moins de dix secondes plus tard, il se mit à sonner. Caffery le ressortit en hâte, pensant que c'était elle, mais le numéro ne correspondait pas. C'était quelqu'un du bureau.

— C'est moi, patron. Turner.
— Bon sang, fit Caffery en se massant le front d'un geste las. Qu'est-ce que tu fous debout à une heure pareille ?
— Je n'arrivais pas à dormir.
— À force d'imaginer des moyens pour tirer au flanc ?
— Je tiens quelque chose.
— Ah ouais ?
— Edward Moon. Aussi appelé Ted.
— Et c'est... ?
— Le frère cadet du gros lard.
— Et je devrais m'intéresser à lui à cause... ?
— À cause de sa photo dans notre album. Il faudrait que vous y jetiez un coup d'œil, mais je suis sûr de mon coup à quatre-vingt-dix-neuf virgule neuf pour cent. C'est lui.

Caffery sentit les poils se hérisser sur sa nuque. Comme un chien de chasse la première fois que l'odeur du sang effleure sa truffe.

— Sa photo ? Il est fiché ?
— Fiché ? répéta Turner avec un rire sec. On peut dire ça. Il vient de passer dix ans à Broadmoor, sous le

coup des articles 37 et 41 de la loi sur la santé mentale. Ça vous va, comme fichage ?

— Bon Dieu. Pour écoper d'une sentence pareille, il a dû au moins commettre…

— Un meurtre.

Une pointe d'excitation perçait sous le calme apparent de Turner. Lui aussi avait senti l'odeur du sang.

— Treize ans. Une gosse. Et il n'y est pas allé de main morte. Un vrai carnage. Alors… alors, patron, qu'est-ce que vous voulez que je fasse, maintenant ?

47

— Mes collègues vont faire le tour de l'appartement. Vous avez vu notre mandat, tout est réglo. Vous pouvez rester, à condition de ne pas faire obstacle à la perquisition.

Juste avant 7 heures du matin, Caffery avait fait son retour dans l'appartement confiné des Moon. Les reliefs du petit déjeuner traînaient sur la table, avec du ketchup et des flacons de sauce, ainsi que deux assiettes sales. Dehors, il faisait encore nuit. Même dans le cas contraire, on n'y aurait pas vu grand-chose : le poêle avait embué la fenêtre et la condensation dessinait des rigoles tortueuses sur les vitres. Les deux hommes, le père et le fils, étaient assis côte à côte sur le canapé. Le bas du pantalon de survêtement de Richard Moon avait été décousu pour laisser passer ses énormes mollets, et le mot *VISIONNAIRE* barrait la partie centrale de son tee-shirt bleu marine, auréolé de transpiration sous les bras. Le jeune homme fixait Caffery d'un œil hagard, la lèvre supérieure perlée de sueur.

Caffery, assis à la table, l'observait avec attention.

— C'est bizarre, non, que vous n'ayez pas parlé de votre frère hier ?

Il se pencha en avant et brandit la photo de Ted Moon réalisée par l'identité judiciaire lors de son passage dans les locaux de la Criminelle.

— Votre frère Ted. Comment se fait-il que ne vous l'ayez pas cité ? Je trouve ça bizarre, moi.

Richard Moon chercha le regard de son père, qui l'avertit d'un haussement de sourcils, puis il baissa les yeux.

— Je trouve ça bizarre, Richard.
— J'ai rien à dire, grommela celui-ci.
— « Rien à dire » ? C'est votre réponse ?

Les yeux de Richard se mirent à errer à travers la pièce, comme s'il y avait du mensonge dans l'air et qu'ils cherchaient un endroit où se cacher.

— J'ai rien à dire.
— Vous avez trop regardé la télé, Richard. Je ne suis pas en train de prendre votre déposition, vous n'avez pas d'avocat, et tout ce que vous allez faire si vous continuez sur cette ligne-là, c'est me mettre en rogne. Dans ce cas, je pourrais bien changer d'avis et décréter que vous êtes en état d'arrestation. Et maintenant, si vous me parliez de votre frère ?

— Y a rien à dire, lâcha Peter Moon avec un regard dur.

Caffery sortit le rapport qu'avait imprimé Turner. Le ministère public allait leur envoyer le dossier complet pour plus de détails, mais les faits bruts exposés dans le document étaient suffisamment éloquents. Moon avait tué la petite Sharon Macy, treize ans. Il avait dissimulé son corps quelque part – on ne l'avait jamais retrouvé – mais avait quand même été condamné sur la foi des analyses d'ADN. Selon le rapport, le sang de Sharon avait été retrouvé absolument partout sur les vêtements et la literie de Ted Moon. Le sol de sa chambre en était tellement imbibé qu'il y avait des taches sur le plafond de la pièce du dessous quand une équipe était venue l'arrêter. Il avait passé dix ans à l'ombre puis, un an plus tôt, le ministère de l'Intérieur avait décidé de valider les conclusions du médecin chargé de son suivi : Moon ne constituait plus un danger ni pour autrui, ni pour lui-même. Il était sorti de Broadmoor sous le régime de la libération conditionnelle.

— Votre frère a fait ça, déclara Caffery en mettant la fiche sous le nez de Richard Moon. Quel genre de porc peut bien massacrer une gamine de treize ans ? Vous savez ce qu'a dit le coroner, à l'époque ? Qu'elle avait dû être décapitée, pour perdre autant de sang. Je ne sais pas pour vous, mais moi, ça me donne mal au cœur rien que d'y penser.

— J'ai rien à dire.

— Voilà ce que je vous propose. Vous me dites maintenant où est votre frère, et on verra si on peut vous éviter d'être poursuivi pour avoir omis de nous parler de lui.

— J'ai rien à dire.

— Vous savez combien vous pouvez prendre pour obstruction à une enquête de police ? Non ? Six mois ferme. Vous pensez tenir combien de temps à l'ombre, gras double ? Surtout quand les copains sauront que vous avez protégé un pointeur ? Alors, où est-il ?

— Je...

— Richard !

Son père le fit taire en mettant l'index sur ses lèvres. Richard Moon le dévisagea un instant puis renversa la tête en arrière. La sueur coulait sous le col de son tee-shirt.

— J'ai rien à dire, lâcha-t-il. Rien du tout.
— Patron ?

Turner, immobile sur le seuil, tenait à la main une enveloppe emballée dans un sachet de congélation.

— C'était dans le réservoir de la chasse d'eau.
— Vas-y, ouvre-la.

Turner défit le zip, effleura prudemment le contenu de l'enveloppe.

— Des papiers. Essentiellement.
— Qu'est-ce que ça faisait dans votre chasse d'eau, monsieur Moon ? Il me semble que c'est un drôle d'endroit pour ranger ses papiers.
— Rien à dire.
— Bon sang. Passe-moi ça, Turner. Tu as des gants ?

Turner déposa l'enveloppe sur la table et sortit une paire de gants de latex de sa poche. Caffery les enfila puis vida l'enveloppe. Elle contenait principalement des factures, sur lesquelles le nom d'Edward Moon revenait constamment.

— Tiens, qu'est-ce que c'est que ça ?

Il saisit un passeport entre le pouce et l'index. L'ouvrit.

— Voilà qui est fascinant ! Le passeport disparu. Vous m'en direz tant. Un voleur s'introduit ici par effraction, vous pique un tas d'affaires, puis revient des années plus tard et planque ça dans vos chiottes. J'adore les histoires qui finissent bien.

Moon père et fils le fixaient d'un regard morne. Peter Moon était devenu presque violet. Caffery ne savait pas si c'était de colère ou de peur. Il jeta le passeport sur la table.

— Vous avez laissé votre frère utiliser ça pour éviter que son casier resurgisse ? Vous avez les mains propres, mais les siennes sont sales. Et même dégueulasses, si vous voulez mon avis.

— Rien à dire.

— Vous finirez bien par l'ouvrir. Sinon, il ne vous restera plus qu'à prier pour que votre voisin de cellule n'ait pas le sida, gras double.

— L'appelez pas comme ça !

Caffery se tourna vers le père.

— Ah ! Vous êtes enfin décidé à parler ?

Peter Moon serra les lèvres et les remua, comme s'il luttait avec les mots. Son visage rouge était aussi fermé qu'un poing.

— Alors ? reprit Caffery en penchant la tête sur le côté. Allez-vous me dire où se trouve votre fils ?

— J'ai rien à dire.

Caffery abattit sa main sur la table.

— Bon, ça va comme ça. Turner ? Embarque-les. J'en ai marre. Vous allez y avoir droit pour de bon, monsieur Moon. Vous allez bientôt pouvoir refaire votre numéro devant un avocat, et on verra à ce moment-là si…

Sa phrase resta en suspens.

— Patron ? dit Turner, qui avait sorti ses menottes et attendait les consignes. On les emmène où ? À la boutique du coin ?

Caffery ne répondit pas. Ses yeux étaient fixés sur un des documents.

— Patron ?

Il releva lentement la tête. Une remontée acide lui brûlait la gorge.

— Il faut qu'on appelle du renfort, murmura-t-il. Je crois qu'on tient quelque chose.

Turner s'approcha. Parcourut le document que Caffery tenait à la main.

— Putain ! s'exclama-t-il.

— Tu l'as dit.

C'était un bail de location commerciale. Stipulant que depuis onze ans au moins Ted Moon louait un hangar dans le Gloucestershire. D'une surface utile de cent mètres carrés et équipé d'une porte roulante en acier renforcé. Tout était là, dans le descriptif. Et ce hangar se trouvait à Tarlton.

À moins d'un kilomètre du tunnel de Sapperton.

48

Caffery ne croyait pas aux coïncidences. De son point de vue, il ne pouvait pas exister de piste plus concrète que celle de ce hangar. Pendant qu'un constable notifiait leurs droits aux Moon et les faisait monter en voiture, Caffery resta dans le petit appartement pour passer des coups de fil. En dix minutes, il obtint que deux unités de soutien le rejoignent devant le hangar.

— Pas le temps de demander un mandat, dit-il à Turner. On invoquera l'article 17. Danger de mort ou de blessure. Inutile de déranger le juge. Rendez-vous sur place.

Il s'échappa aussi vite qu'il le put des files interminables de feux stop qui s'allumaient et s'éteignaient au gré des embouteillages matinaux, prit l'A432 puis la M4 derrière la Sierra de Turner. Ils étaient à moins de sept kilomètres du hangar quand le portable de Caffery sonna. Il mit en place son oreillette et répondit. C'était Nick, l'officier de liaison des Costello, et elle semblait au bord de la panique.

— Désolée de vous harceler, mais là, je suis vraiment inquiète. Je vous ai laissé trois messages, je crois que c'est grave.

— J'étais un peu bousculé. J'avais éteint mon portable. Qu'est-ce qu'il y a ?

— Je suis chez les Costello, leur nouvelle planque, du côté de…

— Je connais.

— Je devais juste passer voir comment ils allaient, mais ça fait un moment que je suis là et pas moyen d'entrer.

— Ils ne sont pas à l'intérieur ?

— Je crois que si, mais ils ne répondent pas à mes coups de sonnette.

— Vous avez les clés, non ?

— Si, mais je n'arrive pas à ouvrir la porte. Ils ont mis la chaînette de sûreté.

— Il n'y a pas un constable avec eux ?

— Non. Il a été relayé hier soir par Prody. Mais Prody a dû oublier de prévenir le poste local à son départ, parce qu'ils n'ont envoyé personne pour le remplacer.

— Appelez-le.

— Je l'ai fait. Son portable est éteint.

— Appelez les Costello, alors. Vous avez essayé ?

— Bien sûr. J'ai eu Cory, mais il n'est pas ici. Il dit qu'il n'y a même pas passé la nuit. Je crois que Janice et lui se sont disputés. Il est en route. Lui aussi a appelé Janice, mais elle ne décroche pas.

— Merde ! Merde ! gronda Caffery en frappant son volant.

Ils arrivaient à la hauteur de la sortie de l'A46. Il pouvait soit prendre à gauche vers Sapperton, soit à droite vers Pucklechurch, où se trouvait l'appartement des Costello.

— Il faut que je vous le dise : j'ai la trouille, reprit Nick d'une voix tremblante. Il s'est passé quelque chose, ici. Tous les rideaux sont fermés. Personne ne répond.

— J'arrive.

— On va avoir besoin d'une unité d'intervention. Ces chaînettes sont solides.

— Ça ira.

Il donna un coup de volant à droite, rattrapa l'A46 en direction du sud. Puis il reprit son téléphone et composa le numéro de Turner.

— Changement de plan, mec.

— Comment ça ?

— Rassemble les hommes autour du hangar. Encerclez-le de loin mais ne faites rien pour le moment. Attendez-moi. Et je veux que tu envoies une autre équipe d'intervention chez les Costello. Quelque chose a sérieusement merdé là-bas.

— Trois équipes d'intervention ? Ils vont nous adorer, là-haut.

— Tu n'as qu'à leur dire que le ciel les remerciera.

49

Sur la route menant à Pucklechurch, la vitesse était limitée à soixante-dix, mais Caffery poussa le compteur à cent chaque fois que la circulation devenait fluide. Quand il arriva, le jour était levé et les réverbères éteints. Nick attendait dans l'allée, vêtue d'un manteau pied-de-poule et d'élégantes bottes à talons. Elle scrutait alternativement les deux côtés de la rue en se rongeant les ongles. Elle se précipita vers la voiture de Caffery dès qu'elle l'eut repérée et ouvrit la portière du conducteur.

— Ça sent bizarre à l'intérieur, dit-elle. J'ai réussi à entrouvrir la porte juste assez pour passer la tête dans l'embrasure, et il y a une drôle d'odeur.

— De gaz ?

— Plutôt de solvant. Un peu comme la colle qu'on sniffe, vous voyez ?

Caffery mit pied à terre et leva les yeux vers la maison, ses fenêtres closes, ses rideaux tirés. Nick avait laissé la porte entrebâillée autant que le permettaient les deux chaînettes de sécurité. On apercevait un pan de la moquette de l'escalier et quelques éraflures sur le mur. Il regarda sa montre. L'équipe d'intervention allait arriver d'un instant à l'autre. Après avoir ôté sa veste, il la tendit à Nick.

— Tenez-moi ça. Et tournez le dos.

Nick s'éloigna de quelques pas et mit une main devant ses yeux. Caffery se jeta contre la porte, l'épaule en avant. Le battant trembla, mais les chaînettes tinrent bon. Caffery se remit d'aplomb et revint à la charge. Il empoigna à deux mains l'encadrement en bois, banda ses muscles et expédia un coup de pied dans la porte. Une fois. Deux fois. Trois fois. Chaque fois le panneau tressaillait, craquait avec un bruit assourdissant, mais chaque fois il revenait s'ajuster au cadre.

Caffery recula, essoufflé. Il avait mal à l'épaule et au dos.

— Merde ! Ce n'est plus de mon âge, ça.

— C'est une planque, dit Nick, qui scrutait à présent la façade. Un endroit théoriquement sûr.

— J'espère que vous avez raison.

Un Mercedes Sprinter blindé blanc s'arrêta derrière eux. Six hommes de la 727 – l'unité de Flea – en tenue antiémeute en descendirent. Pendant que le reste de l'équipe sortait un bélier rouge de l'arrière du véhicule, Wellard s'avança pour serrer la main de Caffery.

— Comme on se retrouve ! Je commence à me dire que vous avez des vues sur moi.

— Ce doit être à cause de l'uniforme. Vous jouez encore les remplaçants ?

— On dirait.

— Où est votre sergent ?

— Honnêtement ? J'en sais rien. Elle ne s'est pas pointée au bureau ce matin. Ça ne lui ressemble pas, mais ces temps-ci rien ne lui ressemble. Alors, de quoi s'agit-il ? fit-il en relevant la visière de son casque. Tiens, cette baraque me dit quelque chose. C'est ce qu'on appelait la suite des viols, non ?

— On y a installé une famille vulnérable – des témoins sous protection. Cette demoiselle, ajouta Caffery en désignant Nick, est là depuis une demi-heure. Elle était attendue, mais personne ne lui ouvre. Les chaînettes sont mises. Et il y a une odeur. De type solvant.

— Combien de personnes ?

— Trois, selon nous. Deux femmes, une trentenaire et une sexagénaire, plus une petite fille. Quatre ans.

Wellard haussa les sourcils. Il observa à nouveau la maison et fit signe à ses hommes d'approcher avec le bélier. Ils prirent position face à la porte et envoyèrent un grand coup dedans. Au troisième choc, le panneau se brisa en deux : une partie reliée aux chaînettes de sûreté, l'autre toujours sur les gonds.

Wellard et deux de ses hommes enjambèrent les débris et s'engouffrèrent dans l'entrée, ramassés derrière leur bouclier. Ils gravirent l'escalier au pas de course, en hurlant : « Police, police ! »

Caffery monta à leur suite.

— Ouvrez les fenêtres ! cria-t-il, grimaçant sous l'effet des émanations toxiques.

Parvenu en haut de l'escalier, il vit Wellard qui lui montrait une porte ouverte.

— Votre sexagénaire.

Caffery vit une femme sur le lit – la mère de Janice. En pyjama ivoire, avec des cheveux blancs coupés court qui mettaient son hâle en valeur. Elle reposait sur le flanc, un bras tendu, l'autre replié devant le visage. Elle respirait si lentement, si faiblement, que Caffery pensa à une malade en phase terminale. Le bruit la fit bouger et elle entrouvrit les yeux ; sa main se souleva un peu, mais elle ne se réveilla pas.

Caffery se pencha vers la cage d'escalier.

— Appelez une ambulance, et vite !

— J'ai un homme adulte ! cria un agent depuis le seuil de la cuisine.

— Un homme ? répéta Caffery en le rejoignant. Nick a dit qu'il était...

Il n'acheva pas sa phrase. La fenêtre de la cuisine était ouverte. Quelques assiettes et tasses lavées séchaient sur l'égouttoir, une assiette pleine de nourriture recouverte d'un film transparent était posée non loin de là. Un homme gisait sur le sol, la nuque appuyée aux placards, sa chemise blanche couverte de vomi. Mais ce n'était pas Cory Costello. C'était Prody.

— Bordel de... Paul ? Hé ! cria Caffery en s'accroupissant pour le secouer. Réveille-toi. Réveille-toi, bordel de merde !

Prody remua les mâchoires. Un long filet de bave pendait de ses lèvres. Il esquissa un geste pour l'essuyer.

— Qu'est-ce que tu fous là ? Qu'est-ce qui s'est passé ?

Les yeux de Prody s'ouvrirent à demi, puis se refermèrent. Son menton s'affaissa. Caffery ressortit dans le couloir, en larmes à cause des émanations.

— Les secours sont en route ? lança-t-il aux hommes restés au rez-de-chaussée. Ils ont intérêt. Et pour la dernière fois, est-ce que quelqu'un va se décider à aérer cette putain de baraque ?

Il regarda vers le palier et se tut. Un agent – Wellard, visière baissée – se tenait immobile devant une porte ouverte, donnant celle-là côté rue. Sans doute la chambre principale. Il lui faisait signe de le rejoindre, apparemment fasciné par le spectacle qu'il avait devant les yeux.

Caffery paniqua. Il aurait aimé pouvoir prendre ses jambes à son cou. Il aurait aimé ne jamais savoir ce que voyait Wellard.

Il vint se placer à côté de lui. La pièce face à eux était plongée dans la pénombre. L'odeur chimique y était encore plus forte qu'ailleurs. Elle contenait deux lits : un lit simple sous la fenêtre – vide – et un lit double défait. Une femme y était allongée : Janice Costello, d'après la masse de ses cheveux noirs. Son dos se soulevait et retombait régulièrement.

Caffery se tourna vers Wellard et murmura :

— Quoi ? C'est une femme. C'est bien ce à quoi vous vous attendiez, non ?

— D'accord, mais la petite fille ? J'ai vu deux femmes et un homme, mais pas de petite fille. Vous, si ?

50

L'aube se levait sur le hameau de Coates. Une aube apathique, une aube d'hiver sans ciel orange ou pommelé, juste une plate clarté cendreuse qui se hissa mollement au-dessus des toits, dépassa le clocher de l'église, longea la cime des arbres puis redescendit comme une brume jusqu'à une minuscule clairière, au fond des bois de Bathurst. Dans un puits d'aération étranglé par la végétation, trente mètres au-dessus du canal souterrain, la frontière entre le jour et la nuit descendait lentement. Durant son trajet vers les profondeurs de la terre, elle finit par atteindre la caverne née de deux éboulis sur une courte portion de tunnel. La clarté diffuse du jour trouva l'eau noire, créa une ombre sous le sac d'escalade suspendu au bout de sa corde et se répandit sur l'amas de rocaille.

De l'autre côté d'un de ces éboulis, Flea Marley ignorait tout de l'arrivée de l'aube. Elle n'avait conscience que du froid et du silence du tunnel. Roulée en boule, la tête rentrée dans les épaules et les mains coincées sous les aisselles, elle tentait de se réchauffer. Somnolente et ivre de fatigue, elle était traversée par des pensées insignifiantes. Un étrange caprice de ses voies optiques lui faisait apercevoir des lueurs dansantes, peuplées d'étranges images pastel.

Pas d'éclairage pour le moment. Sa torche et sa petite lampe frontale étaient à peu près tout ce qu'elle avait pu sauver du séisme. Elle les gardait éteintes, économisant les batteries pour retarder le moment où elle devrait se rabattre sur la vieille lampe à carbure de son père. Il n'y avait de toute façon rien à voir. Elle savait sur quoi buterait son faisceau : une faille béante au plafond, par laquelle s'étaient déversées des tonnes de terre et de pierres. Ces débris avaient rehaussé le sol d'un mètre par endroits et recouvert les éboulis originels à chaque extrémité du tronçon de tunnel. Ses deux issues de secours potentielles n'existaient donc plus et, cette fois, creuser à la main ne suffirait pas. Flea avait essayé. Elle s'était épuisée en vain. Seul un bulldozer pouvait venir à bout de ces obstacles.

Toutefois, elle apprenait beaucoup de la situation. Elle avait appris que lorsqu'on croyait avoir atteint le summum de la sensation de froid on se trompait. Elle avait appris que, même au petit matin, des trains circulaient sur la ligne de Cheltenham. Des trains ponctuels, apparemment. Tous les quarts d'heure, l'un d'eux passait dans un fracas de tonnerre, faisant trembler le sol tel un dragon dans la nuit, décrochant quelques pierres des replis invisibles du tunnel. Dans l'intervalle, elle retombait dans un sommeil nerveux puis se réveillait de nouveau, frissonnant de peur et de froid. Sa montre étanche égrenait les minutes, définissait seule les segments de sa nouvelle vie.

Une image de Jack Caffery lui trottait dans la tête. Mais pas de Jack Caffery hurlant contre elle, non, de Jack Caffery lui parlant d'une voix douce. De la main qu'il avait posée un jour sur son épaule – elle avait senti sa chaleur à travers son tee-shirt. Ils étaient assis dans une voiture, et elle s'était imaginé à l'époque qu'il l'avait touchée parce qu'elle se trouvait au seuil d'une porte ouverte, prête à entrer dans un monde neuf. Mais la vie était pleine d'à-coups et de soubresauts, et seuls les plus forts et les plus habiles ne se laissaient pas déstabiliser. Ce fut ensuite le visage de Misty Kitson qui lui revint, souriant à la une d'un quotidien, et Flea songea que le nœud du problème était peut-être là : Thom et elle avaient dissimulé impunément ce qui lui était arrivé. Peut-être une instance supérieure avait-elle décidé qu'ils devaient payer le prix de leur faute. Et par une sorte d'ironie du sort, elle se trouvait à son tour ensevelie comme le cadavre de Misty.

Elle ressortit ses mains frigorifiées de ses aisselles et palpa son portable, rangé dans une des poches étanches de sa combinaison de survie. Pas de signal. Évidemment. Elle savait à peu près où elle était. Elle avait envoyé une salve de SMS pour donner ses coordonnées approximatives à toutes les personnes dont le nom lui était venu à l'esprit. Mais ces SMS faisaient la queue dans sa boîte d'envoi, sous l'icône des messages en attente. En fin de compte, par crainte d'épuiser sa batterie, elle avait éteint puis rangé l'appareil dans sa poche plastifiée. 23 heures, avait-elle dit à Prody. Cela faisait plus de sept heures. Prody n'avait pas reçu son message. Et s'il ne l'avait pas reçu, sa situation était d'une simplicité biblique : l'extrémité de son fil d'Ariane se trouvait à l'entrée du tunnel. Elle avait laissé sa voiture tout au bord de la place du village, pour ne gêner personne. Bref, il pouvait se passer plusieurs jours avant que quelqu'un remarque la présence de l'un ou de l'autre et en déduise qu'elle était là.

Elle déplia ses membres dans la douleur, changea de position, souleva un peu les pieds et se laissa glisser jusqu'au bas de l'éboulis. Le bruit de ses bottes s'enfonçant dans l'eau résonna dans toute la cavité. Sur l'eau noire flottaient des déchets probablement tombés du puits d'aération et poussés de ce côté-ci par les courants d'air avant que l'affaissement ne sépare les tronçons. Flea ôta ses gants, se pencha en avant, prit un peu d'eau entre ses mains engourdies et gercées, la renifla. Elle ne sentait pas le pétrole. Plutôt la terre. Les racines, les feuilles et les clairières ensoleillées. Elle la goûta du bout de la langue. Légèrement métallique.

Une masse opaque se dressait à la lisière de son champ de vision. Elle laissa l'eau couler entre ses doigts et se tourna vers la gauche avec raideur.

À environ trois mètres d'elle, elle discerna un vague reflet de forme conique. Une lueur ténue, spectrale. Flea pivota sur elle-même et se plaqua contre l'éboulis, retrouva à tâtons son sac et y prit la lampe à carbure. Mettant une main devant ses yeux, elle l'alluma. Un éclair bleuté illumina la caverne, aiguisant ses contours et les faisant paraître plus grands que nature. Flea baissa la main et se concentra sur l'endroit d'où était venue la lueur : la coque de la péniche abandonnée.

Elle éteignit la lampe et garda les yeux fixés sur cette coque. Peu à peu, les formes et les traces de brûlure imprimées sur sa rétine s'estompèrent. Ses pupilles se dilatèrent. Le doute n'était plus permis. La péniche laissait passer une quantité infime de lumière du jour, venue de l'autre versant de l'éboulis.

Elle ralluma sa lampe et l'enfonça dans la terre argileuse pour éclairer la base de l'amas pendant qu'elle préparait son matériel. Elle enfila ses gants, remit son sac sur ses épaules, pataugea jusqu'à la poupe de la péniche, passa le bras à l'intérieur et y promena sa lampe. La péniche reposait sous l'éboulis ; sa proue émergeait dans la partie du tunnel où donnait le puits d'aération. Elle devait être vieille de plus d'un siècle – la coque et le pont étaient constitués de plaques d'acier rivetées. Les ingénieurs de l'époque victorienne connaissaient leur métier, songea Flea en levant les yeux vers le plafond de la coque : malgré le poids des rochers, elle n'avait pas fléchi. La péniche tout entière s'était enfoncée dans la boue à l'arrière, ce qui expliquait que, de l'autre côté, sa proue soit surélevée. Ici, côté poupe, moins de trente centimètres séparaient l'eau du plafond de la soute ; mais du fait de l'inclinaison de l'ensemble, plus on se rapprochait de la proue et plus la hauteur à l'air libre augmentait.

À deux mètres cinquante de la poupe, le puissant faisceau de sa lampe rencontra la cloison qui séparait l'arrière et l'avant de la péniche. Flea le promena sur le reste de la coque, cherchant une issue. La lumière accentuait les reliefs des rivets et des toiles d'araignée, frôlant quelques détritus flottants : des sacs de supermarché, des canettes de soda. Une forme velue : un rat crevé, sans doute. Mais pas la moindre issue. Elle éteignit à nouveau et, cette fois, ses yeux ne furent pas longs à s'accoutumer au changement. Elle vit aussitôt que la lumière dessinait un contour rectangulaire dans la cloison. Alors elle souffla lentement.

C'était une trappe, à demi submergée. Vraisemblablement destinée à transférer le charbon d'une soute à l'autre. Il n'y avait aucune raison pour qu'elle soit verrouillée. Elle n'avait pas trouvé le ravisseur de l'autre côté de l'éboulis, mais il pouvait y être descendu entre-temps. De toute façon, son choix était clair : traverser la péniche et affronter ce fumier, ou bien mourir à petit feu ici.

Elle fouilla dans son sac à dos et en sortit son couteau suisse et le piquet d'amarrage trouvé trois jours plus tôt, glissa le tout dans sa pochette étanche et noua le cordon de celle-ci autour de son poignet.

Elle ajusta ensuite autour de son crâne l'élastique de sa lampe frontale et s'agenouilla lentement jusqu'à ce que l'eau lui arrive à la poitrine. Elle entra dans la coque les bras en avant pour détecter d'éventuels obstacles, les lèvres pincées pour éviter d'avaler de l'eau, promenant autour d'elle le rayon de sa lampe frontale, effleurant à tout moment des toiles d'araignée chargées de particules de rouille. Même si le ravisseur se trouvait dans la partie suivante du tunnel, il ne risquait pas de repérer le point lumineux de sa lampe, car il faisait trop clair de son côté pour que celui-ci soit visible. En revanche, il pouvait l'entendre. Elle fit glisser ses doigts sur le piquet d'amarrage pour s'assurer qu'il était prêt à l'emploi.

Elle avançait prudemment. Son haleine âcre lui revenait au visage dans l'espace confiné. Le résultat d'une nuit de peur et de jeûne, mêlé à l'odeur du charbon autrefois entreposé dans les entrailles de la péniche.

Elle atteignit la cloison et constata que, sur soixante centimètres au moins, la trappe était sous l'eau. Elle repéra ses contours avec ses gants et ses bottes. Sa main trouva un levier en position ouverte. Seules des décennies de rouille maintenaient cette trappe fermée.

L'eau n'exerçait aucune pression particulière sur elle. Si elle parvenait à la débloquer de son côté, elle devrait pouvoir l'ouvrir. Le tout était d'y aller en douceur.

Tirant la langue, elle inséra la lame de son couteau suisse au point de jonction du battant et de la cloison, afin de gratter la rouille. Elle déblaya la vase du fond de la coque avec ses pieds. Elle n'osait pas ôter ses gants – ses doigts lui firent mal quand elle les introduisit entre le battant et la cloison. Elle cala un pied contre celle-ci et, concentrant son énergie dans ses doigts, tira de toutes ses forces. Une pluie de confettis de rouille s'abattit sur elle, et un flot d'eau moins glacée inonda son ventre.

Le bruit que fit la trappe en cédant claqua comme une gifle à son oreille. Pour la première fois depuis des lustres, son sang-froid l'abandonna. Elle découvrit qu'elle ne pouvait plus bouger. Elle resta là où elle était, accroupie, aux trois quarts immergée, attendant qu'un bruit lui réponde de l'autre côté du panneau.

51

Une lumière bleue éclaboussait les façades de la rue étroite et la plainte d'une sirène s'élevait au loin : les ambulances transportant Janice et sa mère tentaient de se frayer un chemin dans la circulation matinale. Une cinquantaine de riverains se pressaient à la limite du périmètre de sécurité, cherchant à apercevoir ce qui se passait à l'intérieur de la maison anonyme devant laquelle était massée la police.

Sur la pelouse, les visages étaient graves. Personne n'arrivait à croire que l'impensable s'était produit – qu'Emily avait été enlevée à leur nez et à leur barbe. D'après certaines rumeurs, le directeur de la police était en route pour voir de ses yeux le théâtre d'une bavure aussi monumentale. Les appels des journalistes tombaient en pluie drue, et celui qui se trouvait au cœur de la tempête était le constable Paul Prody.

Il avait pris place sur un des bancs de la petite table de pique-nique installée devant la maison, sur un rectangle de gazon galeux. Il avait accepté qu'on lui prête un tee-shirt et n'empestait donc plus le vomi – sa chemise se trouvait à ses pieds, dans un sac en plastique fermé par un double nœud –, mais il avait refusé de se laisser examiner. Son équilibre était précaire. Il devait garder un coude en appui sur la table et concentrer son regard sur un point imaginaire au sol. De temps en temps, quelqu'un l'aidait à se redresser car il avait tendance à s'affaisser.

Caffery avait une nouvelle fois cédé à l'appel du tabac. Assis sur un deuxième banc, il fumait une cigarette roulée serré et regardait Prody en plissant les yeux.

— Ils penchent pour un genre de chloroforme, peut-être à base d'eau de Javel et d'acétone. Un gaz soporifique à l'ancienne. Passé une certaine dose, ça peut vous niquer le foie. C'est pour ça que tu devrais être à l'hosto. Même si tu as l'impression d'aller bien.

Prody secoua la tête avec véhémence, et ce simple mouvement sembla le déséquilibrer.

— Allez vous faire voir, répliqua-t-il d'une voix enrouée. Vous croyez que Janice aimerait me savoir dans le même hôpital qu'elle ?

— Un autre, alors.

— Mon cul ! Je vais juste rester ici. Et m'aérer un peu.

Il inspira, expira, inspira, expira. Dans la douleur. Caffery l'observait en silence. Prody avait passé la nuit chez Janice Costello, une personne vulnérable, et cela l'énervait presque autant que son intérêt pour l'affaire Kitson. Pourtant il ne pouvait s'empêcher d'avoir un peu pitié de lui. Il comprenait que le pauvre type n'ait pas envie de se retrouver dans le même hôpital que Janice et sa mère après s'être montré incapable d'éviter l'enlèvement de la petite Emily.

— Ça va aller. Donnez-moi dix minutes, et je pourrai m'en aller. Il paraît que vous savez où il est, fit Prody en levant ses yeux rougis vers Caffery.

— On n'est sûrs de rien. On a un hangar dans le collimateur à Tarlton, près du canal. Il a été perquisitionné.

— Des indices ?

— Pas encore. Les gars se sont repliés. Au cas où il y ramènerait Emily. Mais…

Il s'interrompit et scruta la ligne de fuite des bâtiments le long de la rue.

— Il ne le fera pas, évidemment. Ce serait trop simple.

— Vous savez qu'il a pris mon portable ?

— Mouais. Il est éteint, mais on a lancé une analyse de signaux. S'il le rallume, on le localisera par triangulation. Mais, comme je l'ai déjà dit, il est trop malin. S'il le rallume, ce ne sera pas pour rien.

Prody frissonna. La tête toujours baissée, il jeta un regard sombre vers la rue, d'un côté puis de l'autre. C'était un matin froid mais ensoleillé. Les gens étaient partis travailler. Les mères étaient revenues des écoles où elles déposaient leurs gosses, avaient garé les voitures à leur place dans les allées. Au lieu de rester chez elles, elles s'étaient approchées du cordon de sécurité et, bras croisés, observaient les véhicules de police et les ambulances. Leurs yeux se fixaient parfois sur Caffery et Prody. Exigeant des réponses.

— Je n'ai rien vu venir, dit Prody. Je n'ai aucun souvenir. J'ai merdé.

— Et comment ! Tu as merdé dans les grandes largeurs. Mais pas parce que tu n'as pas réussi à arrêter ce salaud.

Caffery éteignit sa cigarette sur un mouchoir en papier que lui avait donné Nick. Il replia le mouchoir sur le mégot, appuya vigoureusement dessus pour étouffer la braise et rangea le tout dans sa poche. Il n'y avait plus personne dans la maison. Ils l'avaient fouillée de fond en comble dans l'espoir de retrouver Emily et, dès qu'ils avaient eu la certitude que la petite n'était plus là, ils l'avaient mise sous scellés en attendant l'arrivée des techniciens. Ce n'était donc pas le moment de répandre des cendres partout.

— Non, reprit-il. Ta grosse connerie, c'est d'avoir été là. Tu fais partie de cette enquête. Tu n'aurais jamais dû rester ici après la fin de ton service. Qu'est-ce qui t'a pris, bon Dieu ?

— Je suis passé dans la journée, comme vous me l'aviez demandé. Elle était... elle était... vous savez bien, soupira Prody en agitant faiblement la main. Bref, je suis resté.

— Elle était quoi ? Attirante ? Disponible ?

— Seule. Il avait foutu le camp.

— Joli langage.

Prody le dévisagea comme s'il avait envie de dire quelque chose mais n'y arrivait pas.

— Il était parti travailler en laissant sa femme et sa fille affolées. Qu'est-ce que vous auriez fait ?

— À la Met, on nous enfonçait ça dans le crâne dès notre formation : quand on profite d'une femme de cette façon – de quelqu'un qui est déjà une victime –, c'est comme chasser un animal blessé. Un animal blessé !

— Je n'ai pas profité d'elle, j'ai eu pitié d'elle. Je n'ai pas couché avec elle. Je suis resté parce que j'ai cru que ça vous ferait faire des économies sur votre budget de fonctionnement, et parce qu'elle m'a dit que ma présence la rassurait. Heureusement que je ne l'ai pas déçue, hein ? ajouta Prody en secouant tristement la tête.

Caffery soupira. Dans cette affaire, l'odeur fétide de la défaite était omniprésente.

— Reprenons. Costello s'en va dans l'après-midi. À son travail ?

— Une voiture de patrouille l'a conduit là-bas. C'est Nick qui a tout organisé.

— Et il n'est jamais revenu ?

— Si, si. Mais pas plus de dix minutes. Vers 21 heures. Avec un coup dans le nez, je crois. Et il lui est tombé dessus dès qu'il a passé le seuil.

— Pourquoi ?

— Parce que…

Prody s'interrompit.

— Parce que quoi ?

Les traits de Prody se crispèrent légèrement. Il semblait à deux doigts de dire quelque chose – quelque chose de difficile – mais il se tut. Au bout de quelques secondes, son visage se détendit.

— Allez savoir. Un truc entre eux, ça ne me regardait pas. Ils étaient tous les deux à l'étage et tout ce que je sais, c'est qu'elle s'est mise à lui crier dessus. Il a dévalé l'escalier en jurant, et le voilà reparti. En claquant la porte. Elle est descendue juste après et s'est dépêchée de mettre les chaînettes de sûreté. Alors, je lui ai dit un truc du genre : « Madame Costello, je ne ferais pas ça à votre place, vous allez l'énerver », et elle m'a répondu qu'elle n'en avait rien à battre. Et ça n'a pas raté, il est revenu une demi-heure après, est tombé sur les chaînettes et a fait du ramdam en secouant la porte de toutes ses forces.

— Qu'as-tu fait ?

— Elle m'avait demandé de l'ignorer, c'est ce que j'ai fait.

— Mais il a fini par repartir ? Et vous laisser tranquilles ?

— Oui. Je pense qu'il... Disons qu'à mon avis, il savait qu'il pouvait passer la nuit ailleurs.

Caffery ressortit le mouchoir plié de sa poche. Inspecta le mégot à l'intérieur. Le replia et le rangea.

— On t'a ramassé dans la cuisine.

— Oui, dit Prody en levant les yeux vers la fenêtre ouverte. Je me revois y entrer. J'avais préparé du chocolat chaud pour tout le monde, et ensuite j'ai lavé les tasses. C'est tout ce que je me rappelle.

— À quelle heure ?

— Aucune idée. Dans les 22 heures ?

— La fenêtre a été forcée. Il y avait des traces dans l'herbe. Une échelle, dit Caffery, indiquant du menton l'endroit où l'équipe d'intervention avait attaché trois barrières métalliques avec du ruban de police pour isoler la zone suspecte. C'est plus discret sur le côté. Il a dû s'occuper de toi en premier. Dans la cuisine. Les autres n'ont rien dû entendre de...

Il s'interrompit. Une BMW de la police venait de s'immobiliser le long du trottoir. Cory Costello en descendit. Son manteau était ouvert sur une chemise de luxe. Il était propre et élégant – rasé et douché. Il n'avait sûrement pas passé la nuit sur un banc. Nick, qui téléphonait dans la voiture de Caffery, en sortit immédiatement et l'intercepta. Ils parlèrent un moment, puis Cory promena un regard circulaire sur les policiers et les badauds attroupés. Ses yeux s'arrêtèrent sur Caffery, puis Prody. Ni l'un ni l'autre ne bougea. La rue entière parut faire silence. Le père qui venait de perdre sa fille. Et les deux flics qui auraient dû éviter que ça se produise. Cory s'avança vers eux.

— Ne lui parle pas, glissa sèchement Caffery à Prody. S'il y a quelque chose à dire, laisse-moi faire.

Prody s'abstint de répondre. Son regard était fixé sur Cory, qui fit halte à quelques pas.

Caffery se retourna. Le visage de Cory était lisse, sans aucune ride sur le front. Il possédait une mâchoire étroite et un nez féminin ; ses yeux gris très clairs dévoraient le profil de Prody.

— Fumier, dit-il à mi-voix.

Caffery sentit l'affolement naissant de Nick, quelque part sur sa droite ; elle redoutait ce qui risquait d'arriver.

— Fumier. Fumier. Fumier, répéta Cory, murmurant presque et toujours aussi calme. Fumier, fumier, fumier, fumier-fumier-fumier.

— Monsieur Costello... commença Caffery.

— Fumier, fumier, fumier, fumier.

— Monsieur Costello. Ça n'aide pas Emily.

— Fumier, fumier, fumier FUMIER !

— Monsieur Costello !

Cory sursauta. Il fit un pas en arrière et regarda Caffery en clignant des yeux. Il parut se rappeler qui et où il était. Il arrangea ses manchettes et se retourna pour scruter la rue avec une expression polie et raisonnable, comme s'il envisageait d'acheter la maison et étudiait son environnement immédiat. Puis il retira son manteau et le laissa tomber au sol. Il dénoua ensuite son écharpe et la jeta sur le manteau. Il prit le temps de considérer le petit tas de vêtements, comme s'il était surpris de le trouver là. Et soudain, sans crier gare, il contourna la table de pique-nique en trois enjambées et se jeta sur Prody.

Avant que Caffery ait eu le temps de quitter son banc, Prody fut arraché au sien et plaqué sur le dos sur le gazon. Il ne résista pas : il laissa Cory s'acharner sur lui, les bras levés devant le visage, pendant que cet homme en costume lui assénait une pluie de coups de poing. Presque comme s'il acceptait la punition. Caffery fit le tour de la table et se jeta sur Cory pendant que Wellard et un de ses collègues traversaient le jardinet coudes au corps.

— Monsieur Costello ! cria Caffery dans l'oreille de Cory – dans ses cheveux parfaitement coupés. *Cory !* Lâchez-le. Si vous ne le lâchez pas, on va devoir vous menotter...

Cory expédia encore deux coups de poing dans les côtes de Prody avant que les deux agents de l'équipe de soutien l'immobilisent et l'entraînent à l'écart. Prody parvint à se mettre à quatre pattes et s'éloigna, hors d'haleine.

— Tu ne méritais pas ça.

Caffery s'accroupit près de Prody, le souleva par son tee-shirt. Ses traits étaient flasques, et il saignait de la bouche.

— Tu ne méritais pas ça, répéta Caffery. Mais ça n'empêche que tu n'aurais pas dû être là.

— Je sais.

Prody s'essuya le front. Un filet de sang ruisselait aussi de son cuir chevelu : Cory lui avait arraché une touffe de cheveux. Il semblait au bord des larmes.

— Je me sens comme une merde.

— Écoute-moi – écoute-moi bien. Je veux que tu ailles voir cette jeune et jolie secouriste, là-bas, et que tu lui expliques que tu veux aller à l'hôpital passer des examens et te faire recoudre. Tu m'entends ? Et quand ce sera fait, je veux que tu m'appelles. Pour me prévenir que ça va.

— Et vous ?

Caffery se redressa. Brossa sa veste, son pantalon.

— Moi ? Je crois qu'il va falloir que j'aille renifler un peu ce foutu hangar. Non pas que je m'attende à le trouver là-bas. Comme je l'ai déjà dit.

— Trop malin ?

— Exact. Beaucoup, beaucoup trop.

52

Le paysage était rural, paisible et plein de charme. Situé en bordure des Cotswolds, il était parsemé de cottages et de manoirs en pierre brune. Le hangar loué par Ted Moon faisait partie d'un complexe qui détonnait tellement dans ce décor qu'il ne se passerait sans doute pas longtemps avant que les bulldozers d'un promoteur ne viennent lui rendre visite. Il se composait de cinq bâtiments trapus en parpaing, coiffés de tôle ondulée verdie par la mousse, qui devaient avoir été des étables. Pas d'enseigne commerciale et aucun signe d'activité. Dieu seul savait à quoi ils servaient.

Le hangar de Ted Moon était le plus à l'ouest, en bordure des terrains agricoles. À le voir, sombre et anonyme dans la lumière automnale, nul n'aurait pu deviner qu'il venait d'être le théâtre, à peine une demi-heure plus tôt, d'une perquisition poussée. L'équipe d'intervention s'y était introduite par une fenêtre latérale et, quelques minutes plus tard, le bâtiment grouillait de flics. Ils l'avaient fouillé jusqu'à l'os, sans rien trouver. Ils étaient toujours là, même si on ne les voyait pas. Cachés entre les arbres, ils avaient mis en place un dispositif de surveillance tout autour du hangar : huit paires d'yeux constamment aux aguets.

— Comment est-ce que ça capte, à l'intérieur ? Vous avez eu des ruptures de signal ?

Près de l'entrée du complexe, sur une petite aire de stationnement invisible depuis la route, Caffery se retourna sur la banquette avant d'un des Sprinter de l'équipe d'intervention et mit un coude sur le dossier, interrogeant du regard le sergent de l'unité.

— Non. Pourquoi ?

— Je vais aller y jeter un coup d'œil. Je voulais juste m'assurer qu'on pourra me joindre s'il décide de faire une apparition.

— D'accord, mais vous ne trouverez rien. Vous avez lu l'inventaire. Dix voitures et cinq Mobs volées, une pile de plaques louches, et un écran large Sony à lecteur Blu-ray intégré flambant neuf, encore dans son emballage d'origine et appartenant certainement à un citoyen respectable.

— Plus une Mondeo de la brigade ?

Le sergent acquiesça.

— Plus une Mondeo vraisemblablement empruntée sans permission sur le parking de la Criminelle. Il y a aussi un 4 × 4 qui – d'après les disques des freins – a roulé durant les dernières vingt-quatre heures et, dans un coin, un tas de vieilles machines agricoles rouillées. Et des pigeons. Ce hangar est un nid géant.

— Faites juste savoir aux gars de la surveillance qu'il faudra m'avertir en cas de besoin, dit Caffery en descendant de la camionnette. D'accord ?

— D'accord.

Après avoir vérifié que l'émetteur-récepteur fixé à sa ceinture fonctionnait, il enfila son manteau et s'éloigna.

Le soleil qui inondait l'allée craquelée lui donna une impression de douceur pour la première fois depuis des jours. Les séneçons poussant entre les cailloux semblaient se tendre vers le ciel, prêts pour le printemps. Caffery marchait vite, la tête basse. À la fenêtre latérale du hangar – le seul signe du passage de l'équipe d'intervention était un carreau brisé proprement –, il rentra une main dans la manche de son manteau, passa le bras à l'intérieur et actionna la crémone. Il enjamba prudemment l'appui. En un an à peine, il avait détruit deux bons costumes dans l'exercice de son devoir et il ne tenait pas à recommencer. Il referma la fenêtre sitôt entré et regarda autour de lui.

Vu de l'intérieur, le hangar ressemblait à un blockhaus. Le peu de lumière qui y pénétrait par les fenêtres fissurées et crasseuses dessinait sur le sol des carrés de poussière. Une ampoule nue était suspendue à un crochet sous le plafond, où des toiles d'araignée déployaient de gracieux arcs-en-ciel. Les véhicules de toutes tailles et de toutes couleurs étaient parqués sur trois rangs face au portail d'entrée. Tous rutilants et lustrés comme s'ils étaient exposés dans un showroom. Moon avait rassemblé le reste de son butin dans un coin, divers objets serrés les uns contre les autres comme pour paraître moins suspects. Le matériel agricole était à l'opposé. Derrière les voitures, au centre du bâtiment, il découvrit la carcasse d'une vieille Cortina, tel un cadavre à demi dévoré par les vautours.

Caffery traversa le bâtiment en direction des charrues. Il s'accroupit pour scruter les profondeurs de l'amas de ferraille, s'assurant qu'il n'y avait rien de caché dessous. Puis il se dirigea vers le côté opposé du hangar et passa en revue la collection de biens volés.

Où qu'il aille, ses semelles écrasaient des fientes de pigeons en forme de minuscules stalagmites : une cité miniature disparaissait à chacun de ses pas. La Cortina devait être un des derniers modèles sortis de l'usine. Décapotable, elle était manifestement là depuis des années. Tout un réseau de toiles d'araignée reliait la capote au châssis. Que faisait cette épave à côté de ces véhicules bichonnés ? Caffery s'éloigna un peu et, à l'aide de son canif, découpa un pan de carton dans l'emballage de l'écran Sony. Le responsable des scellés ferait sûrement la tête, mais cela valait mieux que de perdre encore un costume. Il retourna vers la Cortina avec son morceau de carton et s'allongea dessus. En poussant sur ses pieds, il glissa de quelques centimètres supplémentaires sous la voiture.

Ah ! Voilà pourquoi cette Cortina n'avait pas bougé depuis longtemps.

Il approcha l'émetteur de ses lèvres et enfonça la touche d'appel.

— Vous aviez remarqué la fosse mécanique sous la Cortina ?

Il y eut un temps de silence, puis une rafale de parasites, puis la voix du sergent :

— Ouais, on l'avait remarquée – un de nos gars est descendu dedans.

Caffery grogna, puis palpa les poches de son pantalon. Son porte-clés était équipé d'une mini-torche à LED. En la pointant vers les profondeurs de la fosse, il parvint tout juste à en éclairer les flancs, tapissés de panneaux en médium qui semblaient provenir d'une cuisine aménagée. Il promena son rayon dessus pendant quelques secondes puis, parce qu'il faisait partie de ces personnes incapables de passer devant une porte ouverte sans risquer un coup d'œil à l'intérieur, il ressortit de sous le châssis en se contorsionnant, replaça son carton parallèlement à la fosse, s'allongea à nouveau dessus et se laissa glisser. Ses deux pieds touchèrent le fond de la fosse en même temps, avec un bruit sourd.

L'obscurité l'enveloppa instantanément. La Cortina rouillée, au-dessus de lui, masquait le peu de lumière qui pénétrait dans le hangar. Caffery ralluma sa torche et éclaira les panneaux qui l'entouraient, les vieilles moulures de placard noircies de graisse, les traces de poignées encore bien visibles. Il s'intéressa ensuite au sol en béton. Frappa du pied. Rien là-dessous. Il déposa son porte-clés sur le carton et allait se hisser hors de la fosse quand il se ravisa. Il récupéra ses clés, s'accroupit et ralluma la mini-torche.

Tous les panneaux étaient cloués sur des tasseaux eux-mêmes vissés dans le béton. Sauf qu'il n'y avait aucune raison de revêtir une fosse mécanique avec des portes de placard de cuisine. À moins de vouloir cacher quelque chose. Et ce n'était pas tout. Caffery glissa ses doigts sous le bord inférieur du panneau recouvrant la face arrière de la fosse. Il était solidement fixé. Il inséra sa lame de canif entre le panneau et le tasseau, les écarta l'un de l'autre et aperçut une brèche derrière.

Son pouls s'accéléra. Il avait entendu dire que le sous-sol de la région était criblé de cavernes et de passages souterrains. Quand il avait briefé l'équipe de Flea, le responsable du tunnel de Sapperton avait parlé d'un réseau de tunnels et de cachettes. Un type aussi costaud que Ted Moon était capable de parcourir une longue distance sous terre en portant une petite fille comme Emily. Peut-être jusqu'à une tanière aménagée par ses soins. Un endroit où il pourrait faire ce que bon lui semblait sans risquer d'être dérangé.

Caffery ressortit de la fosse et s'approcha de la fenêtre en baissant le volume de son récepteur.

— Allô, dit-il en se penchant à l'extérieur. Quand votre gars est descendu dans la fosse, il a remarqué l'orifice condamné ?

Il y eut un long silence. Puis :

— Vous pouvez répéter, commissaire ? Je crois que je n'ai pas bien compris.

— Il y a une issue. Au fond de la fosse. Personne n'a vu ça ?

Silence.

— Et merde ! Pas la peine de répondre. Il y a un passage. Je vais aller voir. Envoyez-moi quelqu'un en renfort, d'accord ? Pas pour que je sente son souffle chaud sur ma nuque – je n'ai pas besoin de cent kilos de flic armé jusqu'aux dents pour faire du barouf derrière moi, mais ce serait sympa de savoir qu'il y a quelqu'un dans la fosse, histoire d'assurer mes arrières.

Nouveau silence. Puis :

— Ouais, pas de problème, commissaire. Il arrive.

— Mais veillez à ce que ça reste discret. Si Moon se pointe, je ne veux pas qu'il voie son hangar grouillant d'hommes en noir.

— Ça marche.

Caffery revint sur ses pas en faisant craquer les fientes de pigeon et redescendit dans la fosse. Une fois le haut du panneau décloué, le reste céda facilement. Il le mit de côté et se pencha en avant pour voir ce qu'il cachait.

Un tunnel, assez important pour livrer passage à un homme, même de haute taille : il suffisait de rentrer un peu la tête dans les épaules. Aussi loin que portait son regard, le sol était tapissé de journaux crasseux. Il pointa sa mini-torche vers l'intérieur et découvrit un plafond de terre soutenu par des poutres et des étais qui lui rappelèrent un de ses films de guerre favoris, *La Grande Évasion*. Les parois délimitaient un passage large d'une soixantaine de centimètres. Ce tunnel était de conception grossière, mais solide.

Caffery s'y engagea, précédé par le rayon de sa torche. Il faisait plus doux ici qu'en surface, et l'air sentait les racines et la tourbe. Le silence était étouffant. Il fit quelques pas supplémentaires, méfiant, s'arrêtant régulièrement pour écouter. Quand la lumière venue de la fosse mécanique ne fut plus qu'une petite tache grise, il éteignit sa mini-torche et resta un moment immobile, les paupières closes, s'efforçant d'analyser les ténèbres qui le cernaient.

Enfant, quand il dormait dans la même chambre que son frère, Ewan et lui avaient un jeu. Sitôt que leur mère avait refermé la porte et redescendu l'escalier grinçant, Ewan traversait la pièce dans le noir sur la pointe des pieds et se glissait dans le lit de Jack. Allongés côte à côte sur le dos, ils faisaient de leur mieux pour ne pas rire. Ils étaient trop jeunes pour parler de filles – donc ils se racontaient des histoires de dinosaures et de démons, se demandaient ce que ça pouvait faire d'être un soldat et de tuer quelqu'un. Ils essayaient de se flanquer mutuellement la trouille. Le jeu consistait à inventer une histoire aussi effrayante que possible. Ensuite, il fallait poser la main sur la poitrine de l'autre pour voir si on avait réussi à accélérer les battements de son cœur. Celui dont le cœur battait le plus vite avait perdu. Ewan étant l'aîné, c'était souvent lui le vainqueur. Le cœur de Jack était un vrai marteau-pilon, un gros organe musclé qui l'emmènerait allègrement au-delà des quatre-vingt-dix ans, d'après le médecin de la famille, s'il n'abusait pas trop du Glenmorangie. Caffery n'avait jamais appris à le dompter. Il bondissait à présent dans son thorax, envoyant des giclées de sang dans ses artères parce qu'il avait la sensation – une sensation injustifiée, mais néanmoins aussi palpable qu'une douche glacée – qu'il n'était pas seul dans ce tunnel.

Il se retourna vers la lueur ténue de l'entrée. Les renforts allaient arriver. Il fallait leur faire confiance. Après avoir rallumé sa torche, il éclaira les profondeurs du tunnel. Son faible rayon se perdait dans l'ombre. Il n'y avait rien à trouver ici. Impossible : ce panneau avait été cloué de l'extérieur. Son imagination s'obstinait pourtant à se représenter quelqu'un respirant dans le noir, tout près de lui.

— Hé, Ted ! risqua-t-il. On sait que tu es là.

Sa voix lui revint en écho : *On sait que tu es là...* Assourdie par les parois de terre, elle sonnait creux. Manquait de conviction. Il reprit sa marche, tenant sa torche devant lui, le bras tendu. Le visage du Marcheur lui apparut dans l'ombre. *Il est plus intelligent que tous les autres*. Au bout de sept ou huit mètres, il se retrouva face à un mur. Il avait atteint le fond du tunnel. Il se retourna vers l'entrée, promena sa torche dans toutes les directions, la leva vers les poutres et les étais. Une impasse ?

Non. À deux mètres environ, il découvrit une ouverture dans la paroi latérale, à hauteur de sa taille. Il était passé devant sans la voir.

Il revint sur ses pas, se pencha en avant, braqua sa torche sur le trou. Le fond en était trop loin pour que son rayon l'éclaire. Caffery renifla. Cela sentait les vêtements sales.

— Tu es là, fils de pute ? Parce que si c'est oui, je te tiens.

Il s'engagea dans l'ouverture, plié en deux, les mains en avant. Son dos et ses épaules frôlaient le plafond – tant pis pour son costume. Le tunnel descendait légèrement sur trois ou quatre mètres, puis débouchait sur une sorte de pièce creusée dans la roche, un peu plus vaste. Il s'arrêta à l'entrée, les muscles bandés, prêt à battre en retraite à la moindre alerte. Le pinceau lumineux explora la petite caverne. Son cœur bondissait dans sa poitrine.

Il ne s'était pas trompé : il y avait bien quelqu'un. Mais ce n'était pas Ted Moon.

Il rebroussa chemin, porta l'émetteur à ses lèvres en prenant soin de l'écarter de son visage pour surveiller l'entrée du tunnel.

— Allô ? Vous me recevez ?

— Ouais. Je vous reçois nickel.

— Ne descendez pas dans le tunnel. Je répète : ne descendez pas dans le tunnel. Faites plutôt venir une équipe de TSC et... oui, je pense qu'il faudrait aussi quelqu'un de chez le coroner.

53

Les TSC, déjà occupés à trois kilomètres de là, furent les premiers à arriver, avant même le médecin légiste. Après avoir isolé l'entrée du hangar, ils installèrent des rampes fluorescentes sur pied dans la caverne pour l'inonder de lumière. Ils allaient et venaient dans leurs combinaisons ridicules. Caffery ne disait pas grand-chose. Il était retourné les attendre dans la fosse mécanique, avait enfilé une paire de bottes et de gants à leur arrivée, puis les avait guidés jusqu'à la caverne où il se trouvait toujours, le dos contre le mur.

Elle était jonchée de journaux, de vieux emballages alimentaires. Il y avait aussi des canettes de bière, des piles. Devant le mur du fond, deux palettes de manutention industrielle étaient superposées. Une forme recouverte d'un drap crasseux, taché, durci et couvert d'insectes morts, était étendue dessus. La forme reconnaissable entre toutes d'un être humain étendu sur le dos, les bras croisés sur la poitrine. De la tête aux pieds, elle mesurait à tout casser un mètre cinquante.

Le CSC installa sur le sol un chemin de plaques de tôle allant de l'entrée jusqu'au corps. Caffery reconnut le type arrogant qui s'était occupé de la voiture des Costello.

— Vous n'avez touché à rien ? Vous êtes trop malin pour ça, évidemment.

— Je me suis penché dessus. Je n'ai pas touché le drap – je n'en ai pas eu besoin. Quand on est face à la mort, on le sait. Ça ne demande pas trop d'efforts, même pour un flic qui a de la merde dans le cerveau.

— Vous êtes le seul à être entré ici ?

Caffery se frotta les paupières puis eut un geste vague en direction du corps.

— Ce n'est pas un adulte, si ?

Le CSC secoua la tête, debout face aux palettes.

— Non, ce n'est pas un adulte. Certainement pas.

— Vous seriez capable de me dire son âge ? Est-ce qu'elle pourrait avoir dix ans, ou est-elle plus jeune ?

— « Elle » ? Comment savez-vous que c'est une fille ?

— Vous croyez que c'est un garçon ?

Le CSC se retourna et lui décocha un regard appuyé.

— J'ai entendu dire qu'il s'agissait de l'affaire Ted Moon ? Le ravisseur d'enfants ?

— Vous avez de bonnes sources.

— Ce meurtre – celui de la petite Sharon Macy –, ç'a été ma toute première mission, il y a peut-être onze, douze ans. J'ai passé une journée entière à décoller son sang du parquet au scalpel. Je le revois comme si c'était hier – j'en fais encore des cauchemars.

La légiste arriva peu après – une femme vêtue d'un imperméable à ceinture. Elle portait des gants et avait mis des surchaussons pour protéger ses bottes élégantes. Elle se redressa en entrant dans la caverne, repoussa une mèche de cheveux de son visage et leva une main pour protéger ses yeux des projecteurs. Caffery la salua avec un petit sourire crispé. Ses cheveux blonds étaient noués en queue de cheval, et elle paraissait beaucoup trop jeune et beaucoup trop mignonne pour ce type d'intervention. Elle avait plutôt un look à vendre des pâtisseries ou à conseiller les gens sur leur hygiène buccale.

— C'est lié à cette histoire de vols de voitures ? demanda-t-elle.

— À vous de me le dire.

La légiste questionna le CSC du regard, en quête d'un supplément d'information. Mais il se contenta de hausser les épaules et retourna à ses plaques de tôle et à son matériel.

Elle traversa prudemment la caverne, s'appliquant à rester sur les plaques, et s'immobilisa devant le cadavre.

— Je peux couper là-dedans ? demanda-t-elle d'une voix qui tremblait légèrement. Pour jeter un coup d'œil au visage ?

— Tenez.

Le CSC lui apporta une paire de ciseaux prise dans une boîte à outils. Il abaissa ensuite un des projecteurs pour éclairer la zone du drap qui intéressait la légiste et sortit un appareil photo.

— Je vais prendre quelques clichés pendant que vous bossez, expliqua-t-il.

Caffery s'avança à son tour sur les plaques et s'arrêta à côté de la légiste, dont la pâleur était accentuée par la lumière du projecteur. Il remarqua deux cercles roses sur ses pommettes.

— Bon, dit-elle avec un sourire crispé. Voyons ça.

Une gamine qui jouait à l'adulte... C'était peut-être sa première fois.

Elle pinça le drap entre ses doigts gantés et tenta d'engager les ciseaux. Le tissu produisit un léger bruit d'arrachement. Caffery échangea un regard avec le CSC. Quelque chose adhérait au drap.

Ce n'est pas toi, Emily. Ce n'est pas toi...

La légiste se battait avec ses ciseaux. Les lames mirent un temps infini à transpercer l'étoffe. Elle fit une pause. S'essuya le front du dos de la main. Sourit.

— Désolée. C'est du costaud. Bon, ajouta-t-elle presque pour elle-même, et après ?

Elle découpa le drap en ligne droite sur une vingtaine de centimètres, le souleva avec précaution. Il y eut un silence. Puis elle regarda Caffery en haussant les sourcils, comme pour dire : « Voilà. Ce n'est pas ce à quoi vous vous attendiez, si ? » Caffery fit un pas en avant et pointa sa mini-torche vers le linceul. Là où il s'attendait à trouver un visage, il vit un crâne, collé au drap et recouvert d'une substance brune d'aspect friable. Ce n'était pas non plus Martha. Mais sans doute l'avait-il deviné d'emblée à l'état du linceul. Cette personne ne venait pas de mourir. Cette personne était morte depuis des années.

Il leva les yeux vers le CSC.

— Sharon Macy ?

— Je miserais mon argent là-dessus si j'étais joueur, répondit l'homme en prenant quelques clichés de plus. Sharon Macy. Ça alors ! Je ne pensais pas la retrouver un jour. Vraiment pas.

Caffery s'éloigna. Il considéra les parois grossièrement taillées, les étais primitifs. Moon devait avoir aménagé cette caverne avant de se faire serrer. Il fallait de l'intelligence et de la force pour construire une planque aussi complexe. L'entrée en était extrêmement bien cachée – lui-même avait failli passer à côté. Il y avait peut-être d'autres tunnels, d'autres cavernes. Il y avait peut-être toute une fourmilière sous leurs pieds. Si ça se trouvait, les corps d'Emily et de Martha étaient eux aussi quelque part dans le coin. Parce que tout portait à croire qu'elles étaient mortes.

— Commissaire Caffery ? Commissaire, vous êtes là ?

Une voix d'homme, surgie du tunnel.

Caffery se retourna.

— Ouais ? Qui êtes-vous ?

Il regagna l'entrée du tunnel en marchant de plaque en plaque et demanda en se penchant :

— Qu'est-ce qu'il y a ?

— J'appartiens au groupe de soutien, commissaire. J'ai un appel pour vous. Une femme. Elle n'arrive pas à vous joindre sur votre téléphone – elle dit que c'est urgent.

— J'arrive.

Après avoir fait un signe de la main à la légiste et au CSC, Caffery s'enfonça dans le tunnel. L'agent du groupe de soutien l'attendait dans la fosse mécanique, masquant toute la lumière. Caffery aperçut la lueur clignotante du téléphone portable qu'il tenait à bout de bras sous le châssis de la Cortina.

— Il n'y a que comme ça que ça capte, commissaire.

Caffery prit l'appareil, gravit l'échelle ultra-légère installée par les TSC, s'approcha de la fenêtre du hangar et s'y accouda en clignant des yeux dans la lumière froide du jour.

— Commissaire adjoint Caffery. Que puis-je pour vous ?

— Vous pourriez venir dès que possible, patron ? Et même tout de suite ?

Il reconnut le léger accent gallois de l'officier de liaison avec les familles affectée aux Bradley. La grande brune aux cheveux lustrés.

— Venir où ?

— Ici. Chez les Bradley. S'il vous plaît. J'ai besoin d'un conseil.

Caffery se boucha l'autre oreille pour atténuer le vacarme que faisaient les TSC dans son dos.

— Qu'est-ce qui se passe ? Parlez lentement, s'il vous plaît.

— Je ne sais pas quoi faire. Ma formation ne m'a pas préparée à ça. C'est arrivé il y a dix minutes, et je ne vais pas pouvoir lui cacher ce truc éternellement.

— Lui cacher quoi ?

L'OLF prit une profonde inspiration avant de répondre :

— Bon. J'étais à la table du petit déjeuner – dans la configuration habituelle, avec Rose et Philippa sur le canapé, et Jonathan en train de se préparer une tasse de thé. Le téléphone de Rose était posé devant moi, et tout à coup je vois l'écran s'allumer. D'habitude, il sonne. Mais j'imagine qu'elle ne reçoit pas beaucoup de SMS, parce que cette alerte sonore-là était désactivée. Bref, je jette un coup d'œil en passant, et…

— Et quoi ?

— Je crois que ça vient de lui. Ça ne peut être que lui. Ted Moon. Un SMS.

— Vous l'avez lu ?

— Je n'ai pas osé. Je ne suis pas allée plus loin que le titre. En plus, je crois que c'est un MMS.

Une photo. Merde ! Caffery se redressa.

— Qu'est-ce qui vous fait croire que ça vient de lui ?

— Le titre.

— Qui est ?

— Qui est... Qui est : « Martha. L'amour de ma vie. »

— Ne faites rien. Ne bougez pas, ne laissez surtout pas Rose voir ça. J'arrive.

54

Tout en regagnant sa voiture, Caffery avala deux comprimés de paracétamol qu'il fit glisser avec une lampée de café brûlant, prise au Thermos d'un agent de l'unité de soutien. Il avait mal partout. Il passa plusieurs appels en conduisant, pendant que Myrtle somnolait sur la banquette arrière. Des appels à son divisionnaire, au commandant du groupe de soutien déployé autour du hangar, au service de presse. Il téléphona aussi à son bureau et découvrit que non seulement Prody avait déjà quitté l'hôpital, mais qu'il était de retour dans la salle de la brigade après un rapide débriefing, avide de se racheter de sa bourde de la veille. Caffery lui demanda de contacter Wellard afin de savoir si Flea Marley avait réapparu.

— Et si c'est non, ajouta-t-il en se garant devant chez les Bradley, va trouver ses voisins, tâche d'apprendre qui sont ses amis. Elle a un frère bizarre, aussi, du genre araignée dans le plafond. Interroge-le. Achète-toi un portable jetable ou fais-t'en prêter un par la maison, et envoie-moi le numéro par SMS le plus vite possible. Et n'oublie pas de m'appeler dès que tu sauras quelque chose.

— Ouais, fit Prody. J'ai déjà deux ou trois théories.

Caffery se gara devant la planque des Bradley. Tout semblait normal. Les rideaux ouverts. Quelques lampes allumées. Les jappements du chien à l'intérieur.

Ce fut l'OLF qui lui ouvrit et il devina à son expression que la situation s'était aggravée depuis son coup de fil.

— Quoi ? Qu'est-ce qu'il y a ?

Elle s'effaça et ouvrit la porte en grand pour qu'il puisse voir toute l'entrée. Rose Bradley était assise à mi-escalier, en chaussons et en robe de chambre rose. Une sorte de miaulement aigu s'échappait de sa gorge. Philippa et Jonathan la regardaient depuis le seuil du salon, pétrifiés et impuissants. Philippa retenait Sophie par la peau du cou. La chienne avait cessé d'aboyer mais considérait Caffery avec méfiance, les pattes agitées de spasmes.

— Elle a trouvé le message, murmura l'OLF. Elle est pire qu'un pitbull dès qu'il s'agit de son portable. Elle a réussi à me le reprendre.

Rose se balançait d'arrière en avant, d'avant en arrière.

— Ne me demandez pas de vous le donner, dit-elle. Vous n'avez aucune chance. C'est mon téléphone.

Caffery ôta son manteau et le jeta sur une chaise près de la porte. Il régnait une chaleur d'étuve dans l'entrée. Les murs étaient tapissés d'un papier peint gaufré, à volutes bleues. Cet appartement, censé accueillir des pontes de la police en visite, était hideux.

— Elle a pris connaissance du message ?

Le mouvement de balancier s'accentua : le front de Rose touchait à présent ses genoux, ses larmes mouillaient sa robe de chambre.

— Non ! Non, je ne l'ai pas ouvert. Mais c'est sûrement une photo d'elle, hein ? Sûrement une photo d'elle.

— Je t'en prie, lâcha Jonathan, qui semblait au bord de l'évanouissement. Ce n'est pas certain. On ne sait pas ce que c'est.

Caffery s'arrêta au pied de l'escalier et regarda Rose. Elle ne s'était pas lavé les cheveux, et il émanait d'elle une odeur désagréablement épicée.

— Rose ?

Il tendit la main. Pour qu'elle la prenne, ou qu'elle y dépose le téléphone.

— Quoi qu'elle représente, cette photo pourrait nous aider à la retrouver.

— Vous avez lu sa lettre. Vous savez ce qu'il a l'intention de lui faire. Et c'est quelque chose d'horrible. Je le sais parce que si ce n'était pas horrible, vous m'auriez laissée la lire. Et si c'était ça que montrait cette photo ? Hein ? Si c'était ça ?

— On ne le saura qu'en la voyant. Maintenant, Rose, il faut que vous me donniez ce téléphone.

— Seulement si vous me laissez voir le message. Je refuse que vous me cachiez quoi que ce soit de plus. Vous n'en avez pas le droit.

Caffery se retourna vers l'OLF, qui se tenait immobile devant la porte d'entrée. Quand elle comprit ce qu'il s'apprêtait à faire, elle écarta les mains d'un geste résigné, comme pour dire : « C'est votre problème, patron. »

— Philippa, dit Caffery, tu as un ordinateur portable, je crois. Tu pourrais brancher ce téléphone dessus avec un câble USB ?

— Pas besoin. C'est un Bluetooth.

— Alors, va le chercher.
— On ne va quand même pas regarder ça, si ?
— Ta mère ne me donnera pas son téléphone si on ne le fait pas, répondit Caffery, impassible. Il faut respecter son souhait.

Philippa frissonna, puis entraîna Sophie dans le salon en marmonnant.

Ils s'assirent autour de la table de la salle à manger pendant que Philippa installait l'ordinateur. Ses mains tremblaient. Jonathan était passé dans la cuisine et faisait du bruit – sans doute lavait-il la vaisselle. Il ne voulait rien savoir. Rose, elle, ne tremblait pas. Elle affichait à présent un calme glacial, le regard dans le vide. Une fois l'ordinateur allumé, elle décroisa les bras et plaça son téléphone au centre de la table. Pendant quelques secondes, tout le monde considéra l'appareil en silence.

— Bon, dit Caffery. Je prends le relais.

Philippa acquiesça et alla se jeter sur le canapé, les genoux ramenés sous le menton et un coussin devant le visage. Ses yeux étaient tout juste visibles au ras du coussin, comme si elle regardait un film d'épouvante sans parvenir à s'en détourner tout à fait.

— Vous êtes sûre, Rose ?
— Tout à fait sûre.

Caffery établit la connexion et lança le transfert du fichier « Martha, l'amour de ma vie.jpg ». Tout le monde attendit, les yeux rivés sur l'écran, que l'image se reconstitue lentement, de bas en haut et ligne par ligne. Ce fut d'abord une moquette bleue qui apparut. Puis les tiroirs d'un lit d'enfant.

— C'est le sien, commenta Rose d'un ton presque détaché. Le lit de Martha. Il l'a pris en photo. Tous ces autocollants sur les tiroirs. On s'était disputées à ce sujet. Je...

Elle se tut. Plaqua une main devant sa bouche alors que le téléchargement de la photographie s'achevait.

— Quoi ? lança Philippa depuis le canapé. Qu'est-ce qu'il y a, maman ?

Personne ne répondit. Personne ne respirait. Tous les visages se rapprochèrent de l'écran. La photo montrait le lit de Martha : blanc, plein d'autocollants, une couette rose. En toile de fond, le papier peint était orné d'une frise sur laquelle pirouettaient des ballerines. Mais personne ne s'intéressait au mur, ni à la couleur de la couette : tous les regards étaient fixés sur le lit. Ou plutôt sur la personne allongée dessus.

Un homme en jean et en tee-shirt, aux muscles bien découplés. Les mains crispées sur l'entrejambe. Le visage et le cou dissimulés derrière un masque de Père Noël à longue barbe. Malgré le masque, Caffery devina que Ted Moon ricanait.

55

Peu après midi, un banc de cumulus tapi à l'ouest juste au-dessus de l'horizon se mit en mouvement vers l'est. Caffery les observa à plusieurs reprises pendant qu'il roulait en direction du presbytère d'Oakhill. On aurait dit les tours d'une extravagante cité barbare déferlant à travers le ciel. Il était assis à l'avant d'un fourgon Mercedes banalisé, conduit par un agent de la police routière qui avait pris soin de retirer ses épaulettes et sa cravate. Caffery avait réquisitionné le véhicule après avoir laissé Myrtle et sa voiture au siège de la Crim à Kingswood. Philippa et Rose étaient assises derrière lui ; Jonathan et l'OLF les suivaient dans une BMW. Rose, toujours persuadée que Martha tenterait de la joindre, refusait de s'éloigner de son portable. Caffery avait néanmoins réussi à le lui prendre en lui expliquant que l'appareil devait rester entre les mains d'un spécialiste au cas où Moon appellerait. En vérité, le seul spécialiste qui aurait pu mériter de se voir confier le téléphone de Rose était un négociateur de prise d'otage. Caffery se garda bien de le préciser. Depuis la première heure, il était déterminé à ne pas confier l'enquête à ce genre d'expert. Il avait empoché l'appareil après avoir réglé au maximum le volume de ses sonneries.

Ils arrivèrent au presbytère juste avant 13 heures. Le chauffeur coupa le contact mais Caffery resta un moment à l'intérieur du fourgon. À part les rideaux tirés et le casier à bouteilles de lait oublié sur le perron, l'endroit avait beaucoup changé depuis l'évacuation des Bradley. Il grouillait à présent d'uniformes, de gyrophares, de rubans bleu et blanc agités par le vent, de véhicules garés n'importe comment. La fouille avait été confiée à une unité de Taunton. Il y avait aussi une fourgonnette de la brigade cynophile, avec des chiens au regard fixe qui pressaient leur museau contre le grillage de la portière arrière. Caffery fut secrètement soulagé de ne pas les voir en action. Même s'il ne s'attendait pas à voir Moon sortir du presbytère les mains en l'air, il n'avait pas besoin que des chiens lui rappellent à quel point ce salopard était rusé. La police, jusqu'ici, avait offert un spectacle lamentable. Il n'était pas sûr de pouvoir supporter la vision d'un berger allemand tournant en rond, complètement perdu.

Trois officiers de police en civil faisaient le pied de grue à une dizaine de mètres d'un fourgon Renault banalisé, fumant et bavardant. C'était eux qui avaient surveillé le domicile des Bradley depuis leur départ, pour le cas où Moon serait revenu sur les lieux de son crime et aurait montré son visage.

Caffery détacha sa ceinture de sécurité, sauta du fourgon et se dirigea vers les trois hommes. Il s'immobilisa à quelques pas, les bras croisés, sans un mot. Il n'eut pas besoin de parler. La force de sa fureur suffit à les faire taire. Un par un, ils se tournèrent vers lui. L'un d'eux cacha sa cigarette derrière son dos et risqua un sourire ; le deuxième se mit au garde-à-vous en fixant un point situé au-dessus de l'épaule de Caffery, comme s'il faisait face à un sergent instructeur. Le troisième baissa les yeux et lissa sa chemise d'un air nerveux. Génial, pensa Caffery. Les singes de la sagesse.

L'un d'eux commença :

— Je vous jure que...

Caffery le réduisit au silence d'un regard, fit demi-tour et rejoignit Jonathan Bradley, livide, devant l'entrée de la maison.

— Je viens avec vous, dit Jonathan. Je veux voir sa chambre.

— Non. Ce n'est pas une bonne idée.

— S'il vous plaît.

— À quoi est-ce que ça vous avancerait ?

Jonathan chercha des yeux la fenêtre de Martha.

— Il faut que je vérifie qu'il n'a... qu'il n'a rien fait là-haut. Juste pour être sûr.

Caffery aussi voulait voir la chambre. Mais pas pour la même raison. Il espérait pouvoir faire comme le Marcheur : capter quelque chose de Ted Moon du seul fait de sa présence.

— Bon, suivez-moi. Mais ne touchez à rien.

La porte était ouverte ; ils entrèrent, et le visage de Jonathan se figea comme un masque. Il embrassa du regard le vestibule, les surfaces noircies par la poudre à empreintes. Un des TSC qui venaient de passer les lieux au peigne fin – relevant les empreintes, récupérant les poils présents sur l'oreiller de Martha, emportant sa literie à des fins d'analyse – les frôla dans son espèce de combinaison spatiale, du matériel plein les bras. Caffery l'intercepta.

— Vous avez repéré des signes d'effraction ?
— Pas encore. Ça reste un mystère pour l'instant.

Il se mit à fredonner le générique d'*Aux frontières du réel* et s'aperçut trop tard que les deux hommes le fusillaient du regard. Il prit aussitôt un air sévère et considéra leurs pieds.

— Vous avez l'intention d'entrer ?
— Donnez-nous des surchaussons et des gants. On sera sages.

Le technicien s'exécuta. Dès qu'ils furent équipés, Caffery indiqua l'escalier à Jonathan.

— On y va ?

Il monta le premier, suivi par Jonathan, qui n'en menait pas large. La chambre de Martha était telle que sur la photo prise par le ravisseur : des images encadrées aux murs, la frise de ballerines rose, les autocollants de Hannah Montana sur les tiroirs du lit. À ceci près que le matelas avait été dépouillé, et que le lit, les murs et la fenêtre étaient couverts de poudre à empreintes.

— Ça fait vieillot, commenta Jonathan en tournant lentement sur lui-même. Quand on vit longtemps quelque part, on ne voit pas les choses se dégrader.

Il alla à la fenêtre, toucha la vitre de son index ganté, et Caffery remarqua pour la première fois qu'il avait perdu du poids. En dépit de ses sermons sur son rôle de pilier de la famille, en dépit de son apparente voracité, c'était lui qui commençait à flotter dans ses vêtements – pas Rose, ni Philippa. Il ressemblait à présent à un vieux vautour malade.

— Monsieur Caffery ? dit-il sans se retourner. Je sais qu'on ne peut pas parler devant Rose et Philippa, mais d'homme à homme, qu'est-ce que vous en pensez ? Qu'est-ce que cet homme a fait à ma fille, selon vous ?

Caffery étudiait l'arrière de son crâne. Ses cheveux étaient moins épais qu'il ne l'avait cru. Il décida que cet homme avait le droit qu'on lui mente – parce que la vérité, monsieur Bradley, la voici : Ted Moon a violé votre fille. Il l'a fait autant de fois qu'il l'a pu. Et il l'a tuée – pour la faire taire, pour qu'elle cesse de pleurer. Ce stade-là est déjà derrière nous – elle est vraisemblablement morte dans la journée qui a suivi le rapt. Et comme il ne reste rien d'humain chez lui, il est possible qu'il ait continué d'abuser de son corps après l'avoir tuée. Mais cela aussi, c'est derrière nous. Je le sais parce qu'il a enlevé Emily. Il lui en fallait une autre. Quant à Martha, il doit se demander ce qu'il va faire de son corps. Il est très doué pour creuser des tunnels. Ses tunnels sont extrêmement bien conçus, et...

— Monsieur Caffery ?

Il leva les yeux. Jonathan l'observait.

— Je répète ma question : qu'a-t-il fait à ma fille, selon vous ?

Caffery secoua lentement la tête.

— Si on faisait ce qu'on est venus faire ?

— J'osais espérer que vous y croiriez encore.

— Je n'ai rien dit.

— Non. Mais ça revient au même. Ne craignez rien. Je ne vous reposerai pas la question.

Jonathan tenta de sourire mais il n'y parvint pas. Il s'éloigna de la fenêtre pour revenir au centre de la chambre.

Ils restèrent immobiles quelques instants, côte à côte, en silence. Caffery s'efforçait de faire le vide en lui. Il laissa les sons, les odeurs, les couleurs s'emparer de son esprit, attendit qu'ils envoient à sa conscience un message aussi visible qu'un pigeon d'argile sur un champ de tir. Rien ne vint.

— Alors ? dit-il. Vous voyez un changement ?
— Je ne crois pas.
— Où était l'appareil quand il a pris la photo, à votre avis ?

Caffery sortit le portable de Rose, étudia l'image de Moon étendu sur le lit puis, tenant le boîtier à bout de bras, le déplaça lentement jusqu'à trouver l'angle adéquat.

— Il devait avoir un pied. La photo a été prise de très haut.
— Peut-être a-t-il posé son appareil au-dessus de la porte. Sur le chambranle.

Caffery fit un pas vers la porte.

— C'est quoi, ces trucs dans le mur ? Des chevilles ?
— Il y a peut-être eu une pendule là-haut, dans le temps. Pour être franc, je ne m'en souviens plus.

Caffery prit la chaise du petit bureau de Martha, la plaça contre la porte et grimpa dessus.

— Si ça se trouve, il a vissé un truc dans le mur. Pour fixer son appareil.

Il mit ses lunettes et examina attentivement les deux orifices. L'un d'eux contenait une cheville en inox qui dépassait d'un demi-centimètre environ. Il enfonça un doigt dans le second et sentit quelque chose bouger à l'intérieur. Il palpa les poches de son pantalon, en sortit son canif, déplia la pince à épiler miniature et, avec d'infinies précautions, réussit à extraire l'objet.

Il redescendit de la chaise et marcha vers Jonathan, l'index dressé. Un minuscule disque noir de la taille d'un penny était posé sur son doigt, incrusté de circuits électroniques à peine visibles sur une face. L'autre face évoquait la surface luisante d'une lentille. Le tout pesait probablement moins de vingt grammes.

— Qu'est-ce que c'est que ça ?

Caffery secoua la tête. Son cerveau était encore en plein travail. Et soudain, il comprit.

— Bon sang, dit-il en remontant sur la chaise.

Il replaça sa découverte dans le trou.

— Qu'est-ce que c'est, monsieur Caffery ?

Caffery mit un doigt sur ses lèvres. Il faisait défiler les numéros de son portable.

— Monsieur Caffery ?

— Chut !

Il composa un numéro, colla le téléphone contre son oreille, attendit la tonalité.

Jonathan fixa la porte, puis à nouveau Caffery.

— Dites-moi ce que c'est, au nom du ciel !

— Une caméra, souffla Caffery. C'est une caméra.

— Qu'est-ce que ça veut dire ?

— Ça veut dire que Ted Moon nous observe.

56

Le bruit de l'ouverture de la trappe avait tellement choqué Flea qu'il lui fallut presque une demi-heure pour trouver le courage d'aller de l'avant. Elle crut l'entendre se répercuter le long du tunnel, se le représenta comme une vague d'eau noire remontant par le puits d'aération et trahissant sa présence. Quand elle eut l'assurance qu'il ne se passerait rien et que le ravisseur n'était pas là, elle passa une épaule dans l'ouverture et s'arc-bouta contre la cloison. La trappe s'ouvrit en grand avec un bruit de succion. Une bouffée d'air et de clarté l'enveloppa aussitôt, atténuant la peur irraisonnée qui l'avait submergée jusque-là.

Dans la partie avant de la péniche, légèrement soulevée par la pression de la rocaille sur la poupe, une sorte de rebord saillant courait le long de la coque juste au-dessus du niveau de l'eau. Un caisson en métal était soudé au pont – pour ranger des cordages, probablement – et il y avait aussi deux petits orifices par lesquels les amarres avaient dû autrefois coulisser. C'était de là que venait la lumière du jour, deux rayons qui s'entrecroisaient dans la cale comme des faisceaux laser. La présence du charbon était également évident : l'intérieur de la soute était incrusté de cristaux noirs. Flea leva les yeux. Au-dessus de sa tête, le contour d'une écoutille était souligné par un trait lumineux.

Elle pensa ardemment à l'espace et à la clarté qui l'attendaient au-delà. Si elle réussissait à ouvrir l'écoutille, elle n'aurait plus qu'à se hisser hors de la péniche. Avec son équipement de spéléo, elle escaladerait le puits d'aération en moins d'une demi-heure. Cela pouvait être aussi simple que ça. À condition d'être vraiment seule.

Elle sortit un bras de l'eau noire et regarda tourner la trotteuse de sa montre. Aucun son ne lui parvenait du canal, hormis les gouttes d'eau qui tombaient régulièrement du puits. Au bout de dix minutes, elle claquait des dents mais avait retrouvé un semblant de confiance. Elle fit demi-tour et, à genoux, alla récupérer son sac à dos. L'eau oscillait en silence autour d'elle. Le rat crevé heurta nonchalamment la coque et entama une lente pirouette.

Tenant son sac à dos au-dessus de l'eau, elle retraversa la trappe sans bruit et retrouva l'eau un peu plus chaude de la soute avant. Après trois pas supplémentaires sur les genoux, elle posa une main contre la coque et parvint à se redresser. Elle continua sa progression, pliée en deux, jusqu'à la pointe de la proue où elle put se relever, même si ses cheveux effleuraient les toiles d'araignée perlées de rouille au plafond. Elle avait de l'eau jusqu'à la taille ; le double faisceau lumineux éclairait son visage, et son haleine lui revenait au visage dans l'espace confiné. Elle laissa passer un peu de temps.

Ayant repéré un crochet au plafond, elle y suspendit son sac à dos pour le garder au sec. Elle sortit son portable, l'alluma et attendit l'apparition du témoin de signal. Rien. Continuant à respirer aussi silencieusement que possible par la bouche, elle s'approcha d'un des orifices. Elle se contenta dans un premier temps de tendre l'oreille et laissa son imagination partir en éclaireur le long du tunnel, guettant le moindre son susceptible de trahir une autre présence que la sienne. Puis, contrôlant toujours son souffle, elle colla un œil devant l'orifice.

À environ cinq mètres au-dessus d'elle, le sac d'escalade était toujours suspendu, massif et baigné d'ombre. Il n'y avait ni mousse, ni débris végétaux dessus. Il avait donc servi récemment. Elle n'avait pas eu le temps de remarquer ce détail la veille. En se plaquant contre la coque, elle put voir plus loin dans le tunnel. Elle aperçut la tache claire de la chaussure d'enfant. Un nouveau frisson la secoua. Martha était descendue dans ce tunnel. Cela ne faisait aucun doute. C'était peut-être ici qu'elle avait été violée. Voire tuée.

Flea passa son portable à travers l'orifice et le tint à bout de bras, inclinant l'écran vers elle.

Toujours pas de signal. Il allait donc falloir ouvrir l'écoutille.

Elle éteignit le téléphone, le glissa dans le sac à dos et posa les mains à plat sur le plancher du pont. L'écoutille s'ouvrait vers le haut. Pas aussi simple que pour la trappe, d'autant qu'elle aussi était pleine de rouille. Flea prit le ciseau de son père dans son sac et donna plusieurs coups de manche sur le panneau. Des flocons de rouille et de poussière de charbon s'en détachèrent mais il ne bougea pas. Elle sortit son couteau suisse de sa combinaison et entreprit de gratter la rouille autour du joint. Elle était plus dure et plus profondément incrustée que celle de la trappe de soute. Flea plia les genoux et ôta le haut de sa combinaison pour entourer de Néoprène la base de la lame du canif et l'empêcher de se replier. Elle était obligée de frapper en levant son couteau au-dessus de sa tête comme un maillet, pour attaquer la rouille de biais.

Une fois les joints dégagés, elle donna trois nouveaux coups de ciseau dans l'écoutille. Toujours rien. Serrant son canif à deux mains, elle porta des coups répétés au battant. À la sixième tentative, la lame se brisa net, traversa sa combinaison et se planta profondément dans sa cuisse.

La douleur la fit tressaillir. La lame était enfouie dans le muscle. Oubliant sa formation de secouriste, elle la ressortit immédiatement. Adossée au rebord de la coque, elle ouvrit entièrement sa combinaison, leva aussi haut que possible les pieds et souleva les fesses pour extraire ses jambes du Néoprène. Sa cuisse était marbrée, tous ses poils hérissés. Une auréole gris-bleu entourait l'endroit où la lame avait pénétré. Elle plaça les pouces de part et d'autre et approcha son visage pour examiner la blessure. Un mince croissant rouge se forma et, soudain, le sang jaillit et se mit à ruisseler le long de sa cuisse levée, imprégnant sa culotte.

Flea pressa les bords de la plaie en se mordant la lèvre. Ce n'était pas l'artère fémorale : un geyser de sang aurait déjà arrosé les flancs de la coque. N'importe, elle ne pouvait pas s'offrir le luxe d'une hémorragie. Pas ici, pas avec ce froid. Elle arracha son tee-shirt et le pressa contre la blessure, s'en fit un garrot en le nouant autour de sa cuisse. Puis elle tendit la jambe au-dessus de la coque, les deux mains à plat sur son aine, et appuya de toutes ses forces.

Elle garda longtemps cette position, telle une danseuse à l'échauffement, luttant contre la douleur, s'efforçant de visualiser sa sortie.

Un bruit se fit entendre dans le puits d'aération. Un tintement métallique contre la roche. Suivi d'un autre, qui lui confirma qu'elle n'avait pas rêvé. Un caillou atterrit dans l'eau. Puis il y eut d'autres cailloux, des feuilles, une branche…

Ce n'était pas quelqu'un qui jetait des choses dans le puits. C'était quelqu'un qui descendait à l'intérieur.

57

— Vous vous trompez. Il ne vous voit pas. Détendez-vous.

Caffery se trouvait dans la cuisine avec l'envoyé de la brigade technologique de Portishead, un grand gaillard roux à la silhouette athlétique, qui n'avait pas franchement le look d'un fonctionnaire de police. Il portait une cravate fine, un étrange costume à revers étroits façon sixties, et une serviette en faux croco. Il était arrivé dans une Volvo des années 1960, comme dans un film avec Sean Connery. Toutefois, il avait l'air de connaître sa partie. Il pria Caffery d'extraire la caméra de son logement dans le mur et de la déposer ensuite sur un bout de carton sur la table de la cuisine. Les deux hommes restèrent un moment à la contempler.

— Je vous promets qu'il ne nous voit pas.

— Mais ce bidule à l'arrière... C'est un émetteur radio, non ?

— Oui, oui. Il devait être relié à un récepteur USB à grande vitesse pour permettre un enregistrement direct sur disque dur. Peut-être que son intention était de surveiller la pièce depuis son ordinateur portable, mais ce n'est plus le cas.

— Vous en êtes sûr ?

Le type sourit. Calme.

— À cent vingt pour cent. D'ailleurs, ce petit machin n'a rien d'impressionnant. Très bas de gamme, de la camelote. Le matos dont se servent les pros de la surveillance est cent fois plus performant – la transmission se fait par micro-ondes. Il devait forcément être tout près pour capter quelque chose, et on a couvert tout le périmètre autour de la maison. Il n'y a plus personne. Désolé. Je dois reconnaître que ça m'a un peu excité au début. J'ai vraiment cru qu'on allait retrouver ce fumier le cul dans sa bagnole, en train de pianoter sur un clavier.

Caffery détailla son vis-à-vis de pied en cap. La brigade technologique avait déjà retrouvé l'origine de l'appel qui avait permis à Moon d'envoyer la photo par MMS. Il avait été passé depuis un portable prépayé, acheté dans un supermarché quelque part dans le sud de l'Angleterre au moins deux ans plus tôt. Ce téléphone n'émettait plus de signal, mais les experts avaient également réussi à déterminer d'où avait été effectué l'envoi. Tout près de la sortie 16 de l'autoroute M4. Autant dire à mi-chemin entre nulle part et n'importe où. C'était à la suite de cela que la brigade avait dépêché le rouquin au presbytère. Il avait des chaussures pointues et paraissait sortir d'*Alfie* avec ses lunettes à monture noire. Caffery regarda ses chaussures. Puis son visage.

— Comment doit-on vous appeler, au fait ? « Q » ?

Le rouquin rit. D'un rire nasal, sans joie.

— On ne me l'avait jamais faite, celle-là. Vraiment jamais. C'est donc vrai ce qu'on dit de la Criminelle : vous êtes poilants, les gars. Un gag à la minute.

Il fit coulisser le zip de sa serviette et en sortit un petit boîtier à affichage digital rouge avant d'ajouter :

— En fait, je ne suis qu'un sous-fifre. J'ai deux ans de brigade, et avant ça j'en ai passé deux autres au soutien technique de la section d'analyse des crimes sérieux – vous savez, l'unité spécialisée dans les missions de surveillance sous couverture ?

— Les trucs dont on ne se vante pas auprès des services du procureur de la reine, vous voulez dire ?

Le type avait des taches de rousseur sur le nez. Des yeux très clairs. Comme un albinos.

— Hé, hé, dit-il en touchant le nœud de sa cravate. Je sens que c'est une blague. Je le vois à la façon dont vos petits yeux malicieux se plissent.

Caffery se pencha à nouveau sur la caméra.

— Où peut-on se procurer ce genre de matériel ?

— Ça ? N'importe où. Pour quelques centaines de livres, peut-être même moins. Sur Internet. On vous l'envoie sans poser de questions. Il n'y a rien d'illégal à avoir l'esprit curieux, conclut-il avec un sourire qui révéla deux rangées bien alignées de dents minuscules.

— Ce que j'aimerais savoir, c'est pourquoi il a voulu surveiller une chambre vide. Il sait que les Bradley n'y sont plus.

— Désolé, mon pote. Moi, je suis du rayon gadgets. Pour la psychologie, ça sera la deuxième porte à gauche. Cela dit, ajouta-t-il en promenant un regard circulaire autour de la cuisine, il y en a une autre ici – au cas où ça vous intéresserait.

Caffery le regarda.

— Quoi ?

— Ici, dans la cuisine. Vous la voyez ?

Caffery étudia les murs, le plafond. Il ne voyait rien.

— C'est normal. Vous n'y arriverez pas. Regardez ça.

Le rouquin leva son boîtier, qui ressemblait à une lampe torche. À ceci près qu'un petit cercle de diodes rouges clignotait dans sa partie supérieure.

— Je gérais moi-même mon budget quand j'étais à la surveillance – je n'ai jamais eu besoin de passer par le service de l'approvisionnement. Et croyez-moi, je n'en ai pas gaspillé un penny. Tous mes achats ont été largement compensés par des gains en temps et en hommes. Ceci est un Spyfinder, un détecteur de caméra espion.

— Vous sortez vraiment d'un James Bond.

— Vous savez quoi ? J'ai une idée. Si on laissait de côté ce style d'humour pour le moment ? suggéra le type en inclinant son boîtier vers Caffery. Ces petites lumières qui font la ronde comme dans *Rencontres du troisième type*, vous les voyez ? Elles ont détecté le reflet d'une optique de caméra.

— Où ça ?

Caffery scruta de plus belle les murs, le réfrigérateur, la gazinière. Les cartes d'anniversaire de Martha alignées sur l'appui de fenêtre.

— Concentrez-vous.

Il suivit le regard de Q.

— L'horloge ?

— Je crois bien, oui. Dans le rond du 6.

— Putain de bordel de merde !

Caffery alla se planter devant l'horloge et distingua un infime reflet. Puis il se retourna vers la cuisine : les vieux placards en contreplaqué, les rideaux râpés. Le pot de crème que Jonathan avait servi avec la tarte aux pommes, posé sur le plan de travail. Et la pile de journaux. Pourquoi Moon aurait-il surveillé cette cuisine vide ? À quoi cela l'aurait-il avancé ?

— Il lui a fallu combien de temps pour installer tout ça ?

— Tout dépend de ses compétences technologiques. Et il est sûrement ressorti pour vérifier que son installation fonctionnait, que les images arrivaient bien.

— Vous voulez dire qu'il a fait des allées et venues ? Entre l'extérieur et l'intérieur ?

— Pour les réglages. Oui.

Caffery soupira.

— La mise en place d'une équipe de surveillance est une des plus grosses sources de dépenses que la police puisse se permettre, dit-il. C'est à se demander pourquoi on se donne cette peine.

— Je crois le savoir.

Les deux hommes se retournèrent en même temps. Immobile sur le seuil, Jonathan Bradley tenait à deux mains l'ordinateur portable de Philippa avec une expression étrange. Sa tête était légèrement penchée sur le côté, comme si la folie venait de frapper ses premiers coups à sa porte.

— Jonathan ! Vous deviez retourner à la voiture...

— J'y suis retourné. Et je suis revenu. Moon a installé ces caméras pour observer Martha. Il les a installées avant l'enlèvement. Elles étaient là depuis plus d'un mois. Voilà pourquoi votre équipe de surveillance n'a rien vu.

Caffery jeta un coup d'œil au rouquin avant de faire signe à Jonathan.

— Posez ça là, dit-il en faisant de la place sur la table.

Jonathan s'avança, la démarche raide, posa l'ordinateur et l'ouvrit. L'écran revint à la vie au bout d'une ou deux secondes. La photo de Moon affublé de son masque de Père Noël apparut. Jonathan avait tellement zoomé dessus qu'on ne voyait plus qu'un bout de son épaule et un pan de mur.

— Là, dit-il en tapotant l'écran. Vous voyez ?

Caffery et Q s'approchèrent.

— Qu'est-ce qu'il y a ?

— Sur le mur. Ce dessin.

Un dessin au feutre était punaisé au-dessus du lit – un dessin de petite fille faisant la part belle à l'imagination. Martha avait dessiné des nuages, des cœurs, des étoiles et une sirène. Elle s'était représentée tenant les rênes d'un poney blanc à côté de deux chiens qui semblaient flotter dans l'espace.

— Sophie et Myrtle.

— Eh bien ?

— Le collier n'y est pas. Ni les fleurs.

— Quoi ?

— L'anniversaire de Philippa est le 1er novembre. Martha a déguisé Sophie ce jour-là. Aussitôt après, elle a ajouté des fleurs et un collier à Sophie sur ce dessin. Rose s'en souvient. Philippa aussi. Et regardez : il n'y a ni roses ni collier sur la photo.

Caffery se redressa, le dos criblé de piqûres d'aiguille à la fois brûlantes et glacées. Tout ce qu'il avait cru vrai jusque-là était faux. Faux, archi-faux, et bâti sur du sable. L'enquête s'écroulait comme un château de cartes.

58

Le sac d'escalade se mit à bringuebaler contre le mur suintant du puits, produisant des bruits sourds qui résonnèrent d'un bout à l'autre de la péniche. À l'avant de la soute, Flea, parcourue de tremblements incontrôlables, retenait son souffle. Elle écarta lentement le tee-shirt de sa cuisse. Il collait par endroits au sang déjà presque sec. La plaie s'était résorbée, traçant une ligne rouge foncé. Flea appuya prudemment dessus. Ça avait l'air de tenir. Elle dénoua le tee-shirt et l'enfila par la tête. Elle remit ensuite sa combinaison de survie, la ferma jusqu'au col et alla s'accroupir de manière à regarder à travers l'orifice dans la coque.

La corde ondulait, projetant des ombres affreuses. Flea s'immergea encore un peu plus et déplaça furtivement sa main sous l'eau. Elle était rompue à l'art de fouiller la vase au toucher – c'était son métier : ses doigts y étaient entraînés, même avec des gants épais. Elle retrouva rapidement son couteau suisse cassé, l'essuya sur son tee-shirt et déplia le tournevis plat. Puis elle s'adossa à la coque, la tête inclinée de façon à voir la bouche du puits.

Il y avait quelqu'un sur la grille. Un homme. Elle le voyait de dos, chaussé de bottes marron à l'intérieur desquelles rentrait un pantalon de treillis sombre. Un sac-ceinture noir entourait sa taille. En se retenant aux plantes qui poussaient dans les murs du puits, il descendit de deux pas vers le bord de la grille et baissa la tête pour scruter le tunnel. Flea ne pouvait pas voir ses traits, mais son attitude exprimait l'hésitation, comme s'il n'était pas sûr d'avoir raison de faire ce qu'il faisait. Au bout d'une seconde ou deux, il se mit en position assise et déplaça ses pieds jusqu'au bord de la grille. Rattrapé par les lois de la pesanteur, il glissa sur les fesses. Il empoigna la corde pour freiner sa chute et parvint à descendre en douceur jusqu'à l'eau sale.

Immobile dans la pénombre, il regarda autour de lui. Puis il inclina le buste vers l'avant, comme s'il cherchait à distinguer les profondeurs de la caverne. Sa tête et ses épaules furent brièvement éclairées, et Flea vida d'un coup ses poumons. C'était Prody.

Elle colla le visage contre l'orifice, tremblante.

— Paul ! Paul ! Je suis là !

Il pivota sur lui-même, puis il recula d'un pas et fixa la péniche d'un air incrédule.

Elle passa sa main à travers l'ouverture et l'agita.

— Ici ! Dans le bateau !
— Bon sang… Flea ?
— Ici !
— Nom de Dieu !

Il s'approcha en pataugeant dans la boue, éclaboussant ses bottes et le bas de son pantalon.

— Nom de Dieu ! s'exclama-t-il en s'arrêtant à trente centimètres d'elle. Regardez-vous !

Elle frissonna des pieds à la tête.

— J'ai vraiment cru que j'allais rester coincée ici. Que vous n'aviez pas reçu mon message.

— Un message ? Je n'ai rien reçu. J'ai perdu mon portable. J'ai vu votre voiture au village, et en repensant à ce que vous... Bon sang, Flea, grommela-t-il en secouant la tête. Au bureau, tout le monde fait dans son froc en se demandant ce qui a pu vous arriver. Le commissaire Caffery, tout le monde. Et... mais qu'est-ce que vous foutez là ? demanda-t-il en regardant la péniche, comme s'il ne parvenait pas à croire qu'elle soit assez stupide pour se fourrer dans une situation pareille. Comment avez-vous fait pour atterrir dans ce truc ?

— Par la poupe. De l'autre côté de l'éboulis. Je suis venue par le tunnel. Je ne peux plus sortir.

— Le tunnel ? Mais alors, comment se fait-il que...

Il pivota lentement sur lui-même et considéra le puits d'aération.

— Ce n'est pas vous qui avez installé cette corde ?

— Écoutez-moi, Paul. On touche au but. C'est ici qu'il l'a amenée. Il a dû traverser les champs en la portant. Ce sac d'escalade est à lui, pas à moi.

Prody plaqua le dos contre la péniche, comme s'il s'attendait à voir le ravisseur surgir derrière lui. Il inspira profondément.

— D'accord, fit-il en sortant une petite lampe torche de son sac-ceinture. D'accord.

Il l'alluma et la brandit devant lui comme une arme, le souffle court.

— Ça va, Paul. Il n'est pas là.

Il dirigea son faisceau vers les profondeurs du tunnel.

— Vous en êtes sûre ? Vous n'avez rien entendu ?

— J'en suis sûre. Mais regardez, là-bas, dans l'eau. La chaussure. Vous la voyez ?

Prody braqua sa torche dessus. Il resta un long moment muet : Flea n'entendait plus que le bruit de sa respiration. Puis il s'éloigna, s'immobilisa face à la chaussure. Se pencha pour l'observer. Elle ne voyait pas son visage, mais il garda cette position un temps considérable. Puis il se redressa soudain, un poing serré contre la poitrine comme s'il souffrait de brûlures d'estomac.

— Quoi ? souffla Flea. Qu'est-ce qu'il y a ?

Il sortit un téléphone portable de sa poche et composa un numéro. Le halo bleuté de l'écran donnait à son visage l'aspect de la cendre. Il secoua l'appareil. L'inclina. Pataugea jusque sous le puits et le tendit à bout de bras, les yeux fixés sur l'écran, enfonçant à plusieurs reprises la touche d'appel. Puis il finit par renoncer, rangea le téléphone et revint vers la péniche.

— Vous êtes chez quel opérateur ?

— Orange, dit-elle. Et vous ?

— Pareil. Je me suis acheté un prépayé en attendant.

Il recula d'un pas et promena son regard le long de la coque.

— Bon, il faut qu'on vous sorte d'ici.

— L'écoutille, sur le pont... J'ai essayé, mais je n'arrive pas à la soulever. Paul ? Qu'est-ce qui vous dérange dans cette chaussure ?

Il mit les deux mains sur le plat-bord et se hissa d'une traction pour étudier le pont. Ses bras tremblaient, son corps oscillait contre la coque. Au bout de quelques secondes, il se laissa retomber dans la vase.

— Qu'est-ce qui vous dérange dans cette chaussure, Paul ?

— Rien.
— Je ne suis pas débile.
— Trouvons d'abord un moyen de vous sortir de là. Ce ne sera pas par cette écoutille. Il y a un cabestan dessus.

Il longea la péniche, une main sur la coque, s'arrêtant par endroits pour l'examiner. Flea l'entendit la frapper un peu derrière elle. Quand il revint, un léger voile de sueur recouvrait son front. Il était trempé, boueux, et avait une mine épouvantable.

— Bon, fit-il sans croiser son regard. Voilà ce qu'on va faire.

Il se mordit la lèvre et leva la tête vers le puits.
— Je vais remonter. Pour retrouver du réseau.
— Ça captait dans le puits ?
— Je... oui. Enfin, je crois.
— Vous n'en êtes pas sûr ?
— Je n'ai pas vérifié. De toute façon, si ça ne capte pas dans le puits, ça captera en surface.
— Oui, acquiesça-t-elle. Bien sûr.
— Hé, dit-il en se penchant en avant pour la regarder. Vous pouvez me faire confiance. Je ne vais pas vous laisser. Il ne reviendra pas : il sait qu'on a fouillé ce tunnel, il faudrait qu'il soit dingue pour y revenir. Je fais juste un tour en surface.
— Et si vous êtes obligé de vous éloigner pour trouver du réseau ?
— Ça ne me mènera pas bien loin.

Il fit une pause et remarqua :
— Vous êtes pâle.
— Oui, répondit-elle en frissonnant. J'ai... Ça caille à mort, là-dedans.
— Tenez.

Il sortit de son sac-ceinture un sandwich sous cellophane un peu écrasé et une bouteille d'eau minérale à demi pleine.

— Mon déjeuner. Désolé pour la présentation.

Flea passa une main dans l'ouverture et prit le sandwich, puis la bouteille. Rangea le tout dans son sac à dos toujours suspendu sous le pont.

— Pas de whisky, j'imagine ?
— Mangez déjà ça.

Il avait parcouru la moitié de la distance qui le séparait du puits quand quelque chose l'arrêta. Il se retourna vers elle. Il y eut un silence. Puis, sans un mot, il revint sur ses pas et passa une main à travers l'ouverture. Elle l'étudia un certain temps – regarda la façon dont ses doigts blêmes et tièdes se découpaient sur le fond noir de la coque – avant de mettre la sienne dedans. Ni l'un ni l'autre ne parla. Prody finit par retirer sa main et repartir vers le puits. Il hésita un instant, balaya une dernière fois le tunnel du regard, s'arrêtant sur les formes indéfinissables qu'on devinait sous l'eau, tira sur la corde pour l'écarter de la paroi et entama son escalade.

59

Janice Costello s'était réfugiée chez sa sœur près de Chippenham, et Caffery s'y rendit dans l'après-midi. Un village assoupi, avec des corbeilles de fleurs suspendues devant les maisons, un pub, un bureau de poste et une plaque proclamant : *1er Prix 2004 des villages fleuris du Wiltshire*. Il sonna à la porte d'un cottage en pierre de taille, à toit de chaume et fenêtres à meneaux. Ce fut Nick qui lui ouvrit. Elle portait une robe mauve et avait troqué ses bottes à talons contre des chaussons chinois turquoise qu'on devait lui avoir prêtés. À plusieurs reprises, elle mit un doigt sur ses lèvres pour inciter Caffery à baisser le ton. La mère et la sœur de Janice se trouvaient à l'étage, dans une chambre. Quant à Cory, il s'en était allé, sans que personne sache où.

— Et Janice ?

Nick fit la moue.

— Venez, je vous emmène à l'arrière.

Elle lui fit traverser le cottage bas de plafond. Après être passés devant une agréable flambée qui crépitait dans l'âtre, avec deux labradors endormis devant, ils ressortirent sur la terrasse côté jardin. Face à eux, une succession de pelouses cascadait en pente douce jusqu'à une haie basse derrière laquelle s'étendait la vaste plaine calcaire de la partie sud des Cotswolds, avec ses labours couverts de givre et son ciel gris plomb.

— Elle n'a pas dit un mot depuis sa sortie de l'hôpital. Même à sa mère.

Nick tendait le doigt vers une silhouette assise sur un banc en bordure d'une roseraie, dos au cottage, un édredon sur les épaules. Ses cheveux sombres étaient rabattus en arrière. Elle regardait fixement la limite des champs, où les frondaisons automnales touchaient le ciel.

Caffery boutonna son manteau jusqu'au col, enfouit les mains dans ses poches et emprunta l'étroite allée bordée d'ifs qui menait à la dernière pelouse. Quand il s'arrêta devant Janice, elle leva les yeux et le dévisagea en tremblant. Sa peau était vierge de tout maquillage, et il remarqua son nez et son menton rougis. Ses mains qui serraient l'édredon autour de son cou étaient grises de froid. Le lapin en peluche d'Emily reposait sur ses genoux.

— Quoi ? fit-elle. Qu'est-ce qu'il y a ? Vous l'avez retrouvée ? Je vous en prie, dites-moi ce que vous êtes venu dire, peu importe ce que c'est, dites-le !

— Nous ne savons rien, pour le moment. Je suis désolé.

— Seigneur, dit-elle en s'affaissant sur le banc, une main sur le front. Je n'en peux plus. Je n'en peux vraiment plus.

— Vous serez la première informée dès qu'on aura des nouvelles.

— Bonnes ou mauvaises ? Vous me promettez que je serai la première informée, qu'elles soient bonnes ou mauvaises ?

— Bonnes ou mauvaises. Je vous le promets. Puis-je m'asseoir ? Il faut que je vous parle. Je peux demander à Nick de venir, si vous préférez.

— Pourquoi ? Ça ne changerait rien, si ? Personne ne peut rien faire. N'est-ce pas ?

— Pas vraiment.

Il prit place à côté d'elle, croisa les jambes au niveau des chevilles, rentra la tête dans les épaules et glissa ses mains sous ses aisselles pour lutter contre le froid. Par terre, aux pieds de Janice, une tasse de thé attendait à côté d'un tome d'*À la recherche du temps perdu*, protégé par une couverture de bibliothèque en plastique transparent.

— C'est de cet auteur difficile, hein ? demanda-t-il au bout d'un moment. Proust ?

— Ma sœur m'a trouvé ça. Il était sur la liste des dix livres à lire dans les moments critiques. J'ai le choix entre ça et Khalil Gibran.

— Et je parie que vous n'arrivez pas à en lire un mot.

Elle baissa la tête et resta ainsi près d'une minute, concentrée.

— Bien sûr que non, répondit-elle enfin. Il faudrait déjà que ça cesse de hurler dans ma tête.

— Les médecins sont des inconscients. Ils n'auraient jamais dû vous laisser signer cette décharge. Vous avez l'air de tenir le choc, cela étant. Mieux que je ne m'y attendais.

— Non, pas du tout. Vous mentez.

Il haussa les épaules.

— Je vous dois des excuses, Janice. Nous vous avons laissée tomber.

— C'est vrai. Vous m'avez laissée tomber. Emily aussi.

— Au nom de la police, je vous prie d'excuser M. Prody. Il aurait dû faire du meilleur travail. Pour commencer, il n'avait pas à rester chez vous. Il a eu un comportement déplacé.

— Non, corrigea-t-elle avec un sourire navré. Il n'y a rien eu de déplacé dans le comportement de Paul. Ce qui est déplacé, c'est la façon dont vous vous y êtes pris. Et le fait que mon mari ait une liaison avec la femme de Paul. Voilà ce qui est déplacé. Sacrément déplacé.

— Je vous dem…

Elle l'interrompit d'un rire brusque.

— Oh… vous ne le saviez pas ? Mon merveilleux mari se tape Clare Prody.

Caffery regarda le ciel en ravalant un juron.

— C'est…

Il s'éclaircit la gorge avant d'ajouter :

— … difficile. Pour tout le monde, c'est difficile.

— Difficile ? Pour vous ? Dites-vous que ma fille a disparu. Dites-vous que, depuis que c'est arrivé, mon mari ne m'a pas adressé une seule fois la parole. Ça, dit-elle, les yeux pleins de larmes, c'est difficile. Que mon salaud de mari ne me dise plus un mot. Même pas le prénom d'Emily. À croire qu'il a oublié comment ça se prononce !

Elle resta un moment assise, la tête basse. Puis elle souleva le doudou de sa fille et le serra contre son front. Fort. Comme si cette pression pouvait suffire à endiguer ses pleurs.

Le patron du service hospitalier s'était étonné de ne pas lui trouver la bouche et la gorge irritées à cause du gaz. La substance utilisée par Moon pour neutraliser les occupants de la planque n'avait toujours pas été identifiée. Des chiffons imbibés de white-spirit avaient été retrouvés dans certaines pièces. Les émanations toxiques perceptibles dans l'appartement provenaient d'eux – rien à voir avec du chloroforme. En revanche, le white-spirit ne pouvait pas les avoir tous mis K-O.

— Excusez-moi, dit-elle en s'essuyant les paupières. Désolée. Je ne voulais pas… Ce n'est pas votre faute.

Elle pressa le lapin contre son nez, respirant son odeur. Puis elle écarta le col de son pull et le glissa à l'intérieur, comme un être vivant ayant besoin de chaleur. La main toujours sous son pull, elle déplaça le doudou pour le nicher sous son bras. Caffery laissa ses yeux errer sur le jardin. Un tas de feuilles mortes s'élevait dans l'angle de la haie, tout près des champs. Une toile d'araignée frissonnait dans la brise légère qui était en train de se lever, portant vers eux une odeur d'engrais. Caffery tenta de se l'imaginer au petit matin, perlée de rosée et de givre. Il repensa au crâne aperçu sous le drap sale. À la substance brune friable qui maculait le coton.

— J'ai essayé de joindre Cory, Janice. Il ne prend pas non plus mes appels. J'ai besoin qu'un de vous deux réponde à certaines questions. Vous voulez bien faire ça pour moi ?

Janice soupira. Elle rejeta ses cheveux en arrière et les noua en chignon, passa ensuite les mains sur ses joues comme pour en lisser la peau.

— Allez-y.

Caffery sortit son calepin de la poche de sa veste, le posa sur ses genoux et inscrivit la date et l'heure. Ce carnet n'était qu'un accessoire. Il n'avait pas l'intention de le noircir dès maintenant, il verrait cela plus tard. Sa présence l'aidait juste à se concentrer.

— Vous n'aviez jamais été cambriolés, Janice ? Chez vous ? Jamais constaté d'effraction ?

— Pardon ?

— Je vous demandais si votre domicile n'avait jamais fait l'objet d'un cambriolage.

— Non, répondit-elle, les yeux rivés sur le calepin. Pourquoi ?

— Votre maison est équipée d'un système d'alarme, n'est-ce pas ?

— Oui.

— Et il était branché le jour où vous êtes partie chez votre mère ?

— Il est branché en permanence. Pourquoi ?

Elle fixait toujours le calepin. Caffery comprit soudain pourquoi et se dit qu'il était le dernier des cons. Ce calepin lui donnait l'air d'un novice inexpérimenté. Il le ferma et le rangea.

— Votre sœur dit que vous avez fait faire des travaux chez vous, et qu'avant cela vous n'aviez pas d'alarme.

— Ça remonte à plusieurs mois.

— Vous avez séjourné chez votre sœur, je crois, pendant ces travaux ? En laissant la maison vide ?

— Oui, répondit Janice sans cesser de regarder la poche où venait de disparaître le calepin. Mais quel rapport avec tout le reste ?

— L'inspecteur Prody vous a montré une photographie de Ted Moon, n'est-ce pas ?

— Mais je ne l'ai pas reconnu. Cory non plus.

— Vous êtes sûre qu'il ne faisait pas partie des ouvriers qui ont travaillé chez vous ?

— Je ne les ai pas tous vus. Il y avait beaucoup d'allées et venues – des sous-traitants, tout ça. On a fini par virer la première équipe pour en faire venir une autre. Je ne me rappelle pas tous les visages – je leur ai servi un nombre incalculable de tasses de thé. Mais je suis sûre – quasiment sûre – de ne l'avoir jamais vu.

— J'aimerais, quand Cory se manifestera, avoir accès à toutes les informations dont vous disposez sur ces ouvriers. Le nom des entrepreneurs que vous avez virés. Je souhaiterais leur parler dès que possible. Vous avez peut-être tout gardé dans un dossier ? Chez vous ? À moins que vous ne vous souveniez de leurs noms ?

Janice dévisagea Caffery durant plusieurs secondes, la bouche entrouverte. Puis elle expulsa l'air de ses poumons, serra le poing et se frappa le front. Un, deux, trois. Un, deux, trois. Elle n'y allait pas de main morte : la peau rougissait à vue d'œil. Comme si elle cherchait à déloger une pensée de son crâne. Caffery s'apprêtait à saisir sa main quand les coups cessèrent. Elle se ressaisit, ferma les yeux, joignit très sagement les mains sur ses genoux.

— Je sais ce que vous êtes en train de me dire. Vous êtes en train de me dire qu'il a épié Emily, énonça-t-elle sans rouvrir les yeux, parlant à toute vitesse, comme si elle craignait de perdre le fil. Qu'il l'a... traquée ? Qu'il était entré chez nous ?

— Tout à l'heure, nous avons découvert des caméras au domicile des Bradley. Nous sommes donc retournés à Mere, histoire de jeter un coup d'œil chez vous. Et nous en avons trouvé aussi.

— Des caméras ?

— Je suis navré. Ted Moon a réussi à installer un circuit de vidéosurveillance chez vous, à votre insu.

— Il n'y a jamais eu de caméras chez moi.

— Il y en avait. Vous ne les avez jamais vues, mais elles étaient là. Et elles ont été installées bien avant le début de l'affaire, parce que aucun signe d'effraction n'a été relevé depuis votre départ.

— Vous voulez dire qu'il les a mises pendant que nous étions ici, chez ma sœur ?

— Probablement.

— Qu'il a épié Emily ?

— Probablement.

— Seigneur… Oh, Seigneur, gémit-elle en enfouissant son visage dans ses mains. Je ne vais pas y arriver. C'en est trop.

Caffery se détourna et attendit, feignant de scruter l'horizon. Il repensa à toutes les hypothèses qu'il avait émises, à toutes les pistes qu'il avait ignorées. À l'aveuglement qui l'avait empêché de comprendre plus tôt. Il aurait dû comprendre, quand Moon était revenu chercher Emily au lieu de s'attaquer à une autre cible, qu'il l'avait choisie bien avant l'enlèvement. Mais, plus encore, Caffery pensa aux nombreuses fois où il avait remercié le sort d'être seul, sans enfants et sans amour. Ce qu'on disait était donc vrai : plus on est riche et plus on a à perdre.

60

Flea ne sentait pas la faim, mais elle avait besoin de carburant. Assise sur le rebord de la coque, les jambes dans l'eau noire, elle mastiqua sans appétit le sandwich de Prody. Elle était secouée de tremblements violents, presque des convulsions. La viande était grasse et forte au goût, pleine de nerfs et de minuscules éclats de cartilage. Elle devait boire un peu d'eau à chaque bouchée pour la faire glisser le long de sa gorge douloureuse.

Prody était mort. Aucun doute là-dessus. Dans un premier temps, elle avait vu la corde se balancer contre les parois du puits, laissant des cicatrices dans la mousse poisseuse. Cela avait duré un quart d'heure et s'était arrêté au moment où il avait atteint la surface, trente mètres plus haut.

« Je m'éloigne un petit peu ! lui avait-il crié depuis le sommet. Ça ne capte toujours pas ! »

Bien sûr, avait-elle songé, amère. Mais elle avait quand même répondu, après s'être humecté les lèvres :

« D'accord, Paul ! Bonne chance ! »

Et depuis, plus rien.

Quelque chose lui était arrivé là-haut. Elle savait à quoi ressemblaient les environs de ce puits d'aération.

Des années plus tôt, elle était venue s'entraîner ici. Elle n'avait pas oublié les bois, les chemins creux, les clairières herbeuses et les ronces impénétrables. Prody avait dû s'asseoir au bord du puits pour se reposer après l'escalade. Une proie facile. D'autant plus que le jour déclinait. Le puissant cercle de clarté venu du puits s'était progressivement déplacé le long du tunnel, étirant les ombres des plantes. Il se réduisait à présent à une ligne irrégulière sur les murs moussus du canal, figurant une sorte de bouche ricanante. Les zones de ténèbres étaient sur le point de fusionner, et Flea, lorsqu'elle regardait par l'orifice dans la coque, ne parvenait plus à distinguer les recoins du tunnel. C'était tout juste si elle devinait encore la petite chaussure de Martha.

Prody avait mal réagi en la voyant. Pourtant, quand il appartenait à la police routière, il avait dû être appelé sur les lieux de toutes sortes d'accidents imaginables. Rien n'aurait dû pouvoir l'atteindre, mais la découverte de cette chaussure l'avait visiblement secoué.

Elle leva une main et l'observa. Ses doigts étaient marbrés de violet et de blanc – un des tout premiers symptômes de l'hypothermie. Les convulsions ne dureraient pas. Elles s'estomperaient à mesure que la fin approcherait. Elle roula le papier cellophane en boule et l'enfonça dans la bouteille d'eau. Il ne restait presque plus de lumière. Si elle voulait sortir d'ici, c'était maintenant ou jamais. Elle avait passé plus d'une heure à explorer la vase à tâtons, ce qui lui avait permis de découvrir un vieil étai télescopique au fond de la cale. Il était couvert de vase mais pas trop rouillé, et elle avait réussi à le mettre debout, en le calant juste sous l'écoutille. Elle avait aussi trouvé un gros clou long d'une quinzaine de centimètres qui pouvait se loger comme un coin entre l'étai et sa manivelle de levage ; depuis deux heures, elle s'acharnait à faire tourner celle-ci pour augmenter la pression de l'étai sur l'écoutille. Son objectif était de faire basculer le cabestan qui la recouvrait. Et ensuite ? Se hisser hors de la péniche et se faire faucher comme un soldat de la Première Guerre mondiale à peine sorti de sa tranchée ? Cela vaudrait toujours mieux que de mourir de froid là-dedans.

Quand elle se leva, ses genoux craquèrent douloureusement. D'un geste las, elle glissa la bouteille d'eau dans la poche filet de son sac à dos puis tendit la main vers le clou pour continuer à faire monter l'étai. Il avait disparu.

Elle l'avait pourtant laissé sur le rebord de la coque, juste à côté d'elle. Elle palpa frénétiquement les rivets et la boue. Une demi-heure à quatre pattes dans la vase, c'est le temps qu'il lui avait fallu pour dénicher ce clou. Elle chercha à tâtons sa lampe frontale dans les poches de son sac à dos, la sortit d'un geste fébrile, et le clou heurta le bord de la coque avec un tintement.

Flea le regarda, pétrifiée. Le clou était dans son sac à dos. Alors qu'elle l'avait posé sur le rebord. Elle se rappelait avoir soigneusement pesé le pour et le contre avant de le laisser là. Ou croyait-elle se le rappeler ? Elle porta une main à sa tête, prise d'un vertige. Elle se rappelait l'avoir posé sur le rebord, c'était certain. Ce qui signifiait que sa mémoire la trahissait. Encore un signe d'hypothermie.

Elle saisit le clou entre ses doigts gourds et l'enfonça dans le mécanisme de l'étai. Elle s'était écorché les paumes à force d'appuyer dessus un peu plus tôt, malgré l'épaisseur de ses gants, mais elle l'empoigna avec la même force, faisant abstraction de la douleur, et pesa dessus de tout son poids. Il ne bougea pas. Avec un grognement, elle recommença. Et encore. Toujours rien. Saloperie. Elle appuya encore. Rien. Encore.

— Merde !

Elle se rassit sur le rebord, les aisselles inondées de sueur malgré le froid. Ce foutu truc n'avait pas bougé depuis plus d'une heure. Il valait mieux jeter l'éponge.

Sauf qu'elle n'avait pas de plan B.

Elle prit conscience d'une sensation étrange au niveau de sa cheville droite. Elle plongea une main dans l'eau, palpa prudemment le bas de sa combinaison et détecta une sorte de hernie dans le Néoprène, comme si de l'eau avait réussi à s'introduire dessous. Elle sortit à deux mains sa jambe de la vase et l'allongea sur le rebord de la coque. Elle mit en place sa lampe frontale, l'alluma et se pencha pour étudier sa combinaison. Elle était effectivement gonflée au-dessus de la cheville. Et quand elle remuait la jambe, du liquide clapotait à l'intérieur. Avec d'infinies précautions, elle glissa un doigt sous le Néoprène et l'écarta. Un flot en jaillit. Chaud. Rouge dans le faisceau de sa lampe.

Putain ! Elle laissa aller sa tête contre la coque et prit une série de longues inspirations pour réprimer un nouveau vertige. La blessure de sa cuisse s'était rouverte, et elle avait déjà perdu beaucoup de sang. Si elle avait vu quelqu'un en perdre autant, elle l'aurait expédié à l'hôpital. Et vite.

Ça se présentait mal. Très mal.

61

Damien Graham ne se facilitait pas la vie en s'exposant ainsi aux préjugés d'autrui. Lorsque Caffery s'arrêta devant sa minuscule maison ouvrière, peu après 18 heures, debout sur le seuil, il promenait son regard sur la rue en fumant, curieusement, un cigarillo. Il portait des lunettes enveloppantes Diesel, et le manteau long en poil de chameau qu'il avait jeté sur ses épaules lui donnait l'air d'un mac. Il ne lui manquait plus qu'un chapeau mou en velours violet. Caffery éprouva malgré lui une pointe de pitié.

En le voyant remonter l'allée, Damien ôta le cigarillo de ses lèvres et le salua d'un signe de tête.

— Ça vous dérange si je fume ?

— Du moment que ça ne vous dérange pas si je mange.

— Non, c'est bon.

Ce matin-là, en se rasant à la va-vite devant une glace au siège de la Crim, Caffery s'était aperçu qu'il avait une sale tête. Il s'était donc promis, entre autres, de penser à se nourrir. Le siège passager de sa voiture était à présent couvert de sandwichs de station-service et de barres chocolatées – des Mars, des Snickers, des

Daim. Une solution typiquement masculine. Il devrait veiller à mettre tout ça en lieu sûr avant d'y faire remonter Myrtle. Il sortit un Caramac de sa poche, déchira l'emballage, brisa deux carrés et les mit à fondre dans un coin de sa bouche. Tournant le dos à la maison, Damien et lui considérèrent d'un œil morne les véhicules garés le long du trottoir. Le fourgon des TSC. L'absurde Volvo rétro de Q.

— Bon, vous allez m'expliquer ce qui se passe ? fit Damien. Ils sont en train de désosser ma baraque. Ils disent qu'il y aurait des caméras chez moi.

— C'est exact.

Damien n'était pas un cas unique. On avait retrouvé le même genre d'attirail chez les Blunt. Turner se trouvait avec eux en ce moment. À vrai dire, tout le monde était sur la brèche. Tout le monde sauf Prody. Caffery n'arrivait pas à le joindre au téléphone. Il aurait aimé savoir où il était et ce qu'il avait appris à propos de Flea. Il aurait aimé avoir la certitude que Prody cherchait bien Flea et ne s'était pas plutôt replongé dans le dossier Misty Kitson.

— Ces caméras, Damien. Je suppose que vous n'avez aucune idée de la façon dont elles sont arrivées ici ?

Damien fit claquer sa langue d'un air méprisant.

— Vous croyez peut-être que je les ai mises moi-même ?

— Non. Je crois que quelqu'un s'est introduit chez vous. Par contre, je ne sais pas à quelle occasion il a pu le faire. Et vous ?

Damien resta un moment silencieux. Puis il jeta le mégot de son cigarillo sur la pelouse galeuse.

— Moi si, dit-il en remontant son manteau sur ses épaules. J'ai réfléchi.

— Alors ?

— Un cambriolage. Ça fait une paye. Avant qu'on se fasse braquer la bagnole. Personnellement, j'ai toujours cru que c'était lié à ma meuf – elle avait des amis pas nets à l'époque. On a déposé une main courante mais le truc bizarre, c'est qu'on nous avait rien piqué. Et maintenant que j'y repense, je commence à... enfin, bref... à me demander...

Caffery mit le dernier carré de Caramac dans sa bouche. Il regarda par-dessus l'épaule de Damien les photos noir et blanc encadrées qui décoraient l'entrée : des portraits réalisés en studio d'Alysha, les cheveux plaqués en arrière par un serre-tête dentelé. Il éprouvait dans sa chair un écœurant sentiment de désorientation dû au basculement complet de l'enquête. L'équipe avait brusquement changé son fusil d'épaule : elle avait cessé de se concentrer sur Ted Moon pour s'intéresser à ses victimes, parce que Moon les avait choisies à l'avance et que tout le monde avait le pressentiment qu'il ne tarderait pas à passer de nouveau à l'acte. Qu'il y avait quelque part une autre famille dont le domicile était filmé par des caméras de surveillance. Il suffisait à la Criminelle de découvrir cette famille, et Caffery était certain que la clé de l'affaire résidait dans le choix d'Alysha, Emily, Cleo et Martha.

— Qu'est-ce qui se passe ? insista Damien. J'ai l'impression que ma maison est hantée. Ça me plaît pas du tout.

Caffery froissa l'emballage du Caramac puis le glissa dans sa poche, toujours soucieux de préserver une scène de crime.

— J'imagine. Ce qui se passe, c'est qu'on vient de faire un pas en avant. Qu'on voit maintenant Ted Moon sous un jour différent. Il est très malin. Regardez ce qu'il a fait chez vous. Il aurait pu enlever Alysha – ou n'importe laquelle des autres – quand il voulait. Mais il ne l'a pas fait. Il a imaginé toute une mise en scène. Il a agi dans des lieux publics, pour faire croire à un enlèvement aléatoire. Et s'il a fait ça, c'était pour cacher le fait qu'il connaissait déjà vos filles.

— Qu'il connaissait déjà Alysha ? répéta Damien en secouant la tête. Sûrement pas. J'ai vu la photo de ce fumier. Je le connaissais pas.

— Peut-être. Mais lui connaissait Alysha. D'une manière ou d'une autre. Peut-être par l'intermédiaire d'amis. Lui arrivait-il de dormir chez une copine, par exemple ?

— Non. Je veux dire, elle était vraiment jeune, à l'époque. Un petit bout de chou. Elle passait tout son temps à la maison avec Lorna. On avait même pas de famille dans le coin. De mon côté, ils étaient tous à Londres, et les parents de Lorna étaient en Jamaïque.

— Aucune amie proche chez qui elle allait jouer ?

— Pas à cet âge-là. Allez savoir où sa mère la laisse traîner au jour d'aujourd'hui…

— Il lui arrivait peut-être de rester toute seule à la maison ?

— Jamais. Vraiment, je vous assure. Lorna a beau être une salope, c'était une bonne mère. Mais si vous voulez en savoir plus, il va falloir que vous alliez lui parler.

Caffery regrettait de ne pouvoir le faire. Malgré la recherche Interpol lancée par Turner, la police jamaïcaine n'avait rien trouvé. Il avala sa bouchée de chocolat. Son palais était gluant et desséché par l'excès de sucre. Cette gêne ne fit qu'ajouter à l'exaspérante sensation qu'une vérité décisive rôdait à l'orée de sa conscience sans qu'il parvienne à la saisir.

— On peut monter à l'étage ?

Damien soupira.

— Venez.

Il franchit le seuil de la maison et referma la porte. Il enleva son manteau de mac, le suspendit à une patère et fit signe à Caffery de le suivre. Il monta l'escalier à toute vitesse, une main sur la rampe et les pieds en canard, poussant beaucoup trop fort sur ses jambes. Caffery le suivit à son rythme. Ils trouvèrent Q sur le palier. Avec son costume lustré comme du taffetas, il bricolait un minuscule appareil électronique posé sur le haut de la rampe. Il ne leva pas la tête quand ils le dépassèrent.

La chambre principale, côté rue, était surdécorée. Trois de ses murs étaient de couleur taupe, avec des gravures représentant des femmes nues, alors qu'un papier velouté noir et argent tapissait le quatrième. Quelques coussins argentés étaient appuyés contre la tête de lit en cuir retourné noir, et une penderie en kit à portes miroirs complétait le mobilier.

— Sympa.

— Ça vous plaît ?

Caffery sortit un Twix de sa poche et le déballa.

— Une chambre de célibataire. Pas ce que vous aviez quand vous étiez avec Lorna, si ? Vous dormiez ici, tous les deux ?

— J'ai profité de son départ pour changer la déco. Et me débarrasser d'une bonne partie de ses merdes. Mais sinon, oui, c'était notre chambre. Pourquoi ?

— Depuis le début ? Ça n'a jamais été celle d'Alysha ?

— Non. Elle a toujours dormi dans la chambre du fond. Depuis sa naissance. Vous voulez la voir ? Je n'ai pas touché aux affaires qu'elle a laissées dedans. Des fois qu'elle reviendrait.

Caffery n'avait pas besoin de voir la chambre. On l'avait déjà renseigné sur les pièces où Moon avait placé ses caméras. Damien l'ignorait encore, mais il y en avait une quelque part dans le plafond de sa chambre. Q attendait qu'on lui apporte une échelle pour accéder aux combles et démonter cette saloperie. C'était la même chose chez les Costello et les Blunt. Ça ne semblait pas logique : les caméras n'étaient pas là où Caffery pensait les trouver. Il s'attendait à ce que Moon se concentre sur les pièces où les fillettes se déshabillaient. Leur chambre, la salle de bains. Mais, à l'exception de celle de Martha Bradley, ils n'avaient pas retrouvé une seule caméra dans les chambres des petites filles. En revanche, il y en avait dans les cuisines, dans les salons et – plus étrange encore – dans les chambres de leurs parents. Comme ici.

— Merci de votre patience, Damien. Quelqu'un vous recontactera afin de vous indemniser pour tout ce bazar.

Il fourra le Twix dans sa bouche, s'essuya les mains, regagna le palier où il croisa à nouveau Q et descendit l'escalier en mangeant. Arrivé en bas, il passa en revue les portraits d'Alysha. Trois photos, trois tenues, mais des poses qui ne variaient guère. Les mains sous le menton. Les dents bien visibles. Une petite fille faisant de son mieux pour sourire à l'objectif. Il avait entrouvert la porte d'entrée quand quelque chose l'arrêta ; il se retourna vers les photos et les scruta de nouveau.

Alysha. Aucune ressemblance avec Martha. Aucune ressemblance avec Emily. Alysha était noire. Les principes de la littérature spécialisée lui revinrent à l'esprit – les pédophiles ciblaient presque toujours un profil type. D'une certaine couleur et dans une certaine tranche d'âge. Cela se confirmait régulièrement. Si Moon se donnait la peine de sélectionner ses petites victimes, comment se faisait-il qu'elles ne se ressemblaient pas davantage ? Uniquement des gamines blondes de onze ans, par exemple ? Ou des brunes de quatre ans ? Ou des Noires de six ans ?

Caffery passa le bout de sa langue sur ses dents pour en déloger le chocolat, ce qui lui rappela la petite dent de Martha dans la tarte. Il pensa ensuite aux lettres. Pourquoi as-tu écrit ces lettres, Ted ? se demanda-t-il. Il se rappela quelque chose qu'avait dit Cleo – que le ravisseur l'avait interrogée sur le travail de ses parents. Et soudain tout s'éclaira. Il referma la porte et, chancelant, posa une main sur le mur. Il comprenait. Il savait à présent pourquoi quelque chose lui semblait clocher depuis le début. Et il savait pourquoi le ravisseur avait posé cette question à Cleo. Pour s'assurer qu'il ne s'était pas trompé d'enfant.

Caffery leva les yeux vers Damien, qui venait de descendre et allumait un cigarillo sorti d'une boîte métallique. Il attendit qu'il ait fini pour lui adresser un sourire crispé.

— Vous n'en auriez pas un autre, par hasard ?
— Si, bien sûr. Ça ne va pas ?
— Ça ira mieux si je fume.

Damien rouvrit la boîte et la lui présenta. Caffery prit un cigarillo, l'alluma, tira dessus et attendit que son pouls ralentisse.

— Je vous croyais parti, dit Damien. Vous avez changé d'avis ? Vous restez ?

Caffery souffla un jet de fumée interminable et délicieux.

— Oui, acquiesça-t-il. Vous pouvez mettre de l'eau à chauffer ? Je crois que je vais rester encore un moment.

— Pourquoi ?

— J'ai besoin d'avoir une conversation sérieuse avec vous. J'ai besoin que vous me parliez de votre vie.

— De ma vie ?

— C'est ça.

Caffery posa à nouveau les yeux sur Damien, savourant la légère griserie d'une évidence en train de se mettre en place.

— Parce qu'on s'est plantés, Damien. Sa cible n'a jamais été Alysha. Alysha ne l'intéresse pas. Elle ne l'a jamais intéressé.

— Alors quoi ? Qu'est-ce qui l'intéresse ?

— Vous. C'est vous qui l'intéressez. Les parents, voilà sa cible.

62

Janice Costello était assise face à la grande table, dans l'immense cuisine située tout au fond du cottage de sa sœur. Elle y avait passé une bonne partie de l'après-midi après que Nick l'eut ramenée du jardin. Du thé avait été servi, puis à manger, puis une bouteille de cognac était apparue. Janice n'avait touché à rien. Tout cela lui semblait irréel. Comme destiné à quelqu'un d'autre. Comme s'il existait une barrière invisible au sein du monde physique et que les objets du quotidien – comme les assiettes, les cuillères, les bougies et les couteaux-éplucheurs – n'étaient destinés qu'aux gens heureux. Pas à ceux qui souffraient comme elle. La journée avait traîné en longueur. Vers 16 heures, Cory avait surgi de nulle part. Il n'était pas allé plus loin que le seuil.

« Janice ? avait-il appelé. Janice ? »

Elle ne lui avait pas répondu. L'effort qu'elle aurait dû accomplir ne fût-ce que pour le regarder lui paraissait colossal. Il avait fini par repartir, elle ne voulait même pas savoir où. Elle était restée assise là, le lapin Jasper toujours niché au creux de son aisselle.

Elle tentait de reconstituer les derniers moments qu'elle avait passés avec Emily. Elles avaient partagé le même lit, de cela elle était sûre, mais elle ne se rappelait pas si elle avait dormi sur le côté tout contre sa fille, sur le ventre en l'enlaçant d'un bras, ou bien – et cette idée lui causait une douleur atroce – si elle avait tourné le dos à Emily. La vérité était qu'une bouteille de prosecco avait été bue et que, dans l'esprit de Janice, cette nuit-là, Paul Prody endormi sur le canapé-lit du salon avait occupé plus de place que le besoin d'enlacer Emily, de s'imprégner autant que possible de son odeur. Elle se démenait à présent pour retrouver ce souvenir, se tendait tout entière vers lui comme une nageuse épuisée à l'approche du rivage. Cherchait, cherchait encore la plus infime bribe d'Emily. L'odeur de ses cheveux, la caresse de son souffle.

Janice se pencha en avant et posa le front sur la table. Emily. Un tressaillement la parcourut. L'envie irrépressible de se cogner la tête contre le bois. De faire taire ses pensées. Elle serra les paupières de toutes ses forces. Tâcha de se concentrer sur quelque chose de concret. Le défilé des ouvriers chez eux pendant les travaux – Emily avait adoré : ils la laissaient monter sur leurs escabeaux, regarder dans leurs boîtes à outils et leurs paniers-repas, examiner les sandwichs et les paquets de chips. Janice essaya de revoir Moon parmi eux, accoudé au bar de la cuisine, avec une tasse de thé. Essaya et échoua.

— Janice ?

Elle redressa la tête. Debout sur le seuil, ses cheveux roux relevés sur le haut de sa tête, Nick se massait la nuque d'un geste las.

— Quoi ? Qu'est-ce qu'il y a ? Il s'est passé quelque chose ?

— Rien. Toujours pas de nouvelles. Mais il faut que je vous parle. M. Caffery m'a chargée de vous poser quelques questions.

Janice mit les mains à plat sur la table – deux blocs de viande morte – et recula sa chaise. Lentement, avec raideur, elle se leva. Sans doute ressemblait-elle à une marionnette quand elle se mit en marche, les bras légèrement écartés, les pieds lourds. Elle gagna lentement le grand salon solennel, avec sa cheminée à l'ancienne, ses fauteuils massifs et confortables qui semblaient l'attendre en silence. Une odeur de fumée froide flottait dans l'air. Elle s'affala sur le canapé. Quelque part au fond du cottage, un téléviseur fonctionnait. Peut-être sa sœur et son mari étaient-ils assis devant, peut-être avaient-ils augmenté le volume pour pouvoir dire « Emily » sans que Janice les entende. Parce que autrement elle risquait de hurler, de noyer la maison sous ses hurlements, jusqu'à ce que les vitres éclatent.

Nick alluma une petite lampe de table et s'assit face à elle.

— Janice…

— Ne vous fatiguez pas, Nick. Je sais ce que vous allez dire.

— Quoi ?

— Ce n'est pas Emily, hein ? C'est nous qu'il vise, n'est-ce pas ? Cory et moi. Pas Emily. J'ai deviné, ajouta-t-elle en se tapotant le front de l'index. J'ai le cerveau qui chauffe, Nick, à force de retourner tout ça. Toutes les informations que votre police bien intentionnée mais légèrement incompétente a daigné me donner. J'ai tout mis bout à bout et j'ai trouvé que deux et deux faisaient huit. Cory et moi. Jonathan Bradley et sa femme. Les Blunt, les Graham. Les adultes. C'est aussi ce que pensent les enquêteurs. Je me trompe ?

Nick baissa la tête.

— Vous êtes intelligente, Janice. Vraiment très intelligente.

Janice resta immobile, les yeux fixés sur le haut du crâne de Nick. Du fond du cottage s'éleva une ovation télévisuelle. Une voiture passa sur la route ; ses phares illuminèrent un instant les meubles. Janice repensa au commissaire adjoint Caffery, assis à côté d'elle sur le banc du jardin. Elle repensa à son calepin et à ses gribouillis au stylo à bille bleu. Ce calepin lui avait donné la nausée. Ce mince rectangle de carton et de papier, son seul outil pour ramener Emily.

— Nick, dit-elle au bout d'un long moment. Je vous aime bien. Je vous aime beaucoup. Mais je n'ai aucune confiance en votre police. Absolument aucune.

Le visage de Nick était pâle et ses yeux cernés par la fatigue.

— Janice, je ne sais plus ce que je suis censée dire, je ne sais plus ce que je suis censée faire. Je n'ai jamais été dans cette situation. La police ? C'est une institution comme une autre. Les mots « service public » sont inscrits en toutes lettres dans son programme, mais je ne l'ai jamais considérée autrement que comme une entreprise. Sauf que je n'ai pas le droit de dire ça, hein ? Je devrais vous regarder dans le blanc des yeux et affirmer que cette enquête est parfaitement menée. C'est le plus difficile pour moi. Surtout quand on se prend d'affection pour une famille. C'est comme si on mentait à des amis.

— Alors, écoutez-moi...

Parler représentait un énorme effort pour Janice. Mais elle savait où elle devait aller.

— Il y a un moyen de régler ça, mais je ne crois pas que vos collègues puissent s'en charger. Je vais donc le faire à leur place. Mais j'ai besoin de votre aide.

Le coin de la bouche de Nick frémit.

— De mon aide, répéta-t-elle. Je vois.

— J'ai besoin que vous trouviez quelques adresses. J'ai besoin que vous passiez quelques coups de fil. Je peux compter sur vous, Nick ? Vous acceptez de m'aider ?

63

— Mon fils a violé personne. C'est peut-être un mauvais gars, un très mauvais gars, mais c'est pas un salaud de pointeur.

Il était près de minuit et il y avait encore de la lumière dans les locaux de la Criminelle. Les claviers des ordinateurs cliquetaient, les téléphones sonnaient dans les bureaux. Turner et Caffery s'étaient installés dans la salle de réunion, tout au bout d'un couloir du deuxième étage. Les stores étaient tirés, les néons allumés. Caffery jouait avec un trombone. Trois gobelets de café étaient posés sur la table derrière laquelle Peter Moon, vêtu d'un pull à losanges et d'un pantalon de survêtement bleu informe, avait pris place sur une chaise pivotante. Il avait accepté de leur répondre à condition qu'on le libère aussitôt après. Il ne voulait entendre parler ni de caution ni d'avocat, mais il avait gambergé toute la nuit précédente et tenait à mettre certaines choses au clair. Caffery n'avait pas l'intention de le laisser repartir. Plutôt de le remettre au frais au moindre pet de travers.

— Pas un pointeur ? répéta-t-il en observant le vieil homme d'un œil froid. Dans ce cas, pourquoi avez-vous tout fait pour le couvrir ?

— Les bagnoles. C'est son problème, les bagnoles – il en est raide dingue, comme un gosse. Il en a fauché des dizaines. À croire qu'il peut pas s'en empêcher.

— On en a retrouvé quelques-unes dans son hangar.

— C'est pour ça qu'il a trouvé du boulot chez vous.

Peter était blême, défait. Honteux. Voilà un homme qui n'aurait rien d'autre à léguer au monde que ses deux fils, dont l'un mourrait à la maison – dans son lit – avant d'avoir trente ans, et l'autre en taule. Une photo d'identité de Ted agrandie au format A4 était scotchée sur le tableau mural. Le tirage avait été réalisé à partir de son badge d'agent de maintenance des services de police. Ted les toisait de ses yeux morts, les épaules un peu en avant, le front bas. Peter Moon, remarqua Caffery, évitait de croiser son regard.

— Il en a fauché tant qu'il avait peur que ça lui coûte cher un jour. Il s'est dit qu'en bossant ici il pourrait peut-être, je sais pas, moi, entrer dans vos ordinateurs. Trafiquer son dossier ou ce genre-là. Allez savoir ce qu'il s'était mis dans le crâne – il devait se prendre pour un crack de l'informatique.

— Il a bien pénétré notre système informatique, mais… pour effacer ce qu'on avait sur lui ? Ça te paraît plausible ? demanda Caffery en se tournant vers Turner.

Turner secoua la tête.

— Non, patron. Ça ne me paraît pas plausible du tout. À mon avis, il a plutôt fait ça pour découvrir où on avait planqué la famille qu'il avait dans le collimateur. Et aussi pour connaître l'emplacement des caméras de surveillance de la circulation.

— Ah oui, les caméras… La façon dont il les a évitées est incroyable.

— Incroyable, confirma Turner.

— Voyez-vous, monsieur Moon, votre fils a enlevé quatre petites filles. Dont deux qu'il n'a pas relâchées. Ça lui donne une bonne raison de vouloir nous éviter.

— Non, non, non ! Sur la tête de tous les saints, je vous jure que c'est pas lui. Mon fils est pas un violeur.

— Il a tué une gamine de treize ans.

— Mais pas pour une histoire de viol.

Une feuille volante couverte de notes écrites de la main de Caffery était posée sur la table – le résumé d'une brève conversation téléphonique qu'il avait eue dans la soirée. Après l'autopsie de Sharon Macy, le légiste lui avait passé un coup de fil. Pas pour lui faire part de ses conclusions officielles, qui figureraient dans son rapport en temps utile, mais pour lui donner deux ou trois petites infos en off. Le corps de Sharon Macy était dans un état de décomposition tellement avancé qu'on ne pouvait jurer de rien mais, s'il avait été joueur, il aurait misé sur un décès dû soit à un traumatisme crânien – causé par un coup porté à la nuque par un objet contondant –, soit à l'hémorragie consécutive à l'énorme entaille qui lui barrait la gorge. Certains signes indiquaient qu'elle avait résisté : un des doigts de sa main droite était fracturé, mais en ce qui concernait une éventuelle agression sexuelle, le légiste refusait de se prononcer. Ses vêtements n'étaient pas en désordre, et sa posture n'avait rien de sexuel.

— Je sais, dit Caffery. Je sais que votre fils n'est pas un violeur.

Peter Moon tiqua.

— Hein ?

— Je sais que ce n'est pas un pédo. Le fait qu'il n'ait enlevé que des filles ? Toutes de moins de treize ans ? Une coïncidence. Il aurait pu aussi bien s'attaquer à des garçons. Ou à des ados. Ou à des bébés. Ce n'est pas pour ça que vous êtes ici, monsieur Moon. Vous êtes ici parce que votre fils s'est constitué une liste de victimes. Tout un catalogue de gens à qui il veut du mal.

Caffery sortit une série de portraits photocopiés d'une enveloppe et entreprit de les scotcher un par un au tableau, soigneusement alignés sous celui de Ted Moon. Il avait aussi fait imprimer des fiches comportant toutes les informations utiles auxquelles il avait pu penser : nom, âge, signalement, classe sociale, profession, formation... Il scotcha chacune de ces fiches sous le visage correspondant.

— Ce n'est pas aux enfants qu'il en veut, mais aux parents. À Lorna et Damien Graham. À Neil et Simone Blunt. À Rose et Jonathan Bradley. À Janice et Cory Costello.

— Qui c'est, tous ces gens ?

— Les victimes de votre fils.

Peter Moon considéra longuement les photos.

— Vous soupçonnez vraiment mon fils de s'être attaqué à eux ?

— En un sens, oui. Ce qu'il a fait subir aux petites filles qu'il a enlevées, Dieu seul le sait. Mais je n'espère plus grand-chose. Il connaît la vie : il sait que quand on s'en prend à un enfant, c'est à peu près comme si on tuait ses parents. Et c'est ça qu'il veut. Toutes ces personnes, poursuivit Caffery en montrant les portraits de la main, signifient quelque chose pour votre fils. C'est sur elles que nous nous concentrons maintenant. La victimologie, vous connaissez ?

— Non.

— Vous devriez regarder plus souvent la télé, monsieur Moon. Il nous arrive d'enquêter sur un crime en étudiant les gens qui en sont les victimes. Dans le cas présent, nous n'avons pas besoin de découvrir l'identité du coupable, puisque nous la connaissons déjà. En revanche, nous cherchons à comprendre pourquoi il a choisi ces personnes, et de manière urgente, parce qu'il va recommencer. Quelque chose dans la tête de votre fils lui dit qu'il doit recommencer. Regardez ces visages, monsieur Moon. Et regardez bien les noms. Qu'est-ce qu'ils peuvent représenter pour votre fils ? Cet homme sur la gauche s'appelle Neil Blunt. Neil travaille au Bureau d'aide juridique. Je lui ai parlé dans la soirée, et il m'a dit qu'il lui était arrivé de mettre des gens en colère, qu'il avait même eu droit à des menaces dans l'exercice de son activité. Ted a-t-il eu affaire à ce service pour quelque motif que ce soit ?

— Ben, ma femme est allée les voir après l'incendie. Mais c'était il y a onze ans.

— Et votre fils, depuis sa sortie de taule ?

— Pas que je sache.

— Il s'est fait embaucher comme agent de maintenance. Mais quand on a vérifié ses références, on s'est aperçus que tout était bidon. Il a de l'expérience dans le bâtiment ?

— Il est doué. Vraiment doué. De ses mains. Il est capable de n'importe…

— Je ne vous ai pas demandé s'il était doué. Je vous ai demandé s'il avait de l'expérience dans le bâtiment.

— Non. Pas à ma connaissance.

— Il n'a pas travaillé sur un chantier à Mere ? Près de Wincanton et de Gillingham ? Joli coin. Une maison particulière. Celle des Costello. Ce sont eux, en bas.

— Costello ? Ça me dit rien, je vous jure.

— Regardez le type sur la droite.

— Le Noir ?

— Il travaille à la concession BMW de Cribbs Causeway. Ça vous évoque quelque chose ? Étant donné la passion de votre fils pour les voitures ?

— Non.

— Il s'appelle Damien Graham.

Moon scruta la photo, secoua la tête. Puis il montra le portrait de Jonathan Bradley.

— Lui, là…

— Oui ?

— Un pasteur.

— Vous le connaissiez ?

— Non. Je l'ai vu aux infos.

— Et Ted ? Il le connaissait ?

— Où est-ce qu'il aurait pu rencontrer un mec comme lui ?

— Avant de devenir pasteur, M. Bradley dirigeait un établissement scolaire. L'école St. Dominic. Ted avait-il des relations là-bas ?

— Je vous l'ai déjà dit, c'est pas un pervers. Il traîne pas autour des écoles.

— Et à Farrington Gurney, à Radstock ? Comment se fait-il qu'il se sente comme chez lui dans ces coins-là ? Il connaît les routes comme sa poche.

— Ted a jamais mis les pieds à Farrington Gurney. C'est dans le trou de balle des Mendips, pas vrai ?

Caffery se retourna vers le portrait de Ted Moon et le regarda dans les yeux.

— Observez encore ces photos, monsieur Moon. Concentrez-vous. Il vous revient quelque chose ? N'importe quoi ? N'ayez pas peur du ridicule. Dites-nous ce qui vous passe par la tête.

— Non. Que dalle. Et croyez-moi, j'essaie de vous aider.

Caffery balança son trombone et se leva. Il avait mal au ventre à cause des cochonneries dont il s'était empiffré. C'était toujours là que les enquêtes l'atteignaient. Aux tripes. Il alla ouvrir la fenêtre et resta un moment devant, savourant la caresse de l'air frais.

— J'ai vraiment besoin que vous ayez l'esprit ouvert, monsieur Moon. J'ai besoin que vous creusiez en profondeur.

Il quitta la fenêtre et revint au tableau. Déboucha un marqueur et traça une ligne entre les visages de Janice Costello et de Rose Bradley.

— Regardez ces femmes : Simone Blunt, Janice Costello, Lorna Graham, Rose Bradley. Maintenant, je vais vous demander quelque chose de difficile. Je voudrais que vous pensiez à votre femme.

— Sonja ? Qu'est-ce qu'elle a à voir là-dedans ?

— Y a-t-il quelque chose chez ces femmes qui vous fasse penser à elle ?

— C'est une blague, hein ? Vous vous fichez de moi ?

— Tâchez seulement de garder l'esprit ouvert. Pour m'aider.

— Je peux pas vous aider. Y en a aucune qui lui ressemble !

Peter Moon avait raison, bien sûr. Ces femmes n'auraient pas pu être plus différentes : si Janice Costello était jeune et d'une beauté évidente, Rose Bradley avait quinze ans et autant de kilos de plus qu'elle. L'élégante Simone évoquait certes une version blonde et un peu plus cassante de Janice, alors que Lorna Graham, la seule qu'ils n'aient pas rencontrée, était noire. Pour être honnête, Caffery était tenté de se la représenter pendue au bras d'un chanteur de R'n'B, avec ses ongles vernis et ses extensions capillaires.

Les maris, alors. Quelque chose à découvrir de leur côté ? Il pointa son marqueur sur le nom de Cory Costello. Il aurait bien aimé savoir ce qui s'était passé entre Janice et Prody la veille au soir, avant l'irruption de Moon. Il ne le saurait sans doute jamais. Et peut-être cela ne le concernait-il pas. Mais Cory Costello s'envoyant en l'air avec la femme de Prody ? Un drôle de type, Prody, songea-t-il. Jamais, dans leurs conversations, il n'avait donné l'impression d'avoir une famille. Caffery regarda à nouveau le portrait de Cory. Dans le blanc des yeux. Et le mot « liaison » lui vint à l'esprit.

— Monsieur Moon ?
— Quoi ?
— Dites-moi – et ça ne sortira jamais de cette pièce, je peux vous le garantir –, vous est-il arrivé d'avoir une liaison ? Du vivant de Sonja ?
— Quoi ? Bien sûr que non !

Caffery haussa les sourcils. La réponse était là depuis le début. Au bord des lèvres de Peter Moon.

— Vous en êtes certain ?
— Oui. J'en suis certain.

— Vous n'aviez pas de relations avec la mère de la petite Sharon Macy ? Même amicales ?

Peter Moon ouvrit la bouche, la ferma, la rouvrit. Ses traits se figèrent et il tendit le cou vers l'avant. Comme un lézard.

— Je suis pas sûr d'avoir bien entendu, dit-il. Vous pouvez répéter ?

— Je vous ai demandé si vous n'aviez pas de relations avec la mère de Sharon Macy. Avant l'assassinat de Sharon.

— Vous voulez que je vous dise ? Je sais pas ce qui me retient de vous en coller une.

— J'essaie juste de faire le lien, monsieur Moon, dit Caffery en rebouchant son marqueur puis en le jetant sur la table. De trouver un point commun entre ces familles. Et les Macy.

— Les Macy ? Ça n'a rien à voir avec eux. Si Ted a tué Sharon, c'est pas à cause de ses connards de parents.

— Si, monsieur Moon.

— Non ! Non, bon Dieu de merde ! C'est à cause de l'incendie. Et de ce que ça a fait à Sonja.

— Quel rapport entre Sharon et ce qui est arrivé à votre femme ?

Moon considéra Caffery, puis Turner, puis à nouveau Caffery.

— Vous savez rien, ou quoi ? C'est Sharon qui a foutu le feu, la petite salope. Dites-moi que vous savez au moins ça !

Caffery jeta un coup d'œil à Turner, qui secoua lentement la tête. Le dossier psychiatrique et le rapport de l'agent de probation de Ted Moon ne figuraient pas dans les documents qu'on leur avait fournis. Lors de sa garde à vue, Moon avait refusé de s'expliquer sur les raisons de son geste. Il ne s'était même pas donné la peine de nier le meurtre de Sharon Macy.

Peter Moon s'inclina en arrière sur sa chaise, les bras croisés. Furieux que les flics soient aussi nuls.

— Système de merde ! Conçu pour nous baiser quoi qu'il arrive, hein ? Quand vous arrivez pas à nous baiser de face, vous nous demandez de nous retourner, histoire de voir s'il y a moyen de nous baiser autrement. C'est ce qui nous est arrivé, à l'époque. On nous a même pas dit quel était le problème de Ted. Mon fils est schizophrène, ajouta le vieil homme en se tapotant la tempe. Mais les gens le croyaient juste simplet. Ted l'attardé... Sharon Macy a trouvé en lui une proie idéale, mais un jour il s'est rebiffé en la traitant d'un tas de noms d'oiseau. Elle a voulu se venger en versant de l'essence dans notre boîte aux lettres. Elle a foutu le feu chez nous, cette pute. Au début, on a cru que c'était un coup des Chinetoques du rez-de-chaussée, mais voilà que Sharon a commencé à se vanter devant mes fils, en disant que c'était bien fait pour eux. Comme par hasard, on n'a pas trouvé une seule personne pour aller jurer devant le tribunal que c'était elle. Si vous les aviez connus, ses parents et elle, vous sauriez pourquoi.

Caffery avait punaisé une photo de Sharon Macy au panneau en liège du mur du fond. Lorsqu'il avait vu cette photo pour la première fois, l'expression « gosse à problèmes » lui était immédiatement venue à l'esprit. À treize ans, elle avait déjà avorté une fois et fait l'objet d'une longue liste de mises en garde. Son passé et son avenir semblaient inscrits dans ses yeux ternes. Il s'obligea à se rappeler que Sharon était une victime. Qu'il avait les mêmes devoirs envers elle qu'envers n'importe qui d'autre.

— Vous vous dites la même chose que moi, hein ? reprit Moon, le regard dur. Vous vous dites que si la loi contre les comportements antisociaux avait déjà été votée à l'époque, cette petite salope en aurait pris plein sa besace. Elle savait se débrouiller, celle-là, et elle était costaude, en plus. Ce qu'il y a, c'est que Ted l'était encore plus. Et encore plus cinglé. Ma Sonja se fout en l'air – et me demandez pas ce que ça m'a fait, c'est comme si on m'avait arraché mon putain de cœur par la bouche, voilà ce que ça m'a fait de la perdre. Parce que non, j'avais pas de liaison, n'en déplaise à votre cervelle pourrie de flic – mais elle s'est foutue en l'air, et si ça m'a fait mal à moi, ç'a été encore pire pour Ted. Il était comme ça !

Moon montra les dents, le poing serré. Les ligaments de son cou saillaient.

— Tout ce que je me rappelle, c'est qu'il nous a regardés, Richard et moi, et qu'il a dit : « Je peux plus rester assis sans rien foutre, p'pa. » Il s'est jamais donné la peine de cacher ce qu'il avait fait. Il a chopé cette fille et l'a traînée dans la rue – tout le monde les a vus, mais ils ont cru que c'était un type qui se chamaillait avec sa copine, le genre de truc qu'on voit tout le temps par chez nous. Ils avaient l'air d'avoir le même âge, alors pas question de s'en mêler, hein ? Bref, il réussit à l'embarquer sans se faire prendre, et avant que quelqu'un ait eu le temps de piger quoi que ce soit, il lui règle son compte dans sa chambre. Ouais, chez nous, dans sa chambre. Avec un couteau de cuisine. Richard et moi, on n'était pas là. Mais les voisins ont tout entendu à travers les murs.

Il y eut un long silence. Le regard de Moon fit un aller-retour entre Caffery et Turner.

— Il l'a tuée. Je dis pas qu'il l'a pas fait. Il a tué Sharon Macy. Mais pas pour faire chier ses parents. Et j'ai jamais eu de liaison avec cette radasse. Jamais ! Vous avez qu'à m'ouvrir le bide, dit-il en se frappant la poitrine. Ouvrez-moi le bide et refilez mon cœur à vos scientifiques. Ils vous diront ce qu'il y a dedans. J'ai jamais eu de liaison avec elle !

Caffery ébaucha un vague sourire qui signifiait : « Bien sûr, Peter. Tu peux raconter tout ce que tu veux, on finira par découvrir la vérité. »

— Vous êtes sûr de n'avoir rien à ajouter ? Sachant que nous allons entendre les Macy dès ce soir ?

— Rien.

— Mon petit doigt me dit qu'ils vont nous raconter une histoire très différente.

— Pas du tout !

— Je crois que si. Je crois qu'on va apprendre que vous sautiez la mère Macy, et que votre fils a tué Sharon à cause de ça. Je crois qu'on va avoir droit au catalogue de tout ce qu'il leur a fait subir ensuite. Les lettres qu'il leur a envoyées après coup.

— Sûrement pas. Il a rien fait. Il s'est fait coffrer tout de suite.

— Si, monsieur Moon.

— Non. C'est pas lui. C'est pas mon fils.

Quelqu'un frappa. Caffery laissa ses yeux s'attarder sur Moon, puis il se leva et alla ouvrir. Il trouva Prody immobile dans le couloir, un peu essoufflé. Il avait sur la joue une écorchure que Caffery ne se souvenait pas d'avoir vue ce matin-là à la planque des Costello. Ses vêtements étaient un peu en désordre.

— Bon sang !

Caffery referma la porte derrière lui et entraîna Prody le long du couloir, loin de la salle de réunion, jusqu'à ce qu'ils n'entendent plus les sonneries des téléphones des bureaux.

— Ça va, Paul ?

Prody tira un mouchoir de sa poche et s'épongea le visage.

— À peu près.

Il semblait fourbu. Caffery faillit lui dire : « Au fait, pour ta femme... Désolé. » Mais trop de choses le mettaient encore en colère. Surtout le fait que Prody ait passé la nuit dans la planque des Costello. Et qu'il ne lui ait même pas passé un coup de fil pour lui dire s'il avait découvert quelque chose au sujet de la disparition de Flea.

— Alors ? demanda-t-il. Du nouveau ?

Prody rempocha son mouchoir.

— L'après-midi a été instructif, répondit-il en passant une main dans ses cheveux. J'ai fait un saut au bureau du sergent Marley – elle était de service aujourd'hui mais elle ne s'y est pas présentée. Ses hommes commencent à être un peu nerveux, ils disent que ça ne lui ressemble pas, et tout ça. Du coup, j'ai fait un saut chez elle, mais tout était fermé, à double tour. Et pas de voiture en vue.

— Et ?

— J'ai parlé à ses voisins. Eux n'étaient pas inquiets. Ils m'ont dit qu'ils l'avaient vue charger sa voiture hier – du matériel de plongée, une valise. Elle leur a annoncé qu'elle faisait un petit break, qu'elle partait pour trois jours.

— Elle était censée venir travailler.

— Je sais. Tout ce que je vois comme explication, c'est qu'elle a dû mal lire le tableau de service ou se planter en imprimant la page. Elle doit se croire en récup ou quelque chose comme ça. Les voisins sont formels. Ils lui ont parlé. À moins que l'un d'eux ne l'ait coupée en morceaux et cachée sous le plancher.

— Ils ne t'ont pas dit où elle allait ?

— Non. Mais ça doit être hors de la zone de couverture de son portable. Elle est injoignable.

— C'est tout ?

— C'est tout.

— Et ça ? fit Caffery en indiquant l'écorchure sur la joue de Prody. Où t'es-tu fait ce truc ?

Prody palpa prudemment la blessure du bout des doigts.

— Costello m'en a mis plein la gueule. Je suppose que c'était mérité. Ça se voit tant que ça ?

Caffery repensa aux paroles de Janice : « Mon mari a une liaison avec la femme de Paul Prody. » La vie n'était décidément jamais facile.

— Rentre chez toi, dit-il en donnant une tape dans le dos de Prody. Rentre chez toi et mets quelque chose là-dessus. Je ne veux pas te revoir au bureau avant demain matin. D'accord ?

— Oui. Oui. Merci.

— Je te raccompagne au parking. C'est l'heure d'aller faire pisser la chienne.

Ils repassèrent par le bureau de Caffery, où Myrtle était couchée sous le radiateur. Tous trois empruntèrent en silence des couloirs sombres qui s'éclairaient à leur passage, la vieille chienne devant et les deux hommes derrière. Une fois sur le parking, Prody monta à bord de sa Peugeot et démarra. Il allait partir quand Caffery frappa à la vitre.

Prody s'immobilisa, la main sur la clé de contact. Une ombre de contrariété glissa sur ses traits, et Caffery se rappela soudain que quelque chose, chez cet homme, lui inspirait de la méfiance. C'était un usurpateur. Qui rêvait de lui piquer sa place. Prody coupa les gaz, abaissa sa vitre et le fixa de ses yeux pâles.

— Oui ?

— J'ai un dernier truc à te demander. Ça concerne l'hôpital.

— Eh bien ?

— Les analyses n'ont pas permis de déterminer avec quoi Moon vous a endormis. Aucun de vous trois ne semble avoir été exposé aux principales catégories de gaz soporifiques. Et tu as eu une réaction très différente de la mère et de la fille Costello. Tu es le seul à avoir vomi, par exemple. Tu pourrais rappeler l'hosto ? Pour leur donner un peu plus d'informations ?

— Un peu plus ?

— Ouais. Peut-être qu'il suffirait de leur refiler la chemise que tu portais, si tu ne l'as pas déjà lavée. Ça leur permettrait d'analyser le contenu de ton estomac. Passe un petit coup de fil aux blouses blanches, d'accord ? Ça leur fera plaisir.

Prody souffla bruyamment.

— Bon sang. Oui. D'accord. S'il le faut.

Il remonta sa vitre, redémarra et s'éloigna en direction de la rue. Un bras appuyé au portail du parking, Caffery suivit du regard le petit lion de la Peugeot teinté de rouge par le halo des feux arrière jusqu'à ce qu'il disparaisse.

Il se retourna vers Myrtle. Elle avait la tête basse. Elle ne le regardait pas. Caffery se demanda si elle se sentait aussi vide que lui. Aussi vide et aussi angoissée. Il ne lui restait que très peu de temps. Il n'avait pas besoin d'un profileur pour prédire ce qui les attendait. Il y avait quelque part une autre famille dont la cuisine était filmée. Idem pour la chambre des parents. Il le sentait. Son instinct le lui disait. S'il avait dû risquer un pronostic, il aurait dit que cela recommencerait dans les douze heures.

64

Jill et David Marley étaient assis à la cime des platanes qui bordaient le jardin.

— Les platanes de Londres. Les poumons de Londres, dit David Marley avec un sourire, tout en versant le thé d'un samovar dans une délicate tasse en porcelaine. Respire, Flea. Il faut que tu continues à respirer. Pas étonnant que tu te sentes si mal.

Flea entreprit d'escalader l'arbre pour rejoindre ses parents. Mais les feuilles la gênaient. Trop denses, trop étouffantes. Chacune avait sa couleur, sa texture, et lui laissait un goût dans la bouche, soit piquant et acide, soit onctueux et écœurant. Elle mit une éternité à monter de trente centimètres.

— Continue à respirer, fit la voix de son père. Et ne baisse pas les yeux.

Flea comprit ce qu'il voulait dire. Elle savait que son ventre était en train de gonfler. Elle n'avait pas besoin de baisser les yeux. Elle le sentait. Des vers multicolores épais comme des doigts grouillaient dans ses intestins, de plus en plus gros et nombreux.

— Tu n'aurais pas dû, Flea.

Quelque part au-dessus d'elle, dans les feuillages, sa mère pleurait.

— Oh, Flea, tu n'aurais pas dû toucher à ce sandwich. Tu aurais dû dire non. Il ne faut jamais se fier à un homme au pantalon propre.

— Au pantalon propre ?

— C'est ce que je viens de dire. J'ai vu ce que tu faisais avec cet homme au pantalon propre.

Des larmes roulaient sur les joues de Flea, un sanglot s'échappa de sa gorge. Elle avait réussi à atteindre le sommet de l'arbre. Sauf que ce n'était plus un arbre. C'était un escalier – un escalier à la Escher, qui commençait dans une maison délabrée de Barcelone, puis s'étirait dans le vide au-dessus des toits, nu et en suspens dans l'azur traversé de nuages galopants. Papa et maman l'attendaient tout en haut. Son père était redescendu de quelques marches et lui tendait la main. Au début, elle avait cherché à s'en saisir, sachant que la main de son père représentait le salut, mais elle pleurait à présent parce que, à chacune de ses tentatives, il éloignait imperceptiblement sa main. Il voulait qu'elle l'écoute.

— Je t'avais bien dit que ce n'était pas du nougat. Ce n'est pas du nougat.

— Quoi ?

— *Ce n'est pas du nougat, Flea, combien de fois faudra-t-il que je te le...*

Elle rouvrit brusquement les yeux et se retrouva dans la péniche. La fin de son rêve se désagrégea tandis que la voix de son père se perdait dans la soute – *ce n'est pas du nougat*. Elle était allongée dans le noir et son cœur carillonnait. Les deux orifices dans la proue laissaient passer un rayon de lune. Elle jeta un coup d'œil à sa montre. Cela faisait trois heures qu'elle s'était frayé un chemin à l'avant. Elle se sentait épuisée et la tête lui tournait. Son tee-shirt était noué autour de sa cuisse blessée : ce garrot de fortune semblait avoir endigué l'hémorragie pour le moment, mais elle avait perdu beaucoup de sang. Sa peau était moite et son cœur connaissait des périodes d'intenses palpitations, comme si elle était shootée à l'adrénaline pure. Elle avait retiré l'étai placé sous l'écoutille pour le poser sur le rebord de la coque et, juste avant de perdre connaissance, s'était allongée sur le côté.

L'étai l'avait peut-être empêchée de tomber dans la vase pendant son évanouissement, mais ce n'était pas lui qui l'aiderait à se sortir de là. Elle s'était battue avec pendant des heures tout en sachant, au fond de son cœur, qu'il n'avait aucune chance de soulever le cabestan posé sur l'écoutille. Il devait y avoir un autre moyen.

Ce n'est pas du nougat, Flea...

Elle se tordit le cou pour regarder la trappe qui lui avait permis d'accéder à l'avant. La péniche s'inclinait lentement vers le bas, de sorte que l'eau dans la soute arrière touchait presque le plafond. L'acétylène – le gaz que libérerait le bloc de carbure de calcium s'il entrait en contact avec de l'eau – était un peu plus léger que l'air. Flea se hissa sur les coudes et observa la surface, puis la face inférieure du pont, envahie de rouille et de toiles d'araignée. Elle leva le menton et étudia le rangement de cordages. La rouille avait percé un trou sur un de ses côtés. Inutile de s'échiner à l'élargir : la trappe servant à sortir les cordages côté pont était minuscule – en l'éclairant avec sa torche, elle avait constaté qu'elle n'était pas plus grosse qu'un poing.

Pourtant, ce rangement lui inspira une idée. L'acétylène s'accumulerait forcément en haut d'un caisson de ce type. Le gaz fuirait peut-être en partie dans la coque, mais il y avait une chance – oui, une chance – pour qu'il n'atteigne pas la trappe d'accès à la poupe. Si elle se réfugiait là-bas, derrière la cloison, et que le gaz restait ici…

C'était dangereux, c'était fou, et c'était le genre de chose que son père aurait tenté sans l'ombre d'une hésitation. Elle souleva l'étai avec un grognement, le fit basculer dans l'eau, puis jeta les pieds au sol. Sentit l'épuisante migration du sang de sa tête vers sa poitrine, accompagnée de furieux battements de cœur et d'un bourdonnement assourdissant. Elle dut rester assise, les yeux fermés, et respirer lentement jusqu'à ce que la péniche ait cessé de tanguer autour d'elle.

Quand son cœur fut calmé, elle tendit le bras vers son sac à dos et y trouva le bloc de carbure de calcium. Elle l'avait presque sorti de son sachet en plastique lorsqu'un bruit lui parvint du tunnel. Le son à présent familier d'un caillou tombant du puits dans l'eau. Elle se figea, la bouche entrouverte, et son pouls s'accéléra encore. Tout doucement, elle remit le carbure dans le sac. Ce fut alors qu'elle entendit la grille grincer sous le poids d'un être humain, puis un plouf. Un deuxième plouf. Et un troisième.

Dans un silence absolu, elle se laissa couler, une main en appui sur la coque, et se dirigea péniblement vers le bord opposé de la péniche. De temps en temps, le bourdonnement resurgissait dans ses tympans et elle devait marquer un temps d'arrêt, respirant profondément et sans bruit par la bouche, luttant contre une affreuse sensation de roulis. Elle se plaça à quinze centimètres d'un des orifices, le dos à la coque, et regarda à l'extérieur. Le tunnel semblait vide. Un halo de lune l'éclairait. Mais là-bas, contre le mur, la corde oscillait. Elle retint son souffle. Écouta.

Une main traversa l'ouverture dans la coque, tenant une torche. Elle rejeta le buste en arrière.

— Flea ?

Elle reprit ses appuis, le souffle court.

Prody ? Elle retira sa lampe frontale, repoussa la main, puis elle alluma sa lampe et la braqua vers l'orifice. Prody resta immobile, dans l'eau jusqu'aux genoux. Il la fixait en clignant les yeux.

— Je… je vous croyais mort, bredouilla-t-elle, les yeux pleins de larmes. Putain, Paul… J'ai vraiment cru qu'il vous avait eu. Je vous croyais mort.

— Pas du tout. Je suis là.

— C'est… c'est horrible. Paul… ils vont venir ? Je veux dire, il serait vraiment temps que je sorte d'ici. J'ai perdu beaucoup de sang, et ça commence à… Qu'est-ce que c'est ?

Prody tenait sous le bras un objet assez volumineux, enveloppé dans du plastique.

— Quoi ? Ça ?

— Oui, fit-elle en s'essuyant le nez d'une main tremblante. Qu'est-ce que c'est que ce truc ?

Elle baissa sa lampe vers l'objet. Sa forme était étrange.

— Oh, rien.

— Rien ?

— Pas grand-chose. Je suis passé prendre ça chez moi, dans mon garage.

Il déballa l'objet, posa le plastique au pied de l'éboulis. Flea reconnut une meuleuse d'angle.

— Je me suis dit que ça m'aiderait peut-être à vous sortir de là. Ça marche sur batterie.

Flea fixait la meuleuse.

— C'est ce qu'on vous a dit de…

Elle leva enfin les yeux vers Prody. Il suait abondamment, comme si de longs filets de bave d'escargot maculaient sa chemise. Les larves recommencèrent à grouiller dans ses intestins. Il avait alerté leurs collègues, puis il était allé chercher cette meuleuse d'angle chez lui, et les secours n'étaient toujours pas arrivés ? Elle pointa sa lampe sur son visage. Il ne cilla pas.

— Où sont les autres ? murmura-t-elle.
— Les autres ? Oh… ils sont en route.
— Ils vous ont laissé revenir seul ?
— Oui, et alors ?

Elle renifla.

— Paul ?
— Quoi ?
— Comment avez-vous su que c'était le bon puits ? Il y en a vingt-trois.
— Hein ?

En appui sur un genou, il plaça la meuleuse en travers de sa cuisse et entreprit d'y fixer un disque.

— Je suis parti de l'extrémité ouest et je les ai tous faits un par un, jusqu'à tomber sur vous.
— Non. Je ne vous crois pas.
— Hmm ? fit-il en relevant la tête. Pardon ?
— Ça aurait fait dix-neuf puits. Et votre pantalon était propre. Quand vous êtes descendu tout à l'heure, il était propre.

Prody posa sa meuleuse et lui adressa un sourire perplexe. Un long silence s'instaura, pendant lequel ils s'affrontèrent du regard. Puis, sans un mot, il vérifia que le disque était vissé à fond, se releva et sourit encore à Flea.

— Quoi ? souffla-t-elle. Qu'y a-t-il ?

Il lui tourna le dos et s'éloigna, le corps penché en avant mais la tête tournée vers l'arrière, pour ne pas la perdre de vue. Soudain il disparut de l'autre côté de la péniche. Le silence retomba.

Flea éteignit sa torche et se retrouva dans le noir. Le cœur battant, elle recula dans la vase, cherchant désespérément une solution. Putain de merde ! Prody ? Son cerveau était noué. Ses jambes étaient en sable, et elle eut envie de s'asseoir pour reprendre son souffle. Prody ? Prody !

À trois mètres environ sur sa gauche, un moteur se mit à mugir. Une plainte lancinante, qui lui fit l'effet de crocs plantés dans sa tête. La meuleuse. Épouvantée, elle fit un pas de côté, chercha quelque chose à quoi se raccrocher et heurta son sac à dos, qui se balança furieusement. Le disque de la meuleuse attaqua le métal avec un sifflement strident. Vue à travers l'orifice dans la coque, une cascade d'étincelles illumina le tunnel comme un feu de Bengale.

— Arrêtez ! hurla-t-elle. Arrêtez !

Prody ne répondit pas. Le disque avait pénétré dans la coque, surligné par un rai de lune, quelque part entre l'écoutille et Flea. Il descendait inexorablement, en grignotant l'acier. Puis, au bout de vingt-cinq ou trente centimètres, il buta contre un obstacle indestructible. La meuleuse se cabra, cracha des étincelles. Un fragment de métal ricocha à l'intérieur de la coque puis creva bruyamment la surface de l'eau. Le disque revint à la charge, mordant de plus belle dans l'acier, mais le moteur hoqueta puis décéléra jusqu'au silence complet.

De l'autre côté de la coque, Prody jura. Il dégagea le disque et passa un moment à tripoter la meuleuse. Flea l'écoutait, osant à peine respirer. L'engin redémarra. Toussa. Geignit, trépida, et s'arrêta. Une odeur âcre, proche de celle du poisson brûlé, s'immisça dans la soute.

Une phrase surgie du passé traversa tout à coup l'esprit de Flea : « La petite fille qui est passée à travers le pare-brise, vous vous souvenez ? Son visage a labouré le goudron sur six ou sept mètres. » Une phrase sortie de la bouche de Prody, le soir où il l'avait soumise à un alcootest. Rétrospectivement, il y avait eu quelque chose d'effrayant dans son ton. Une note de plaisir. Prody ? Un inspecteur de la Criminelle ? Le type qu'elle voyait parfois revenir de la salle de sport avec son sac sur l'épaule ? Elle repensa au moment où, dans le pub, elle s'était demandé en le regardant s'il pourrait y avoir quelque chose entre eux.

Silence soudain à l'extérieur. Elle étira le cou. Jeta un coup d'œil par l'orifice de gauche, malgré ses larmes. Rien. Puis un clapotement s'éleva à une vingtaine de mètres. Elle se raidit, craignant le cri de la meuleuse. Au lieu de quoi elle entendit s'éloigner les pas de Prody.

Elle s'essuya la bouche d'un geste malhabile, avala un peu de salive rance et, s'appliquant à ne pas bouger trop vite pour éviter un nouveau vertige, elle s'agenouilla prudemment et regarda à l'extérieur à travers l'orifice.

De ce côté-ci de la péniche, le tunnel était visible jusqu'à l'éboulis suivant. L'eau du canal miroitait d'un éclat terne : la lune s'était déplacée et devait à présent se trouver à la verticale du puits. Entre les murs qui se resserraient, la silhouette de Prody se détachait nettement. À environ sept mètres d'elle. Dans une quasi-obscurité. Concentre-toi, ordonna son cerveau épuisé, regarde : il va se passer quelque chose d'important.

Prody se tenait au bord du canal, là où la baisse progressive du niveau de l'eau avait découvert une bande de terre large d'un mètre – la corniche qui longeait le canal sur toute sa longueur et qu'elle avait empruntée le mardi précédent avec Wellard. Il était de profil. Sa chemise était éclaboussée de taches noires, son visage invisible dans la pénombre, et il observait quelque chose qu'il tenait à la main. La chaussure de Martha. Il la mit dans une poche de son blouson fourré. Puis il s'accroupit et inspecta le sol. Flea pressa son visage contre la coque, en respirant la bouche ouverte, et regarda mieux.

Prody se mit à déplacer les feuilles et la vase, qu'il attrapait à pleines poignées et jetait derrière lui, un peu comme un chien. Au bout de quelques minutes, il s'interrompit, fit un pas ou deux et gratta prudemment le sol, qui à cet endroit était meuble – à l'instar des parties éboulées, il se composait essentiellement d'argile, avec quelques pierres çà et là. Mais ce que Prody était en train de dégager ne semblait pas être une pierre. C'était trop régulier. Trop rectangulaire. On aurait dit une plaque de tôle ondulée. Une nouvelle vague de faiblesse submergea Flea. Elle ne l'avait pas remarquée jusque-là – elle ne l'aurait jamais remarquée – parce que Prody l'avait entièrement recouverte de terre, mais elle comprit qu'il s'agissait d'une tombe. Prody avait creusé dans le sol du canal. Pour enterrer Martha.

Il resta quelques instants à examiner la plaque. Puis, apparemment satisfait, il remit la terre en place. Flea sortit soudain de sa transe. Elle se plia en deux pour passer sous son sac à dos et longea la coque jusqu'à l'endroit où elle avait laissé tomber l'étai. Elle le chercha à tâtons dans l'eau sombre. Il devait y avoir moyen de le traîner jusqu'à la soute arrière. De le caler contre la trappe pour la bloquer. Ça lui donnerait un peu de temps. Mais pas assez. Elle se redressa, jetant des regards autour d'elle. Ses yeux s'arrêtèrent sur le rangement de cordages.

Ce n'est pas du nougat, Flea...

Elle plongea une main dans le sac à dos, écarta le bloc de carbure de calcium, palpa un à un les autres objets qu'il contenait. Le ciseau, les mousquetons, la pelote de corde de parachute qui ne la quittait jamais. Son père ne jurait que par elle : « Ne sous-estime jamais la capacité d'une bonne corde de parachute à te tirer d'un mauvais pas, Flea. » Ses doigts se refermèrent sur un petit objet en plastique : un briquet. Encore un accessoire indispensable, selon son père. Elle en avait presque toujours deux sur elle – non, aujourd'hui c'était trois : il y en avait un de plus au fond du sac à dos. Serrant les dents, elle leva à nouveau les yeux vers le rangement de cordages.

Dehors, elle entendit un bruit d'éclaboussure. Plus près de la péniche qu'elle ne s'y attendait. Puis un autre. Encore plus près. Et un autre. Le temps pour elle de comprendre que Prody revenait vers elle en courant, la péniche parut se soulever comme dans un cauchemar quand il se jeta contre elle. La coque trembla tandis qu'il retombait en arrière, soulevant une gerbe d'eau.

Elle se recroquevilla derrière le sac à dos. Le silence retomba.

Flea haletait de peur. Elle chercha du regard la cloison intermédiaire, qui semblait se trouver à des kilomètres. Tout au fond d'un tunnel monstrueusement étroit dont les parois oscillaient. Rien de tout cela n'était réel. Elle était prisonnière d'un mauvais rêve.

Les clapotements reprirent, cette fois dans son dos. Elle se pencha en avant, tous ses muscles bandés. Prody percuta la coque exactement à sa hauteur. L'impact résonna à travers ses muscles et ses organes comme un bang supersonique. On aurait dit qu'il cherchait à repousser la péniche hors de l'eau.

Il tambourina contre la coque. Violemment.

— Hé ! Debout, là-dedans ! On se réveille !

Flea chercha à tâtons le rebord en saillie, s'assit dessus et prit sa tête dans ses mains, tentant désespérément de retenir le sang qui abandonnait son cerveau. Sa poitrine se soulevait et retombait convulsivement ; des frissons couraient le long de ses bras.

Mon Dieu, mon Dieu. C'était la fin. Sa mort. C'était ainsi que tout allait finir.

65

La femme en robe de chambre dans l'allée de gravier avait vécu l'essentiel de sa vie sous le nom de Skye Blue. Mais M. et Mme Blue, en bons hippies qu'ils étaient, auraient-ils pu appeler leur fille unique autrement que « Skye » ? C'était seulement l'année précédente, quand un chic type répondant au nom plus raisonnable de Nigel Stephenson était entré dans sa vie et avait fait d'elle son épouse, qu'elle avait enfin cessé de se fendre d'une petite blague anti-hippie chaque fois qu'elle inscrivait son nom quelque part.

Nigel méritait sa reconnaissance pour quantité d'autres raisons, songea Skye Stephenson en voyant les feux arrière de son taxi disparaître au coin de la rue. Il lui apportait la sécurité, d'excellentes parties de jambes en l'air et des câlins chaque fois qu'elle lui tendait les bras. Ainsi qu'une superbe maison, se dit-elle en remontant l'allée en direction de la porte d'entrée restée ouverte – une maison victorienne entourée d'un jardin rempli de pivoines, un authentique foyer. Les vitres des bow-windows avaient certes besoin d'être remplacées, de même que la chaudière, mais cela correspondait exactement à l'image qu'elle se faisait d'une maison de famille. Après un dernier sourire à la rue par où venait de s'en aller son mari, elle referma la porte et mit la chaînette de sûreté : Nigel serait absent deux jours pour son travail et l'entrée principale n'était pas visible depuis la rue, ce qui lui donnait parfois un léger sentiment d'insécurité. Du bout du pied, elle remit en place le boudin de bas de porte. Pour empêcher l'air froid de circuler sournoisement à travers tout le rez-de-chaussée.

Ses points de suture étaient à présent cicatrisés, et elle marchait de nouveau comme un être humain normalement constitué. Elle avait cessé de porter des serviettes hygiéniques dix jours plus tôt. Elle monta néanmoins l'escalier lentement, par habitude et parce qu'elle avait encore l'impression que son corps était plein, encombrant. Ses seins lui faisaient mal au moindre frôlement. Il lui semblait quelquefois qu'elle attendait la tétée avec plus d'impatience encore que Charlie.

Elle longea le long couloir froid jusqu'à la chambre du bébé, s'immobilisa sur le seuil et prit le temps de l'observer, endormi sur le dos, la tête sur le côté, les lèvres tétant dans le vide. Charlie : la raison numéro un de sa gratitude envers Nigel. Elle s'approcha du berceau et lui sourit. Si cela n'avait tenu qu'à elle, Skye l'aurait laissé dormir avec elle dans son lit. Il aurait été bien plus facile de le calmer chaque fois qu'il se réveillait. En glissant un bras sous sa nuque et en insérant un mamelon dans sa bouche assoupie. Mais son entourage s'y était formellement opposé, lui rappelant qu'elle était elle-même le produit d'un couple de hippies et que si elle ne fixait pas les limites dès à présent Charlie ne saurait jamais faire la différence entre son lit et celui de maman et papa. Marqué à vie, il finirait empêtré dans un nœud inextricable d'angoisses de séparation.

— Mais bon, juste quelques minutes, ça ne peut pas te faire de mal, hein, petit homme ? Et tu retourneras au lit après, promis ?

Elle souleva Charlie du berceau, le plaça contre son épaule et l'emmitoufla dans la couverture. Puis, une main autour de son petit crâne chaud et l'autre sur ses fesses, elle s'éloigna prudemment – la perspective de trébucher, peut-être même de le laisser tomber la terrifiait – en direction de la chambre voisine, la sienne et celle de Nigel. Elle referma la porte avec le pied et s'assit sur le lit. Les rideaux ouverts laissaient pénétrer la clarté jaunâtre du réverbère planté à l'entrée de l'allée.

En prenant soin de ne pas réveiller l'enfant, elle pencha la tête pour renifler ses fesses. Rien. Elle défit les boutons-pression à l'entrejambe de sa grenouillère et glissa un doigt à l'intérieur pour vérifier l'état de sa couche. Mouillée.

— On va se changer, mon bonhomme.

Elle se releva avec effort mais sans les mains. Transporta son fils jusqu'à la table à langer, près de la fenêtre. Un modèle perfectionné, orange et vert, avec des sangles censées l'empêcher de tomber et tout un tas de tiroirs pour les couches de rechange, les sacs-poubelle, les lingettes, crèmes et pommades. Les collègues de Skye s'étaient cotisés pour la lui offrir. Connaissant le peu d'intérêt pour les nouveau-nés de ses confrères, pour la plupart de sexe masculin, elle avait mis leur générosité sur le compte de la pitié. Sans doute considéraient-ils que l'arrivée de Charlie scellait la fin de sa carrière d'avocate spécialisée dans les divorces.

Peut-être avaient-ils raison, pensa-t-elle en écartant les pans de la grenouillère – car, ces jours-ci, la seule idée de reprendre le travail lui donnait envie de pleurer. Elle ne craignait pas seulement les journées à rallonge. Non, c'était plutôt l'idée de se trouver à nouveau en première ligne face à la cruauté des gens, comme si la naissance de Charlie l'avait privée de sa carapace. Elle doutait d'être encore capable d'affronter la nature humaine dans ce qu'elle avait de plus sordide. Il ne s'agissait pas seulement des quelques occasions où elle avait vu surgir des accusations de maltraitance au cours d'une procédure de divorce. Il y avait aussi l'acrimonie, les reproches, l'égoïsme acharné. En quelques semaines à peine, sa foi en son métier s'était évaporée.

Elle sourit à Charlie, qui s'était à demi réveillé et agitait faiblement les poings, la bouche ouverte, prêt à pleurer.

— Hé, bonhomme. Je vais juste te changer. Et après ça, un câlin. Et encore après, retour dans ton berceau.

Après avoir changé sa couche, elle le rhabilla et l'étendit sur son lit, en travers de la couverture.

— Et maintenant écoute-moi bien, petit Charlie, il ne faut surtout pas t'habituer à ce lit, d'accord ? Sinon, les méchants nazis viendront chercher maman.

Elle se débarrassa de ses chaussons, ôta sa robe de chambre et s'approcha de lui à quatre pattes. Elle s'attendait à le voir réclamer le sein, mais non. Au bout de quelques secondes, il cessa d'agiter les bras et de remuer les lèvres, et ses yeux se fermèrent. Ses traits se détendirent. Il dormait presque. Skye resta à l'observer, allongée sur le côté, en appui sur un coude. Le petit Charlie. Le petit Charlie, qui était tout pour elle.

Le calme régnait dans la chambre. Le halo du réverbère se réfléchissait dans certains objets : un verre d'eau posé sur la table de chevet, le miroir, les flacons de vernis à ongles sur la plus haute étagère. Chacune de ces surfaces luisait faiblement. Mais il y avait un autre reflet, dans cette chambre, que Skye n'aurait pu identifier même si elle l'avait remarqué. Au-dessus de sa tête, parmi les moulures en plâtre du plafond, se nichait un minuscule disque transparent. L'œil infatigable et perpétuellement ouvert d'une caméra de surveillance.

66

Boum ! La cale trembla. Un grincement de métal rouillé résonna à travers le tunnel.

Prody n'était plus dans l'eau. Il s'était hissé sur le pont de la péniche et secouait furieusement le cabestan pour le retirer de l'écoutille. Un mètre au-dessous, Flea regardait celle-ci, pétrifiée. Chaque fois que Prody changeait de position, le rectangle de lune qui en dessinait le contour était partiellement escamoté. Elle ferma les paupières. Elle avait le ventre noué à force de penser à la petite chaussure de Martha. À sa tombe, et aussi à la meuleuse d'angle. Pourquoi le moteur s'était-il grippé ? Parce qu'il avait trop tranché de chairs et d'os ? Et qu'avait-elle mangé dans ce sandwich ? Prody était capable de tout. D'absolument tout.

Elle rouvrit les yeux, tourna la tête vers le panneau amovible de la cloison médiane, puis elle regarda le rangement de cordages. Elle n'avait plus un instant à perdre. Il fallait qu'elle…

Au-dessus d'elle, Prody cessa de s'acharner sur le cabestan.

Elle retint son souffle. Il y eut un long silence, puis Prody se laissa lourdement tomber sur le pont juste sur l'écoutille. Elle l'entendait respirer. Elle entendait le bruissement de son blouson en Nylon.

— Hé ! Je vois ta tête !

Flea sursauta. Se plaqua contre la coque.

— Je te vois ! Qu'est-ce qu'il y a ? Tu es bien calme, tout à coup.

Elle se toucha la tempe, chercha son pouls et grimaça. Comprenant qu'elle ne répondrait pas, il se déplaça en rampant et colla sa bouche sur la fente de l'écoutille. Son souffle devint saccadé. Il se masturbait – ou il faisait semblant. Le nœud dans le ventre de Flea se resserra encore à la pensée d'une petite fille qui ne savait sans doute même pas ce qu'était le sexe, et encore moins ce qui pouvait pousser un homme adulte à vouloir faire des choses pareilles à une enfant. Une petite fille ou plutôt ce qu'il en restait, enfoui dans une tombe à moins de cinquante mètres. Au-dessus d'elle, Prody reniflait, produisait des bruits de succion comme s'il se tétait l'intérieur des joues. Une goutte de quelque chose roula à travers la fente et resta suspendue au bord inférieur de l'écoutille. De la salive ou une larme, elle ne savait pas. La goutte vacilla un instant dans le clair de lune, puis elle se détacha et tomba dans l'eau avec un bruit ténu.

Flea observa froidement l'écoutille. Ce n'était pas du sperme. Contrairement à ce qu'il aurait voulu lui faire croire. Il la torturait. Mais pourquoi se donnait-il cette peine ? Pourquoi ne venait-il pas lui régler son compte une fois pour toutes ? Elle chercha des yeux le trait de clarté créé par l'encoche qu'il avait pratiquée dans la coque avec sa meuleuse. Pourquoi ? Elle croyait comprendre. Parce qu'il se savait incapable de l'atteindre.

Elle sentit un regain d'énergie, se détacha de la coque.

— Qu'est-ce que tu fous, salope ? Hein ?

Respirant lentement par la bouche, elle s'approcha de son sac à dos.

— Salope !

Il se remit à marteler le pont mais, cette fois, Flea ne sursauta pas. C'était bien ça. Il ne pouvait pas l'atteindre. Elle sortit quelques objets du sac. Le carbure de calcium, la corde de parachute et les briquets. Elle aligna le tout sur le rebord le long de la coque, sous le rangement de cordages. Tout le problème consistait à boucher hermétiquement l'orifice de celui-ci côté pont. Elle devait pouvoir le faire avec son tee-shirt ensanglanté, mais il faudrait attendre que Prody ait quitté le pont. Son heure viendrait. Elle en était sûre et certaine. Il n'allait pas rester éternellement là-haut. Elle récupéra la bouteille qu'il lui avait donnée, la déboucha et la plongea dans l'eau vaseuse, en appuyant doucement pour accélérer le remplissage. Puis, levant un bras au-dessus de sa tête, elle enfonça le goulot dans le trou du rangement de cordages et déversa son contenu à l'intérieur, la remit dans l'eau et recommença.

— Qu'est-ce que tu fous, salope ?

Il tournait autour de l'écoutille. Elle le sentait se déplacer au-dessus d'elle telle une araignée géante, cherchant à voir ce qu'elle manigançait.

— Dis-le-moi ou je viens te chercher !

Quand il y eut à peu près un litre d'eau dans le caisson, Flea glissa la bouteille dans le filet de son sac à dos, goulot vers le bas pour bien l'égoutter. Avec la lune pour seule source de lumière, elle récupéra le ciseau et le long clou dont elle s'était servie pour tenter d'actionner la manivelle de l'étai. Elle prit le temps d'ajuster son clou et, en trois coups de ciseau, perça le réservoir de plastique des briquets. Prody n'en perdait pas une miette, elle percevait son souffle juste au-dessus de sa tête. C'est tout juste si elle ne sentit pas son regard sur elle lorsqu'elle se pencha en avant et versa avec précaution le contenu des trois briquets dans la bouteille.

Elle se redressa, agita la bouteille, regarda tourbillonner son contenu. Les briquets avaient beau être pleins, le gaz représentait moins de dix centilitres. Une quantité néanmoins suffisante pour imprégner une bonne longueur de corde de parachute et obtenir une sorte de mèche reliant le caisson de métal à la soute arrière de la péniche. Le reste de gaz finirait dans le caisson, histoire de donner à l'acétylène le petit coup de pouce dont il aurait besoin pour s'enflammer.

— Dis-moi ce que tu fous ou je descends !

Elle déglutit, exerça une légère pression sur sa gorge, puis, faisant de son mieux pour empêcher sa voix de trembler :

— Viens donc, connard. Descends voir.

Il y eut un silence. Comme s'il n'en croyait pas ses oreilles. Puis il se mit à frapper et à secouer l'écoutille, criant, jurant et donnant des coups de pied. Flea leva la tête. Il ne peut pas descendre, se dit-elle. Il ne peut pas. Les yeux toujours rivés sur le battant, elle recommença à fouiller dans son sac à dos, cherchant un récipient suffisamment étanche pour protéger le gaz de l'eau contenue dans le caisson. Prody cessa de vociférer. Elle l'entendit aller et venir sur le pont, cherchant une autre issue. Il n'en trouverait pas. À moins qu'il ne réussisse à redémarrer sa meuleuse, ou qu'il ne remonte en surface chercher un autre outil électrique, il n'avait aucune chance de l'atteindre. Elle allait le battre à son propre jeu.

Elle sortit la boîte en plastique qui contenait les piles de rechange de sa torche. Elle la plaça sur le rebord en saillie et, au moment où elle se retournait pour attraper la bouteille dans laquelle elle avait versé le gaz, une formidable vague de nausée et de faiblesse la submergea.

Elle posa aussitôt la bouteille à côté des piles, s'assit et s'obligea à respirer profondément. Mais son corps était à bout de forces. Les émanations de gaz, l'odeur de pourriture et la peur avaient eu raison de sa résistance. À peine eut-elle le temps de s'étendre qu'elle se sentit brutalement aspirée vers le bas, jusqu'à ce que tout, ses pensées, ses intentions, se réduise à un minuscule point rouge d'activité électrique au tréfonds de son cerveau.

67

À 4 h 30, Charlie Stephenson cligna des yeux, ouvrit la bouche et se mit à vagir. Skye sursauta. Elle se frotta les paupières et tendit un bras ensommeillé vers Nigel, ne trouva que le drap vide et froid. Elle grogna, roula sur le dos pour voir les chiffres de l'horloge projetés au plafond – 4 h 32. Elle se passa les mains sur le visage. 4 h 30. L'heure favorite de Charlie.

— Bon sang, Charlie !

Elle enfila sa robe de chambre, trouva ses chaussons.

Elle rejoignit d'un pas traînant la chambre de son bébé, telle une morte-vivante attirée par la douce lueur de la veilleuse Winnie l'Ourson. La chambre était obscure. Et froide – trop froide. Le châssis de la fenêtre à guillotine était levé. Elle alla la refermer. Elle ne se souvenait pas de l'avoir laissée ouverte, mais elle ne tournait pas rond ces temps-ci. Elle s'arrêta pour jeter un coup d'œil à l'allée qui courait le long de la maison dans une clarté lunaire. Ils avaient été cambriolés, quelques mois auparavant. Quelqu'un s'était introduit chez eux par la porte-fenêtre du salon. Sans rien voler, ce qui d'une certaine manière l'avait encore plus angoissée que s'il avait tout pris. Après cela, Nigel avait fait mettre des verrous aux fenêtres du rez-de-chaussée. Il serait temps qu'elle les utilise.

Sur son matelas, Charlie grimaçait. Sa petite poitrine était secouée de sanglots.

— Oh, le coquin, dit-elle en souriant. On a réveillé maman.

Elle se pencha sur son berceau et l'emmaillota dans sa couverture, en prenant soin de bien couvrir ses bras, le souleva et le porta dans sa chambre sans cesser de lui chuchoter qu'il la tuerait, qu'elle ne manquerait pas de lui rappeler tout cela quand il aurait dix-huit ans et sortirait avec des filles. Dehors, le vent soufflait. Les arbres se tordaient, projetant au plafond d'étranges masses mouvantes. L'air qui s'insinuait sous les fenêtres froissait et soulevait les rideaux.

La couche de Charlie étant sèche, elle le cala contre un oreiller et se glissa dans le lit à côté de lui. Elle commença à dégrafer son soutien-gorge d'allaitement, s'interrompit. Se redressa dans le lit, le cœur battant, soudain bien réveillée. Dans l'allée, sous la fenêtre de Charlie, quelque chose venait de tinter.

Elle mit un doigt sur ses lèvres.

— Reste ici, trésor.

Sur la pointe de ses pieds nus, elle repartit vers la chambre du bébé. La fenêtre vibrait. Elle s'en approcha, appuya son front contre la vitre et baissa les yeux vers l'allée. Le couvercle d'une des poubelles était par terre. Arraché par le vent.

Elle ferma les rideaux, regagna sa chambre et se coucha. C'était tout le problème quand Nigel n'était pas là. Son imagination s'emballait pour un rien.

— Elle est bête, ta maman…

Elle prit Charlie dans ses bras, tira sur son soutien-gorge pour dénuder son mamelon et le lui fourra dans la bouche. Se laissa aller contre la tête de lit et ferma les yeux.

— Ta maman est bête. Elle a beaucoup trop d'imagination.

68

L'aube trouva Caffery endormi en chien de fusil sur les trois coussins de fauteuil qu'il avait jetés sur le sol de son bureau vers 3 heures du matin. Il rêvait, étrangement, de dragons et de lions. Les lions ressemblaient à des vrais. Leurs crocs veinés jaunâtres étaient enduits de sang et de salive. Il sentait leur souffle brûlant et distinguait les nœuds dans leur crinière. Les dragons, en revanche, étaient en deux dimensions : des dragons en fer-blanc, comme revêtus d'une armure. Ils arpentaient le champ de bataille dans un bruit de ferraille, leurs bannières flottant au vent. Ils se cabraient et secouaient leur long cou métallique. Ils étaient gigantesques. Ils écrasaient les lions comme des fourmis.

De temps en temps, il se réveillait à demi, refaisait surface en un lieu peuplé des vestiges amers de son angoisse : les objections qu'il n'était pas parvenu à lever avant de sombrer dans le sommeil. L'expression de Prody quand il l'avait quitté la veille au soir. Le départ inopiné de Flea, qui sonnait faux. Et surtout le fait que Ted Moon était toujours en liberté. Et que Martha et Emily demeuraient introuvables au bout de six jours d'enquête.

Il se réveilla pour de bon mais resta allongé, les yeux clos, prenant progressivement conscience du froid, de la raideur de son corps. Il sentait l'odeur de vieux chien de Myrtle, qui sommeillait à quelques pas de là, sous le radiateur. Il entendait la rumeur de la circulation, des conversations dans les couloirs et des sonneries de portable. Aucun doute, c'était le matin.

— Patron ?

Il ouvrit les yeux. Le sol était poussiéreux. Il remarqua un attroupement de trombones et de boules de papier sous son bureau. Et, sur le pas de la porte, une paire de jolies chevilles de femme soutenues par des escarpins à talons impeccablement cirés. À côté d'une paire de chaussures d'homme frôlées par un pantalon. Caffery leva les yeux. Turner et Lollapalooza. Tous deux avec une liasse de documents à la main.

— Bon Dieu... Quelle heure est-il ?
— 7 h 30.
— Merde !

Il se frotta les paupières, se redressa sur un coude, cilla à plusieurs reprises. Sur sa couche improvisée, Myrtle bâilla, s'assit puis s'ébroua mollement. La pièce était sens dessus dessous, le tableau blanc encore tapissé des photos qu'il avait étudiées – on y trouvait de tout, depuis les clichés d'autopsie de Sharon Macy à ceux de la cuisine de la planque où ils avaient installé les Costello, avec sa fenêtre brisée, ses tasses rincées sur l'égouttoir. La table aussi était en désordre – des montagnes de paperasse, des pochettes plastifiées de différentes couleurs contenant des photographies de scène de crime et des rapports d'autopsie, des piles de notes prises à la hâte et d'innombrables gobelets de café à moitié bus. Un creuset d'où rien n'était sorti.

Aucun indice. Impossible de savoir ce qu'allait faire Moon.

Il massa sa nuque endolorie et leva les yeux vers Lollapalooza.

— Vous m'apportez des réponses ?

Elle grimaça.

— Des questions. Ça fera l'affaire ?

— Entrez, soupira-t-il avec un geste las. Entrez donc.

Lollapalooza resta debout contre la table, les bras croisés et les pieds joints. Turner fit pivoter une chaise et s'y assit à califourchon tel un cow-boy de rodéo, les coudes sur le dossier.

— Bon, fit-il en regardant son patron. Commençons par le commencement.

Turner non plus ne semblait pas avoir beaucoup dormi. Sa cravate était un peu tire-bouchonnée et ses cheveux n'avaient pas vu de shampooing depuis un certain temps. Mais il ne portait toujours pas sa boucle d'oreille.

— Pendant la nuit, les chiens à viande froide de la Met ont exploré le terrier de Moon, sous le hangar.

— Et ils ont découvert quoi ? Non, soupira Caffery en agitant la main. Ne me le dis pas. C'est écrit sur ta figure : rien. Ensuite ?

— Le tribunal nous a envoyé l'expertise psychiatrique de Moon. Je l'ai trouvée ce matin dans ma boîte aux lettres.

— Il a parlé ? Une fois en taule ?

— Il était même intarissable, apparemment. Avec tous ceux qu'il croisait. Il a avoué son crime à peu près tous les jours pendant dix ans.

Voilà qui était important. Caffery déplaça ses jambes et s'assit, tentant de dissiper le brouillard qui enveloppait la pièce.

— Alors ? Qu'est-ce qu'il a dit ?

— Exactement la même chose que son père. Ted a assassiné Sharon à cause de l'incendie, parce que c'était ça qui avait tué sa mère. Pas d'excuses, pas de justification. Tous les rapports psychiatriques disent la même chose.

— Merde. Et les Macy ? Tu les as localisés ?

Turner pointa le menton vers Lollapalooza avec une moue disant : « À ton tour, ma belle. »

Elle s'éclaircit la voix.

— Un de mes hommes a fini par leur mettre la main dessus à 2 heures du matin. Ils rentraient du pub. Je viens de prendre le petit déjeuner avec eux. Des gens charmants, dit-elle en haussant les sourcils. Très raffinés. Vous savez, du genre à croire que les voitures existent pour être posées sur des briques et que la place d'un frigo est dans le jardin. Ils passent leur temps à traîner dehors, à mon avis. Mais ils m'ont parlé.

— Et ?

— Il ne s'est rien passé. Après la disparition de Sharon, ils n'ont plus entendu parler de Moon. Zéro.

— Pas de message ? Pas de lettre ?

— Rien. Même après son arrestation. Comme vous le savez, il n'a pas dit un mot à son procès, et ces gens-là ne s'attendent pas à recevoir quelque nouvelle que ce soit de lui. Ils n'ont même pas prononcé son nom. Ils ont laissé votre copain de la brigade technologique faire un tour chez eux. Q, c'est ça ? C'est sous ce nom qu'il s'est présenté, et personnellement je trouve son humour un poil lourdingue. Il a eu beau utiliser tous les gadgets qu'il avait sur lui, il n'a rien découvert. Pas de caméra, *nada*. Les Macy vivent là depuis des années, ils ont refait la déco plusieurs fois sans jamais rien remarquer de suspect.

— Et entre Peter Moon et la mère Macy ? Ça a un petit peu fricoté ?

— Pas de liaison. Et je ne pense pas qu'elle mente.

— Bon sang !

Caffery repoussa ses cheveux de son visage. Avec Ted Moon, tous les chemins qu'il explorait se terminaient par un mur de briques.

— Et chez les autres ? Les Bradley, les Blunt ?

— Non plus. Et je le tiens des OLF qui, comme chacun sait, arrivent en général à la vérité. C'est sans doute une anomalie statistique, mais ce sont peut-être les seuls couples de Grande-Bretagne à ne pas batifoler en douce.

— Et du côté de Damien ? Il n'est plus avec sa femme.

— Sauf que ce n'est pas lui qui a mis fin au mariage. C'est Lorna. Si tant est qu'on puisse parler de mariage. Il prétend qu'ils étaient mariés, mais je n'en retrouve aucune trace. Peut-être vaudrait-il mieux parler d'une sorte d'accord international.

Caffery se leva et s'approcha du tableau. Il étudia les photos de la planque des Costello où s'était introduit Moon : la cuisine, le lit double dans lequel avaient dormi Emily et Janice. L'enquête aurait dû progresser. Il observa la maquette de la Vauxhall bleu foncé, les photos de la voiture des Costello dans le garage de la police scientifique. Il scruta les visages et toutes les lignes qu'il avait tracées entre les photos, également reliées au portrait de Ted Moon qui les dominait toutes.

Il regarda une nouvelle fois Moon au fond des yeux. Il ne sentit rien. Pas d'étincelle.

Sans un mot, il prit une chaise et la plaça devant la fenêtre. S'assit dessus dos à la pièce. Le ciel était uniformément gris. Les voitures faisaient entendre un chuintement en roulant dans les flaques. Il se sentait vieux. Terriblement vieux. Qu'est-ce qui l'attendait une fois qu'il se serait dépêtré de cette enquête ? Un autre violeur ou un autre ravisseur d'enfants, qui viendrait lui arracher la peau du dos et lui mettre les os en compote ?

— Monsieur ? commença Lollapalooza, aussitôt interrompue par un « chut » de Turner.

Caffery ne se retourna pas. Turner ne voulait pas qu'elle le déconcentre. Parce qu'il croyait que Caffery réfléchissait, que son cerveau génial était en train de traiter toutes les informations qu'on lui avait fournies. Turner croyait vraiment, sincèrement, que Caffery allait pivoter sur sa chaise et leur servir toute une théorie, tel un prestidigitateur sortant un bouquet de fleurs de son chapeau.

Dans ce cas, songea-t-il, bienvenue au pays des déceptions carabinées, mon vieux. J'espère que tu t'y plairas, parce qu'on est partis pour y passer un bout de temps.

69

L'aube n'était pas levée depuis longtemps, et un voile de givre nappait l'immense jardin de Yatton Keynell. Mais il faisait doux à l'intérieur du cottage – Nick avait allumé un feu dans le salon où Janice était assise dans un fauteuil près de la fenêtre, éclairée par le pâle soleil d'hiver. Elle ne broncha pas quand sa sœur alla ouvrir la porte à l'heure convenue et fit entrer ses invités. Personne ne leur indiqua Janice, mais tous surent immédiatement qui elle était. Ils s'avancèrent et se présentèrent à elle un par un.

— J'ai appris pour votre petite fille. Je suis vraiment désolé.

— Merci d'avoir appelé. Ça va nous faire du bien d'en parler avec d'autres.

— La police a mis notre maison sens dessus dessous. Je n'arrive pas à croire qu'il nous épiait.

Janice serra la main à tous et s'efforça de sourire. Mais son cœur était un bloc de glace. Les Blunt furent les premiers à venir lui parler. Neil, grand et mince, avait la même complexion que Cory – ses cheveux, ses cils et ses sourcils étaient d'un blond presque roux. Simone était également blonde, mais avec un teint mat et des yeux marron. Janice les étudia. Était-ce une ressemblance physique qui avait poussé Moon à les prendre pour cibles ? Rose et Jonathan Bradley paraissaient encore plus ravagés que sur les photos publiées dans la presse. Rose avait les cheveux blonds et fins, une peau tellement diaphane qu'on voyait ses veines à travers. Elle portait un pantalon en Stretch confortable, un cardigan rose à fleurs et un foulard de la même couleur noué autour du cou. Il y avait quelque chose de pathétique dans ce foulard, dans les efforts qu'elle faisait pour sauvegarder les apparences. Jonathan et elle serrèrent la main de Janice et se laissèrent tomber sur une chaise en s'excusant presque, à un pas l'un de l'autre. Ils agrippèrent à deux mains la tasse de thé que la sœur de Janice leur avait servie – la théière était posée sur le manteau de la cheminée. Ce fut ensuite au tour de Damien Graham de s'avancer, et Janice eut aussitôt la certitude que sa théorie de la ressemblance physique était à côté de la plaque. C'était un grand Noir aux épaules et aux cuisses impressionnantes, aux cheveux ras. Rien à voir avec Cory, ni avec Jonathan, ni avec Neil.

— La mère d'Alysha n'a pas pu venir, dit-il. Lorna.

Il semblait un peu gêné aux entournures dans ce salon douillet. Il jeta son dévolu sur le dernier siège libre – une petite chose fragile, à oreillettes, qui soulignait encore sa carrure – et s'assit d'un air emprunté, en pinçant les plis de son pantalon. Quand il croisa les jambes, le fauteuil gémit.

Janice le fixait d'un œil morne, soudain saisie d'une incommensurable fatigue. Les gens parlaient volontiers d'une sensation de vide, d'engourdissement, dans les moments de ce genre. Elle aurait aimé pouvoir ressentir l'un ou l'autre. N'importe quoi aurait été préférable à la douleur qui lui rongeait l'estomac.

— Bon, dit-elle. À mon tour de me présenter à vous tous. Je suis Janice Costello. Et voici mon mari Cory, là, dans le coin.

Elle attendit que tout le monde ait salué Cory pour ajouter :

— Notre nom ne vous dira probablement rien, parce que la police a préféré le taire quand notre... petite fille a été enlevée.

— Les journaux ont parlé d'une nouvelle victime, dit Simone Blunt. Tout le monde sait que c'est arrivé. Simplement, votre nom n'a pas été cité.

— Ils ne l'ont pas cité pour nous protéger.

— Des caméras, souffla Rose. Est-ce qu'il y en avait aussi chez vous ?

Janice acquiesça. Elle posa les mains à plat sur ses genoux et étudia un moment leur dos veiné. Elle était incapable d'injecter le moindre enthousiasme dans sa voix. Les mots sortaient difficilement de sa bouche.

— Je sais que les policiers vous ont parlé, dit-elle, relevant enfin la tête. Je sais qu'ils ont beau retourner la question dans tous les sens, ils n'arrivent pas à trouver ce que nous avons en commun. Mais je me suis dit que peut-être, tous ensemble, nous pourrions découvrir la raison pour laquelle il nous a choisis. Et deviner à qui il s'en prendra la prochaine fois. Parce que je pense qu'il va recommencer. Et les enquêteurs aussi. Même s'ils ne le disent pas. Et si nous arrivons à identifier ses prochaines victimes, cela augmentera aussi nos chances de lui mettre la main dessus, de savoir ce qu'il a fait à nos...

Elle inspira profondément, bloqua sa respiration et attendit quelques secondes avant de reprendre :

— Mais maintenant que je nous vois tous, je me dis que j'ai été stupide. J'espérais plus ou moins trouver une ressemblance entre nous. Je me disais que nous aurions la même apparence, les mêmes goûts, que nous habiterions le même genre d'endroit et que nos situations seraient comparables, mais pas du tout. Nous ne pourrions pas être plus différents. Je suis désolée. Vraiment désolée.

Janice, épuisée, baissa la tête.

— Non, dit Neil Blunt en se penchant en avant sur son siège. Il ne faut pas vous sentir désolée. Vous avez eu une intuition, suivez-la jusqu'au bout. Peut-être avez-vous raison. Peut-être y a-t-il réellement un lien entre nous. Quelque chose qui ne saute pas aux yeux.

— Non. Regardez-nous.

— Il y a forcément quelque chose, insista-t-il. Si ça se trouve, nous lui rappelons quelqu'un. De son enfance.

— Ça pourrait être lié à notre métier, suggéra Simone. Je connais le vôtre, Jonathan, toute la presse en a parlé. Mais vous, Rose, que faites-vous ?

— Je suis secrétaire médicale. Je travaille pour un cabinet d'ostéopathes à Frenchay.

Elle attendit un commentaire. Comme personne ne réagissait, elle ébaucha un sourire triste.

— Ce n'est pas palpitant, je le reconnais.

— Et vous, Damien ?

— Je bosse chez BMW. Je fais mon chemin dans la vente. Je pense depuis toujours qu'un bon vendeur tient le monde dans sa main. Mais il faut aimer la chasse, le goût du sang...

Il n'alla pas plus loin : tout le monde le dévisageait. Il se renfonça dans son fauteuil, les paumes levées.

— Enfin, bref, marmonna-t-il. Je suis vendeur de bagnoles. De BMW. À Cribbs Causeway.

— Et vous, Janice ? Que faites-vous dans la vie ?

— Je suis dans l'édition. J'ai été salariée, mais je travaille maintenant en free-lance. Et Cory est...

— ... consultant pour une grosse imprimerie, compléta Cory sans regarder personne. Je les conseille sur leur stratégie marketing. Je leur explique comment se faire une image d'entreprise écolo.

Simone s'éclaircit la gorge.

— Analyste financière. Et Neil travaille au Bureau d'aide juridique de Midsomer Norton. Il est spécialisé dans les questions de garde d'enfants en cas de divorce. Mais ça ne vous évoquera rien. Si ?

— Non.

— Désolé. Non.

— Peut-être qu'on fait fausse route.

Toutes les têtes se tournèrent vers Rose Bradley, ratatinée dans son fauteuil. Le col de son cardigan était tellement relevé qu'il enveloppait presque entièrement sa nuque ; on aurait dit un lézard dans une peau trop grande pour lui. Ses yeux clairs lançaient des regards hésitants.

— Je vous demande pardon ? dit Simone.

— On fait peut-être fausse route. Si ça se trouve, on le connaît tous.

Les autres échangèrent des coups d'œil perplexes.

— Mais... nous venons d'aboutir à la conclusion inverse, objecta Simone. Aucun de nous n'a jamais entendu parler de Ted Moon.

— Et si ce n'était pas lui ? Le ravisseur. Celui qui a fait tout ça. Je veux dire… On part du principe que les enquêteurs ont raison. Que c'est Ted Moon. Et s'ils se trompaient ?
— Mais…

Il y eut un long silence, le temps que cette idée fasse son chemin dans les esprits. Un à un, les regards se déplacèrent de Rose à Janice. Exactement comme des enfants regarderaient leur maîtresse. Attendant que la personne ayant autorité intervienne pour remettre de l'ordre dans la pagaille qu'ils avaient créée.

70

La coque pour bébé faisait partie du déluge de cadeaux qui s'était abattu sur eux à la naissance de Charlie. Offerte par les parents de Nigel, elle était bleue, avec des sangles jaunes intégrées. À 8 h 15, elle se trouvait par terre dans l'entrée, n'attendant plus que d'être transportée jusqu'à la voiture et fixée à la banquette. Posé à côté, le sac de Charlie contenait tout le nécessaire : des couches, des jouets et une tenue de rechange.

Skye avalait sa troisième tasse de café debout dans la cuisine, emmitouflée dans un pull épais et regardant rêveusement la buée sur les vitres. Le givre recouvrait les arbres du jardin, et la fenêtre branlante laissait passer des filets d'air glacé. Skye repensait à la nuit écoulée. À la fenêtre ouverte. Au couvercle de la poubelle. Elle rinça sa tasse et la plaça sur l'égouttoir. Monta légèrement le thermostat puis vérifia que les fenêtres étaient verrouillées. Dans l'entrée, son manteau rouge était accroché à une patère, à côté de son sac à main. Sortir ce matin lui semblait une idée très raisonnable. Un petit passage au cabinet. Histoire d'épater ses collègues en leur présentant Charlie. Pourquoi pas ?

Oui. C'était parfaitement raisonnable.

71

Malgré le feu, Janice était frigorifiée. Son cœur avait la froideur et la dureté d'une pierre. Tout le monde la regardait, attendant qu'elle dise ou fasse quelque chose. Croisant les bras, elle nicha les mains sous ses aisselles pour maîtriser leurs tremblements. Ses dents s'entrechoquaient de façon incontrôlable.

— Ma foi… oui, peut-être que Rose a raison. Ce ne serait pas la première fois que la police se plante. Peut-être que Ted Moon n'a rien à voir là-dedans.

Elle repensa à tous les hommes avec qui Emily avait été en contact au fil des ans. Les visages défilèrent dans son esprit : plusieurs instituteurs, cet entraîneur de foot grand et maigre, à la peau grêlée, qui s'était toujours montré un peu trop familier avec les mamans, le laitier auquel il arrivait d'échanger quelques mots avec Emily sur le perron.

— Peut-être avons-nous tous quelqu'un d'autre que Moon en commun. Quelqu'un à qui nous n'avons même pas pensé.

— Mais qui ?

— Je n'en sais rien.

Il y eut un long silence. Dehors, Nick et la sœur de Janice montraient le jardin à Philippa Bradley, qui avait amené son épagneul pour qu'il joue avec les labradors. De temps à autre, on les voyait passer toutes les trois derrière la porte-fenêtre, enveloppées de manteaux et d'écharpes, lançant une balle. Elles laissaient des empreintes noires sur la pelouse givrée. Janice les regardait. Elle revit Emily jouant dans ce même jardin alors qu'elle savait à peine marcher, se cachant derrière un carré de lavande et éclatant de rire en voyant sa mère s'écrier d'un ton faussement épouvanté : « Oh, non ! Ma petite fille a disparu ! Où est mon Emily ? Est-ce que c'est l'ogre qui l'a prise ? »

Si ce n'était pas Ted Moon, alors qui ? Qui d'autre pouvait avoir eu un lien avec Cory, elle et ces cinq autres personnes ?

Damien prit la parole d'une voix sourde :

— Bon, moi non plus j'ai jamais vu le fils de pute qu'on nous a montré en photo, mais j'ai quand même un truc à dire. Vous, lâcha-t-il en montrant Jonathan du doigt. Désolé de vous dire ça, mais j'ai déjà vu votre tête quelque part. Ça me turlupine depuis mon arrivée.

Tout le monde se tourna vers Jonathan, qui fronça les sourcils.

— Dans la presse, vous voulez dire ? À peu près tous les journaux ont publié ma photo cette semaine.

— Non. Je vous ai vu à la télé et je vous ai pas reconnu, sans quoi je l'aurais signalé aux flics. Mais, en entrant ici, je me suis dit : C'est sûr, j'ai déjà vu ce type quelque part.

— Où ?

— Je sais pas. C'est peut-être un tour que me joue mon imagination.

— Vous fréquentez l'église ?

— J'y allais gamin. Chez les adventistes du septième jour, à Deptford. Mais j'y ai plus remis les pieds depuis mon départ de la maison. Et sans vouloir vous offenser, vous aurez même pas mon cadavre !

— Et votre enfant ? insista Jonathan. Votre petite fille. Comment s'appelait-elle, déjà ?

— Alysha.

— C'est ça. La police m'en a parlé. J'ai connu une Alysha, mais elle ne s'appelait pas Graham. Alysha Morefield, ou Morton. Je ne me rappelle plus.

— Moreby, lâcha Damien en le fixant intensément. Alysha Moreby. C'est le nom de sa mère, le nom sous lequel Lorna l'avait inscrite à l'école.

Le sang afflua au visage de Jonathan. Tout le monde dans la pièce était suspendu aux lèvres des deux hommes.

— Moreby. Alysha Moreby. Oui, je l'ai connue.

— Où ça ? On l'a jamais emmenée à l'église.

Jonathan entrouvrit la bouche. Comme si une vérité effroyable était en train de se faire jour dans son esprit. Une vérité tapie là depuis le début et qui aurait pu sauver le monde si seulement il l'avait retrouvée plus tôt.

— À l'école, répondit-il d'une voix blanche. Avant mon ordination, j'étais directeur d'école.

— C'est ça ! s'exclama Damien en se frappant la cuisse. Monsieur Bradley ! Bien sûr ! Je me souviens de vous. Je veux dire, on s'est jamais parlé – l'école, c'était l'affaire de Lorna. Mais je vous ai vu, ça oui. À la sortie et tout ça.

Janice se pencha en avant, fascinée.

— Quelqu'un de l'école. Tous les deux, vous avez connu des gens de l'école.

— Non, dit Damien. Je me suis jamais occupé de ça, moi. Ou presque. Les histoires d'école, ça regardait Lorna.

— Vous n'alliez pas aux réunions de parents d'élèves ?

— Non.

— Aux fêtes, aux kermesses ?

— Non.

— Vous n'avez jamais rencontré d'autres parents ?

— Je vous jure, j'ai jamais mis le nez là-dedans. Ça a toujours été comme ça dans notre famille : l'école, c'est un truc de femmes.

— En revanche, dit Jonathan, votre épouse avait noué des liens avec d'autres parents. Je le sais parce que je me souviens très bien d'elle. Elle retrouvait toujours un groupe d'amis à la sortie de l'école.

— Vous pensez à quelqu'un en particulier ? intervint Simone.

— Non. Mais...

Le regard de Jonathan s'échappa vers le plafond comme si un souvenir était en train de lui revenir.

— Quoi ? insista Janice, assise à l'extrême bord de son fauteuil. Qu'est-ce qu'il y a ?

— Elle a été partie prenante dans un... incident, dit Jonathan en se tournant à nouveau vers Damien. Vous vous rappelez ?

— Quel genre d'incident ?

— Un incident concernant un autre parent. Et qui a eu des conséquences pénibles.

— Le pot de bonbons ? C'est de ça que vous parlez ?

Jonathan ouvrit son col et vrilla sur Janice des yeux injectés de sang. La température de la pièce semblait avoir grimpé d'un seul coup. Comme si l'air était surchargé d'électricité.

— Cela s'est passé après une kermesse. Le lundi, Lorna, la compagne de M. Graham, est venue me trouver dans mon bureau. Elle tenait à la main un bocal de bonbons qu'elle avait acheté à la kermesse. Je m'en souviens d'autant mieux que cela m'a paru très bizarre sur le coup.

— Un bocal de bonbons ?

— J'avais demandé aux parents de nous apporter des vieux bocaux remplis de bonbons pour les revendre à la kermesse. Cette année-là, nous cherchions à collecter des fonds pour réparer la toiture de l'école. Mais, en rentrant chez elle avec le bocal qu'elle avait acheté, Mme Graham a trouvé dedans…

— Un message, compléta Damien. Un Post-it. Juste quelques mots griffonnés.

— Après avoir lu ce message, Lorna – Mme Graham – me l'a apporté sans tarder. Elle avait pensé avertir la police, mais elle craignait qu'il ne s'agisse d'une mauvaise blague. Elle ne voulait pas faire de tort à notre établissement.

— Que disait ce message ?

Jonathan regarda Janice d'un air grave :

— « Papa nous bat. Il enferme maman. »

Janice sentit un torrent de glace se répandre dans ses veines. Elle n'osait plus respirer.

— Et… vous avez découvert qui l'avait écrit ?

— Oui. Deux de nos élèves. Je m'en souviens parfaitement – deux frères. Je crois que leurs parents étaient en plein divorce. J'ai pris ça très au sérieux et, oui, j'ai signalé l'incident aux services sociaux. Il n'a pas fallu longtemps pour découvrir que c'était la pure vérité. Que ces deux petits garçons étaient martyrisés par leur père. Quelques mois avant l'affaire du bocal, ils avaient manqué l'école une semaine entière. Ils nous sont revenus complètement éteints. Après l'intervention des services sociaux, la mère a obtenu leur garde exclusive. Le père n'a jamais intenté d'action en justice. Il était policier, si mes souvenirs sont exacts. Il n'a pas cherché à contester la décision du juge...

Il s'aperçut que Janice, Cory et Neil Blunt avaient subitement pâli.

— Quoi ? reprit-il. Qu'est-ce que j'ai dit ?

Dans son fauteuil, Janice se mit à trembler comme une feuille.

72

Un homme à la carrure imposante, accroupi derrière un commutateur téléphonique dans une rue résidentielle de Southville, regardait intensément un jardin de l'autre côté de la chaussée. Il portait un jean, un sweat-shirt et une veste de survêtement en Nylon. Rien de remarquable, en somme, sinon qu'un morceau de caoutchouc coloré pendait de sa poche arrière. Un visage flasque, informe. Un masque de Père Noël souriant – le genre de gadget qu'on pouvait acheter dans n'importe quel bazar pour quelques livres. Sa Peugeot bleu foncé était garée à plusieurs centaines de mètres de là. Depuis que la femme de Frome l'avait repéré depuis chez elle, il avait appris à soigner son approche.

Une femme vêtue d'un manteau rouge vif sortit de la maison, portant deux sacs et une coque pour bébé bleu et jaune. Elle entreprit de charger le tout dans son 4 × 4 : d'abord la coque, qu'elle arrima avec soin à la banquette arrière avant de rajuster la couverture qui protégeait l'enfant. Puis elle déposa son sac à main sur le siège passager avant, et enfin l'autre sac à même le tapis de sol. Elle prit une raclette dans la boîte à gants et se pencha au-dessus du capot pour gratter le pare-brise. L'homme profita de ce qu'elle lui tournait le dos pour traverser la rue en jetant des regards autour de lui. Il s'engagea dans l'allée de la maison voisine et traversa la pelouse couverte de givre. Il se glissa dans la haie qui séparait les deux propriétés et regarda la femme contourner sa voiture, soulever l'essuie-glace et gratter la lunette arrière. Après avoir rapidement raclé les vitres latérales, elle essuya les rétroviseurs extérieurs, s'assit au volant et souffla sur ses doigts.

L'homme enfila son masque de Père Noël, enjamba le muret de pierre – un loup sûr de sa force – et s'approcha du véhicule, côté conducteur. Il ouvrit la portière.

— Sors de là !

La femme réagit en levant les deux mains. Un pur réflexe, destiné à protéger son visage, mais qui permit à l'homme de plonger un bras à l'intérieur de l'habitacle pour détacher sa ceinture. Quand elle comprit son erreur, il était trop tard. Il était déjà en train de la tirer hors du 4 × 4.

— Dégage, salope !

— Non ! Non ! Non !

Elle avait un genou coincé sous le volant et sa main gauche agrippait le dessus de la portière, mais l'homme était fort. Il l'empoigna par les cheveux et l'arracha à son siège malgré ses efforts pour lui faire lâcher prise. Elle tomba, s'écorcha les genoux sous son collant. Elle planta ses ongles dans la main gantée de l'homme, frappant du pied et hurlant, mais il la traîna à l'écart. De petites touffes de cheveux se détachèrent de son crâne lorsqu'il la plaqua violemment contre la porte de sa maison.

— Salaud ! s'écria-t-elle en le repoussant de toutes ses forces. Lâchez-moi !

D'une bourrade, il l'envoya valser contre un pilier en brique. Un instant, elle crut qu'elle allait réussir à conserver son équilibre, mais elle chancela et atterrit sur l'épaule droite. Elle roula sur le côté et eut le temps de voir l'homme sauter au volant puis démarrer. L'autoradio se mit à pulser *When a Child is Born* dans l'air glacial. La marche arrière fut enclenchée, un nuage de gaz jaillit du pot d'échappement et la voiture quitta l'allée en trombe. Elle s'immobilisa au milieu de la rue une fraction de seconde, le temps pour Prody de passer la première, puis elle repartit sur les chapeaux de roue. Ce ne fut qu'à ce moment-là, lorsque le crissement de ses pneus se répercuta d'un bout à l'autre de la rue, que les voisins de Skye comprirent qu'il venait de se passer quelque chose. Deux ou trois sortirent de chez eux et descendirent leur allée en courant, mais il était trop tard. Le 4 × 4 rouge cerise avait disparu au coin de la rue.

73

Clare Prody n'était pas maquillée, et ses cheveux blonds et raides n'étaient pas teints. Elle s'habillait correctement mais sans recherche, dans des teintes neutres ou pastel, probablement dans des magasins milieu de gamme du genre Gap. Elle portait des chaussures à talons plats et semblait appartenir à la même classe socio-économique que Janice Costello. Dès qu'elle ouvrait la bouche, en revanche, ses origines cent pour cent plouc rejaillissaient en force. Cette fille de Bridgewater, dans le Somerset, ne s'était jamais autant éloignée de sa région natale que les deux fois où elle avait pris le train pour Londres – la première pour voir *Les Misérables* et la seconde pour *Le Fantôme de l'Opéra*. Elle était infirmière stagiaire à la Bristol Royal Infirmary et rêvait de soigner des enfants quand Paul Prody avait fait son entrée dans sa vie. Il l'avait épousée et convaincue de renoncer à son travail pour rester à la maison et s'occuper de leurs deux enfants, Robert et Josh. Paul avait une bonne situation, et Clare s'était retrouvée dépendante de lui. Il lui avait fallu des années de violence pour trouver le courage de partir.

Assis derrière son bureau, Caffery l'observait. Après le coup de fil qu'il lui avait passé, elle avait enfilé les premiers vêtements qui lui étaient tombés sous la main – un tee-shirt et un treillis – et avait accouru au commissariat. Pour une raison mystérieuse, une couverture à carreaux bleue était jetée sur ses épaules et elle la serrait entre ses doigts exsangues. Cette couverture ne la protégeait pas du froid. Elle l'avait prise parce qu'elle avait l'impression d'être une réfugiée toujours en fuite. Son visage était blême, comme si son organisme manquait de sang, à l'exception d'un nez rouge qui pelait affreusement. Depuis son arrivée, une demi-heure plus tôt, elle avait versé assez de larmes pour briser le cœur de n'importe qui. Elle n'arrivait pas à croire qu'une catastrophe pareille ait pu lui arriver. Elle n'arrivait tout bonnement pas à y croire.

— Je ne vois rien d'autre, dit-elle, les lèvres tremblantes, en regardant les noms inscrits au tableau par-dessus l'épaule de Caffery. Vraiment rien.

— Ce n'est pas grave. Ne forcez pas trop. Ça viendra.

Clare leur avait dressé l'inventaire de toutes les personnes qui, selon elle, auraient pu être visées par l'effroyable vendetta de son mari. À quelques portes de là, une salle pleine d'enquêteurs planchait frénétiquement sur cette liste. Contactant les commissariats locaux. Prévenant directement les personnes concernées. La tension était à son maximum car tout le monde, à la brigade, partageait l'absolue conviction que Prody allait frapper de nouveau. Et que leur meilleure chance de l'arrêter consistait à identifier sa prochaine victime. Caffery, qui estimait comprendre Prody mieux que n'importe lequel de ses collègues, avait la certitude que c'était pour bientôt. Très bientôt. Peut-être dès ce matin.

— Ils ont eu de la chance, dit Clare. Énormément de chance.

Son regard s'attarda sur les photos de Neil et Simone Blunt, Lorna et Damien Graham.

— Oui, dit Caffery. Ils s'en sont tirés à bon compte.

Elle partit d'un rire sec, désespéré.

— C'est Paul tout craché. Avec lui, le châtiment est toujours proportionnel au crime. Plus on l'énervait, plus on y avait droit. Il n'en voulait pas suffisamment à la mère d'Alysha, ni à Neil... Blunt, compléta-t-elle après avoir déchiffré l'inscription sous la photo. Je suppose que son nom figurait sur un papier du Bureau d'aide juridique. Sa tête me dit quelque chose, mais je n'aurais jamais retrouvé son nom. Par contre, je me souviens très bien de ma visite là-bas, parce que Paul m'attendait à la sortie. Il m'a menacée de mort.

Elle secoua la tête comme si elle avait encore du mal à concevoir l'étendue de sa bêtise.

— Je n'ai rien vu du tout. Jonathan Bradley était le directeur de l'école que fréquentaient Robert et Josh. Les garçons et moi, on est même montés à Oakhill après l'enlèvement de Martha pour déposer des fleurs devant chez eux et, malgré ça, je n'ai pas fait le rapprochement.

— Votre mari est très, très malin, Clare. Ce n'est pas votre faute.

— Vous avez compris, vous. Vous avez deviné.

— Oui, mais j'ai eu de l'aide. Et je suis policier. C'est mon travail de faire des rapprochements.

Caffery aurait bien voulu mettre en avant son prodigieux instinct de limier, mais il ne pouvait pas. C'était un simple coup de fil du labo de l'hôpital, un appel de routine, qui avait déclenché la cascade de dominos sous son crâne. Les techniciens n'avaient toujours pas reçu la chemise sale de Paul Prody qu'ils souhaitaient analyser. Ils avaient épuisé leur palette de tests de détection des gaz soporifiques et commençaient à se demander si le ravisseur n'avait pas utilisé un sédatif par voie orale. Le contenu de l'estomac de Prody serait donc un ingrédient plus que bienvenu pour leurs pipettes et leurs cornues. Après ce coup de fil, Caffery avait repensé à la bouche de Janice telle qu'il l'avait vue la veille dans le jardin. Blanche et rose, sans la moindre irritation. Et soudain, il avait compris ce qui le tracassait sur la photo de la cuisine de la planque. Les tasses alignées sur l'égouttoir. La dernière chose que Paul Prody avait faite ce soir-là, ç'avait été de servir un chocolat chaud à Janice, à sa mère et à Emily.

Caffery se leva, alla à la fenêtre, sous laquelle était couchée Myrtle, et regarda le ciel détrempé. Il s'était débarbouillé en vitesse aux toilettes pour hommes, à grand renfort de savon et de serviettes en papier, avant de se raser avec le rasoir jetable qu'il gardait dans son armoire à dossiers, mais son costume était fripé, et il se sentait toujours aussi sale. Un peu comme si Paul Prody s'était glissé sous sa peau. Cette attente ressemblait à l'approche d'une tempête. Sans qu'il sache de quel côté elle arriverait, au-dessus de quels toits surgirait la muraille de nuages. Mais il ressentait physiquement la proximité de Prody en ce jour d'hiver pluvieux, rôdant entre ville et campagne. Dehors, les événements s'accéléraient : les forces de police déployaient leurs tentacules. Ils l'auraient retrouvé avant la nuit. Ce qui leur permettrait de retrouver aussi Flea Marley. Caffery était sûr à cent pour cent de cette effrayante équation. Un enquêteur stagiaire avait quitté le siège de la brigade une heure plus tôt pour se rendre chez elle, et tous les membres de la BRS avaient été tirés du lit par l'équipe qui occupait un des bureaux voisins. Mais, dans l'esprit de tous, la réponse était entre les mains de Prody.

— Il m'en a fait baver, dit Clare derrière lui. Je ne compte plus les fois où il m'a collé un œil au beurre noir.

Les doigts sur la vitre, Caffery pensa : On se rapproche de toi, Prody. On se rapproche.

— Oui, répondit-il. Dommage que vous ne l'ayez jamais signalé à la police.

— Je sais. Je me rends compte maintenant que j'ai eu tort, mais je gobais tout ce qu'il me disait, et les garçons aussi. On n'a jamais cru que la police nous aiderait, c'est dire à quel point il nous avait lavé le cerveau. On croyait que vous formiez un genre de club. Tous solidaires, incapables de vous retourner contre un des vôtres. J'avais encore plus peur de la police que de Paul. Pareil pour les enfants. C'est juste…

Il y eut un bref silence, puis Caffery entendit un hoquet.

Il se retourna. Clare fixait le vide avec une expression horrifiée.

— Qu'y a-t-il ?
— Seigneur… Oh, Seigneur !
— Clare ?
— La déshydratation, murmura-t-elle.
— La déshydratation ?
— Oui. Vous savez combien de temps il faut pour mourir de déshydratation, monsieur Caffery ?

— Ça dépend des conditions, répondit-il prudemment en revenant s'asseoir face à elle. Pourquoi ?

— On s'était disputés. La plus grave de toutes nos disputes. Paul m'a enfermée dans les toilettes – au rez-de-chaussée, où ça ne m'aurait servi à rien de crier parce qu'il n'y avait pas de fenêtre. Il a envoyé les garçons chez sa mère, et il a dit à tout le monde que j'étais partie en vacances chez des amis.

— Continuez, dit Caffery.

— Il a coupé l'eau. Au début, je me suis débrouillée en buvant l'eau du réservoir, mais il est revenu le vider. Il m'a laissée quatre jours là-dedans. Je ne m'en suis pas rendu compte à l'époque, mais je crois que j'ai failli mourir.

Caffery respirait doucement, silencieusement. Mais il avait envie de hurler. Parce qu'il sentit d'instinct que Clare avait vu juste : c'était exactement ce que Prody avait fait à Martha et à Emily. Donc, elles étaient peut-être encore en vie. Emily avait encore ses chances. Martha, sans doute pas. Caffery avait eu autrefois l'occasion, dans le cadre d'une enquête à Londres, d'interroger des médecins sur la déshydratation ; il savait que, en dépit des règles de survie communément admises – selon lesquelles une personne pouvait tenir trois jours sans boire –, la limite de la survie sans eau pouvait être repoussée au-delà de dix jours. Martha était une enfant, ce qui réduisait ses chances ; mais si le flic obtus qu'il était avait dû risquer un pronostic médical, il lui aurait accordé cinq ou six jours. À tout casser. Si l'univers daignait l'inonder de sa grâce.

Six jours… Il jeta un coup d'œil au calendrier. Six jours s'étaient écoulés depuis la disparition de Martha. Moins six heures.

Le téléphone sonna sur son bureau. Clare et lui fixèrent l'appareil, paralysés. Myrtle s'assit, les oreilles levées. Il sonna à nouveau et, cette fois, Caffery décrocha. Écouta en retenant son souffle. Reposa le combiné et chercha le regard de Clare.

— Skye Stephenson.
— Skye ? L'avocate ? Merde !

Caffery prit sa veste sur le dossier de sa chaise.

— J'ai du travail pour vous.
— Elle vient d'avoir un bébé. Skye a un bébé. Un petit garçon. Je n'ai jamais pensé qu'elle...
— Je vais vous trouver une escorte. Le constable Paluzzi. Elle va vous conduire là-bas.
— Me conduire où ?

Clare se cramponna au bord de la table. Sa couverture bleue glissa vers le sol, révélant ses épaules maigres sous son tee-shirt noir.

— Où cette personne va-t-elle me conduire ? insista-t-elle.
— Dans les Cotswolds. On croit savoir où il est. Il se peut qu'on le tienne.

74

À l'extérieur, il pleuvait. L'allée reliant la rue au parking des bureaux de la Criminelle était envahie de véhicules. Il y avait du monde sur le trottoir, des hommes en tenue de ville, des agents en uniforme. Un Sprinter blindé ouvert à l'arrière. Des gyrophares d'un bleu froid tournaient sur les toits de presque tous les fourgons.

Janice savait déjà que les policiers avaient démasqué Prody : Caffery avait reconstitué le puzzle de son côté au moment même où elle rencontrait les autres parents. Mais lorsque l'Audi s'arrêta avec ses trois autres passagers – Nick, Cory et Rose Bradley –, elle lut sur le visage des flics qu'il s'était passé autre chose. Leur concentration l'effraya : tout cela n'était donc pas un rêve. Peut-être signifiait-elle également qu'ils avaient attrapé Prody. Et qu'ils avaient retrouvé les filles.

Nick détacha sa ceinture, impassible.

— Attendez-moi ici.

Elle descendit de voiture et s'éloigna à grands pas vers le bâtiment.

Après un instant d'hésitation, Janice la suivit. Elle s'élança sous la pluie, relevant le col de son manteau.

Elle longea la file de véhicules pour gagner le parking. Elle venait de dépasser une longue berline noire garée le long du mur quand quelque chose attira son attention. Elle s'arrêta net.

Il y avait quelqu'un sur la banquette arrière de la berline. Une femme aux cheveux clairs et au visage marqué, mélancolique. Clare Prody.

Janice se retourna lentement. Clare la regardait à travers la vitre ruisselante. Une couverture enveloppait ses épaules, comme si elle venait de réchapper d'un incendie, et ses yeux exprimaient l'horreur pure de se retrouver face à face avec la femme de Cory. Avec la maman d'Emily.

Janice ne pouvait ni s'éloigner ni s'approcher. Elle plongea ses yeux dans ceux de Clare. Il n'y avait rien à dire. Rien qui puisse exprimer ce qu'elle ressentait à cet instant-là, sous la pluie, face à la femme qui couchait avec Cory et dont le mari lui avait pris Emily. De toute sa vie, jamais elle ne s'était sentie aussi faible et malheureuse.

Ses épaules se voûtèrent. Le seul fait de se tenir droite était au-dessus de ses forces. Elle rebroussa lentement chemin en direction de l'Audi. Derrière elle, la vitre de la berline noire s'abaissa dans un chuintement.

— Janice ?

Elle s'arrêta.

— Janice ?

Péniblement, elle tourna la tête. À l'intérieur de la berline, le visage de Clare était si blanc qu'il en devenait presque lumineux. Les larmes avaient tracé des sillons sur ses joues. Elle semblait rongée de culpabilité. Elle passa la tête au-dessus de la portière, vérifia que personne ne les observait et murmura :

— Ils savent où il est.

Janice secoua la tête. Elle ne comprenait pas.

— Quoi ?

— Ils savent où il est. Ils m'y emmènent. Je ne suis pas censée en parler, mais je le sais.

Janice fit un pas vers la voiture.

— L'endroit s'appelle Sapperton. Je crois que c'est dans les Cotswolds.

Janice eut la sensation qu'une partie de son cerveau renaissait soudain à la vie. Sapperton. Sapperton. Elle connaissait ce nom. C'était là que se trouvait le tunnel où la police avait vainement recherché la petite Martha.

— Janice ?

Janice n'écoutait plus. Elle courait vers l'Audi, aussi vite que ses jambes le lui permettaient, marchant dans les flaques d'eau. Cory était sorti de la voiture. Ce n'était pas elle qu'il regardait mais Clare, toujours assise dans la berline. Janice lui lança sans s'arrêter :

— Elle est à toi, Cory. Toute à toi.

Elle se glissa derrière le volant. Rose se pencha vers elle, le regard chargé de questions.

— Ils ont retrouvé Prody, lui dit Janice.

— Quoi ?

— À Sapperton. Le tunnel où ils ont cherché Martha. Ils ne veulent pas qu'on y aille, mais tant pis. On y va quand même.

Elle démarra. Les essuie-glaces se mirent en marche avec des gémissements impatients.

— Hé !

La portière passager avant s'ouvrit à la volée ; Nick se pencha vers l'habitacle, ruisselante de pluie.

— Qu'est-ce qui se passe ?

Janice alluma le GPS et tapa « Sapperton ».

— Janice ? Je vous ai posé une question. Qu'est-ce qui se passe, bon Dieu ?

— Je pense que vous connaissez la réponse. Vos collègues ont dû vous le dire.

La carte de la région s'afficha soudain sur l'écran du GPS. Janice actionna la commande de zoom arrière.

— Je ne sais pas ce que vous avez en tête, Janice…

— Si. Vous le savez très bien.

— Je ne peux pas vous laisser faire ça. Vous allez devoir m'enlever si vous voulez que je reste avec vous.

— Eh bien, je vous enlève.

— Bon Dieu !

Nick sauta sur le siège passager et claqua la portière. Janice enclencha la première mais pila net après quelques tours de roues. Cory venait de se dresser devant le capot de l'Audi, sa silhouette à moitié dissoute par la pluie. Les yeux mi-clos, il se penchait en avant, comme si ses bras étaient soudain trop lourds pour lui. Loin derrière lui, dans la berline noire, Clare regardait à l'opposé. Elle semblait avoir repris des couleurs. Janice comprit. Ils venaient de se disputer.

Elle repassa au point mort tandis que Cory s'approchait de sa portière. Elle baissa la vitre et étudia son hâle qui devait tout à une cabine de bronzage de Wincanton. N'avait-il pas pâli dessous ? Elle étudia son costume propre et parfaitement repassé, parce qu'il avait mystérieusement trouvé le temps de soigner son apparence, alors qu'elle-même aurait été incapable de dire ce qu'elle portait. Il pleuvait. Depuis la disparition d'Emily, il n'avait pas versé une seule larme. Il avait fallu Clare pour qu'il pleure.

— Elle vient de me plaquer. Je ne sais pas ce que tu lui as dit, mais elle me quitte.

— Je suis désolée, répondit calmement Janice. Je suis vraiment désolée.

Le visage de Cory se contracta. Ses épaules se soulevèrent. Il posa les mains à plat sur la carrosserie de l'Audi et éclata en sanglots. Janice l'observa en silence, vit la calvitie naissante au sommet de son crâne. Elle ne ressentait rien pour lui. Ni pitié ni amour. Juste un néant froid et dur.

— Je suis désolée, répéta-t-elle.

Elle était désolée pour tout. Pour lui, pour leur couple, pour leur pauvre, pauvre petite fille. Elle était désolée pour le monde entier.

— Et maintenant, Cory, écarte-toi de mon chemin.

75

La pluie qui s'abattait sur la ville n'avait pas atteint la campagne au nord-est de Bristol. À cause d'un vent tenace, le ciel restait clair et la température basse, de sorte qu'à midi la plupart des champs étaient encore couverts de givre. Au volant de la Mondeo de Caffery, Turner roulait vite sur la petite route menant au bois proche du canal Tamise-Severn où Prody avait abandonné le 4 × 4 de Skye Stephenson. Caffery, sur le siège passager, ne parlait pas. Sa tête oscillait légèrement au gré des mouvements de la voiture. Le gilet pare-balles qu'il portait sous sa veste lui rentrait dans les reins.

— Le lion, lâcha-t-il enfin, l'air lointain. Je suis passé à côté.

Turner lui jeta un bref coup d'œil.

— Pardon ?

— Le lion, répéta-t-il en indiquant du menton le sigle qui ornait le centre du volant. J'aurais dû le voir.

Turner suivit son regard.

— L'emblème de Peugeot ?

— Prody a une Peugeot. Je l'ai vue hier soir en l'accompagnant au parking. Ça m'a rappelé quelque chose.

— Quoi ?

— On peut le confondre avec un griffon, tu ne trouves pas ? Quand on est une femme de soixante balais qui n'y connaît pas grand-chose en voitures ?

Turner mit le clignotant. Ils étaient arrivés au point de rendez-vous.

— Confondre une Peugeot avec une Vauxhall ? Ouais. On peut.

Caffery pensa aux kilomètres de rues que les patrouilles avaient vainement quadrillés en quête d'une Vauxhall, alors que la voiture de Prody était une Peugeot bleu foncé. Ils avaient fait fausse route en cherchant un griffon et en ignorant tous les lions devant lesquels ils passaient. S'ils avaient eu accès aux images de la caméra de surveillance installée dans la supérette, ils auraient su d'emblée qu'il s'agissait d'une Peugeot. Mais Prody avait pris ses précautions. Caffery était prêt à parier que c'était lui qui s'était présenté le premier sur les lieux après le vol, lui qui avait emporté la carte mémoire pour les besoins de l'enquête, lui aussi qui avait oublié de remettre la caméra en marche. En outre, Paul et Clare Prody avaient vécu dix ans à Farrington Gurney – même si, à l'époque, la coïncidence n'avait pas sauté aux yeux de Caffery. Il repensa aux six jours écoulés comme à une succession d'occasions manquées. De terribles fautes de concentration. Il revit toutes les tasses de café qu'il avait pris le temps de boire, toutes les fois où il était allé pisser. Et rapporta tous ces moments au temps – en minutes ou en heures – qu'il restait peut-être à Martha. Le front collé à la vitre, il regarda à l'extérieur. Ce matin-là, Ted Moon avait tenté de se pendre au même arbre que sa mère. Il était à présent à l'hôpital, entouré des siens. On pouvait difficilement faire pire.

Turner engagea la Mondeo sur le parking d'un pub situé près de l'entrée est du tunnel de Sapperton. L'endroit grouillait de flics : maîtres-chiens, TSC, brigade d'intervention. Un hélicoptère de la brigade de soutien aérien rugissait au-dessus d'eux. Turner tira le frein à main puis se tourna gravement vers Caffery.

— Patron ? Tous les soirs, ma femme me prépare à dîner. On se met à table, on ouvre une bouteille, et elle me demande comment ça s'est passé au boulot. Mais cette fois, je me demande si je vais être capable de lui raconter ma journée.

Caffery se pencha pour observer le rotor de queue de l'hélicoptère, tout juste visible au ras de la ligne d'arbres qui coupait le ciel en deux. La forêt commençait à une cinquantaine de mètres du parking – au-delà du trait blanc et bleu d'un ruban de police qui ondulait paresseusement sous le vent. Puis il se laissa aller en arrière sur son siège.

— Je ne pense pas, répondit-il à mi-voix. Ça m'étonnerait que ta femme ait envie d'entendre ça.

Ils se frayèrent un chemin parmi la foule et s'identifièrent auprès du fonctionnaire chargé de surveiller l'accès au périmètre de sécurité. Celui-ci était immense, et ils durent marcher longtemps sur un chemin plein d'ornières et surplombé de branches basses. Ils dépassèrent la barrière enfoncée par Prody dans sa tentative d'échapper aux deux unités de la police routière qui l'avaient pris en chasse, juste avant l'accident qui l'avait forcé à abandonner son véhicule. Caffery et Turner ne se parlaient pas. Ils étaient à quatre cents mètres à peine de l'endroit où Prody avait laissé la Yaris des Bradley après le rapt de Martha. Tu connais bien le coin, hein ? pensa Caffery en s'avançant sur le chemin de plaques de tôle créé par le CSC à travers bois. Et tu es tout près de nous. Tu n'as pas pu aller bien loin : tu es à pied, maintenant.

Le temps qu'ils atteignent le lieu de l'accident, l'hélicoptère avait cessé de tourner en rond : il planait en vol stationnaire à quelques centaines de mètres plus au sud, au-dessus d'un bois touffu. Caffery s'efforça de localiser sa position. Il se demanda ce qui l'attirait là-bas et quand quelqu'un daignerait lui passer un coup de téléphone pour le mettre au courant. Il sortit sa carte de police, passa sous le ruban qui marquait l'entrée du deuxième périmètre de sécurité, toujours suivi par Turner, et se dirigea vers le 4 × 4 de Skye Stephenson, qui lui aussi avait eu droit à son ruban. Caffery rempocha sa carte et resta un moment immobile, à la fois pour s'imprégner de la scène et pour retrouver un peu de calme.

Le véhicule était d'un rouge intense, et ses flancs avaient été éclaboussés de boue pendant la fuite éperdue de Prody. Il se savait poursuivi. Le pare-chocs avant droit était enfoncé, et l'éventration du pneu laissait voir les câbles radiaux. Les deux portières arrière et la portière avant gauche étaient ouvertes. Une couverture pendait du marchepied de cette dernière, créant une sorte de trait d'union entre le 4 × 4 et une coque pour bébé renversée, dont l'assise faisait face à Caffery et Turner. Elle était bleue, à sangles jaunes. Quelques vêtements de nourrisson jonchaient le sol tout autour. On devinait l'extrémité d'un petit bras dans l'angle du siège : un poing serré.

Le CSC leva la tête, aperçut Caffery et vint à sa rencontre en baissant sa capuche. Il avait le teint terreux.

— Ce mec est un malade, dit-il.

— Je sais.

— Les agents lancés à sa poursuite pensent qu'il les avait repérés depuis au moins quinze bornes. Il aurait pu balancer cette coque par la fenêtre. Mais non. Il a tout gardé avec lui.

— Pourquoi ? interrogea Caffery en regardant la coque.

— Pour avoir le plaisir de mettre ce truc en pièces en roulant. Il faut croire qu'on l'a énervé.

Ils s'approchèrent de la coque. Le baigneur grandeur nature que Skye avait revêtu de la grenouillère de Charlie avait été démembré par Prody. Ses bras et ses jambes étaient entassés sur le siège, sa tête se trouvait à trente centimètres de celui-ci, complètement aplatie, une empreinte boueuse imprimée sur le visage.

— Comment va-t-elle ? s'enquit le CSC. La doublure ?

Caffery haussa les épaules.

— Elle est sous le choc. Je crois qu'elle ne s'attendait pas vraiment à ce que ça se passe comme on le lui avait dit.

— Je la connais. C'est un très bon élément, mais si j'avais su qu'elle se porterait volontaire pour un traquenard de ce genre, je lui aurais conseillé d'y réfléchir à deux fois. Cela étant, ajouta-t-il à contrecœur, vous avez bien joué le coup. Vous avez deviné où il s'apprêtait à frapper.

— Pas vraiment. J'ai eu de la chance. Beaucoup de chance. Et heureusement que chacun a tenu son rôle.

Pour la première fois depuis le début de cette triste affaire, Caffery avait le sentiment d'avoir bénéficié d'un coup de pouce du destin : avant même que Clare ne leur donne une liste des possibles victimes de Prody, Turner, Lollapalooza et lui avaient sélectionné trois personnes qui, selon eux, risquaient d'être prises pour cible. Ces personnes avaient été contactées et mises en garde par la police. Des équipes de surveillance avaient passé la matinée devant chez elles. On avait accordé une attention toute particulière à Skye Stephenson, parce qu'elle était la seule victime potentielle qu'ils pouvaient remplacer par une doublure : Prody ne l'avait jamais rencontrée personnellement – il ne connaissait d'elle que son adresse et la photo illustrant le site de son cabinet. La chance avait peut-être enfin changé de camp.

Caffery se pencha en avant, les mains sur les genoux, et étudia le mouchard placé par Q sous le 4 × 4 de Skye au cas où les hommes chargés de le filer perdraient sa trace.

— Qu'est-ce qu'il y a ? lui demanda le CSC.
— On utilise toujours ce modèle-là, dans la police ?
— Je crois. Pourquoi ?
— Pour rien, fit Caffery avec un haussement d'épaules. C'est juste que Prody avait mis le même sur la voiture des Costello. Il a dû le sortir en douce du département technique. L'enfoiré.
— Il connaît son affaire, alors.
— Vous pouvez le dire.

Au fond du bois, un chien se mit à aboyer. Assez fort pour se faire entendre malgré l'hélicoptère. Toutes les personnes qui s'activaient sur la scène de crime s'interrompirent pour regarder entre les arbres. Caffery et

Turner échangèrent un coup d'œil. Ces jappements leur étaient familiers. Les chiens policiers n'aboyaient de la sorte que dans un seul et unique cas. Quand ils avaient localisé leur cible. Les deux hommes firent demi-tour sans un mot, repassèrent sous le ruban et se dirigèrent vers le bruit à grandes enjambées.

Tandis qu'ils s'enfonçaient dans le bois, plusieurs uniformes surgirent entre les arbres, eux aussi attirés par les jappements. Caffery et Turner traversèrent une pinède silencieuse, où un tapis d'aiguilles rousses amortissait leurs pas. Le vacarme de l'hélico enfla à mesure qu'ils se rapprochaient. Il y avait aussi un autre bruit – les vociférations d'un mégaphone. Caffery accéléra encore. Traversa en courant une petite clairière pleine de bouleaux abattus, escalada un talus sans se soucier de la boue et des feuilles qui restaient collées à son pantalon, et se retrouva soudain à découvert, sur un chemin éclairé par le timide soleil d'hiver. Il fit halte en voyant venir un homme de haute taille en combinaison anti-émeute, la visière relevée.

— Commissaire adjoint Caffery ?

— Oui, fit Caffery en montrant sa carte. Qu'est-ce qui se passe, ici ? On dirait que les chiens ont une touche.

— C'est moi qui assure le commandement opérationnel aujourd'hui, dit l'homme en tendant la main. Ravi de vous rencontrer.

Caffery inspira profondément. Il se força à ranger sa carte et à lui serrer calmement la main.

— Ouais. Moi aussi. Alors ? Les chiens l'ont eu ?

— Oui. Mais ce n'est pas gagné.

L'homme transpirait à grosses gouttes. Alors que les décisions stratégiques et tactiques relatives à ce type d'intervention se prenaient au QG, dans un bureau confortable, ce pauvre bougre était censé recevoir et appliquer les ordres de ses supérieurs. À sa place, Caffery aussi aurait transpiré.

— Disons qu'on sait où il est, mais que l'arrestation n'a pas encore eu lieu. Le terrain ne s'y prête pas. Le secteur est truffé de puits d'aération. Ils desservent le tunnel de Sapperton.

— Je sais.

— Eh bien, il a descendu une corde d'assurage dans un de ces puits. Il s'est réfugié sous terre comme un putain de lièvre !

Flea avait vu juste. Elle avait raison depuis le début. Et il sentit soudain sa présence : ce fut comme s'il entendait un cri dans le noir. Son instinct lui souffla qu'elle était tout près. Il balaya le paysage du regard. Le constable chargé de passer chez elle ne s'était toujours pas manifesté. Sans aucun doute, Flea était quelque part dans le coin.

— Monsieur ?

Caffery se retourna et découvrit Wellard debout face à lui – à croire qu'il l'avait fait apparaître par la seule magie de son inquiétude. Il était également équipé d'une combinaison bleu marine et d'un casque. Son souffle court projetait une buée opaque dans l'air glacial. Il avait de gros cernes sous les yeux, et Caffery devina à son expression qu'il pensait exactement la même chose que lui.

— Vous êtes toujours sans nouvelles d'elle, c'est ça ?

Caffery acquiesça.

— Et vous ?

— Pareil.

— Qu'est-ce qu'on doit en conclure ?
— Je ne sais pas. Mais, euh, je connais ce tunnel. J'y suis descendu, j'ai vu les relevés. Le puits qu'il a emprunté donne sur un tronçon situé entre deux éboulis. Il est fait comme un rat. Vraiment. Il n'a aucune issue.

Ils se tournèrent vers le commandant opérationnel des unités de soutien, qui défit la sangle de son casque et épongea sa sueur d'un revers de manche.

— Je n'en suis pas si sûr. Il ne répond pas à nos sommations.

Caffery éclata de rire.

— Vous voudriez qu'il réponde à quelqu'un qui lui hurle des ordres dans un mégaphone ?

— Mieux vaut établir la communication d'abord. Faire venir un négociateur. Sa femme va arriver, n'est-ce pas ?

— Au diable les négociations. Faites descendre une équipe en rappel.

— Je ne peux pas. Ce n'est pas aussi simple : il va d'abord falloir évaluer les risques.

— Évaluer les risques ? Faites-moi plaisir, nom de Dieu ! Le suspect connaît le coin, il se pourrait qu'il ait déjà amené ici une de ses victimes. Il se pourrait qu'elle soit encore en vie. Dites ça à vos supérieurs. Utilisez les mots « danger extrême et immédiat ». Ils pigeront tout de suite.

Il contourna le commandant et s'éloigna sur le chemin bourbeux, brisant la couche de glace des flaques d'eau. À peine eut-il parcouru quelques mètres qu'un fracas encore plus assourdissant que celui de l'hélicoptère, des chiens et du mégaphone réunis s'éleva sous ses semelles. Le sol trembla. Les branches frissonnèrent, quelques rares feuilles mortes se décrochèrent. Des corbeaux s'envolèrent en croassant.

Dans le silence qui suivit, les trois hommes regardèrent vers le puits d'aération. Peu à peu, derrière le rideau d'arbres, les chiens se mirent à hurler. Une plainte suraiguë, terrorisée.

— Qu'est-ce que c'est que ça, putain ? lâcha Caffery en se retournant vers Wellard et le commandant. Qu'est-ce que c'est que ce bordel ?

76

Janice coupa le moteur de l'Audi et observa le parking du pub, rempli de véhicules de police. Partout, des hommes au visage fermé, au souffle vaporeux. Quelque part dans la forêt, on entendait mugir un hélicoptère.

— Ils ne nous laisseront pas aller plus loin, dit Nick en fixant le chemin qui s'enfonçait devant elles dans les bois.

— Vraiment ? fit Janice, empochant la clé de contact.

— Janice, l'avertit Nick, je suis censée vous empêcher de faire des bêtises. Vous ne réussirez qu'à vous faire arrêter.

— Nick, répondit patiemment Janice, je vous adore. Vous êtes même une des personnes les plus adorables que je connaisse, mais vous ne pouvez pas comprendre. Quelle que soit votre formation, vous n'avez aucune chance de comprendre ça. C'est impossible tant qu'on ne l'a pas vécu. Et maintenant, enchaîna-t-elle en regardant l'OLF dans les yeux, vous nous donnez un coup de main, ou on y va toutes seules ?

— Je tiens à garder mon boulot.

— Dans ce cas, restez dans la voiture. Vous n'aurez qu'à mentir. Leur raconter qu'on s'est enfuies. N'importe quoi. On vous couvrira.

— C'est ça, approuva Rose. Restez ici. On va se débrouiller.

Nick regarda Janice, puis Rose, puis à nouveau Janice. Elle remonta la fermeture Éclair de son ciré jusqu'au col et arrangea son écharpe.

— Espèces de garces. Vous avez besoin de moi. Venez.

Les trois femmes partirent en courant sur le chemin. Le bruit de leurs pas était couvert par le vacarme assourdissant de l'hélicoptère. Janice portait toujours les escarpins à talons hauts qu'elle avait chaussés ce matin-là avant d'accueillir ses invités, dans un vague effort de présentation. Totalement inadaptés, ils l'obligeaient à boitiller derrière Nick, qui était équipée de chaussures de marche comme si elle s'attendait depuis le début à ce dénouement. Rose trottait à ses côtés, soufflant comme un cheval de bât, les mains dans les poches de son cardigan. Son petit foulard rose bouffait autour de son cou.

Au détour d'un virage, elles aperçurent un ruban de police tendu en travers du chemin. Derrière, le sol était tapissé de plaques de tôle qui s'enfonçaient entre les arbres. Un planton en surveillait l'accès. Nick se retourna vers les deux femmes et, courant à reculons, leur glissa :

— Quoi qu'il arrive, laissez-moi parler, d'accord ?

— D'accord, répondirent Janice et Rose à l'unisson.

Elles ralentirent et s'approchèrent de l'agent. Nick lui colla sa carte de police devant les yeux.

— Constable Hollis, de la Criminelle, aboya-t-elle. J'accompagne les parents. Mme Bradley, Mme Costello.

Le planton s'avança d'un pas, regarda la carte en plissant le front.

— Le formulaire d'accès, s'il vous plaît, reprit Nick en claquant des doigts. Il y a urgence.

L'agent attrapa sa planchette, décapuchonna un stylo et lui tendit le tout.

— Personne ne m'a prévenu, marmonna-t-il pendant que les femmes se regroupaient pour signer le formulaire. On m'a dit que personne ne devait aller plus loin qu'ici. Je veux dire, on n'a pas l'habitude de laisser les parents…

— Ordre du commissaire adjoint Caffery, coupa Nick en lui rendant sa planchette et son stylo. Si elles ne sont pas là-bas dans cinq minutes, je vais me retrouver la tête sur le billot.

— Vous n'avez aucune chance de passer le deuxième cordon, leur lança le planton en les regardant s'éloigner. Il vient d'y avoir une explosion.

L'hélicoptère vira à angle serré. Son vrombissement s'éloigna, et le silence retomba sur les bois, tout juste ponctué par le bruit de leurs pas et de leur respiration. Elles marchaient à présent sur les plaques, faisant attention à ne pas trébucher. Janice avait les poumons en feu. Elles passèrent à proximité du 4 × 4 de Skye Stephenson, sur lequel s'activaient plusieurs TSC qui ne levèrent même pas les yeux. Un peu plus loin, Janice vit des flocons noirs voleter entre les arbres, un peu comme dans un conte de fées. Elle poursuivit en levant de temps en temps les yeux vers eux. Une explosion ? Quelle sorte d'explosion ?

Le bruit de l'hélicoptère s'amplifia de nouveau. Il se rapprochait à grande vitesse, au ras des arbres. Les trois femmes s'immobilisèrent et, une main en visière, virent sa masse sombre occulter le ciel juste au-dessus d'elles.

— Ça veut dire quoi ? s'écria Janice. Qu'ils l'ont perdu ? Qu'il est ici, dans ce bois ?

— Non, répondit Nick. Ce n'est pas le même. Cet hélico-ci est noir et jaune, pas bleu et jaune.

— Et alors ?

— Ce doit être une UMH de Filton.

— Une UMH ? Qu'est-ce que c'est ? cria Rose.

— Une unité mobile hospitalière. Une ambulance volante. Quelqu'un est blessé.

— Lui ? C'est lui ?

— Je n'en sais rien.

Janice partit en courant, sans attendre les autres. Son cœur battait à se rompre, ses talons se prenaient dans les plaques de tôle ; elle s'arrêta le temps de se déchausser et reprit sa course. Elle traversa des plantations de jeunes arbres au tronc protégé par un grillage anti-lapins, passa sur des lits moelleux de sciure orangée et finit par atteindre un endroit où les arbres, plus clairsemés, laissaient voir des pans entiers de ciel. Il y avait une clairière devant elle. Elle reconnut le trait bleu et blanc d'un ruban de police. Le deuxième cordon. Et elle voyait à présent l'agent chargé de le défendre, de profil, la tête levée vers l'hélicoptère. Il était différent du premier. Plus costaud, plus sévère. Il portait une combinaison anti-émeute et se tenait campé sur ses jambes, les bras croisés sur la poitrine.

Elle s'arrêta, hors d'haleine.

Il tourna la tête vers elle et la dévisagea froidement.

— Vous n'avez rien à faire ici. Qui êtes-vous ?

— S'il vous plaît, tenta-t-elle. Je vous en prie...

Il s'approcha. Il l'avait presque rejointe quand Nick arriva, également essoufflée.

— Ça va, dit-elle. Je suis de la brigade criminelle. J'amène les mères des victimes.

L'agent secoua la tête.

— Quand bien même, elles n'ont rien à faire ici. On ne laisse passer que le personnel autorisé – et vous n'êtes pas non plus sur ma liste, qui est très, très courte.

Rose apparut à son tour. Elle était écarlate et en nage.

— Je m'appelle Rose Bradley, dit-elle avec aplomb. Et voici Janice Costello. Cet homme a enlevé nos enfants. Je vous en conjure... Nous ne ferons pas de bêtises. Nous voulons juste savoir ce qui se passe.

L'agent la regarda longuement. Il regarda son pantalon en Stretch et l'élégant petit foulard noué autour de son cou. Il regarda son cardigan à passepoils et ses cheveux humides de transpiration. Il se tourna ensuite vers Janice, presque inquiet, comme s'il avait affaire à une extraterrestre.

— Je vous en prie, insista Rose. Ne nous renvoyez pas là-bas.

— Ne les renvoyez pas, répéta Nick avec une note de supplication dans la voix. Ne faites pas ça. Après tout ce qu'elles ont subi, elles ne le méritent pas.

L'agent leva la tête et se mit à étudier les branches au-dessus d'eux. Il respirait lentement, comme s'il se livrait à un exercice de calcul mental compliqué.

— Là, dit-il enfin, tendant le bras.

Il indiquait un fouillis de ronces qui formait une cachette naturelle. Un endroit où l'on pouvait s'accroupir et voir sans être vu.

— Vous auriez pu entrer là-dedans sans que je m'en aperçoive. Mais attention, ajouta-t-il en fixant Nick. Ne déconnez pas, compris ? Et n'abusez pas de ma bonté. Parce que je mens mieux que vous, croyez-le ou non. Et surtout ne faites pas de bruit. Pour l'amour du ciel, ne faites aucun bruit.

77

Les puits d'aération desservant le tunnel descendaient par endroits à plus de trente mètres sous terre. Approximativement la hauteur d'un immeuble de dix étages. Les ingénieurs du XVIIIe siècle avaient laissé les déblais s'accumuler autour, de sorte que leurs sommets évoquaient des termitières géantes, d'étranges tumulus triangulaires surgis du sol et percés en leur centre. Souvent recouverts d'arbres et de feuillages, ces tumulus n'avaient pour la plupart rien d'extraordinaire. À l'exception de celui-ci, qui était tout sauf ordinaire.

Il se situait dans une clairière naturelle bordée de hêtres et de chênes. Quelques corbeaux croassaient sur les branches nues, et le sol était tapissé d'un épais matelas de feuilles brunes ou cuivrées. L'explosion avait noirci le pourtour de l'orifice central du tumulus. Des flocons noirs en sortaient encore, s'élevaient au-dessus des arbres, où la rencontre d'un air plus frais les faisait retomber en pluie dans les arbres ou sur l'herbe. Il y en avait partout – y compris sur le Sprinter blanc de l'équipe de descente.

Une vingtaine de personnes foulaient l'herbe givrée de la clairière : des policiers en civil, d'autres en combinaison antiémeute, d'autres encore coiffés d'un casque de spéléo et munis de harnais sophistiqués. Un maître-chien faisait remonter dans son véhicule un berger allemand qui tirait encore sur sa laisse. Caffery remarqua que personne ne semblait avoir envie de s'attarder à proximité du puits. Les deux agents venus sectionner le grillage de sécurité avec des pinces coupantes avaient travaillé vite et battu en retraite aussitôt après, en évitant les regards de leurs collègues. Ce n'était pas tant le côté insondable du puits qui les perturbait que le bruit qui s'en échappait. Depuis que l'hélicoptère de l'UMH avait atterri et coupé ses rotors, le son amplifié par l'écho qui s'élevait du puits béant mettait tout le monde mal à l'aise. On aurait dit la respiration sifflante d'un animal pris au piège.

Caffery s'approcha du trou avec cinq autres hommes : le commandant opérationnel, un opérateur de caméra téléguidée – qui poussait devant lui un chariot en inox supportant un moniteur et un système de commandes complexe –, plus Wellard et deux de ses hommes. Les feuilles gelées crissaient sous leurs pas dans le silence de plomb. Les visages étaient fermés. Ils s'immobilisèrent au bord du puits. L'ouverture avait environ trois mètres de diamètre et ne comportait qu'une seule poutrelle de renfort, tellement rouillée qu'elle se réduisait à presque rien. Un chêne poussé au sommet du monticule avait étiré une racine jusqu'à cette poutrelle, où il puisait Dieu sait quelle infime quantité d'eau ou de nourriture. En se tenant d'une main à l'arbre, Caffery se pencha en avant. Il distingua une strate blanche de calcaire. Dessous, de la roche plus sombre. Et puis plus rien. À part des ombres. Et de nouveau ce souffle inhumain. Inspiration, expiration.

L'opérateur entreprit de dérouler un câble électrique jaune et fit descendre sa caméra miniature dans le trou. Caffery le regarda ensuite connecter son moniteur. Il mettait un temps infini, et Caffery dut s'astreindre à une immobilité absolue, malgré le tic qu'il sentait naître dans sa paupière et son envie croissante de hurler au type de se magner. Juste à côté de lui, Wellard avait enfilé un harnais de rappel et assuré sa corde au tronc d'un autre arbre ; agenouillé au bord du trou avec une main serrée sur la racine du chêne, il y faisait lentement descendre un détecteur de gaz attaché au bout d'une corde. De l'autre côté du puits, ses hommes se préparaient également, assurant leur corde ultra-résistante à un arbre, vérifiant l'état de leurs mousquetons, ajustant leur harnais, réglant leur frein de rappel.

Le commandant opérationnel observait la scène à quelques pas de distance. Lui aussi semblait perturbé par le bruit. Personne ne savait au juste ce qui avait causé la déflagration – si elle était d'origine accidentelle ou si Prody avait cherché à se faire sauter – et personne ne pensait encore à s'interroger sur les possibles conséquences de cet incident sur les petites victimes. Ou sur le sergent Marley. Dans l'hypothèse où elles se trouvaient bien dans le tunnel.

— On y est !

La caméra avait atteint le fond du puits, et l'opérateur alluma le moniteur posé sur son chariot. Caffery, Wellard et le commandant se serrèrent pour voir les images.

— C'est un objectif fish-eye, donc ça déforme pas mal. Mais je dirais que cette masse, ici, est le mur du tunnel...

L'air concentré, l'opérateur actionna la commande de mise au point.

— Voilà. C'est mieux ?

Peu à peu, l'image devint nette. Le spot fixé sur le dessus de la caméra projetait un cercle de lumière tremblotante qui éclairait tout ce qui se présentait dans son faisceau. Ils virent d'abord un vieux mur suintant et couvert de mousse. La caméra pivota ensuite lentement, et le spot éclaira l'eau noire du canal, révélant plusieurs formes immergées. Personne ne pipait mot. Ils craignaient tous que l'une de ces formes ne soit le corps de Martha ou d'Emily. La caméra suivit le bord du canal pendant plusieurs minutes. Cinq. Dix. Le soleil disparut derrière les nuages. Une nuée de corbeaux s'envola juste au-dessus d'eux, dans un froufrou d'ailes noires. L'opérateur finit par secouer la tête.

— Rien. Ce tunnel paraît vide.

— Vide ? Et ce foutu bruit, il vient d'où ?

— Pas du canal. Je ne vois rien sur le sol, ni dans l'eau. C'est vide.

— Impossible !

L'opérateur haussa les épaules et effectua un zoom avant jusqu'à l'extrémité du canal. Une masse sombre envahit l'écran.

— Ça, dit Caffery. C'est quoi ?

— Aucune idée.

L'opérateur accentua le contraste et scruta longuement la forme spectrale.

— D'accord, lâcha-t-il à contrecœur. Il y a peut-être quelque chose, là.

— Quoi ?

— Une... je ne suis pas sûr. Une péniche, peut-être ? La vache, regardez, elle est éventrée ! Votre explosion a dû partir de là.

— Vous pouvez entrer à l'intérieur ?

Sans quitter l'écran des yeux, l'opérateur approcha sa bobine de câble du bord du puits. Il se rassit, une main sur la bobine, et, les yeux toujours rivés à l'écran, dit enfin :

— Je crois que... j'ai quelque chose.

Il fit pivoter le moniteur vers les autres, qui retinrent leur souffle. De prime abord, l'image parut inintelligible à Caffery : il ne voyait qu'une coque métallique déchirée. Puis l'opérateur effectua un zoom avant et leur montra du doigt, dans la partie inférieure de l'écran, un mouvement presque imperceptible au ras de la vase.

— Là, dit-il. Vous avez vu ?

On aurait dit des bulles flottant à la surface du canal. Le reflet du spot dans l'eau lança un bref éclair, et le mouvement reprit. Puis deux points blancs apparurent pendant une fraction de seconde. Disparurent. Revinrent. Caffery mit un certain temps à comprendre ce qu'il regardait. Une paire d'yeux. Qui clignaient.

— Merde !

— C'est elle ! s'écria Wellard en accrochant un mousqueton de ceinture à son descendeur Petzl.

Il s'approcha du trou à reculons et inclina le corps en arrière pour vérifier sa corde, le visage dur.

— Putain, elle va me le payer. Je vais la tuer.

— Qu'est-ce qui vous prend, nom de Dieu ? aboya le commandant opérationnel. Il n'est pas question que vous descendiez maintenant.

— Le détecteur de gaz n'a rien trouvé. Je ne sais pas ce qui a causé l'explosion, mais ce n'est plus un problème. On descend.

— Mais notre cible est en bas !

— Ça va aller, fit Wellard en tapotant une des poches de son gilet pare-balles. On a des tasers.

— C'est moi qui dirige cette opération, et je vous interdis de descendre. Il faut d'abord qu'on trouve l'origine de ce bruit. C'est un ordre !

Wellard, les mâchoires serrées, fusilla l'officier du regard, mais il finit par s'éloigner du puits, serrant et desserrant inconsciemment la poignée de son descendeur.

— Trouvez-moi ce qui produit ce foutu bruit, ordonna le commandant à l'opérateur. Ce n'est pas elle.

— OK, répondit l'opérateur, les traits crispés. Je fais ce que je peux. Je suis en train de... Bon sang !

Il se pencha sur son écran comme s'il cherchait à entrer dedans avant d'ajouter :

— Cette fois, je crois qu'on y est. Voilà ce que vous cherchiez.

Les hommes s'approchèrent et découvrirent quelque chose d'inhumain. Une forme noircie, brûlée, sanguinolente. Ils comprenaient à présent pourquoi ils n'avaient rien vu ni sur les bords, ni dans le canal. Prody n'était pas au niveau du sol. Il avait été soulevé par l'explosion et cloué au mur par un gros éclat de métal. Une sorte de crucifixion. Il ne bougea pas quand la caméra s'approcha de lui. Il se contenta de fixer l'objectif, les yeux exorbités.

— Putain de merde, murmura le commandant. Il est foutu, complètement foutu.

Caffery fixait l'écran. Prody les avait bernés une fois de plus. Il les avait obligés à concentrer tous leurs efforts sur ce tunnel alors que les deux petites filles, dont les chances de survie se réduisaient d'heure en heure, voire de minute en minute, se trouvaient ailleurs. Et s'il mourait maintenant, sans avoir parlé, ce serait sa ruse finale, un ultime doigt d'honneur à la police.

Il se redressa. Se tourna vers Wellard.

— Envoyez vos gars, dit-il. Immédiatement.

78

Le soleil était descendu et la vallée retenait son souffle. L'écho du tonnerre roulait de colline en colline. Des nuées de cendres planaient bas. Des oiseaux noirs et huileux s'attroupaient aux confins de l'horizon.

Papa contemplait le ciel avec émerveillement.

— Ça, murmura-t-il, c'est ce que j'appelle un orage.

Assise à quelques mètres de lui, Flea avait terriblement froid. Jamais de sa vie elle ne s'était sentie aussi mal. Cet orage avait apporté une puanteur qui lui soulevait l'estomac. Ça sentait l'eau, l'électricité et la viande grillée. Les larves qui grouillaient dans son ventre s'étaient multipliées au point de comprimer ses poumons.

Le silence qui venait d'envahir la vallée lui permit peu à peu de discerner d'autres sons. Un souffle rauque, saccadé. Comme si une créature luttait pour rester en vie. Et aussi un autre, plus faible. Une sorte de râle qui s'échappait d'un buisson tout au bas du jardin. En s'approchant, Flea comprit qu'il provenait d'un enfant. D'un enfant en pleurs.

— Martha ?

Une forme pâle semblait surgir de la terre calcinée.

— Martha ? répéta-t-elle. C'est toi ?

Les sanglots cessèrent un instant. Flea s'avança encore. La forme blanche qui dépassait du sol était un pied d'enfant. Glissé dans la chaussure de Martha.

— S'il vous plaît, fit une toute petite voix. S'il vous plaît, aidez-moi.

Flea écarta lentement les branches du buisson. Un visage lui souriait au ras du sol. Ce n'était pas Martha mais Thom, son frère. Un Thom adulte, mais vêtu d'une robe en vichy de petite fille, un bandeau dans les cheveux, une poupée de chiffon sous le bras. Flea trébucha, atterrit sur les fesses et recula précipitamment.

— Ne t'en va pas, Flea.

Thom ôta sa chaussure. Son pied vint avec. Il leva le bras, prêt à le lancer.

— Non ! cria-t-elle, griffant la terre de ses doigts. Non !

— Tu as déjà vu un cadavre ? Tu as déjà vu ça, Flea ? Un cadavre en morceaux ?

— Flea ?

Elle tourna la tête. Il y avait quelqu'un derrière elle. Une silhouette sombre qui pouvait être celle de papa ou de n'importe qui. Elle lui tendit les bras et s'aperçut alors qu'elle n'était plus sur la colline, mais dans un bar, avec des gens qui se pressaient autour d'elle.

— Police, fit une voix toute proche. C'est la police.

Elle sentit des mains sur elle, qui essayaient de la déplacer. Suspendu à une grosse chaîne juste au-dessus de sa tête, il y avait un gigantesque globe lumineux. Un homme équipé de crampons et d'un harnais d'alpiniste s'y était agrippé et se balançait d'avant en arrière. À chaque oscillation, le globe allait un peu plus vite et descendait un peu plus bas. Aveuglée, elle tendit la main pour le repousser.

— Nooooon... s'entendit-elle gémir. Pas ça...
— Les pupilles sont bien, dit une voix. Flea ?

Quelque chose lui pinça le lobe de l'oreille. Des ongles. Pouce et index.

— Vous m'entendez, Flea ?
— Arrêtez...

Elle chassa la main de son oreille. Le brouhaha du bar s'était tu. Elle se trouvait dans une pièce sombre. Avec des gens qui respiraient vite et fort.

— Ça va aller. Il faut juste que je vous perfuse... Là.

Quelqu'un lui tapota l'avant-bras. Des lumières défilaient devant ses yeux. Et des formes. Elle prit une profonde inspiration.

— Ça va piquer, mais pas longtemps. Ne bougez plus... C'est ça.

Une main se posa sur sa tête.

— C'est bien, chef. Vous allez vous en tirer.

La voix de Wellard. Un poil trop forte, comme quand on parle à un enfant. Qu'est-ce qu'il fichait dans ce bar ? Elle voulut se tourner vers lui, mais quelqu'un l'immobilisait.

— Allez, on ne bouge plus.

Elle sursauta quand l'aiguille s'enfonça. Tenta de dégager son bras.

— Non ! J'ai mal !
— Restez tranquille. C'est presque fini.
— J'ai mal, merde ! Arrêtez. Vous me faites mal.
— Là. C'est terminé. Vous vous sentirez bientôt mieux.

Flea tenta de toucher son bras, mais une main l'en empêcha.

— Où est la couverture en alu ? dit quelqu'un d'autre. Elle est frigorifiée.

Quelqu'un fixa quelque chose au bout de son doigt. Une main se glissa dans son dos. Un bruissement. La main lui souleva la tête. On la posa sur quelque chose de dur et de tiède – une civière, au cas où sa colonne serait atteinte. Elle aurait bien fait un petit commentaire, une petite blague, mais sa bouche était trop molle pour articuler.

— Non, marmonna-t-elle. S'il vous plaît. Arrêtez de tirer. J'ai mal.

— On va tâcher de la passer par là, dit une voix désincarnée. Comment a-t-elle fait pour se fourrer là-dedans, nom d'un chien ? On se croirait dans un sous-marin.

Quelqu'un imita en riant le « bip-bip » d'un sonar.

— Ce n'est pas drôle, mec. Ce truc peut s'effondrer d'une seconde à l'autre. Regarde-moi ces fissures.

— OK. Donne-moi juste un poil plus de mou.

Une poussée. Une secousse. Un bruit d'éclaboussure.

— C'est bon, on y est !

Et de nouveau la voix de Wellard :

— Vous vous débrouillez bien, chef. Ce ne sera plus long. Détendez-vous. Fermez les yeux.

Flea obéit avec gratitude. Une sorte de troisième paupière recouvrit son champ de vision, la projetant dans un tourbillon d'images. Thom, Wellard, Misty Kitson. Un petit chat qu'elle avait eu enfant. Puis son père apparut à côté d'elle, il lui tendait la main en souriant.

— Ça a marché, Flea.

— Quoi ?

— Le nougat. Ça a marché. Du feu de Dieu, hein ?

— Oui. Ça a marché.

— Tu es presque au bout, Flea. Tu t'es bien débrouillée.

Elle rouvrit les yeux. À environ trente centimètres d'elle, une paroi défilait lentement. Une paroi calcaire, tapissée de fougères et d'un dépôt verdâtre. La lumière tombait du ciel, formidable, aveuglante. Elle voulut tendre la main vers la paroi pour s'y appuyer, mais ses bras étaient entravés le long de son corps. Elle découvrit ensuite, tout près du sien, le visage d'un homme casqué, aussi lumineux que s'il était pris dans le faisceau d'un projecteur : ses pores et ses rides se détachaient avec une netteté écœurante, tout comme la suie et la terre qui barbouillaient le pourtour de ses lèvres. Il ne s'intéressait pas à elle. Entièrement concentré sur leur ascension, il regardait en bas.

— Une civière barquette, voulut-elle dire. Je suis dans une civière barquette.

L'homme leva les yeux vers elle, vaguement surpris.

— Pardon ?

— Martha. Je sais où il l'a enterrée. Dans une fosse.

— Quoi ? fit une voix venue d'en haut. Qu'est-ce qu'elle dit ?

— J'sais pas. Vous avez la frousse, hein ? interrogea l'homme casqué avec une esquisse de sourire. Vous vous en tirez très bien. C'est normal d'avoir peur. Mais on est là.

Flea ferma les yeux. Rit faiblement.

— Une fosse, répéta-t-elle. Il a mis son corps dans une fosse. Mais vous ne pigez rien à ce que je dis, hein ?

— Ne vous en faites pas, répondit l'homme. Ça ira bientôt beaucoup mieux.

79

— Qu'est-ce qu'elle a dit ? De quoi parle-t-elle ?
Caffery fut obligé de hurler pour couvrir le vacarme du second hélicoptère qui se posait à cent mètres de là, dans la clairière qui s'ouvrait au bout du chemin.

L'infirmier-secouriste escalada le talus à quatre pattes pendant que Wellard, avec l'aide de deux agents, hissait la civière hors du puits.

— Elle dit qu'elle a la frousse, répondit-il en hurlant également.

— La frousse ? Vous êtes sûr ?

— Elle n'arrête pas de le répéter. Elle doit être secouée.

Wellard et lui installèrent la civière sur un brancard d'ambulance. L'urgentiste, un petit homme aux cheveux noirs, au visage fripé comme une noix, s'avança pour examiner la blessée. Il souleva le moniteur portatif pour s'assurer de son fonctionnement, pinça l'ongle de Flea entre son pouce et son index pour évaluer le délai de reflux capillaire. Elle grogna. Tenta en vain de lever le bras. Avec sa combinaison déchirée, on aurait dit qu'elle avait eu un accident de surf. Son visage était relativement préservé, à l'exception des deux traces noires laissées sous ses narines par l'inspiration qu'elle avait prise juste après l'explosion. En revanche, elle avait les cheveux pleins de vase, et ses mains, ses ongles étaient en sang. Caffery n'essaya pas de lui parler. Ni d'approcher sa main de la sienne. Il laissa le médecin faire son boulot.

— Ça va, vous ?

Caffery releva vivement la tête. L'urgentiste le regardait tout en aidant l'infirmier à attacher la civière sur le brancard.

— Pardon ?
— Je vous demande si ça va, dit l'urgentiste.
— Pourquoi est-ce que ça n'irait pas ?
— Elle va s'en tirer. Ne vous inquiétez pas.
— Je ne suis pas inquiet.
— Bien sûr, fit l'urgentiste en débloquant le frein du brancard d'un coup de pied.

Caffery, hébété, regarda les deux hommes descendre du tumulus en poussant le brancard roulant puis emprunter le chemin jusqu'à la clairière où le premier hélicoptère, moteur grondant, n'attendait qu'eux pour relancer ses rotors. Le verdict de l'urgentiste s'imposa progressivement à lui. Flea allait s'en tirer.

— Merci, murmura-t-il, suivant les deux hommes du regard. Merci.

Il aurait bien aimé s'asseoir. Savourer ce sentiment de gratitude et ne rien faire d'autre de la journée. Mais il ne pouvait pas. Le haut-parleur posé dans l'herbe près du trou se faisait l'écho des efforts de l'équipe de sauvetage toujours à l'œuvre dans le tunnel. L'infirmier-secouriste, coiffé d'un casque de spéléo, était brièvement descendu pour jeter un coup d'œil à Prody. Il était impossible d'extraire le morceau de coque planté dans son thorax pour le dégager du mur – il se viderait de son sang en quelques secondes. Il allait donc falloir le remonter avec. Depuis dix minutes, le haut-parleur diffusait à la surface ses râles déchirants et les grincements de la cisaille hydraulique qui attaquait le métal. L'engin se tut enfin, et une voix désincarnée articula :

— Préparez-vous à le hisser.

Caffery se retourna et vit le système de poulies se mettre en branle. Posté tout au bord du puits d'aération, un agent surveillait le déroulement des câbles. Wellard, déjà remonté, se défaisait de son harnais à quelques pas de là, semblable à un démon de l'enfer avec son visage barbouillé de suie. Le filet vermeil qui brillait sur sa tempe était peut-être dû à une égratignure, à moins qu'il ne s'agisse du sang de quelqu'un d'autre.

— On en est où ? lui lança Caffery.

— Ils sont en train de le remonter, répondit Wellard. Ils ont bossé comme des dingues.

— Et les petites ?

Wellard secoua la tête.

— Rien. On a fouillé partout, centimètre par centimètre. Y compris à l'intérieur de la péniche et dans le tronçon suivant. Ça pourrait s'effondrer d'un moment à l'autre, là-dedans. Pas question d'y laisser les gars une minute de trop.

— Et Prody ? Il a parlé ?

— Non. Il ne veut parler qu'à vous, une fois remonté. Il veut vous avoir en face de lui.

— Faut-il le croire, ou est-ce qu'il nous fait marcher ?

— Mystère et boule de gomme.

Caffery étudia le bord du puits. Les laborieuses rotations du système de treuillage. Les câbles qui fouettaient les buissons accrochés aux parois, balafrant la terre meuble.

— C'est bon ! aboya le haut-parleur. Hissez !

Cependant, dans la clairière, Flea montait à bord de l'hélicoptère. Les rotors avaient recommencé à tourner. Ils prirent rapidement de la vitesse et inondèrent à nouveau la forêt de leur fracas. Les secouristes du deuxième hélico s'approchèrent du puits. Deux infirmiers et une femme qui, sans le mot *médecin* floqué dans le dos de sa combinaison de vol verte, aurait pu passer pour une poissonnière : un visage renfrogné, un nez strié de veines éclatées, des cheveux décolorés. Elle courait comme un avant-centre, les épaules en arrière et les jambes légèrement écartées, comme si les muscles de ses cuisses l'empêchaient de les serrer.

Caffery se planta face à elle.

— Commissaire adjoint Caffery, dit-il en tendant la main.

— Ah oui ?

Elle ne prit pas sa main, ne lui accorda même pas un regard. Les poings sur les hanches, elle scruta les profondeurs du puits, où l'on voyait un premier casque jaune remonter par à-coups.

— Il faut que je parle au blessé, reprit Caffery.

— Aucune chance. Dès qu'il sera dehors, on le charge dans l'hélico que vous voyez là-bas. Son état ne nous permet pas de le soigner sur place.

— Vous savez qui c'est ?
— Je m'en fiche.
— Vous avez tort. Il est le seul à pouvoir nous dire où sont les deux petites filles qui ont été enlevées. Et il va me le dire avant que vous ne l'embarquiez.
— La moindre perte de temps lui sera fatale. Je peux vous le garantir.
— Il respire encore.
— J'entends. Il respire vite. Ça veut dire qu'il a perdu tellement de sang qu'on aura beaucoup de chance s'il arrive vivant à l'hôpital. À la seconde où il sera sorti, on le met dans l'hélico.
— Dans ce cas, je viendrai avec vous.
Elle lui décocha un regard appuyé. Et un sourire. Presque apitoyé.
— On va déjà voir dans quel état il est, d'accord ? Dès qu'il émerge, ce sera alerte maximale pour tout le monde, donc voilà comment ça va se passer. Vous, fit-elle en désignant deux agents, vous vous placerez à la tête de civière, et vous deux, là, du côté des pieds. Je vous avertirai en disant « Parés à soulever », puis je dirai « Soulevez ». Et là, on fonce vers l'hélico. Compris ?

Tous acquiescèrent, puis les regards convergèrent vers le puits. Les grincements de la poulie se faisaient entendre jusqu'à la clairière. Caffery hurla au CSC qui filmait les environs depuis une vingtaine de minutes :

— Votre truc prend aussi le son ?

Sans détourner les yeux de son écran, le CSC leva le pouce.

— Vous allez courir avec nous jusqu'à l'hélico, dit Caffery. Vous serrerez le blessé d'aussi près que possible, je veux entendre le moindre de ses râles, de ses pets. Marchez sur les pieds de ces connards s'il le faut.

— Essayez de nous respecter, cria le médecin, et ça se passera beaucoup mieux !

Caffery l'ignora. Il prit position au sommet du talus. La tension des cordes faisait gémir le trépied qui soutenait les poulies. Les bips du moniteur cardiaque et le souffle de Prody étaient de plus en plus audibles. Un premier secouriste sortit. Un agent l'aida à s'extraire du trou. Caffery avait les paumes moites. Il les essuya sur son gilet pare-balles.

— Oh, hisse !

Une extrémité de la civière apparut et resta un moment immobile, inclinée contre le bord du puits.

— Il fait de la tachycardie !

Un deuxième secouriste émergea, couvert de sang et de terre, tenant une poche à perfusion. Il récita une litanie de données au médecin tout en remontant :

— Le pouls est à cent vingt, le taux respiratoire entre vingt-huit et trente, et l'affichage de l'oxymètre de pouls a dégringolé il y a environ quatre minutes. Pas d'antalgique – ça ne sert à rien dans son état –, mais je lui ai mis cinq cents millilitres de cristalloïdes.

Au prix d'un ultime effort, la civière atterrit sur le sol dur et froid, arrachant au passage quelques cailloux qui ricochèrent contre les parois du puits. Prody avait les paupières closes. Son visage cyanosé, pris dans une minerve aux allures de casque de boxeur, n'exprimait rien. Il était couvert de suie et de sang séché. Sa veste de survêtement en Nylon avait pris feu et fondu après l'explosion, et de longs lambeaux de peau s'étaient décollés de son cou et de ses mains. Une énorme tache rouge foncé, sous la couverture de survie, envahissait la civière.

Les hommes prirent position aux quatre coins de celle-ci, prêts à la soulever. Ce fut alors que Prody commença à trembler.

— Attendez ! Il fait une attaque.

Le médecin s'accroupit à côté du blessé et étudia l'écran du moniteur portatif.

— Le rythme cardiaque s'effondre.

— Quoi ? cria Caffery, la bouche sèche. Que se passe-t-il ?

Sous son bronzage artificiel, la femme arborait une expression dure et concentrée.

— Je vous l'avais dit ! hurla-t-elle. Il est à quarante-cinq pulsations par minute, quarante, on est en train de le...

Le moniteur fit entendre une tonalité continue, lancinante.

— Merde ! Arrêt cardiaque ! Comprimez-lui le thorax, quelqu'un ! Je vais l'intuber.

Un infirmier se pencha sur la civière et commença le massage cardiaque. Caffery réussit à passer entre deux de ses collègues et s'agenouilla dans l'herbe rougie de sang.

— Paul ! Espèce de fumier ! Paul ? Tu as intérêt à me parler, mon salaud ! Tu as sacrément intérêt !

— Poussez-vous de là.

Le médecin, en sueur, introduisit un masque laryngé dans la bouche flasque de Prody, puis elle ajusta la valve du ballon réanimateur.

— Poussez-vous, j'ai dit. Laissez-moi travailler.

Caffery déporta le poids de son corps sur ses talons, se pinça les tempes entre le pouce et l'index. Merde, merde, merde... Il allait être vaincu. Pas par cette garce de médecin, mais par Prody lui-même. Ce fieffé salopard n'aurait pas pu mieux réussir son coup.

Le médecin continuait d'appuyer sur son ballon, l'infirmier poursuivait ses compressions en comptant à haute voix. Le tracé du moniteur restait désespérément plat, et sa sonnerie lancinante se répercutait d'arbre en arbre. Dans la clairière, personne n'osait bouger. Tous les policiers présents semblaient s'être transformés en statues de sel et assistaient, consternés, aux efforts désespérés des secouristes.

Au bout d'à peine une minute, le médecin cessa d'appuyer sur le ballon et le posa sur la poitrine de Prody. Elle toucha l'avant-bras de l'infirmier pour qu'il interrompe son massage.

— Il est en asystole complète. Le retour capillaire est nul. Franchement, ça ne sert à rien. On est d'accord pour arrêter ?

— Vous vous fichez de moi ? protesta Caffery, indigné. Vous avez l'intention de le laisser mourir ?

— Il est déjà mort. Il n'a aucune chance de s'en tirer. Il a perdu trop de sang.

— Je n'arrive pas à y croire ! Bougez-vous le cul ! Je ne sais pas, moi, défibrillez-le !

— Inutile. C'est fini pour lui. On pourrait stimuler son cœur jusqu'à la saint-glinglin, s'il n'y a plus de sang à pomper...

— Bougez-vous le cul, bordel de merde !

La femme le regarda en silence, puis elle haussa les épaules.

— D'accord.

Visiblement agacée, elle ouvrit son sac à dos vert, en retira plusieurs boîtes en métal, sortit deux pochettes en alu de l'une d'elles.

— Je vais vous montrer à quel point c'est inutile. De l'adrénaline, un milligramme par dix kilos. De quoi relancer le *Titanic*.

Elle déchira d'un coup de dents une des pochettes et en retira une seringue préremplie, qu'elle tendit aussitôt à l'infirmier.

— À quoi je vais ajouter ceci : trois milligrammes d'atropine, à diluer dans vingt-cinq millilitres de solution saline.

L'infirmier ouvrit la valve du cathéter et y injecta le mélange, avec une purge pour s'assurer qu'il parviendrait jusqu'au cœur. Caffery regardait fixement le moniteur. Le tracé resta linéaire. De l'autre côté de la civière, le médecin ne le quittait pas des yeux.

— Il reste le défibrillateur, finit-elle par dire. Vous voulez que je m'amuse à le faire monter et descendre comme un pantin ? Ou vous êtes prêt à admettre que je sais de quoi je parle ?

Caffery s'assit dans l'herbe, impuissant, et considéra le corps inerte de Prody, ses traits qui se figeaient déjà dans un masque de cire. Le tracé plat de l'écran. Le médecin qui regardait sa montre pour consigner l'heure du décès. Il se releva, désireux de s'éloigner d'elle aussi vite que possible. Les mains dans les poches, il parcourut une vingtaine de mètres sur l'herbe crissante de gel. Il fit halte au bord de la clairière, face à une pile de bouleaux abattus. Il leva la tête et tenta de se concentrer sur le ciel, entre les branches. Sur les nuages.

Il pria pour qu'une pensée naturelle et paisible vienne mettre un peu de baume sur ses blessures. Il sentait le poids des regards de Rose et de Janice vrillés sur lui. Il les avait aperçues un peu plus tôt mais il n'avait pas signalé leur présence. Elles attendaient de lui un plan d'action concerté. Mais que pouvait-il faire, à présent que la seule personne capable de leur dire où étaient Martha et Emily venait de mourir sur une civière ?

80

Les hommes qui venaient d'extraire Emily et Martha du puits souriaient jusqu'aux oreilles. Ils échangeaient des cris de joie, levaient le poing en signe de victoire. Les deux petites filles étaient enveloppées dans un drap blanc. Martha était livide, mais Emily avait les joues bien roses. Assise sur sa civière, elle tendait le cou, cherchant à repérer sa mère au milieu de la foule. La clairière était baignée d'une lumière dorée. Pleine de lumière, de rires et de visages souriants, car dans le rêve de Janice, il n'y avait ni manteaux, ni front plissés, ni dos tournés. Dans le rêve de Janice, tout le monde flottait dans un halo estival, et lorsqu'elle traversait la clairière pour prendre sa fille par la main, des touffes de campanules fleurissaient sous ses pieds.

La cruelle réalité était tout autre. La clairière était presque déserte à présent. Les hélicoptères s'étaient envolés depuis longtemps et la plupart des hommes avaient levé le camp après avoir retiré leurs harnais et démonté leur matériel. Le commandant opérationnel avait libéré tous les agents après avoir noté leur nom et leurs coordonnées. Toujours sur sa civière, le cadavre de Prody était acheminé vers le fourgon des services du coroner. Un médecin marchait à côté de lui, soulevant un coin du drap pour examiner son visage.

Janice avait froid. Ses jambes étaient ankylosées d'être restée trop longtemps accroupie dans les buissons, et le flot d'adrénaline qui irriguait ses muscles en permanence commençait à l'affaiblir. Les ronces avaient lacéré son collant, traçant de fines lignes de sang entre ses genoux et ses pieds. On n'avait pas retrouvé les petites filles dans le tunnel ; Prody était mort et, à en juger par l'attitude de Caffery et de Turner – le dos tourné, ils s'entretenaient à voix basse à quelques mètres de là –, il n'avait fourni aucune indication à la police. Pourtant, Janice était calme. Elle avait mystérieusement trouvé en elle des ressources suffisantes pour attendre sans broncher qu'on lui annonce la vérité.

En revanche, Rose était en train de craquer. Juste derrière Janice, elle allait et venait dans la petite clairière bordée de jeunes frênes qui semblaient se pencher vers elle pour l'observer ou pour la protéger. Son pantalon était plein de boue et taché de noir par les mûres desséchées. Elle secouait la tête et parlait toute seule dans son foulard rose, qu'elle maintenait pressé contre sa bouche. Curieusement, plus Rose se rapprochait du point de rupture, plus Janice se sentait calme. Quand Nick vint vers elles à travers la clairière, elle demeura immobile tandis que Rose l'attrapait par la manche et la pressait de questions :

— Qu'est-ce qu'il a dit ? Qu'est-ce qui se passe ?
— On fait notre possible, Rose. On a des pistes. La femme de Prody nous a donné plusieurs…
— Il a forcément dit quelque chose !

Rose éclata en sanglots, les bras ballants, comme une petite fille dans une cour de récréation.

— Il vous a forcément dit où elles sont. Quelque chose, par pitié, quelque chose !

— Sa femme nous a donné plusieurs pistes, et on a retrouvé dans ses poches des clés qui pourraient bien être celles de son garage. On va le fouiller et...

— Non !

Rose se mit soudain à hurler, d'une voix suraiguë qui fit tourner toutes les têtes. Elle tira désespérément sur le ciré de Nick, comme pour lui arracher de meilleures nouvelles.

— Retournez fouiller ce tunnel ! Retournez-y !

— Rose ! Allons, du calme. Le tunnel a déjà été fouillé. Il est vide.

Mais Rose avait fait volte-face vers les quelques policiers encore présents et leur criait en agitant les bras :

— Retournez-y ! Retournez dans le tunnel !

— Rose, écoutez-moi... Rose !

Nick tenta de lui attraper les bras, le corps penché en arrière et les yeux mi-clos, pour éviter une gifle involontaire.

— Ils ne peuvent pas y retourner, Rose, c'est trop dangereux. Rose ! Ils ne peuvent pas... Rose !

Rose se dégagea brutalement, agitant les bras tel un oiseau blessé. Elle fit quelques pas hésitants, s'aperçut qu'elle allait heurter un arbre, changea une première fois de direction, puis une seconde, avant de s'effondrer d'un seul tenant, comme si une balle venait de lui fracasser le genou. Le front contre le sol, elle se prit la nuque à deux mains et, sans cesser de hurler, appuya dessus comme si elle voulait enfouir son visage dans la terre.

Janice la rejoignit et tomba à genoux dans les ronces. Si son cœur battait à se rompre, le calme qu'elle avait senti naître en elle ne cessait de gagner du terrain.

— Rose, dit-elle en lui touchant le dos. Écoutez-moi.

Le son de sa voix eut un effet apaisant sur la mère de Martha, qui se tut enfin.

— Écoutez-moi. Il faut aller de l'avant. Ce n'était pas le bon endroit, mais il y en a d'autres. Sa femme est dans notre camp, maintenant. Elle va nous aider.

Rose s'essuya le nez.

— Vous y croyez ? murmura-t-elle faiblement. Vous y croyez ?

Janice se retourna vers la clairière. Le fourgon des services du coroner venait de démarrer, le commandant opérationnel s'éloignait à pied vers le parking, et un agent de la dernière équipe d'intervention encore présente refermait la portière de son véhicule. Quelque chose cherchait à percer la croûte de ce calme étrange – terrible, cruel, désespéré – pour s'extraire du vide béant qui, dessous, ne serait jamais comblé. Mais Janice le refoula et acquiesça.

— Oui. Et maintenant, debout. En route.

81

Flea ne savait pas au juste ce qu'il y avait dans sa perfusion, mais elle aurait donné sans hésiter six mois de salaire pour qu'on lui en remette une dose. Elle tenta de le dire à l'infirmier qui installait son brancard dans l'hélicoptère, tenta de le lui crier au moment où les rotors se mettaient à tourner. Soit il avait déjà entendu ça, soit elle était toujours incapable de s'exprimer de façon cohérente, car il se contenta de hocher la tête en souriant et de lui faire signe de rester tranquille. Elle laissa aller sa nuque en arrière et regarda vibrer la membrane tendue sous le plafond de l'hélico. Elle huma la fraîcheur de l'air bleuté qui se faufilait dans le cockpit. Il sentait le kérosène et le soleil.

Ses yeux se fermèrent. Elle replongea dans son rêve. Se laissa envelopper par ses ailes blanches. Elle n'était qu'un point dans le ciel. Une graine de pissenlit virevoltante. Au-dessus d'elle, il n'y avait pas un nuage. Au-dessous, la terre déployait son patchwork de couleurs typiquement anglaises. Des verts, des bruns sans la moindre ombre. Une forêt apparut. Dense, moutonneuse. Ponctuée de petites clairières où s'ébattaient des cerfs. Elle vit des gens. Certains en train de pique-niquer. D'autres debout, en groupes. Entre les troncs verdâtres et rugueux des frênes qui bordaient un chemin, elle aperçut trois femmes se dirigeant vers un parking : l'une vêtue d'un ciré, une autre d'un manteau vert et la dernière, avec un foulard rose, soutenue par celle au manteau vert. L'une et l'autre étaient tellement courbées qu'elles semblaient près de s'effondrer.

Flea survola ensuite la cime des arbres. Elle vit la bouche du puits d'aération, les cendres qui s'en échappaient encore. Sa situation privilégiée lui permettait de voir le fond du tunnel. Et d'entendre des bruits. Des pleurs d'enfant. Soudain la mémoire lui revint. Le corps de Martha. Dans la fosse. Il y était toujours. Il fallait faire quelque chose.

Elle balaya le paysage hivernal du regard, vit des voitures de patrouille et des véhicules divers s'éloigner du site. Vit des kilomètres de route se déployer à perte de vue comme une toile d'araignée géante. Sur la petite route qui serpentait vers le sud jusqu'à l'énorme saignée de l'autoroute, un soleil blafard se réfléchissait sur le toit d'une voiture. Minuscule, comme un jouet. Flea garda les yeux fixés sur elle et pivota pour lui faire face. Le vent la prit aux épaules, la projeta dans l'azur, lui fit traverser tête la première le plafond nuageux. Les champs et les arbres s'éloignèrent à grande vitesse sous ses pieds. Puis elle aperçut la route et piqua dessus jusqu'à en distinguer la trame, le grain même. Devant elle, le toit de la voiture scintilla à nouveau. En s'en approchant, Flea vit le vent ondoyer comme une coulée de vif-argent autour de la carrosserie. C'était une Mondeo gris métallisé. Le modèle de service de certaines unités d'investigation. Elle ralentit l'allure à sa hauteur, descendit encore un peu. Posa une main sur le rétroviseur et continua de planer parallèlement à la portière du passager.

À l'intérieur, il y avait deux hommes en costume. Elle reconnut vaguement le conducteur mais ce fut le passager, plus proche d'elle, qui retint son attention. Jack. Jack Caffery. Le seul homme au monde à pouvoir faire voler son cœur en éclats d'un regard.

— Jack ? Jack !

Elle approcha son visage. Frappa à la vitre. Il ne réagit pas, le regard lointain, dodelinant légèrement de la tête au gré des mouvements de la voiture.

Son visage exprimait le découragement le plus absolu, et elle le sentit au bord des larmes. Il avait enfilé un gilet pare-balles par-dessus sa chemise, et elle remarqua que ses manches étaient tachées de sang. Des petites lignes couleur de rouille entouraient ses poignets. Flea traversa lentement le film liquide de la vitre et se retrouva à l'intérieur de l'habitacle surchauffé, qui sentait l'après-rasage, la sueur et une extrême fatigue. Elle approcha ses lèvres de l'oreille de Caffery. Sentit ses cheveux lui frôler le nez.

— Elle est dans le tunnel, chuchota-t-elle. Il l'a enterrée. Il l'a mise dans une fosse. Une fosse, Jack. Une fosse…

Caffery se toucha l'oreille.

— Une fosse, Jack. Une fosse creusée au bord du canal.

Caffery ne parvenait pas à se défaire du souvenir des râles d'agonie de Prody. Ils continuaient à résonner dans son oreille. Il se mit un doigt dedans, secoua la tête. Rien à faire.

Soudain, un mot lui traversa l'esprit.

— Fosse ! Pas frousse. Fosse.

Turner lui décocha un regard oblique.

— Qu'est-ce qu'il y a, patron ?

— Une fosse. Une fosse, nom de Dieu !

— C'est-à-dire ?

— Je ne sais pas.

Caffery se pencha en avant et regarda les pointillés de la chaussée qui défilaient sous la voiture. Le soleil l'éblouissait. Son cerveau venait de se remettre au travail. Une fosse... Il retourna le mot à l'intérieur de sa tête. Se demanda pourquoi il venait de surgir ainsi, entièrement formé. Une fosse. Un trou dans le sol. Une cache. Lui-même s'était déjà fait piéger en regardant partout, sauf en l'air. Comme tout à l'heure, quand ils cherchaient Prody dans le tunnel. Mais regarder en bas, regarder plus bas que le sol qu'on foulait, regarder à travers le sol, il n'y avait jamais pensé.

— Patron ?

Le doigts de Caffery tambourinaient sur la planche de bord.

— Clare nous a dit que ses fils avaient une peur bleue des flics.

— Je vous demande pardon ?

— Prody s'était démerdé pour leur faire croire que les flics étaient leurs ennemis. Les dernières personnes à qui demander de l'aide.

— Où voulez-vous en venir ?

— Quelle est la première chose que les gars de l'équipe d'intervention ont gueulée en descendant dans le tunnel ?

— La première chose qu'ils ont gueulée ? J'en sais rien. Sans doute « Police », ouais, sûrement. C'est la procédure, il me semble.

— Où était Prody quand l'équipe a fouillé le tunnel ?

Turner jeta un regard perplexe à Caffery.

— Dans le tunnel, patron. Il était avec eux.

— Oui. Et qu'a-t-il fait pendant tout ce temps-là ?

— Il était… j'en sais rien, fit Turner en secouant la tête. Où est-ce que vous voulez en venir ? Il était en train de mourir, à mon avis.

— Réfléchis. Il respirait. Et bruyamment. Tu l'as entendu. Personne ne pouvait y échapper. Ça n'a pas cessé une seconde, depuis l'explosion jusqu'au moment où on l'a sorti. Personne n'aurait pu entendre quoi que ce soit d'autre dans le tunnel.

— On l'a fouillé de fond en comble, patron. Les petites n'y étaient pas. Je ne sais pas d'où vous sortez une idée pareille.

— Moi non plus, Turner, mais magne-toi de faire demi-tour.

82

Janice doutait que son corps puisse supporter cette nouvelle épreuve. Ses os, ses muscles semblaient s'être liquéfiés. Sa tête était au bord de l'explosion. Adossée au tronc d'un bouleau, elle tenait Rose par la main, et toutes deux observaient la clairière d'un œil stupéfait. Tout avait changé. Ce n'était plus le paysage lugubre et silencieux qu'elles avaient quitté. Il y avait de nouveau foule autour du puits : des policiers s'interpellaient, réinstallaient en hâte le matériel démonté une demi-heure plus tôt. Un troisième hélicoptère médicalisé s'était posé et attendait, rotors éteints, dans la clairière. Deux trépieds à poulie avaient été remis en place au bord du trou, et deux hommes étaient redescendus dans le tunnel. Janice imaginait le vacarme que devaient produire les travaux d'excavation et les cris de panique dans l'obscurité, trente mètres plus bas, mais le plus insoutenable était le spectacle de tous ces visages inquiets à la surface. Cette terrifiante gravité que semblait partager Nick, immobile devant elle. C'était Nick qui, conduisant l'Audi de Janice sur l'A419, avait remarqué que les voitures qui les croisaient à toute allure, pare-brise inondé de soleil, étaient des véhicules de police banalisés. Après une manœuvre en trois temps au beau milieu de la chaussée, elle était repartie pied au plancher dans leur sillage. Cette fois, personne n'avait cherché à repousser les trois femmes. Personne ne semblait avoir de temps à perdre.

— Des civières, dit soudain Nick. Il y en a deux.

Janice se raidit. Rose et elle tendirent le cou en voyant quatre secouristes traverser la clairière d'un pas rapide. Leurs visages fermés ne trahissaient rien.

— Des civières ? Qu'est-ce que ça veut dire, Nick ?
— Je l'ignore.
— Ça veut dire qu'elles sont vivantes, n'est-ce pas ? Ils n'auraient pas besoin de civières si elles étaient mortes, si ?

Nick se mordillait la lèvre en silence.

— Nick ?
— Je ne sais pas. Franchement, je n'en ai pas la moindre idée.
— Et ces types qui descendent dans le puits, là, ce sont des secouristes. Ça veut dire quoi ?
— Je n'en sais rien, Janice, je vous jure. S'il vous plaît, ne soyez pas trop optimiste. C'est peut-être pour un membre de l'équipe de recherche.
— Mon Dieu, murmura Janice en se tournant vers Rose, la gorge serrée. Je n'en peux plus.

C'était au tour de Rose d'être forte. Elle la prit par la taille, et Janice se laissa aller contre elle.

— Pardon, Rose, pardon…
— Ça va aller.

Rose l'aida à se redresser, lui souleva un bras pour le passer autour de ses épaules.

— Ça va aller. Je vous tiens. Contentez-vous de respirer. C'est ça. Lentement. Continuez.

Janice fit ce qu'on lui disait, sentit l'air glacé s'infiltrer dans ses poumons. De grosses larmes coulaient sur ses joues. Elle ne les essuya pas, les laissa rouler sur son menton et s'écraser sur les feuilles mortes à leurs pieds. Nick vint se placer derrière elles deux et leur mit à chacune une main dans le dos.

— J'aimerais tellement pouvoir vous aider, murmura-t-elle.

Janice ne répondit pas. Elle sentait le parfum de Nick et l'odeur de son ciré. Elle sentait le souffle de Rose et entendait son cœur carillonner. Ce cœur, songea-t-elle, bat au diapason du mien. Deux cœurs humains victimes de la même souffrance. Il y avait des fleurs brodées sur le cardigan de Rose. Des roses. Des roses pour Rose. Il y en avait aussi sur le papier peint de la maison de Russell Road. Elle se revit couchée dans son lit d'enfant, fixant les motifs au mur dans l'espoir qu'ils l'aideraient à s'endormir. Merci à toi, Rose, pensa-t-elle. Merci d'exister.

Quelqu'un cria.

— Hé, fit Nick, il se passe quelque chose.

Janice releva aussitôt la tête. Les poulies s'étaient mises à tourner. Caffery se tenait à une cinquantaine de mètres d'elles, à côté d'un homme coiffé d'un casque audio qui avait soulevé un de ses écouteurs pour lui permettre d'entendre ce qui se disait dedans. Tous les autres, massés autour du puits, en scrutaient l'ouverture. Leurs collègues étaient en train de remonter quelque chose. Aucun doute là-dessus. Les muscles de Caffery étaient contractés – Janice le devina malgré la distance. Ça y était. C'était fini. Ses doigts se crispèrent sur les épaules de Rose.

Caffery s'écarta de l'homme au casque. Il jeta un coup d'œil par-dessus son épaule, vit que les trois femmes l'observaient et se détourna aussitôt. Janice sentit ses jambes se dérober. Une sensation brutale envahit sa poitrine, comme si elle avait basculé dans un gouffre insondable. Ça y était. Elles étaient mortes. Elle le savait. Caffery prit le temps d'arranger son nœud de cravate. Il releva le col de sa veste puis s'essuya les mains dessus, inspira profondément et se dirigea vers elles d'une démarche raide. Quand il fut tout proche, Janice constata qu'il avait des poches grises sous les yeux.

— Asseyons-nous.

Ils s'assirent plus ou moins en cercle, les trois femmes sur le tronc d'un arbre abattu, Caffery sur la souche face à elles. Janice claquait des dents. Caffery se pencha en avant, les coudes calés sur les genoux, et les dévisagea intensément. C'en était trop pour Nick : elle baissa les yeux.

— Je regrette qu'il nous ait fallu si longtemps pour retrouver vos filles. Je regrette de vous avoir infligé une telle attente.

— Dites-le, lâcha Janice. Par pitié. Allez, dites-le.

Il s'éclaircit la voix.

— Oui. Prody a creusé une fosse. Au bord du canal. Une toute petite fosse, recouverte de tôle ondulée, à l'intérieur de laquelle nous avons trouvé une malle. Il les avait enfermées dedans, toutes les deux, et elles sont... elles sont très tristes. Elles ont très peur, très faim. Et par-dessus tout, elles ont besoin de leur maman.

Janice se leva d'un bond.

— Attendez, Janice. Laissons les médecins...

Mais elle s'était déjà éloignée. Nick se précipita vers la clairière à sa suite, les pans de son ciré flottant au vent. Rose se leva à son tour et courut derrière elles, pleurant à chaudes larmes. Quelqu'un riait sur leur droite. Un grand rire joyeux, jubilatoire. Trois hommes se tapaient dans le dos. Deux policiers postés au sommet du talus virent approcher les femmes et les arrêtèrent à quelques pas du bord, mais leurs visages n'avaient plus rien de sinistre : ils souriaient presque lorsque les deux mères se heurtèrent à eux, pantelantes.

— Attendez ici. Vous verrez parfaitement.

Une tête coiffée d'un casque émergea du puits ; l'homme escalada le bord, une poche de perfusion à la main. Il se retourna et attendit que ses coéquipiers aient déposé la première civière sur la terre ferme. C'était Martha, enveloppée dans une couverture de survie, les traits figés, hébétée par le monde, le bruit, la lumière. Une femme vêtue d'un pantalon vert et d'un ample blouson étanche cria un ordre et, soudain, une nuée de secouristes surgit de nulle part. Rose se faufila entre les deux flics, ignorant les mains qui cherchaient à la retenir ; elle tomba à genoux à côté de la civière et posa la tête sur la poitrine de Martha, en larmes.

Un autre casque rouge surgit du puits.

— Oh, hisse ! cria quelqu'un. Allez, oh, hisse !

La tête casquée remonta d'un cran. Janice ne respirait plus. L'homme était en sueur et n'avait d'yeux que pour ce qui se passait sous lui. La poulie fit un tour supplémentaire et le dos de la civière heurta le bord du puits. Un agent se pencha en avant pour la stabiliser. Son intervention eut pour effet de la faire pivoter partiellement, et le visage d'Emily apparut.

La boule de chagrin et de terreur qui avait pesé jusque-là sur le cœur de Janice explosa brusquement. Elle dut se cramponner à quelqu'un pour ne pas perdre l'équilibre. Emily avait les cheveux trempés, rabattus en arrière, et le teint terreux. Mais ses yeux pétillaient, bien vivants. Ils se déplaçaient à toute vitesse, enregistrant tout ce qui se passait autour d'elle, le gouffre qui s'ouvrait sous ses pieds, la foule rassemblée au bord du puits. L'agent lui glissa quelques mots. Elle tourna la tête, le regarda droit dans les yeux et sourit.

Elle souriait ! Emily souriait !

Janice sentit une vague de chaleur l'envahir, et son cœur recommença enfin à battre. Exactement comme dans son rêve. Emily la regardait, au fond des yeux.

— Maman, dit-elle.

Janice agita une main et sourit.

— Coucou, ma puce. Tu nous as manqué.

83

L'usine pharmaceutique avait été construite dans une légère dépression dans le sud du Gloucestershire, une poche d'industrialisation dérisoire par rapport à l'immensité du domaine de chasse royal recouvrant l'essentiel du comté. La police avait employé des radars à pénétration de sol et des chiens secouristes venus spécialement de Londres. Elle avait travaillé toute la journée, quadrillant les lieux et sondant méthodiquement chaque mètre carré, déplaçant les machines-outils de l'usine chaque fois que cela s'était révélé nécessaire.

La région était parsemée de bosquets. Le plus proche, perché sur une petite butte, était connu sous le nom de Pine Covert ; ce soir-là, éclairés par le soleil déclinant mais invisibles depuis l'usine, deux hommes immobiles à l'ombre de ses arbres assistaient en silence au travail des policiers. Le commissaire adjoint Jack Caffery et celui qu'on surnommait le Marcheur.

— Ils cherchent qui ? demanda ce dernier. Pas ma fille, en tout cas. Ils n'y mettraient sûrement pas autant d'ardeur.

— Non. Je leur ai dit qu'il s'agissait de retrouver Misty Kitson.

— Ah, oui. La jolie fille.

— Une grosse épine dans le pied de ma brigade.

Tout l'après-midi, un soleil oblique avait plané dans le ciel sans parvenir à réchauffer la terre. À présent, juste avant son coucher, les hommes rompaient les rangs après un rapide débriefing. Ils franchissaient par petits groupes le portail de l'usine, illuminé par de puissantes lampes à arc, et regagnaient leurs véhicules. Caffery et le Marcheur n'entendaient pas ce qu'ils disaient, mais c'était facile à deviner.

— Ils ont fait chou blanc, grogna le Marcheur en touchant sa barbe. Elle n'est pas là.

— J'ai fait de mon mieux, dit Caffery.

— Je sais. Je sais.

Le dernier véhicule d'intervention venait de s'éloigner : ils pouvaient à présent allumer un feu sans risque. Le Marcheur fit quelques pas dans le bosquet, où il avait préparé un tas de bois. Il récupéra un flacon d'essence à briquet caché sous un rondin et arrosa le bois. Craqua une allumette. Après un court silence, un bruit de souffle se fit entendre en même temps qu'apparaissait une flamme orangée, qui grossit jusqu'à former une boule, puis s'étira entre les branches. Le Marcheur souleva un autre rondin et ramassa les objets cachés dessous – deux tapis de sol, des boîtes de conserve et son habituelle bonbonne de cidre.

Caffery, qui l'observait à distance, songea à la carte de la région qui tapissait le mur de son bureau. Où qu'il campe, le Marcheur trouvait toujours des provisions de ce genre sur place. D'une certaine façon, la tâche titanesque qu'il s'était imposée – la recherche de sa fille – reposait sur une planification méticuleuse. Mais pouvait-il en être autrement ? Il recherchait son enfant. Une quête sans fin. Caffery repensa à l'expression de Rose et de Janice quand elles avaient récupéré leurs filles. Lui ne connaîtrait sans doute jamais cette émotion-là. Le Marcheur non plus.

— On a retrouvé ce détraqué, au fait. L'auteur de la lettre.

Le Marcheur sortit deux gobelets de plastique, en remplit un de cidre et le tendit à Caffery.

— Je sais. Je l'ai vu à votre tête dès que vous avez traversé ce champ. Mais ça n'a pas été simple.

Caffery soupira. Il observa au-dessus du champ le halo orangé de la ville de Tetbury qui se diffusait jusqu'aux nuages. Le tunnel de Sapperton courait un peu au-delà, sous d'autres champs obscurs. Il revit les deux petites filles pendant qu'on les transportait vers l'hélicoptère. Deux civières, deux enfants. Et, entre ces civières, un pont. Un pont de chair, étroit et délicat, apparu lorsque Martha, la plus âgée des deux, avait tendu le bras au-dessus du vide qui les séparait pour prendre la main d'Emily. Pendant presque deux jours, elles étaient restées couchées l'une contre l'autre dans une malle dissimulée sous le sol du tunnel. Enlacées comme deux jumelles dans l'utérus maternel, à se souffler mutuellement leurs peurs, leurs secrets au visage. Les médecins qui les avaient examinées à l'hôpital les avaient trouvées en meilleure forme que prévu. Prody ne les avait pas touchées. Après avoir demandé à Martha de se déshabiller, il lui avait juste fait enfiler un survêtement appartenant à son fils aîné. Il avait laissé un stock de briques de jus de fruits dans la malle et s'était présenté à elles comme un policier conduisant une opération ultra-secrète pour les préserver du vrai ravisseur. Parce que le vrai ravisseur était l'homme le plus dangereux qui se puisse imaginer. Tellement malin qu'il était capable de tout, y compris de se faire passer pour n'importe qui. Elles ne devaient faire de bruit sous aucun prétexte si elles ne voulaient pas qu'il les retrouve.

Martha avait mis du temps à le croire. Emily, à qui Prody avait été présenté comme un officier de police par ses propres parents, avait immédiatement gobé son histoire. Qu'il avait racontée en leur offrant des bonbons. Il était gentil. Il était beau, fort et convaincant, comme dans un certain nombre d'affaires d'enlèvement d'enfant.

— Asseyez-vous, dit le Marcheur en prenant deux gamelles sous le rondin.

Caffery s'assit sur un mince tapis de sol. La terre était glacée. Le Marcheur plaça les boîtes de conserve et les gamelles près du feu, attendant que celui-ci prenne. Puis il remplit son gobelet de cidre et s'assit à son tour.

— Bon, dit-il en indiquant d'un geste ample le terrain que venaient de fouiller les policiers, qu'est-ce que je vais bien pouvoir vous donner ? En échange de ça ? De ce que vous avez fait pour moi ? Pas ma colère, c'est sûr. Il va falloir que je la garde pour moi, que je la ravale.

— Qu'avez-vous à me donner ?

— Je ne peux pas vous rendre votre frère. Je sais que c'est ce que vous espérez, mais je ne peux rien vous dire de lui.

— Vous ne pouvez pas, ou vous ne voulez pas ?

Le Marcheur éclata de rire.

— Je me tue à vous le répéter, Jack Caffery, je suis un être humain, pas un surhomme. Comment voudriez-vous qu'un ancien taulard comme moi, traînant son existence pathétique sur les routes de campagne, sache ce qui est arrivé à un petit Londonien il y a trente ans ?

Le Marcheur avait raison. Au fond de lui, Caffery espérait réellement que le mystérieux vagabond à la voix douce lui révélerait quelque chose de son lointain passé. Il plaça ses mains au-dessus des flammes. Sa voiture était garée à cent mètres de là, vide. Myrtle avait retrouvé ses maîtres. C'était idiot, mais cette foutue chienne lui manquait.

— Expliquez-moi le cercle, alors. Le joli petit cercle. Expliquez-moi pourquoi je crée un joli cercle en protégeant cette femme.

Le Marcheur sourit.

— Je n'ai pas pour principe de donner quoi que ce soit pour rien. Mais je veux bien faire une exception parce que vous venez de m'aider. Je vais donc vous dire gratuitement ce que j'ai vu cette nuit-là.

Devant l'expression stupéfaite de Caffery, il hocha la tête.

— La grosse épine dans le pied des flics ? La jolie fille ? Je l'ai vue mourir.

— Quoi ? Comment est-ce que vous...

— Facile. J'y étais, dit le Marcheur en tendant un doigt noueux vers le sud. Au sommet d'une colline, en train de me mêler de mes affaires. Je vous l'ai déjà dit : il suffit d'ouvrir son esprit pour découvrir un tas de vérités auxquelles on ne s'attendait pas.

— Des vérités ? Qu'est-ce que vous racontez, putain ? Quelles vérités ?

— La vérité sur votre épine. Ce n'est pas cette femme qui l'a tuée. C'est un homme.

Les flammes illuminaient le visage du Marcheur et faisaient briller ses yeux.

Caffery se força à respirer lentement. À ne trahir aucune émotion. Misty ? Tuée par un homme ? Que Flea avait couvert ? Ça ne pouvait être que son connard de frère. Il aboutit à cette conclusion avec tant de simplicité et de naturel qu'il ne put s'empêcher de penser qu'elle avait toujours été là, attendant le déclic qui la ferait éclater au grand jour.

— Eh bien, monsieur Caffery, mon ami po-li-cier, enchaîna le Marcheur en levant les yeux vers les frondaisons rougeoyantes. Que vous apporte cette vérité ? Un point d'ancrage ? Ou un point de départ ?

Caffery garda le silence un long, très long moment. Il pensa aux conséquences de cette révélation. Son frère... Il pensa à sa colère. Il pensa à tout ce qu'il avait envie de dire à Flea. Il se leva, marcha jusqu'à l'orée du bosquet et s'immobilisa. Tout là-bas, du côté de la source de l'Avon, le plateau descendait légèrement. Ses flancs, aux abords de Tetbury, étaient semés de bâtiments épars. Des maisons, des garages, des usines. Un hôpital. Celui-là même où Flea Marley avait été transportée en hélicoptère. Les fenêtres de la plupart de ces bâtiments brillaient sur le plateau comme autant de lucioles. L'une d'elles était celle de la chambre où elle se rétablissait.

— Alors ? Un point d'ancrage ? Un point de départ ?

Caffery fit un pas en avant. Sentit une énergie puissante s'accumuler dans son corps. Comme un coureur prêt à s'élancer.

— Vous connaissez la réponse. Un point de départ.

84

La fumée du bivouac du Marcheur s'élevait à la verticale dans le ciel nocturne. Elle dépassait la cime des arbres noirs, insensible au vent, tendue comme un doigt gris dans la nuit glaciale. Elle était visible à des kilomètres à la ronde, depuis les rues de Tetbury, depuis les fermes qui tapissaient les flancs de la vallée, depuis les porcheries de Long Newnton et les chemins autour de Wor Well. Dans une chambre individuelle de l'hôpital de Tetbury, Flea Marley dormait. Elle y avait été admise pour commotion cérébrale sévère, hémorragie, hypothermie et déshydratation. Mais les résultats du scanner ne laissaient aucun doute. Elle s'en remettrait. À sa sortie du service de réanimation, Wellard était venu lui rendre visite, apportant un bouquet de lis enveloppé de cellophane et de rubans violets.

« J'ai choisi des fleurs de deuil, avait-il grommelé. Parce que le jour de vos vraies funérailles, quand vos conneries vous auront tuée pour de bon, je n'irai pas à l'église. »

Il s'était assis sur une chaise en Skaï et l'avait informée des derniers événements. Il lui avait raconté la mort de Prody. Il lui avait appris que, dans le tunnel, ils avaient retrouvé non seulement Martha mais aussi Emily Costello, qu'elles allaient bien toutes les deux et se remettaient de leur épreuve dans le même hôpital qu'elle, couvertes de bonbons et de jouets. Du côté de la brigade, eh bien, c'était le bonheur, et Flea s'en sortait sacrément bien : tout le monde se pâmait d'admiration. Elle avait d'ailleurs intérêt à enfiler vite une chemise de nuit propre, car le préfet avait l'intention de passer la voir dans la matinée.

Dans son rêve du moment, elle n'avait pas plus de trois ou quatre ans. Les nuages d'orage avaient disparu. Thom aussi. Assise devant le garage de la maison familiale, elle jouait avec la lampe à carbure de son père, cherchant à l'allumer de ses doigts potelés. Le chat, qui n'était encore qu'un chaton, la regardait faire, la queue dressée, absolument fasciné. À quelques pas de là, papa creusait, ratissait, semait du gazon.

— Voilà, disait-il en arrosant les graines. Tu peux venir. C'est fini.

Flea reposa la lampe. Elle se leva, le rejoignit et baissa les yeux. Certaines graines avaient déjà germé, et de minuscules brins d'herbe émeraude surgissaient du sol.

— Qu'est-ce que c'est, papa ? Ce que tu me montres ?

— Ta place. Ta place dans le monde.

Il leva une main pour l'inviter à apprécier la vue : les nuages à l'ouest, les arbres qui délimitaient le jardin. Un vol d'oiseaux dans l'azur.

— C'est ta place, et si tu y restes assez longtemps, si tu es patiente, il t'arrivera quelque chose de bien. Qui sait ? Cette chose est peut-être déjà en marche. En ce moment même.

Flea sentait le sol vibrer sous ses pieds. Elle écarta les bras et les tendit vers l'horizon, pressée d'accueillir ce qui allait lui arriver. Elle ouvrit la bouche pour parler... et se réveilla sur son lit d'hôpital, au bord de l'asphyxie.

Le silence régnait dans la chambre. Le téléviseur était éteint, la lumière réglée au minimum. Derrière les rideaux ouverts, elle distinguait vaguement son reflet sur la vitre. Un visage blanc et flou. La tache indistincte d'une chemise de nuit d'hôpital. Et, au-delà, le ciel sans nuages. Les étoiles, la lune, et une fine colonne de fumée, d'une rectitude quasi biblique.

Incapable de détacher les yeux de cette fumée, elle sentit son énergie voler jusqu'à elle, envahir la chambre et s'introduire dans sa poitrine. Il lui semblait presque sentir son odeur, comme si un feu couvait dans sa chambre. Elle se redressa sur les coudes, les yeux grands ouverts, la poitrine soumise à une telle pression qu'elle était obligée de respirer par la bouche. Peut-être était-ce le fait d'avoir vu son père en rêve, la commotion ou les médicaments, toujours est-il que cette fumée semblait lui adresser un message.

Il va arriver quelque chose, lui disait-elle. Il va t'arriver quelque chose.

— Papa ? murmura-t-elle. Qu'est-ce qui va m'arriver ?

La réponse fut immédiate.

Patience. C'est pour bientôt.

Remerciements

Merci à tous ceux qui m'ont aidée à mener ce projet à bien : mon agent Jane Gregory et sa merveilleuse équipe de Hammersmith, mais aussi Selina Walker et tous les autres chez Transworld, qui me publient maintenant depuis dix ans (les fous). Frank Wood, du centre Medi-Call, m'a aidée à rendre crédibles les secouristes des derniers chapitres, et j'ai bénéficié du soutien de toute une armée de spécialistes de la police de l'Avon et du Somerset pour me guider dans le dédale des procédures (je suis donc seule responsable de toutes les erreurs éventuelles), dont l'inspecteur principal Steven Lawrence, officier instructeur du CID, le constable Kerry Marsh de la brigade des mineurs, le constable Andy Hennys de la brigade cynophile, et le constable Steve Marsh de la brigade de recherche subaquatique. Je remercie par-dessus tout le sergent Bob Randall, dont les connaissances et les conseils se sont révélés aussi précieux pour ce livre que pour l'ensemble de la série.

Composé par Nord Compo
à Villeneuve-d'Ascq (Nord)

Imprimé en Allemagne par
GGP Media GmbH, Pößneck
en février 2012

POCKET – 12, avenue d'Italie – 75627 Paris cedex 13

Dépôt légal : juin 2011
Suite du premier tirage : février 2012
S21157/02